愛拉傳奇 6

最後的試煉（上）

THE LAND OF PAINTED CAVES

珍奧爾◎著

貓頭鷹編譯組◎譯

貓頭鷹

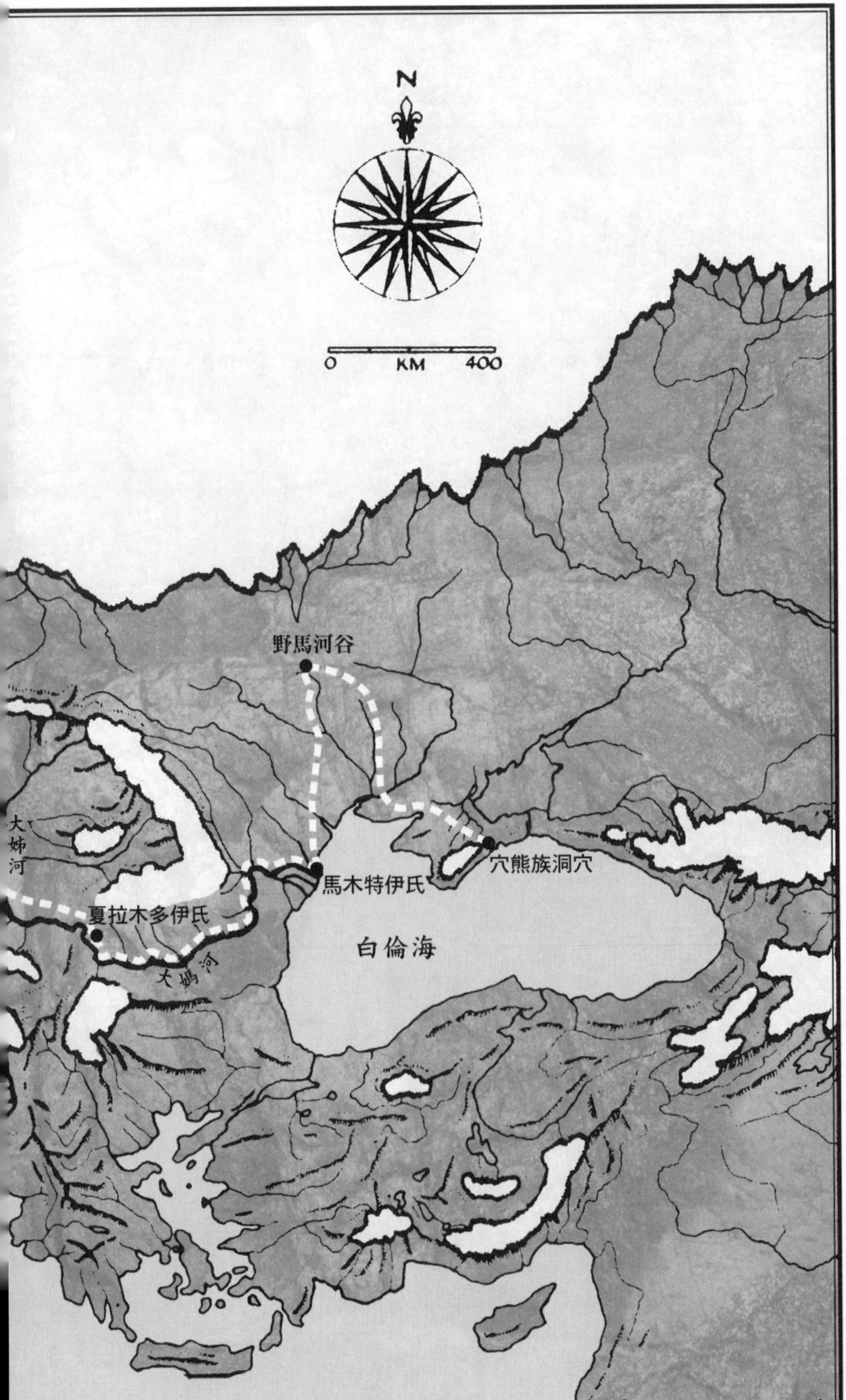
N
0
KM
400
野馬河谷
馬木特伊氏
穴熊族洞穴
夏拉木多伊氏
大姊河
大媽河
白倫海
© Map by Palacios after Auel

愛拉橫越史前歐洲的旅程

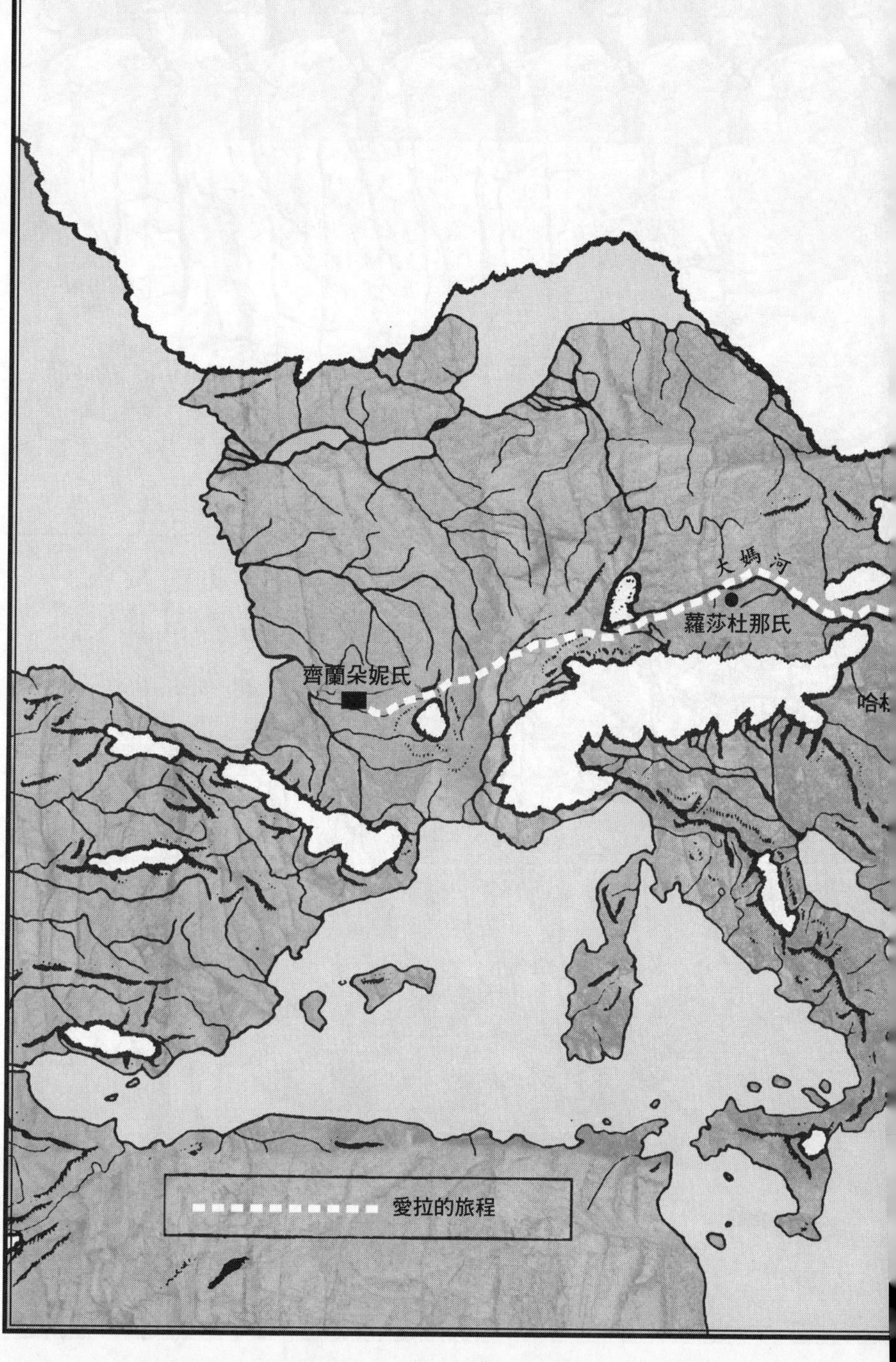

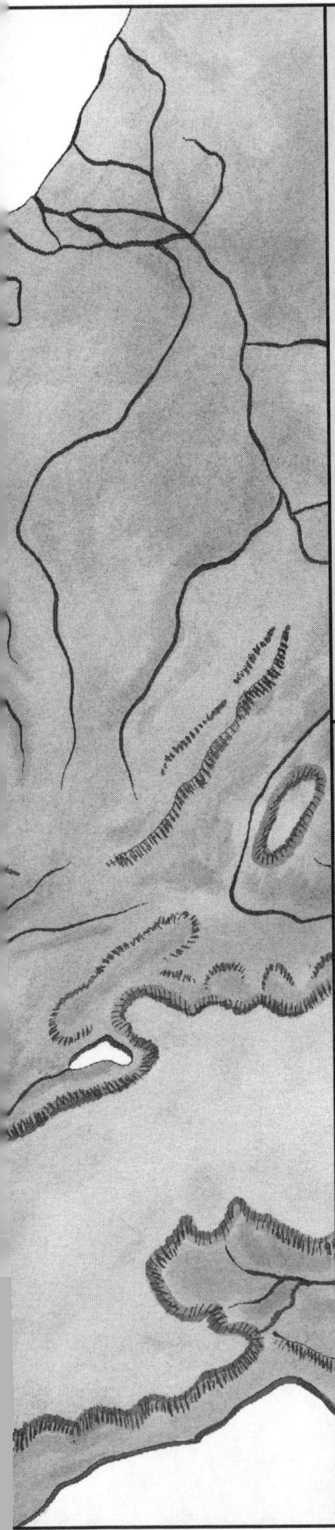

聖地

1. 馬首石——齊蘭朵妮氏第七洞穴
2. 日景新的小洞穴——齊蘭朵妮氏第二十六洞穴
3. 猛獁象洞穴
4. 森林洞穴——第二十九洞穴西方領地
5. 齊蘭朵妮氏第五洞穴
6. 女人的地方
7. 小河谷——齊蘭朵妮氏第十四洞穴
8. 齊蘭朵妮氏第九洞穴
9. 馬心
10. 白穴
11. 南方領地齊蘭朵妮氏第四洞穴聖地
12. 南方領地齊蘭朵妮氏第七洞穴聖地
13. 大地母親的最古老聖地
14. 噴泉石深穴

冰川時期的史前歐洲

一萬年暫緩時期的冰層範圍及海岸線變化，
時值晚更新世沃姆冰川期的趨緩時期，
距今三萬五千到兩萬五千年間。

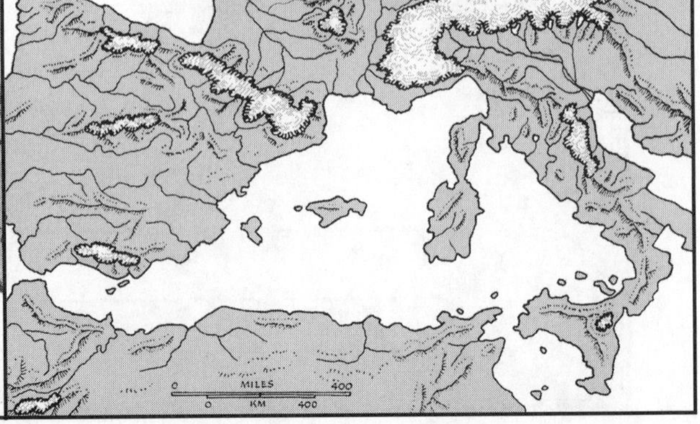

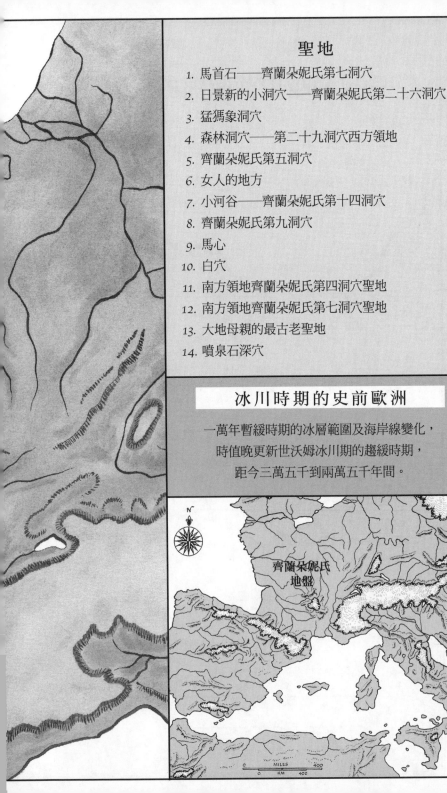

齊蘭朵妮氏地盤

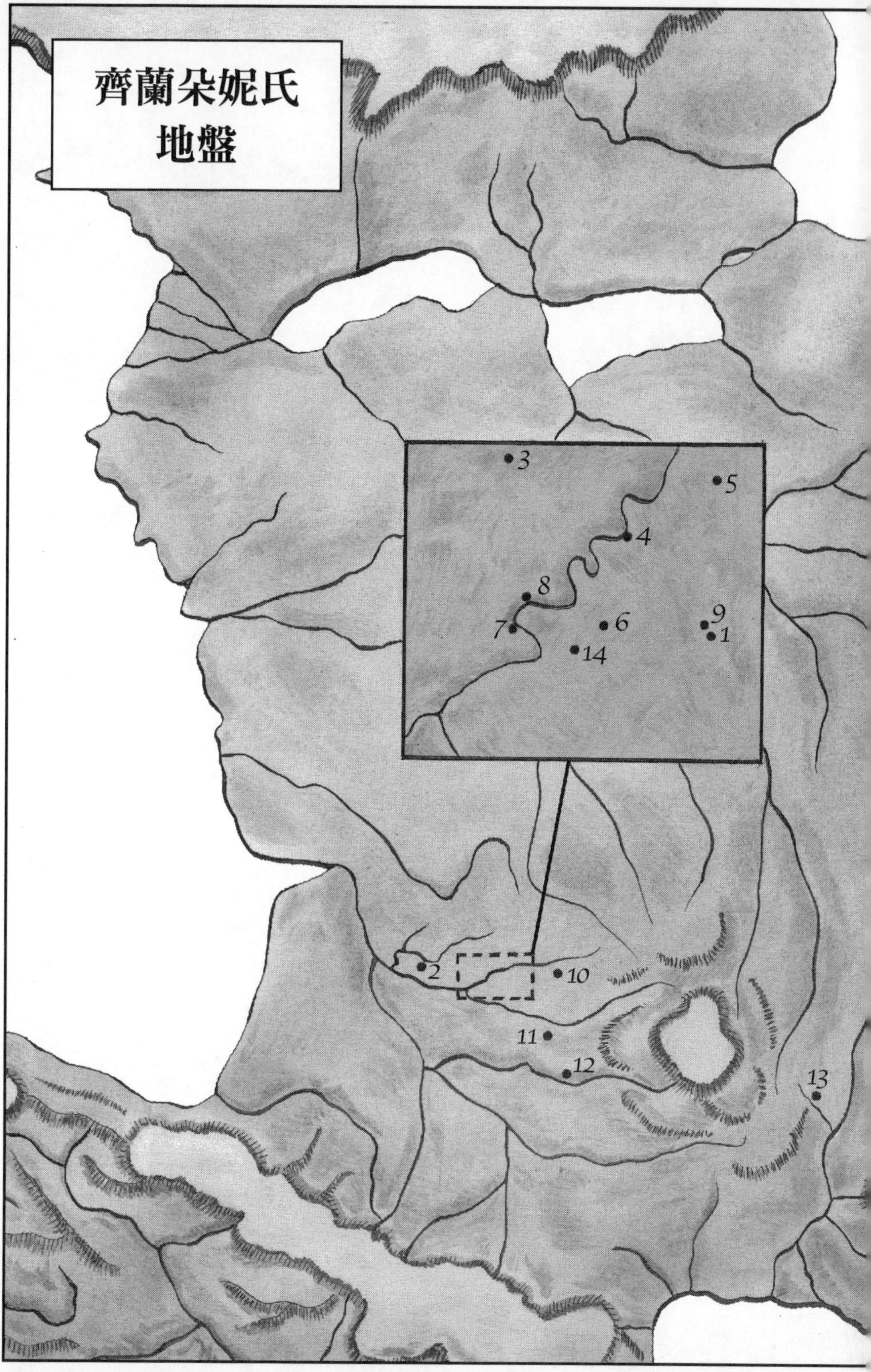

愛拉傳奇 6

最後的試煉（上）

作　　者　珍奧爾（Jean M. Auel）
譯　　者　林欣頤、龐元媛、姜金龍、邱春煌
企畫選書　陳穎青
責任編輯　陳怡琳
特約編輯　陳婉蘭、顏莉、鄧月梅、許雅芬
校　　對　魏秋綢
美術編輯　謝宜欣
封面設計　洪伊奇
封面繪圖　張靖梅
系列主編　陳穎青
總 編 輯　謝宜英
社　　長　陳穎青
出 版 者　貓頭鷹出版
發 行 人　凃玉雲
發　　行　英屬蓋曼群島商家庭傳媒股份有限公司城邦分公司
　　　　　104台北市民生東路二段141號2樓
劃撥帳號：19863813；戶名：書虫股份有限公司
購書服務信箱：service@readingclub.com.tw
購書服務專線：02-25007718~9（周一至周五上午09:30-12:00；下午13:30-17:00）
24小時傳真專線：02-25001990~1
香港發行所　城邦（香港）出版集團　電話：852-25086231／傳真：852-25789337
馬新發行所　城邦（馬新）出版集團　電話：603-90563833／傳真：603-90562833
印　　刷　成陽印刷股份有限公司
初　　版　2011年3月
定　　價　新台幣330元／港幣110元
ISBN　978-986-120-638-7

讀者意見信箱　owl @cph.com.tw
貓頭鷹知識網　http://www.owls.tw
歡迎上網訂購；大量團購請洽專線
（02）2500-7696轉2729

城邦讀書花園
www.cite.com.tw

國家圖書館出版品預行編目(CIP)資料

愛拉傳奇6：最後的試煉／珍奧爾（Jean M. Auel）著；
林欣頤等譯. -- 初版.-- 臺北市：貓頭鷹出版：
家庭傳媒城邦分公司發行, 2011.03
面；　公分．--（愛拉傳奇；6）
譯自：The land of painted caves
ISBN 978-986-120-638-7（上冊：平裝）. --
ISBN 978-986-120-639-4（下冊：平裝）. --
ISBN 978-986-120-640-0（全套：平裝）

874.57　　100002468

致謝詞

能完成「愛拉傳奇」系列，我要感謝許多人。我要再次感謝兩位法國考古學家，里戈博士與克勞茨博士，多虧了他們，我才能了解史前時代的環境，建構書中的時空背景。

從我第一次到法國做研究，里戈博士就一直給予我寶貴的協助。他安排了一趟地獄峽谷之行，帶我參觀當地的石造庇護所，這一趟讓我格外開心。石造庇護所幾乎找不到歲月的痕跡，還是保有冰川時期的面貌，是一個很深的保護區，前面有個開口，地面非常平坦，頂部是岩石材質，後面還有一座天然泉水。不難想像這個地方可以當成舒適的住處。在法國埃茲德塔雅克區舉辦的愛拉傳奇第五部《石造庇護所》全球發表會上，里戈博士不厭其煩向各國的記者與媒體解釋那一帶的史前遺址的一些有趣又重要的事情，在此我要特別致謝。

我也深深感激克勞茨博士安排雷和我參觀法國南部許多令人讚嘆的彩繪洞穴。我印象最深刻的是那次參觀培岡伯爵在蒙帕河谷私人產業上的洞穴群，我們參觀了三兄弟洞窟、蒂多杜貝爾，文章與藝術類書籍常可見到這些洞穴壁畫的圖片。能身歷其境，親眼目睹那不凡的藝術結晶，還有克勞茨博士與培岡伯爵做嚮導，實在是難得的經驗。我要特別感謝培岡伯爵。他的祖父和祖父的兩位兄弟是最早探索洞穴群的人，也是最早開始維護洞穴群的人，維護工作一直延續到現在，不曾間斷。沒有培岡伯爵首肯，任何人都不得參觀洞穴群。

克勞茨博士也帶領我們參觀了不少洞穴，包括我最喜歡的加爾加洞穴。加爾加洞穴的石壁上有許多手印，還有小孩子的手印，石壁凹進去的地方大到可以讓一位成人走入，裡面的石壁上布滿深紅色的顏料，是用那一帶的赭土做成的。我相信加爾加一定是女人的洞穴，感覺就像大地的子宮。我最感激克勞茨博士安排我們參觀不凡的肖維岩洞。那次他重感冒，不能陪我們去，他就請肖維先生與肖維岩洞館長巴菲耶先生帶領我們參觀這神奇的古蹟。肖維先生就是發現肖維岩洞的人，岩洞也以他命名。

我們從岩洞洞頂進入，入口比肖維先生第一次進去時擴大許多。我們再沿著連接石壁的階梯走下去。岩洞原本的入口在好幾千年前的一場崩塌之後被封住了。打從第一批畫家在岩洞留下壯麗的壁畫，這三萬五千多年來，岩洞也經歷了一些變化。

另外我也要感謝康納德，他是杜賓根大學考古學系的系主任。感謝他帶我們參觀德國多瑙河沿岸的幾處岩洞。他也帶領我們欣賞幾件古代的象牙雕刻手工藝品，這些作品都有三萬多年的歷史了，有幾隻猛獁象、一隻飛行姿態優美的鳥，還有一個神奇的獅頭人身像。他的最新發現是一個女人像，創作風格和法國、西班牙、奧地利、德國與捷克共和國出土的同時期作品相同，只是製作方式獨具特色。

我也要感謝史特勞斯博士多次熱心安排我們參觀岩洞與遺址。這幾趟歐洲之行有一些精采的片段，最有意思的是去葡萄牙一個同時發現有現代智人和尼安德塔人特徵的小孩骨骸的地方，可以證明尼安德塔人和現代人類的確有接觸，也有雜交。我和史特勞斯博士討論冰川時期的人類，不僅獲益良多，也深深入迷。

我也向我遇見的多位考古學家、古人類學家與學者專家請益、討論，探討史前時代的這一段時間，也就是尼安德塔人與現代人好幾千年來共同生活在歐洲的這段時間。我非常感謝他們願意撥冗賜教，探討當時人類可能的生活情形。

感謝法國文化部出版《岩洞藝術：舊石器時代法國彩繪岩洞地圖集》這本無價珍寶。這本書內容非常詳盡，平面圖、照片、繪畫應有盡有，也用文字詳細介紹一九八四年之前在法國發現的岩洞繪畫與雕刻。

我參觀過許多岩洞，有些還參觀了很多次。我還記得我看見石壁上那些不同凡響的壁畫的氣氛、心情與感覺。但我不記得畫中的第一個人、第一隻動物，不記得畫是出現在哪一面牆上，不記得我是在岩洞多深的地方看到壁畫，不記得壁畫是面向哪個方向。答案全在《岩洞藝術》這本書裡。唯一的問題在於這本書是用法文寫成。而我的朋友幫我翻譯我所需要的每一份岩洞資料，她是波特蘭州立大學法文教授與加拿大研究主任。法語是她的母語。她不僅是我的益友摯友，在許多方面也助我一臂之力。

我永遠感激那些從一開始和我努力到現在的人。

最感激的人還是我的先生雷，感謝他一路相伴，一路支持。獻上我無限的愛，無盡的感激。

珍奧爾

前情提要

冰川時期，五歲的小女孩愛拉因一場地震與家人分散，被自稱「穴熊族」的人救起，享有「莫格烏爾」稱號的巫醫克雷伯收養了愛拉，女巫醫伊札也將她視如已出，傾囊相授珍貴的醫療知識。

然而屬於克羅馬儂人種的愛拉，和屬於尼安德塔人種的穴熊族人，外表、心智能力與風俗都有極大差異，部分穴熊族人對愛拉這個「異族」非常反感，矛盾衝突一次次爆發，最後，當她的保護人莫格烏爾失去力量時，仇視愛拉的頭目布勞德拆散愛拉與她的孩子，將愛拉永遠放逐。

無處可去的愛拉在荒野中流浪，最後落腳於一個水草豐美的山谷。她十分想念她的孩子，也暗地希望能夠重會真正的族人，卻因害怕而不敢嘗試。在這段寂寞的日子中，愛拉意外馴服了一匹馬，甚至將一隻小穴獅撫養長大，與動物建立了信賴關係。

一天，愛拉從穴獅爪下救出一名男子喬達拉，他竟是與愛拉同種的人類！喬達拉在她的調養下一天天康復。愛拉從喬達拉身上學習到許多關於自己族人的事物，而她的美麗與能力也使喬達拉十分仰慕，兩人於是相戀，啟程踏上尋找親群的旅程。他們旅途中遇見猛獁象獵人，並與他們一起生活。

雖然很想與友善的猛獁象獵人一起生活，但她決心與喬達拉回到遙遠的故鄉，於是他們再度啟程，橫越危機重重的冰原，終於抵達喬達拉的家鄉。愛拉受到喬達拉的家人熱忱歡迎，且她受朵妮賜福，生了一個女孩。大家都對喬達拉帶回來的異族女人充滿好奇，尤其是她高強的醫術與控制動物的能力。但這也引來一些人的妒意……

第一章

青草河右側小徑上，一群旅人蹣跚行走在清亮河水與白底黑紋的石灰岩懸崖間，大夥兒成一縱列，繞過突出岩壁的河灣。前方斜岔出一條更小的路通往渡河處，流水在此擴散、變淺，潺潺環繞著裸露的岩石。

「看！那裡！」抵達小徑岔路前，人群前端的年輕女人忽然停下腳步，睜大眼睛凝視前方，以下巴指出方位，又帶著恐懼嘶聲低語：「獅子！」

頭目約哈倫抬起手臂，示意眾人停下來。這時，其餘人總算在小徑分岔處的草叢，瞧見了一群淡黃褐色穴獅。幸虧瑟佛娜目光銳利，否則在草叢掩護下，他們可能得更靠近才會發現獅群。這位來自第三洞穴的年輕女人視力超好，年紀輕輕，就以看得又遠又清晰而聞名。她的天賦早已深獲認可，從小即接受訓練，說到瞭望，她是最頂尖的翹楚。

愛拉和喬達拉帶著三匹馬，遠遠落在人群後頭。這會兒，兩人納悶地抬頭張望。「為什麼停下來？」喬達拉擔憂地皺起眉頭問道。

愛拉觀察頭目及圍繞的群眾，出於本能，用手護衛胸前軟皮毯裡的溫熱包袱。喬愛拉剛吃過奶，正在睡覺，母親的碰觸使她動了一下。愛拉年幼時和穴熊族一起生活，學會詮釋肢體語言，能力非凡的她知道：頭目約哈倫提高警覺，而瑟佛娜很害怕。

愛拉不僅視力好，還能聽見遠方的聲響，感覺一般人聽不到的低沉音調。她的嗅覺和味覺也出奇敏銳，但她從未和別人比較，不知自己天賦異秉。如此優異的感官，讓她在五歲失去雙親及一切後，還能存活下來。她透過自我訓練，發展與生俱來的能力，例如自學狩獵那些年，她開始研究肉食動物，觀察得深入而細微。

愛拉在靜止專注中，分辨出獅子微弱卻熟悉的隆隆聲，也從飄送的微風察覺到牠們的特殊氣味，並注意到人群前端有幾個人凝視前方。她定睛一看，發現有東西在移動，忽然間，被草叢掩藏的穴獅一下子清晰起來！她辨識出兩頭年幼穴獅，以及三、四頭成年穴獅。她開始往前移動，一手從腰際拿出標槍投擲器，另一手從背上的標槍袋抽出一根標槍。

「妳要去哪裡？」喬達拉問。

她停下腳步，壓低聲音說：「前方有一群獅子，就在小徑岔路那頭。」

喬達拉遠眺小徑岔路，很快留意到草叢有動靜，判斷那就是獅群。他立刻伸手拿武器：「妳和喬愛拉留在這裡，我過去。」

愛拉看看沉睡中的嬰兒，再抬頭望著他；「喬達拉，雖然你擅長標槍投擲器，但那兒至少有兩頭幼獅和三頭成年獅子，可能還不只。如果獅群認為幼獅有危險而決定攻擊，你就需要有人支援。你很清楚，我比任何人更能勝任，除了你以外。」

他注視著，停下來思索片刻，眉頭再度皺起，隨後點點頭：「好吧……可是妳要待在我後面。」他從眼角察覺有動靜，瞥向身後，問她：「那我們後頭這三匹馬怎麼辦？」

「牠們知道附近有獅子，你瞧瞧牠們。」愛拉說。

喬達拉看到三匹馬全都瞪著前方，包括新生小母馬在內。顯然，牠們發現了那群龐大、可怕的獅子。喬達拉又皺起眉頭：「牠們不會有事吧？尤其灰灰？」

「牠們懂得避開那些獅子，但我沒看見沃夫。」愛拉說：「我最好吹口哨召喚牠。」

「不需要。」喬達拉指著另一個方向：「牠一定也察覺到什麼，妳看，牠來了。」

愛拉轉頭看到一隻狼衝向她。這隻雄偉的肉食動物比大部分狼都巨大，先前因為和其他狼打鬥，一隻耳朵受傷彎折，模樣俏皮。她做出和牠一起狩獵時使用的特殊信號，牠明白那代表：待在近處，仔細留意她。兩人趕往人群前端，迅速屈身繞過眾人，避免造成任何騷動，盡可能保持低調。

「真高興你們在這裡。」約哈倫柔聲對悄悄現身的弟弟和愛拉說，他弟弟喬達拉手握標槍投擲器，愛拉則帶著狼。

「知道有多少頭嗎？」愛拉問。

「比我想像還多。」瑟佛娜掩住恐懼，儘量讓自己看起來冷靜：「我第一眼看到牠們，以為有三、四頭，現在我認為可能超過十頭。總之，好大一群獅子！」

「而且牠們有自信。」約哈倫說。

「你怎麼知道？」瑟佛娜問。

「因為牠們不甩我們。」

喬達拉告訴他們：「愛拉非常了解穴獅，也許我們該問問她怎麼想。」約哈倫朝愛拉的方向點點頭。

「約哈倫說得對，牠們知道我們在這兒，而且清楚牠們本身的數量，也知道我們的數量。」愛拉說完又補充：「牠們可能把我們當成一群馬或原牛之類的生物，說不定還想挑一個虛弱的成員下手。看樣子，牠們剛到這裡不久。」

「哦？怎麼說？」約哈倫訝異愛拉如此了解四足獵食者，但基於某種原因，他在此時更留意她不尋常的口音。

「牠們是因為不了解我們，所以才那麼有自信。」愛拉說明：「如果牠們定居在人類周圍，曾經遭追逐或獵捕，我不認為牠們敢這麼漫不經心。」

「唔，也許我們得給牠們一些苦頭嘗嘗，學會緊張和擔心。」喬達拉說。

約哈倫皺眉的方式，和他弟弟幾乎沒兩樣，惹得愛拉忍不住想笑，但在他皺眉時最好不要。「或許避開牠們才是上策。」這位黑髮頭目說。

「我不這麼認為。」愛拉說著低下頭，垂下目光。要她和男人公開爭論，仍然不容易，尤其對方是頭目。撫養她長大的穴熊族不允許女人這麼做，儘管她知道齊蘭朵妮氏人完全可以接受這一點——畢竟有些頭目是女人，約哈倫與喬達拉的母親就曾擔任頭目。

「為什麼？」約哈倫問，沉思的皺眉已經轉為橫眉豎眼。

「那些獅子休息的地方太靠近第三洞穴。」愛拉悄聲說：「這附近一直都有獅子出沒，假如牠們待在這兒太舒服了，就可能想過來休息。牠們還會把任何靠近的人當成獵物，尤其是小孩或老人。這會危害住在雙河石及鄰近洞穴的人，包括第九洞穴。」

約哈倫深深吸了一口氣，然後看著比他高大的金髮弟弟。「喬達拉，你配偶說的對，你說的也沒錯。或許現在就該讓那些獅子知道，我們不歡迎牠們這麼靠近我們的家園。」

「這時候最好用標槍投擲器，可以在安全距離外狩獵。有幾個獵人已經練習過了。」喬達拉說。他先前之所以想回家鄉展示他研發的武器，正是基於這種狀況。「我們甚至不需要開殺戒，只要弄傷幾頭獅子，警告牠們，讓牠們懂得避開。」

「喬達拉，」愛拉柔聲輕喚，再度垂下目光，然後抬頭直視他。她不怕跟他意見衝突，敢說出自己的想法，卻也希望表示尊敬。「標槍投擲器是很好的武器，比徒手投擲遠多了，也因此比較安全。但『比較安全』不等於『安全』，我們沒辦法預測動物受傷時會有什麼反應。就憑穴獅的力氣和速度，一旦受傷，痛得抓狂，什麼事都做得出來。如果決定用這些武器對抗獅子，就不該只是弄傷牠們，而是應該殺死牠們。」

「她說得對，喬達拉。」約哈倫深表贊同。

喬達拉先是皺眉，接著便順服地笑了。「對，她說得沒錯。可是，儘管牠們這麼危險，我卻不喜歡在沒必要時殺死穴獅。牠們好美，移動時輕盈又優雅。還有，因為力氣驚人，牠們擁有一股自信。世上能讓穴獅害怕的東西不多呀。」他看了一眼愛拉，眼中藏著自豪與愛意：「我一直覺得穴獅圖騰正適合愛拉。」如此露骨的表達情意，令他難為情，雙頰泛起一抹紅暈。「但我真的認為標槍投擲器在這時候正好派上用場。」他正色說著。

約哈倫留意到大夥兒都聚攏過來了。「有多少人會用標槍投擲器？」他問弟弟。

「你、我，當然還有愛拉。」喬達拉掃視人群後又說：「盧夏瑪練過很多次，已經很順手了。索拉邦一直忙著製作象牙把手，沒那麼多時間練習，不過也有基礎。」

「約哈倫，我試過幾次，可是還沒有自己的投擲器，不怎麼會用，」瑟佛娜說：「不過我可以徒手擲標槍。」

「謝謝妳，瑟佛娜，妳提醒了我。」約哈倫說：「幾乎每個人都會徒手丟擲標槍，包括女人在內，我們不該忘了這點。」接著，他對全體群眾發言：「我們必須讓那些獅子知道：這裡不適合牠們！想要追趕牠們的人，不論徒手擲標槍或利用投擲器，都集中到這裡來。」

愛拉開始解下嬰兒的攜帶毯。「弗拉那，替我看著喬愛拉好嗎？」她走近喬達拉的妹妹，進一步確認：「除非妳想獵穴獅。」

「我驅趕過獵物，可是不擅長用標槍。」弗拉那說：「喬愛拉交給我吧。」嬰兒已經醒了，當姑姑伸手抱她時，她顯得很乖順。

「我會幫她忙。」波樂娃對愛拉說。約哈倫配偶的攜帶毯裡有個女嬰，只比喬愛拉大幾天，除此之外，她還得看顧一個六歲大的活潑男孩。「我認為應該把所有孩子帶離這裡，也許回到那塊突出岩石後面，或者上到第三洞穴。」

「好主意。」約哈倫說：「獵人留在這裡，其他人都退回去。注意，走慢一點，不要驚動牠們，最好讓穴獅以為我們像原牛群一樣，只是在附近兜圈子。還有，我們分成兩群時，各群的成員要守在一起，因為牠們可能追逐落單的人。」

愛拉轉身面對那些四足獵食者，瞧見很多獅子臉朝著他們，模樣十分機警。她觀察那群動物四處移動，開始發現某些明顯特徵，有助於她數算和分辨公母。例如：她看著一頭母獅子偶然轉身才發現不對，她從後側看到雄性器官，領悟到那是公獅子——她忘了這裡的公獅沒有鬃毛。山谷東邊，靠近她的地方，有幾頭母穴獅，包括她非常熟悉的那頭，牠頭部和脖子周圍有稀稀疏疏的毛。這群獅子為數眾多，她心想，超過兩隻手可以數算，加上那些幼獅，可能多達十五頭。

在她觀察期間，那頭大獅子又朝草原走了幾步，忽然消失在草叢裡。沒想到那些又高又細的草稈，居然也能遮掩如此龐大的動物，真是令人驚訝。

穴獅的骨頭和牙齒，和那些日後漫遊遙遠南方大陸的子孫形狀一樣，不過體型卻大了一倍半，有些將近兩倍大——這種動物喜歡以洞穴為家，死後的遺骸往往是在洞穴裡。冬季時，牠們長出的冬毛顏色淡到近乎白色，隱身在雪地上，有助於狩獵。牠們的夏毛顏色雖淡，卻偏黃褐，有些還會持續脫毛，外表看來斑駁破爛。

愛拉看著女人和小孩回到之前經過的懸崖，那些受頭目指派護衛工作的年輕男女，手中都握著標槍。她注意到馬兒非常緊張，覺得應該安撫牠們。她示意沃夫一起過去。

嘶嘶似乎很高興見到她和沃夫，一點都不怕這頭龐大的犬科掠食者。這也難怪，牠們第一次見面時，沃夫只是個毛茸茸的小毛球，在沃夫長大過程中，牠還善盡了「保母」的角色。

愛拉掛念馬兒，希望牠們能和女人、小孩一起回到岩壁後面。她可以給嘶嘶許多指令，但不確定怎麼告訴這匹母馬：「別跟著我，去跟著其他人。」

快快在她靠近時嘶嗚起來，看起來特別激動。她親切問候棕色公馬，輕拍搔抓年幼的灰色母馬，然後深情抱住暗黃色母馬結實的頸部——牠是她離開穴熊族後，頭幾年寂寞歲月中唯一的朋友。

嘶嘶依偎著年輕女人，把頭架在愛拉肩上，以熟悉的姿勢相互打氣。她對母馬說話，參雜穴熊族手勢、語言及她模仿的動物聲音。在喬達拉還沒教她說齊蘭朵妮氏語之前，她和當時未滿一歲的嘶嘶發展出這種獨特語言。愛拉告訴母馬，要跟著弗拉那和波樂娃。無論牠聽得懂或是知道那對自己和新生小馬有利，愛拉很高興看到牠跟隨其他母親退回了懸崖。

不過，快快卻緊張又急躁，尤其母馬走遠，情況更嚴重。年輕公馬長大了，還是習慣當母親的小跟班，尤其在愛拉和喬達拉一起騎馬時。可是，這回牠沒有跟上去，而是高舉前腳，騰躍揚頭，發出陣陣嘶鳴。喬達拉聽見了，轉身看著公馬和女人，不放心地趕過來。這個男人走近時，年輕公馬對他嘶叫。喬達拉懷疑，牠該不是因為這小小的「馬群」有了兩匹母馬，因此要展現公馬的防衛本能。他親暱地對牠說話，撫摸搔抓牠最愛的部位來安撫牠，並告訴牠跟隨母親，再拍拍牠的臀部，總算讓牠走對了方向。

愛拉和喬達拉回到獵人群中。約哈倫與他的好朋友兼軍師——索拉邦和盧夏瑪，一起站在群眾中央。跟先前相比，人數看起來少多了。

「我們正在討論最好的獵捕方式。」兩人回來時，約哈倫說：「我不確定要用什麼策略，包圍牠們？還是把牠們趕往某個方向？我知道怎麼獵鹿、牛、原牛，甚至猛獁象，我也和其他獵人合力殺死過一、兩頭接近營地的獅子，但我通常不獵獅子，尤其一整群。」

「既然愛拉了解獅子，」瑟佛娜說：「我們問問她吧。」

所有人轉頭看她，其中大多數都聽過她收養受傷幼獅、將牠撫養長大的故事。那頭獅子甚至會照她的吩咐做，就像那隻狼一樣。

「愛拉，妳覺得呢？」約哈倫問。

「看到那些獅子怎麼觀察我們了嗎？就跟我們觀察牠們的方式一模一樣。牠們自認是獵食者，要是反過來成了獵物，這會讓牠們很吃驚。」愛拉說完停頓了一下，建議：「我們應該全體守在一起走向牠們，或許還要大聲交談叫喊，看看牠們會不會退開。不過前提是，準備好標槍，以防有獅子在我們還沒決定追趕前先下手為強，衝過來獵捕我們。」

「我們要從正面接近牠們嗎？」盧夏瑪皺著眉頭問。

「可能有效，」索拉邦說：「而且我們守在一起，互相有個照應。」

「約哈倫，我覺得這計畫不錯。」喬達拉附和。

「嗯，我也贊成守在一起，彼此照應。」頭目說。

「我走在最前面，」喬達拉說，舉起放上投擲器的標槍：「我可以用投擲器瞬間擲出標槍。」

「我確信你可以，但等到更靠近時再說吧，至少我們前進時不會太焦慮。」約哈倫提醒。

「那當然，」喬達拉說：「愛拉也會支援我，避免突發的意外。」

「很好，」約哈倫宣布：「我們全都需要搭檔。先擲標槍的人必須有後援，萬一沒命中，而獅子又衝過來，我們才能及時反應。同一組搭檔可以決定誰先擲標槍，不過假如大家等信號才開始投擲，這樣就能減少混亂。」

「哪種信號？」盧夏瑪問。

約哈倫停頓了一下繼續說：「以喬達拉為基準，等他擲了標槍再說，那就當作我們的信號吧。」

「約哈倫，我當你的搭檔。」盧夏瑪自告奮勇。

頭目點頭認可。

「我需要後援。」默立桑大聲表示：「雖然不確定自己多擅長，但我一直在練習。」愛拉想起他是曼佛拉爾配偶的兒子。

「我可以當你的搭檔，我練習過標槍投擲器。」

愛拉循著女子聲音轉過頭，看到弗拉那的紅髮朋友嘉麗雅。

喬達拉也轉頭探看，心想：那就能親近頭目配偶的兒子了。他瞥了愛拉一眼，不知她是否看出端倪。

「我可以和瑟佛娜搭檔，如果她願意的話。」索拉邦說：「因為我跟她一樣，徒手擲標槍，而不用投擲器。」

年輕女人對他微笑，慶幸身邊有成熟老練的獵人。

「我練過標槍投擲器。」派利達爾說。他是提佛南的朋友，交易大師威洛馬的徒弟。

「派利達爾，我們可以搭檔，」提佛南補充：「不過我只會用標槍。」

「其實我也沒那麼常練習投擲器。」派利達爾說。

愛拉對兩個年輕男人微笑。提佛南身為威洛馬的交易學徒，無疑將成為第九洞穴的下一位交易大師。在一次短暫的交易任務中，提佛南拜訪了朋友的洞穴，當時派利達爾也跟著他回來。正是派利達爾發現了沃夫和其他狼激烈打鬥的地方，帶她去找沃夫，她因此把他當成好朋友。

「我不擅長投擲器，但標槍我用得挺順手。」

說話者是瑪葉拉，第三洞穴齊蘭朵妮的助手。愛拉想起她第一次到深泉岩，尋找喬達拉弟弟的生命能量，設法協助他的精氣找到前往靈界的路時，這年輕女人也和他們一起。

「每個人都挑選好搭檔，我猜只剩下我們了。我不但沒拿過標槍投擲器，也不知道怎麼用。」賈拉丹說。他是默立桑的表哥，曼佛拉爾妹妹的兒子，他到第三洞穴作客，打算跟他們一起去夏季大會，和自己所屬的洞穴會合。

安排妥當，十二名男女出發前去獵捕數量相當的獅群。那群動物敏捷、有力而且凶猛，以獵捕脆弱的獵物維生。愛拉開始懷疑自己的提議，恐懼令她不寒而慄。她摸摸手臂，發現起了雞皮疙瘩。十二個脆弱的人類竟然想攻擊一群獅子？她瞥見那隻她熟悉的肉食動物，示意牠待在身旁，想著十二個人——和沃夫。

「好吧，我們走，」約哈倫說：「可是要守在一起。」

來自齊蘭朵妮第三洞穴和第九洞穴的十二名獵人，開始朝那群龐大的獅群前進。他們的武器是標槍，末端有磨尖的燧石、骨頭或象牙，嵌入平整圓滑的鋒利尖端。有些人擁有標槍投擲器，能在更短時間內，迅速將標槍推進得比徒手投擲更遠、更有力。不過，他們也只用標槍殺死過獅子。這場行動，考驗著喬達拉的武器，也考驗著獵人的勇氣。

「走開！」愛拉在大家邁開大步時，對獅群大喊：「我們不要你們在這兒！」

另外幾個人也跟著大聲吼叫，想以聲音威嚇、驅離那群動物。

剛開始，那些獅子只是看著他們走近，接著有幾頭開始四處移動，回到掩護的草叢，不久又走了出來，似乎不大確定該怎麼做。那些帶著幼獅撤退的獅子，再度出現時，身旁已不見幼獅。

「牠們好像不知道該把我們當成什麼。」走在前面的瑟佛娜說，她比剛出發時稍微安心了一點。然而，當大公獅突然對他們咆哮，每個人都嚇得停下腳步。

「現在不能停下來！」喬達拉說著，繼續穩步前進。

他們只好繼續邁開大步，剛開始陣仗有些散亂、不集中，走了幾步，一夥人又重新守在一起。所有獅子開始四處移動，有些悄悄消失在草叢。突然，大公獅再度咆哮，站穩腳步並發出隆隆聲，另外幾隻則排列在牠身後。愛拉察覺到這群人的恐懼，她確信那些獅子也察覺到了。她自己也很害怕，但人類可以克服恐懼。

「大家準備好，」喬達拉說：「那頭公獅看起來不大高興，而且牠有後援部隊。」

「你能從這裡命中牠嗎？」愛拉問。她聽見一連串呼嚕聲，通常接下來就會出現獅吼。

「也許可以，」喬達拉說：「但我寧願更靠近點，這樣才能更準確命中。」

「我也一樣，不確定自己可以瞄多準，我們需要再靠近一點。」約哈倫附和，繼續前進。

眾人一起前進，喊叫聲依舊，但愛拉覺得聲音愈來愈猶豫、怯懦。一群不像獵物的奇怪動物逼近，穴獅安靜了下來，氣氛有些緊張。

雙方的攻勢在瞬間爆發開來，一切彷彿同時發生。

大公獅怒吼，震耳欲聾的聲音令人膽戰心驚，尤其距離這麼近。突然，牠開始跑向眾人。正當牠趨近作勢躍起時，喬達拉朝牠用力地擲出標槍。

愛拉緊盯著公獅右側的母獅，大約就在喬達拉擲出標槍時，那頭母獅縱身一躍，準備來個迎面撲擊。

愛拉將標槍向後拉並瞄準，幾乎還沒會意就感覺投擲器的後端揚起，標槍已順利擲出。她的動作自然流暢、一氣呵成，不像經過思考。在返回齊蘭朵妮氏家園的一整年旅途中，她和喬達拉一直都使用這種武器，熟練到成為第二天性了。

母獅高高跳起，而愛拉的標槍從下方命中，穩穩射入牠的喉嚨，一出手就讓對方斃命。只見母獅癱倒在地，血流如注。

這個女人迅速從標槍套中取出另一支標槍，猛然放上投擲器，一邊機警地環顧四周。她看見約哈倫的標槍飛出，馬上又有另一支標槍緊跟在後，因而留意到這是盧夏瑪擲出的標槍。她看到另一頭大母獅倒下，落地之前遭到第二支標槍命中。又有一頭母獅迎面衝過來，愛拉立即擲出標槍，同時看到她擲出的前一刻，也有其他人這麼做。

她趕緊又拿了一根標槍，確認標槍裝置妥當。沒錯，標槍的頭牢牢固定在末端漸尖、可與主標槍桿分離的短桿上；標槍投擲器後端的鉤子卡合長桿底部的洞。接著，她環顧四周。大公獅倒下了，淌著血但還在動，母獅也淌著血卻動也不動。

才一轉瞬，那群獅子全都消失在草叢間，至少有一頭留下血跡。幾位獵人打起精神看了看周圍，相視而笑。

「我們成功了。」派利達爾露出燦爛的笑容。

他還沒把話說完，愛拉聽到沃夫的吠叫威嚇。這匹狼躍離眾人，愛拉尾隨而去。那頭大量失血的獅子起身，朝眾人衝了過來，咆哮著撲向他們。她幾乎可以感受到牠的怒氣，但她並不怪牠。

沃夫來到獅子身邊，擋在愛拉和那頭大貓中間，跳起來準備攻擊。這時，她用盡力氣擲出標槍，也看到另一支標槍同時擲出。兩支標槍幾乎同時命中，發出咚、咚聲響，獅子和狼跌成一團。看到牠們倒下，雙雙躺在血泊裡，愛拉倒抽了一口氣，就怕沃夫受傷了。

第二章

愛拉看見那頭獅子的厚掌依然顫動不已，立刻屏住氣息。她真不敢相信，大公獅中了那麼多支標槍，居然還能活著。她仔細一看，認出沃夫血淋淋的頭正從大掌下奮力鑽出，便奮不顧身地衝向牠。這匹狼扭身擺脫獅子的前臂，隨即用牙齒咬住獅掌猛力搖晃，愛拉因而知道牠身上的血是獅子的，而不是牠自己的。喬達拉也趕到她身旁，兩人一起走向那頭獅子，看到沃夫的滑稽動作，不禁露出寬慰的笑容。

「我要帶沃夫去河邊洗乾淨。」愛拉說：「牠沾了一身獅血。」

「真遺憾我們得殺了牠。」喬達拉悄聲說：「這麼雄偉的動物，而且，牠只是在保護自己。」

「我也覺得遺憾。牠讓我想起寶寶，但我們得保護自己呀。想想看，要是當中有獅子殺死了孩子，我們會有多難過？」愛拉說著，低頭看了看這頭龐大的掠食者。

喬達拉打破了靜默：「我們兩人可以擁有牠，因為只有我們命中牠。牠身旁的母獅，也只有妳的標槍命中。」

「我可能也命中了另一頭母獅，但我不需要牠身上任何部位。」愛拉說：「你應該從公獅身上拿走你想要的部位。我會要這頭母獅的毛皮和尾巴，還有牠的腳掌和牙齒，當作這次狩獵的紀念。」

兩人靜靜佇立了一會兒，喬達拉欣慰地表示：「感謝這次狩獵成功，沒有人受傷。」

「我想以某種方式榮耀牠們，表達我對穴獅靈的尊敬，也感謝我的圖騰。」

「對，我覺得我們應該這麼做。按照慣例，殺生之後，是該感謝動物靈，請祂感謝大地母親允許我們取得食物。我們可以感謝穴獅靈，請祂謝謝大媽允許我們殺死這些獅子，以保護我們的家人和洞穴。」喬達拉停頓了一下，「我們給這頭獅子一口水，讓牠到另一個世界不至於口渴。有些人還會把心臟掩埋好，讓它回歸大媽。我想，這兩件事我們都該做，畢竟這頭巨獅是為了保衛獅群才喪命的。」

「我也會為母獅這麼做，牠們並肩奮戰，一起保護獅群。」愛拉說：「我認為我的穴獅圖騰保護了我，可能也保護了我們所有人。大媽很可能讓穴獅靈殺死某個人，以彌補獅群的重大損失，但幸好她沒有。」

「愛拉，妳是對的！」

她循著聲音轉過身，立刻向迎面走來的第九洞穴頭目微笑。「妳說『我們沒辦法預測動物受傷時會怎麼樣；憑穴獅的力氣和速度，一旦受傷而且痛得抓狂，什麼事都做得出來。』我們不該以為獅子倒下、滿身是血，就不會再發動攻擊。」約哈倫對圍攏過來的獵人說：「我們應該確定牠是不是死了。」

「令我驚訝的是那匹狼。」派利達爾說，望著愛拉腳邊血跡斑斑、舌頭垂出嘴邊的沃夫。「是牠警告了我們。我從來沒想過狼會攻擊穴獅。」

喬達拉微笑。「沃夫是為了保護愛拉，」他說：「不管誰威脅到她，牠都會發動攻擊。」

「即使是你，喬達拉？」派利達爾問。

「對，即使是我。」

一陣令人不自在的沉默後，約哈倫開始清點：「我們命中幾頭獅子？有幾頭大貓倒下，有些身上中了一些標槍。」

「我算有五頭。」

「多人命中的獅子應該共享，」約哈倫說：「命中的獵人可以決定怎麼處理獵物。」

「公獅和這頭母獅只有愛拉和我命中，我們可以擁有牠們。」喬達拉說：「我們在不得已的情況下殺死了牠們，可是牠們的舉動其實跟我們一樣，也是在保衛家屬。所以，我們想榮耀牠們的靈。這裡沒有齊蘭朵妮，但我們可以各給兩頭獅子一口水，再送牠們前往靈界，還要把牠們的心臟掩埋好，讓它們回歸大媽。」

其他獵人點頭同意。

愛拉走向自己殺死的母獅，取出她的水袋。這個水袋是以清洗過的鹿胃做成，把下端開口紮緊，上端開口豎起，繞著一根鹿脊骨，脊骨的突出處已切除，並緊纏著筋腱。至於脊骨中央原本的洞，剛好當作倒水口，方便又好用。塞子則是將細皮帶的同一處經多次打結後，塞進洞裡。她拉出塞子，含進滿滿一口水後，蹲在母獅頭部上方，轉動牠的身軀，並打開牠的顎部，將口中的水緩緩注入母獅嘴裡。

「感謝朵妮，萬物大媽，感謝穴獅靈。」她大聲誦念，然後以無聲的手勢繼續說話。穴熊族一向以這種正式語言和靈界溝通，但不發出聲音。愛拉一邊比畫，一邊翻譯出這些無聲的語言。「這個女人感謝偉大穴獅靈，女人的圖騰，允許眾人的標槍殺死幾頭活穴獅。女人要為這些活穴獅之死，向偉大的穴獅靈致哀。大媽和穴獅靈知道，為了保護眾人，有必要殺死穴獅，但這個女人想表達謝意。」

她轉身面對眾人。他們不是用這種方式榮耀動物靈，但看著她這麼做，也覺得有趣。回想先前不顧自身恐懼，為了自己和其他人去確保領地安全，大家都覺得這麼做完全合情合理。而眼前的儀式，也讓他們了解，首席齊蘭朵妮為什麼要讓這個外族女人成為助手。

「我不打算共享其他可能被我命中的獅子，我只想拿回標槍。」愛拉說：「這頭獅子只有我命中，所以我有權擁有。我要留下毛皮、尾巴、腳掌和牙齒。」

「那肉呢？」派利達爾詢問：「妳要吃一點嗎？」

「不。要是問我意見，我寧可把它留給鬣狗吃。」愛拉說：「我不喜歡肉食動物的味道，尤其是穴獅。」

「我從來沒吃過獅子。」派利達爾說。

「我也沒吃過。」第三洞穴的默立桑附和，他和嘉麗雅搭檔。

「你們都沒有命中獅子嗎？」愛拉問。她看到兩人落寞地搖頭。「等我埋了心臟，如果你們想要的話，歡迎拿走這頭母獅的肉。但假如我是你們，我不會吃肝臟。」

「為什麼不？」提佛南問。

「小時候，和我一起生活的人相信，肉食者的肝臟會要人命，就像毒藥一樣。」她說：「他們講了不少故事，尤其講到某個自私女人吃下某種大貓的肝後，暴斃死了。我想，那是猞猁的肝臟。也許我們應該把肝臟連同心臟一起埋了。」

「凡是吃肉的動物，肝臟都有毒嗎？」嘉麗雅問。

「我認為熊還好，牠們吃肉，但也吃其他東西。穴熊並不吃太多肉，牠們的味道很好。我知道有些人吃了牠們的肝，卻沒有生病。」愛拉說。

「我好幾年沒看過穴熊了。」索拉邦一直站在旁邊聽，忍不住發問：「這附近已經沒剩多少穴熊了。妳真的吃過穴熊？」

「對。」愛拉原本考慮要解釋，穴熊肉對穴熊族來說，是非常神聖的，只在某些儀式宴會時享用，但最後決定不說了，因為那只會引發更多問題，而回答起來太花時間。

她看著母獅，深深吸了一口氣。由於體積龐大，剝皮要花一番功夫，她可以尋求協助。愛拉觀察剛剛發問的四個年輕人，他們全都沒用過標槍投擲器，但她猜測這種狀況如今可能會改變。不管他們的標槍有沒有命中，他們都是自願參與狩獵，讓自己暴露在危險中。她對四人微笑說：「假如你們幫忙剝母獅皮，我會給你們每個人一個獅爪。」她看見四人微笑回應。

「我很樂意！」派利達爾和提佛南幾乎同時開口。

「我也是。」默立桑說。

「很好，你們可以幫我忙。」她又對默立桑說：「我們好像還沒正式介紹自己。」

她向年輕人伸出雙手，手掌朝上，鄭重表示接納與友好。「我是齊蘭朵妮氏第九洞穴的愛拉，首席大媽侍者齊蘭朵妮的助手，與燧石大師喬達拉配對，他是齊蘭朵妮氏第九洞穴頭目約哈倫的弟弟。我原先是馬木特伊氏獅營猛獁象火堆地盤的女兒，被穴獅靈選中，受穴熊保護，是馬兒嘶嘶、快快、灰灰及四足獵食者沃夫的朋友。」

這就算是正式介紹了，她心想，並觀察他的表情。她知道前半部鄭重詳述的稱謂和親屬關係，可能有點嚇人。因為與她有關的人，在所有齊蘭朵妮氏人中，都屬最高位階。至於後半部的陳述，對他來說，完全陌生。

他握住她的手，開始細述自己的稱謂和親屬關係。「我是齊蘭朵妮氏第三洞穴的默立桑，」他語氣緊張，似乎絞盡腦汁，想著接下來要說什麼。「是第三洞穴頭目曼佛拉爾的兒子，表哥是……」

愛拉意識到他還年輕，不習慣跟陌生人這麼正式介紹自己。她決定讓他自在點，結束正式的會面禮儀。「以大地母親朵妮之名，我問候你，齊蘭朵妮氏第三洞穴的默立桑，」她說完又補充：「並且歡迎你來幫我。」

「我也想幫忙。」嘉麗雅說：「我想擁有獅爪，紀念這次狩獵。雖然我的標槍沒命中獅子，我心裡也有點害怕，可是過程很刺激。」

愛拉點頭表示理解：「那我們動手吧。不過提醒你們，切除爪子或牙齒時要小心，別給抓傷了，否則傷口會潰爛、紅腫、化膿，還會有一股惡臭。」

她抬起頭，發現遠處有人繞過岩壁迎面而來。愛拉認出其中有幾個屬於第三洞穴，包括頭目曼佛拉爾，他們之前並沒有與愛拉他們同行。這個年長男人看起來強壯又有活力。

「曼佛拉爾來了，還有其他人。」瑟佛娜說，顯然她也看到並認出來。那些人來到眾人身邊。曼佛拉爾直直走向約哈倫：「我問候你，約哈倫，齊蘭朵妮氏第九洞穴頭目，以大地母親朵妮之名。」他一邊說，一邊伸出雙手。

約哈倫握住他的手致意，並回應他的簡短問候：「以大地母親朵妮之名，我問候你，曼佛拉爾，齊蘭朵妮氏第三洞穴頭目。」這是頭目之間的問候禮儀。

「你撤回來的人告訴我們這裡的狀況。」曼佛拉爾說：「這幾天，我們也看到獅子在附近出沒，所以特地趕來幫忙。牠們定期會過來，我們都不知道該拿牠們怎麼辦。看來，你們已經把問題解決了。有四頭，不，五頭獅子倒地，包括公獅。嗯，母獅得再去找一頭公獅了。也說不定牠們會分開，找更多公獅，整個獅群的組合因此改變。我認為短時間之內，牠們不會回來煩我們。這一切，都要謝謝你們。」

「我們沒辦法安全越過牠們，也不希望牠們威脅鄰近洞穴，才決定趕走牠們。更何況，我們當中有人會用標槍投擲器。也幸虧有他們，尤其那頭大公獅受了重傷，居然還發動二度攻擊。」約哈倫說得心有餘悸。

「獵捕穴獅很危險。你們要怎麼處置牠們？」

「獸皮、牙齒、爪子已經有人要了，也有些人想嘗嘗獅肉。」約哈倫說。

「牠很壯。」曼佛拉爾皺著鼻子：「我們會幫忙剝皮，但得花點時間。我覺得你們應該留下來，跟我們一起過夜。我們可以派人通知第七洞穴，說你們耽擱了。」

「很好，我們會留下來過夜。謝謝你，曼佛拉爾。」約哈倫說

第二天早上出發前，第三洞穴款待第九洞穴的訪客用餐。約哈倫、波樂娃、波樂娃的兒子傑拉達爾，還有剛出生的小女嬰莎什娜，連同喬達拉、愛拉與她女兒喬愛拉，一群人坐在戶外的岩石前廊，享

受陽光、食物和賞心悅目的風景。

「默立桑好像對弗拉那的朋友嘉麗雅很感興趣。」波樂娃說完，其餘人以年長手足的寬容眼神，看著那群還沒配對的年輕人。

「對啊，」喬達拉咧嘴笑說：「昨天獵獅子時，她是他的後援。一同狩獵，彼此依賴，這能迅速建立特殊關係。他們雖然沒命中目標，無權擁有獅子。但他們幫愛拉剝下母獅皮，她各給兩人一個獅爪。他們很快就做完了，還過來幫我忙，我也各給他們一個小獅爪，紀念這次狩獵。」

「昨天晚上，他們還在煮食籮筐那兒炫耀紀念品呢。」

「愛拉，可以給我一個獅爪當紀念嗎？」傑拉達爾問。這孩子顯然仔細聽著大人對話。

「傑拉達爾，那些東西是紀念狩獵。」他母親說：「等你年紀大到可以狩獵，你就會有自己的紀念物了。」

「沒關係，波樂娃，我會給他一個。」約哈倫說，對配偶的兒子露出親切和藹的微笑：「我也獵到獅子了。」

「你獵到了！」六歲男孩非常興奮：「我可以有一個爪子了？待會兒我要先拿給羅貝南看！」

「拿給他之前，一定要先煮過唷。」愛拉說。

「嘉麗雅和其他人昨晚就在煮獅爪。」喬達拉說：「愛拉堅持那些爪子和牙齒要先煮過，大家才能碰，否則不小心讓獅爪刮出傷口，很危險。」

「為什麼煮過了，就不危險呢？」波樂娃問。

「伊札教導我成為女巫醫時，第一件事就告訴我，這些東西要先煮過才能碰，因為它們充滿了邪靈，而煮熱可以驅走不乾淨的東西。」愛拉回憶：「我很小的時候，在穴熊族還沒發現我之前，有一次，我被穴獅抓傷了，我不記得當時怎麼受傷的，可是我永遠也忘不了傷口癒合前有多痛！」

「嗯，光想到動物用那些爪子做什麼，就知道爪子一定充滿邪靈。」波樂娃說：「放心，我會確認約哈倫的獅爪煮過。」

「喬達拉，這場獵獅證明你的武器確實有效。」約哈倫說：「假如獅子靠近，只擁有標槍的人或許可以保護自己，但使用標槍投擲器才殺得了獅子。我想，會有更多人因此練習投擲器。」

眾人看見曼佛拉爾走近，熱情問候他。

「你們可以把獅皮留在這裡，回程時再過來拿。」他說：「我們會放在低處岩洞的後段，那下面夠涼爽，可以保存一陣子，等你們到家時再處理。」

他們狩獵前夕經過的高聳石灰岩懸崖，稱為「雙河石」，因為青草河在那裡匯入了主河。那裡有三個深深內陷的岩架，一個比一個高，構成了懸頂，庇護下方的空間。第三洞穴雖然使用了所有石造庇護所，但主要還是住在中間的大庇護所。在這裡，河流和懸崖周邊的廣闊全景盡收眼底。至於其他庇護所，大多用來儲存物資。

「這建議真好。」約哈倫說：「我們帶的東西夠多了，加上有嬰兒、小孩同行，而且我們已經耽擱了。要不是這趟前往馬首石的旅程籌畫了一段時間，我們可能來不及參加夏季大會。總之，我們會在夏季大會和所有人碰面，而且離開前還有很多事要做。第七洞穴非常希望愛拉造訪，齊蘭朵妮很想讓她看看馬首石。因為距離不遠，他們還希望到長者火堆拜訪第二洞穴，瞧瞧刻在低處洞穴牆上的先人。」

「首席大媽侍者在那裡嗎？」曼佛拉爾問。

「她已經在那裡待一陣子了。」約哈倫說：「和幾位齊蘭朵妮亞討論夏季大會的事情。」

「講到這裡，你們打算什麼時候出發？」曼佛拉爾表示：「也許我們能一起去夏季大會。」

「我想早一點出發。我們洞穴人數這麼多，得花時間找舒適的地方，何況現在還得考量動物。我之前待過第二十六洞穴，但實在不習慣那一帶。」

「那是在西河旁，有一大片平坦地帶，」曼佛拉爾說：「那裡不錯，有很多夏季庇護所，但我覺得不適合馬兒。」

「我喜歡去年的地點，雖然距離活動區很遠。我不知道今年會怎樣，本來考慮提前去探查，偏偏遇上了春季暴雨。我就是不想在爛泥巴裡跋涉才拖到現在。」約哈倫說。

「如果你們不介意遠一點，第二十六洞穴的庇護所『日景』那附近，可能會有隱密的地方。那是在懸崖、靠近舊河床的堤岸，比這裡稍微遠離河流。」

「我們可以去看看。」約哈倫：「這樣吧，只要離開時間一決定，我立刻派人通報。假如那時候你們想上路，我們就走。你在那裡有親戚，對吧？你記得怎麼走嗎？我知道西河的流向和主河差不多，應該不難找。我們只需要往南走到大河，再往西走到西河，然後沿著河往南走。當然啦，如果你知道更短的路徑，那就省時間了。」

「我確實知道。」曼佛拉爾說：「我的配偶就屬於第二十六洞穴，孩子還小時，我們經常拜訪她家人。自從她過世後，我就不常回去了。我很期待這次夏季大會能見到久違的親友。默立桑和他的哥哥姊姊也有表親在那裡。」

「等我們回來拿獅皮時，可以再多聊聊。曼佛拉爾，謝謝你們第三洞穴的款待。」約哈倫說完，轉身準備離開：「我們得走了。第二洞穴還在等我們，首席齊蘭朵妮要讓愛拉看一個令人驚奇的洞穴。」

春天鮮嫩的初芽，為冷褐色的融霜大地塗上了翠綠色彩。隨著季節推移，茂盛的青草取代了氾濫平原的冷色調。前方大片草地就是青草河的名字由來。在初夏的暖風中，青草如波浪般翻騰，快速生長期的綠意悄悄轉為熟成時的金黃。

這群旅人有些來自第九洞穴，有些來自第三洞穴，一群人走在青草河邊，循著前一天走過的路徑，成縱隊繞過突出岩石。小徑一側是清澈的青草河，另一側是懸崖。行進隊伍中，有些人開始趨前，三三兩兩並肩而行。

大家走上轉往渡河處的岔路，由於先前一場獵獅行動，這裡已經取名為「獵獅地」。渡河並不是件容易的事，年輕人機伶地在滑溜的石頭間跳躍前進是一回事，倘若要求懷孕、帶著嬰兒、糧食、衣物、配備的女人或長者也那樣渡河，未免太為難了。因此，在低於水位的岩石之間，有人精心擺放了更多岩石，以縮短踏腳石的間距。不久，眾人全數抵達支流另一岸，走到小徑寬闊處，大夥兒又開始放鬆隨意地並肩而行。

默立桑等待殿後的喬達拉、愛拉和馬兒，與他們一塊兒走。彼此簡單問候之後，默立桑說：「喬達拉，我先前不明白你的擲標槍武器有多厲害。雖然我一直在練習，但看到你和愛拉用得那麼靈巧，我才對它刮目相看。」

「默立桑，你練習這種武器是對的，它非常有效。當初是曼佛拉爾建議你，還是你自己決定要練習呢？」喬達拉問。

「我自己決定的，不過開始練習後，他有鼓勵我，說我樹立了好榜樣。」默立桑說：「坦白說，我倒不在意什麼好榜樣，我就是想學這種武器。」

喬達拉對年輕人咧嘴笑了笑。他原先就認為年輕人一定願意嘗試新武器，期待他們會有默立桑這種反應。

「很好，你愈練就會愈上手。愛拉和我使用標槍投擲器已經很久了，除了長達一年的返鄉旅程之外，之前也用了一年以上。你看得出來，女人可以非常有效地操控它。」

大夥兒順著青草河往上游走，一段距離後，遇到名為「小青草河」的小支流。沿著這條小水道繼續往上游走，愛拉留意到空氣涼爽、潮溼而且清新，充滿了令人愉悅的氣味，連草都顯得綠意盎然，地面也變得柔軟許多。路旁沼澤附近有高蘆葦和香蒲，眾人穿過青蔥山谷，走近石灰岩懸崖。

山谷外有幾個人在等候，愛拉看到其中兩個年輕女人時，綻開了歡顏。去年夏季大會，她們三人參加了同一場婚配典禮，感覺特別親近。

「樂薇拉！潔妮達！我好開心看到妳們哦！」說著，她走了過去：「聽說妳們決定搬到第二洞穴。」

「愛拉！」樂薇拉說：「歡迎來到馬首石！我們決定和齊莫倫來這兒見妳，不必苦等妳來拜訪第二洞穴。哇，看到妳真好！」

「對啊，」潔妮達附和。她比另外兩個女人年輕許多，也比較害羞，但笑容親切。

三個女人相互擁抱，不過動作都相當小心，因為愛拉和潔妮達都帶著嬰兒，樂薇拉則懷孕了。

「潔妮達，聽說妳生了男孩。」愛拉說。

「是啊，他叫傑利丹。」潔妮達說著，讓愛拉瞧瞧孩子。

「我生了女孩，叫喬愛拉。」愛拉說。喬愛拉已經在騷動中醒來，愛拉邊說邊將她捧出攜帶毯，然後轉頭看看小男嬰：「哦，他好漂亮！我可以抱他嗎？」

「可以啊，我也想抱抱妳女兒。」潔妮達說。

「愛拉，我先幫妳抱女兒，」樂薇拉說：「這樣妳就可以抱傑利丹，我再把……喬愛拉嗎？」她看見愛拉點頭後，把話說完：「交給潔妮達。」

三個女人替嬰兒調換位置，一邊開心逗弄，一邊觀察他們，也和自己的孩子比較。

「妳知道樂薇拉懷孕了，對吧？」潔妮達說。

「我看得出來。」愛拉說：「樂薇拉，妳什麼時候生？我想來這裡陪妳，我相信波樂娃也想。」

「時間還不確定，可能要等幾個月亮周期吧。我希望妳來，當然還有我姊姊。」樂薇拉說：「不過妳不需要到這兒，我們可能全在夏季大會。」

「妳說得對，」愛拉說：「大家都在身邊是最好不過了，連首席齊蘭朵妮也會在那兒，她對助產很有一套。」

「人可能會太多。」潔妮達說：「大家都喜歡妳，樂薇拉，但他們不會讓所有人都陪妳，那太擁擠了。我沒什麼經驗，也許妳不需要我，不過我真的很想陪妳，就像當初妳陪我一樣。當然啦，如果妳想讓老朋友陪，我也能理解。」

「潔妮達，我當然想要妳陪我呀，還有愛拉。畢竟我們在同一場婚配典禮配對，這種緣分很特別。」樂薇拉說。

愛拉明白潔妮達的心情，她自己也猜想，樂薇拉說不定希望老朋友陪伴。此刻，愛拉因為這個女人，感受到一陣溫暖，並且驚訝自己因為樂薇拉欣然接納，感動得熱淚盈眶。愛拉在少女時期沒什麼朋友，穴熊族女孩年紀輕輕就配對了。而原本可能成為好友的奧佳後來與布勞德配對，他不會讓配偶和自己痛恨的異族女孩成為姊妹淘。愛拉喜歡伊札的女兒烏芭，一位可愛的穴熊族妹妹，但她年紀太小了，比較像女兒，而不像朋友。其他女性雖然逐漸接納她，甚至關心她，可是從來沒真正了解她。直到她和馬木特伊氏一同生活，遇見了狄琪之後，她才明白：有同年齡的女性朋友，是多麼快樂有趣！

「說到配對典禮，喬德坎和派瑞達爾在哪兒？喬達拉也覺得和他們很親近，期待見到他們。」愛拉說。

「他們也想跟他聚一聚。」樂薇拉說：「自從知道你們要來，這兩人整天聊著喬達拉和他的擲標槍武器。」

「妳知道蒂秀那和馬爾夏佛現在住第九洞穴嗎？」愛拉提起另一對和他們同時配對的男女：「他們

先前住在第十四洞穴，可是馬爾夏佛習慣待在第九洞穴——或者說待在下游地。他幾乎每天都在第九洞穴過夜，學習替猛獁象牙塑形，所以兩人決定搬遷。」

三個年輕女人持續閒聊時，三位齊蘭朵妮亞站在後面觀察。首席大媽侍者發現愛拉很容易和她們聊開，談談小寶寶，互相比較一下，也熱烈談論所有配對年輕女性感興趣的事。她已經開始傳授有關齊蘭朵妮的基本知識，愛拉不僅興致高昂，也學得很快。不過，她也明白愛拉很容易分神。先前她一直有所克制，貼心地讓愛拉享受身為母親和配對女性的新生活。也許這時候該推她一把了，希望她能深受吸引，願意花更多時間學習她需要知道的事。

「愛拉，我們該走了。」首席大媽侍者說：「趁我們還沒忙著餐宴、拜訪、認識大家之前，我希望妳先看看這個洞穴。」

「對，該走了。」愛拉說：「三匹馬和沃夫得安置好，我把牠們留給喬達拉。我知道他也有想見的人。」

他們走向陡峭的石灰岩牆。落日餘暉直射牆面，在耀眼的陽光下，幾乎看不到旁邊已生起小火堆。有個黑洞依稀可見，幾支火炬靠在牆邊，每位齊蘭朵妮亞各自點亮了一把火炬。愛拉跟隨其他人進入黑洞，當四周陷入黑暗時，她開始瑟瑟發抖。在這岩石懸崖洞裡，空氣忽然變得涼爽潮溼，但她顫抖並不只因為溫度陡降。愛拉從來沒到過那裡，走入陌生洞穴，令她有些憂慮驚惶。

洞口不大，但高度夠，不需要俯身或彎腰便可入內。她在洞外已點燃火炬，此刻正拿在左手，高舉前方，右手則扶著粗糙的岩牆，以維持平衡。胸前的小寶寶還醒著，她移開摸著牆的手，輕輕拍著嬰兒，安撫她。愛拉心想，喬愛拉可能也察覺氣溫改變。她一邊往裡移動，一邊四處張望。洞穴雖然不大，可是區隔成幾個獨立小區塊。

「就在下一間石室了。」第二洞穴齊蘭朵妮說。她和愛拉一樣是金髮，身材高挑，只是年紀稍長。

首席大媽侍者往旁邊一站：「愛拉，妳走前面，我以前看過了。」她挪開龐大的身軀，讓愛拉走到帶路者後頭。

一個年長男人也跟著往後站。「我以前也看過了，」他說：「很多次。」愛拉發現這位第七洞穴的老齊蘭朵妮，長相十分神似帶路的女子，同樣高挑，只不過有點駝背，頭髮較白，而非金色。

第二洞穴齊蘭朵妮高舉火炬，好讓火光照亮前方；愛拉也如法炮製。經過某幾片穴壁時，她好像看見上面有模糊的圖像，但沒人停下來指給她看，所以她也不確定。愛拉聽見有人開始哼唱，聲音渾厚美妙，她認出是恩師首席齊蘭朵妮。嗓音迴盪在小小石室，尤其當他們進入另一間石室，並轉了個彎之後，回音依舊清晰。眾齊蘭朵妮亞舉起火炬，照亮一片岩壁。這時，愛拉倒吸了一口氣。

她沒料到眼前會出現這幅景象：一個馬頭，輪廓深深地刻入石灰岩壁，好像從岩壁長出來似的，而且模樣之逼真，彷彿它是活的！雕刻的馬頭比真實大了許多，或者刻的是她未曾見過的龐大動物，不過她知道比例相當完美。鬃毛、眼睛、耳朵、鼻孔與鼻子輪廓、嘴顎的弧線，一切都那麼活靈活現。在閃爍的火炬光影下，馬頭似乎正在擺動、呼吸。

先前看得屏氣凝神，這會兒她喘了一大口氣，說：「雕像很完美，可惜只有馬頭。」

「這就是第七洞穴稱為『馬首石』的原因。」年長男人站在她身後說。

愛拉盯著馬頭雕像，既敬畏又驚奇，不自覺伸手觸摸石頭，甚至忘了詢問能不能這麼做。她深深受到吸引，把手放在馬雕的顎部，正如她觸摸活生生的馬一樣。過了一會兒，冰冷的石頭似乎變暖了，彷彿想活起來離開石牆。她移開手，然後又放回去，岩石表面仍帶著微溫，但隨即變涼。她意識自己碰觸岩壁時，首席大媽侍者一直哼唱著，卻在她移開手後停下來。

「這是誰雕的？」愛拉問。

「不曉得。」首席大媽侍者回答，她尾隨第七洞穴齊蘭朵妮進來：「馬頭雕像的年代非常久遠，沒有人知道是誰雕的。當然，一定出自祖先之手，可惜沒留下傳說或歷史紀錄。」

「也許是雕出長者火堆大媽的雕刻匠。」第二洞穴齊蘭朵妮說。

「怎麼可能？」年長男人覺得不可思議：「兩個雕像天差地別，一個是女人手拿著牛角，另一個是馬頭。」

「我仔細研究過，兩個雕刻的技巧很類似。」她說：「你注意到鼻子、嘴巴、顎部的輪廓雕得多精細嗎？我在長者火堆大媽那裡，觀察了大媽的臀部和腹部輪廓。我親眼見過有女人的臀部就像那樣，尤其生過孩子後。長者火堆洞穴裡，代表朵妮的女人雕像栩栩如生、維妙維肖，就跟這個馬頭沒兩樣啊。」

「妳的觀察很敏銳，」首席大媽侍者說：「我們到了長者火堆，會依照妳的建議，仔細比對。」眾人靜靜佇立，凝視馬頭。過了一會兒，首席大媽侍者打破沉默：「該走了，這裡還有其他東西，但我們以後再看。我只是想讓愛拉先看看這個馬頭，趁我們還沒開始忙得團團轉之前。」

「謝謝妳帶我來。」愛拉說：「我不知道石雕居然可以這麼逼真。」

第三章

「你們來啦！」第七洞穴庇護所前方，齊莫倫從岩架石椅上起身，熱情招呼愛拉與喬達拉。兩人剛剛爬上小路，喬愛拉頂在愛拉的臀部上，沃夫跟在後頭。「我們知道你們已經到了，可是沒人清楚你們在哪裡。」

喬達拉的老友齊莫倫，一直在等他。他是齊蘭朵妮氏第二洞穴長者火堆的頭目。這個淺髮男子身材高大，神似身高近兩百公分、淡黃髮的喬達拉。許多男人都超過一百八十公分，但喬達拉和齊莫倫在青春禮時，遠比其他同齡夥伴來得高。兩個高個兒很快成為好朋友。齊莫倫是第二洞穴齊蘭朵妮的弟弟，也是喬德坎的叔叔，但身分更像兄長。他姊姊比他年長許多，在母親去世後，將他連同自己的一雙兒女撫養長大。她配偶也去了另一世界，不久，她開始接受訓練，成為齊蘭朵妮亞。

「首席大媽侍者想讓愛拉瞧瞧你們的馬頭。現在我們得先安置馬兒。」喬達拉說。

「牠們會愛上你們的草地，綠油油一大片。」愛拉補充。

「那是甜河谷，小青草河從中流過，氾濫平原擴展成大平原。春天融雪或秋天降雨時，可能會淹得像沼澤。到了夏天，其他地方都乾枯了，那片草地還是青翠鮮綠。」齊莫倫說，一邊和眾人走向懸垂頂架的居住空間。「整個夏天這裡都有草食動物，要狩獵很容易，第二洞穴和第七洞穴會一直派人監看。」

「你記得第七洞穴的頭目瑟傑諾，對吧？」他們走近更多人時，齊莫倫指著一位中年黑髮男子說道。男子往後站開，眼睛盯著狼，嚴加提防，任由年輕頭目招呼友人。

「當然記得，瑟傑諾剛當上第七洞穴頭目時，經常找瑪桑那談。」喬達拉說著，看見對方憂心忡忡，轉念一想，這趟拜訪或許該協助眾人更加了解沃夫。他對瑟傑諾說：「我相信你已經見過愛拉了。」

「去年你們剛回來，已經有人介紹了，但我沒機會單獨問候她。」瑟傑諾向愛拉伸出雙手，掌心朝上：「以朵妮之名，我歡迎妳到齊蘭朵妮氏第七洞穴，第九洞穴的愛拉。我知道妳還有許多稱謂和親屬關係，有些相當特殊，不過我記不得了。」

愛拉緊握他的手：「我是齊蘭朵妮氏第九洞穴的愛拉，第九洞穴齊蘭朵妮、首席大媽侍者的助手，」然後她猶豫著，不知該提起多少喬達拉的親屬關係。去年夏天婚配典禮上，所有喬達拉的稱謂和親屬關係全都加在她身上，她的介紹變得好長一串。幸好，只有最正式的儀式中才需要說得鉅細靡遺。這是她正式會見第七洞穴頭目，理當鄭重自我介紹，但她不希望沒完沒了。

她決定引述喬達拉最親近的親屬關係，再提自己從以前到現在的親屬關係，最後隨性加上她愛用的稱謂：「馬兒嘶嘶、快快、灰灰，以及四足獵食者沃夫的朋友，以萬物大媽之名，我問候你。瑟傑諾，齊蘭朵妮氏第七洞穴頭目，感謝你邀請我們來到馬首石。」

聽愛拉的口音，瑟傑諾心想，她絕不是齊蘭朵妮氏人，或許擁有喬達拉的稱謂和親屬關係，卻是個十足的外地人，奉行外地的習俗，尤其對動物。他放開她的手，緊盯著那隻步步逼近的狼。

愛拉察覺大型肉食動物令他不安，而齊莫倫也不怎麼自在。其實，去年兩人剛到不久便向他介紹沃夫，後來又見過幾次。很顯然，兩位頭目都不習慣肉食狩獵者在人群間遊走穿梭。她的想法和喬達拉一樣，這是讓他們習慣沃夫的大好機會。

第七洞穴的人發現這對男女已經抵達，引來更多人圍觀這位帶著狼的女人。去年夏天，喬達拉結束長達五年的旅程返家，當時他騎在馬背上，又帶了外地女人回來。這消息在一天之內，傳遍了附近所有洞穴。這回，兩人打算拜訪有過一面之緣的附近洞穴，並造訪第七和第二洞穴。

去年秋天，愛拉和喬達拉沒能如願拜訪這兩個洞穴，待冬天來臨，又因為愛拉懷孕而作罷。眾人一盼再盼，兩人的造訪因而成了大事一樁，尤其首席大媽侍者決定在此和各地齊蘭朵妮亞會面。

「雕刻馬頭的人一定很懂馬，刻得這麼逼真。」愛拉說。

「我也這麼想，很高興聽到像妳這麼懂馬的人也有同感。」瑟傑諾說。

沃夫安靜端坐，看著瑟傑諾，舌頭垂出嘴邊，折耳的牠依然神氣活現。愛拉知道牠期待被介紹，牠看著她問候第七洞穴頭目，於是自動走過來，期待自己也能以那種方式，問候任何陌生人。

「我也想謝謝你同意我帶沃夫來。牠一不在我身邊，總是不開心，現在牠對喬愛拉也會這樣，因為牠太愛小孩了。」愛拉說。

「那隻狼愛小孩？」瑟傑諾顯得吃驚。

「沃夫和其他狼不一樣，牠是和馬木特伊氏小孩一起被撫養，因此牠把人當成同類。而所有狼都愛狼群中的幼狼。」愛拉說：「牠看見我問候你，現在牠也期待認識你。牠已經學會接納我介紹給牠的任何人。」

瑟傑諾皺起眉頭：「妳怎麼介紹一隻狼呢？」他說完瞥了齊莫倫一眼，看見他咧嘴笑開。

這個年紀較輕的男子想起了自己的經驗，當時他既緊張又窘困，就和眼前這位年長男子一模一樣。

愛拉示意沃夫過來。她蹲下，用一隻手臂環繞牠，接著伸手去拉瑟傑諾的手。但他猛然把手抽回。

「牠必須聞一聞，」愛拉說：「才會熟悉你。狼就是這樣認識彼此的。」

「你這樣做過嗎，齊莫倫？」瑟傑諾注意到周遭所有人都盯著看。

「對，我也這麼做過，就在去年夏季大會的前夕，我們去第三洞穴打獵。後來，我在大會上每一次看到這隻狼，都覺得牠認識我，雖然牠沒理我。」齊莫倫說。

瑟傑諾很不想這麼做，但是眾目睽睽，不得不順從，他不希望任何人認為他害怕，尤其年輕頭目都試過了。他遲疑著緩緩將手伸向動物，愛拉牽起他的手，靠近動物鼻子。沃夫閉著嘴皺起鼻子，露出用來撕扯的牙齒。喬達拉總把這副模樣，看成牠自信滿滿咧嘴笑著，但瑟傑諾可不這麼認為。愛拉感覺他在顫抖，發現他散發出恐懼的酸腐氣息。她知道沃夫也發現了。

「沃夫不會傷害你，我保證。」愛拉壓低嗓音柔聲說。瑟傑諾咬緊牙根，當那隻狼將滿口尖牙的嘴靠近他的手時，他強迫自己定住不動。沃夫嗅聞之後開始舔他的手。

「牠在做什麼？」瑟傑諾說：「想知道我嘗起來是什麼味道嗎？」

「不，我想牠正在安撫你，牠也會對幼小動物這麼做。來，摸摸牠的頭。」她牽著他的手離開銳利狼牙，用安撫的聲音說：「你摸過活狼的皮毛嗎？有沒有發現牠耳朵後面和頸部周圍的皮毛比較粗厚？牠喜歡有人搓揉耳後。」當她終於放開他的手時，他把手收回，雙手互握，一副不想再伸手的模樣。

「現在牠認得你了。」她從沒看過有人這麼害怕沃夫，或者說這麼勇敢克服自己的恐懼。「你跟狼接觸過嗎？」她問。

「我小時候被狼咬過，傷疤還在呢。我自己其實不大記得，是母親告訴我的。」瑟傑諾說。

「那代表狼靈選中你，狼是你的圖騰。撫養我長大的人會這麼說。」她知道齊蘭朵妮氏與穴熊族看待圖騰的方式不同，並非所有人都有圖騰，但擁有的人會將圖騰視為好運。「我小時候，可能是五歲吧，被一頭穴獅抓傷，身上還留有傷疤，而且偶爾會夢見。擁有獅子或狼這種強大的圖騰並不容易，但我的圖騰幫了我很多忙，也教了我許多事。」愛拉說。

瑟傑諾開始好奇：「穴獅教了妳什麼？」

「首先是如何面對恐懼。」她說：「我認為你也學會了面對恐懼，你的狼圖騰可能在你不自覺中幫了忙。」

「或許吧，但妳怎麼知道是圖騰幫的忙呢？穴獅靈真的幫過妳嗎？」瑟傑諾問。

「不只一次。穴獅在我腿上留下四個爪痕，那代表穴獅的穴熊族圖騰。通常，只有男人才會擁有這麼強大的圖騰。正因為四個爪痕一看就知道是穴熊族圖騰，當時的頭目才願意接納我，儘管我是異族——他們這麼稱呼我這種人。我很小就失去族人，假如沒被穴熊族收養，我不可能活到現在。」愛拉解釋。

「有趣，不過妳提到『不只一次』。」瑟傑諾提醒她，顯然意猶未盡。

「另一次，我已經長大了。年輕的新頭目強迫我離開。我遵循穴熊族母親伊札的生前吩咐，長途跋涉，花了很長時間尋找異族，可是怎麼也找不到。我必須趁冬季來臨前，找個地方安頓下來。就在那時，我的圖騰派來一群獅子，讓我改變方向，引導我找到山谷，我才能活下來。穴獅靈甚至帶領我找到喬達拉。」愛拉說。

眾人站在周圍聆聽，深受她的故事吸引，連喬達拉都不曾聽過她用這種方式解說她的圖騰。群眾當中，有人開口發問：

「那些收養妳、被妳稱為穴熊族的人，真的是扁頭嗎？」

「那是你們對他們的稱呼。他們自稱穴熊族，因為他們尊崇穴熊靈，那是他們所有人的圖騰，穴熊族的圖騰。」愛拉說。

「時間差不多了，該讓客人放好鋪蓋捲和行李，準備跟我們一起用餐了。」一名剛到場的女子說。她身材豐滿有魅力，眼中閃爍著智慧與活力。

瑟傑諾帶著暖暖情意微笑：「這是我的配偶，齊蘭朵妮氏第七洞穴的潔薇娜。」他轉而對配偶說：「潔薇娜，這是齊蘭朵妮氏第九洞穴的愛拉，她還有其他稱謂和親屬關係，不過我讓她自己告訴妳。」

「但不是現在。」潔薇娜說：「以大媽之名，歡迎妳，第九洞穴的愛拉。我確信妳想先安頓下來，而不是細述那些稱謂和親屬關係。」

兩人正要離開時，瑟傑諾碰了碰愛拉的手臂，望著她悄聲說：「我有時會夢見狼。」她微笑。

兩人離開時，一位性感的年輕女人走近，懷中抱著兩個孩子，一個黑髮男孩，一個金髮女孩。她對齊莫倫微笑，齊莫倫回應的微笑令她害羞臉紅。接著，他轉向訪客：「去年夏天，你們倆已經見過我的配偶貝拉朵拉了，對吧？」他的聲音多了滿滿的自豪：「還有她的兒女，我火堆地盤的孩子。」

愛拉想起去年夏天和這個女人有一面之緣，不過沒機會認識。她知道貝拉朵拉大約在夏季大會初次婚配典禮時，生下了這對雙胞胎。當時她與喬達拉結為配偶，大家都在談論這件事。所以，這兩個孩子不久就滿一歲了，她心想。

「當然記得。」喬達拉說，對女人和雙胞胎微笑，然後不自覺地仔細打量這位深具魅力的年輕女人，他那雙亮藍色的眼睛滿是欣賞。女人回以微笑，齊莫倫貼近她，伸手摟住她的腰。

愛拉擅長解讀肢體語言，她也認為，任何人都能理解剛才發生了什麼事。喬達拉覺得貝拉朵拉有魅力，情不自禁顯露了出來，一如她也不自禁回應他。喬達拉沒意識到自己的魅力，甚至不曉得自己正散發著魅力，但貝拉朵拉的配偶非常清楚。而齊莫倫什麼都沒說就已介入，清楚表明了立場。

愛拉觀察著這些細微的動作，深深著迷。身為喬達拉的配偶，她沒有一絲嫉妒，反而開始體會自從兩人抵達後，她聽到有關他的評論。她深知喬達拉純粹只是欣賞而已，別無欲望。實際上，他還有另一面，即使對她都很少展現，最多就只在兩人獨處時才會顯露。

喬達拉一向感情豐沛，由於過度熱情，一生都在掙扎之中控制自己，最後終於學會了收斂。如今，赤裸裸地表露情感，對他來說並不容易。他從未公開展現自己對愛拉的愛有多深，唯有兩人獨處時，他才會控制不了——這份愛如此強大，有時令他不知所措。

愛拉轉過頭，發現首席齊蘭朵妮正觀察自己，也明白她已察覺到種種無言的互動，想評估自己的反應。愛拉對她露出會心一笑，隨即將注意力放在攜帶毯中的嬰兒，知道小傢伙餓了，襯墊恐怕也溼了。她走近潔薇娜身邊的漂亮年輕母親。

「妳好，貝拉朵拉，很高興見到妳，尤其妳還帶著孩子。」她說：「喬愛拉尿溼了，我帶了替換的襯墊，請帶我去換好嗎？」

抱著雙胞胎的女人笑說：「跟我來。」於是三個女人走向庇護所。

貝拉朵拉聽過大家談論愛拉口音不尋常，但從未親耳聽過。喬達拉和外地女人的婚配典禮期間，她在分娩，後來也沒機會和愛拉交談。現在，她知道大家為什麼那麼說了。愛拉的齊蘭朵妮氏語說得很好，但就是無法正確發出某些音。不過貝拉朵拉很高興聽到愛拉說話，她自己也是來自遙遠的地方，說起齊蘭朵妮氏語還是有口音，只是口音沒有愛拉那麼重罷了。

聽貝拉朵拉說話，愛拉笑了笑：「我想妳不是天生就是齊蘭朵妮氏人，」她說：「和我一樣。」

「我族人是喬納朵妮氏，位在南方，離這兒很遠，氣候溫暖多了。因為附近有齊蘭朵妮氏洞穴，」貝拉朵拉微笑說道：「齊莫倫陪著姊姊進行朵妮侍者之行時，遇見了我。」

愛拉好奇什麼是「朵妮侍者之行」，顯然那和成為齊蘭朵妮有關，因為大媽侍者又稱「朵妮侍者」。不過，愛拉決定，日後有機會再請教首席大媽侍者。

熊熊的火焰搖曳竄動，從橢圓形火堆投射出舒適的紅光，為庇護所的石灰岩牆彩繪出溫暖的光線。火堆上方，懸垂岩架頂部朝著下方景物反射出明亮色調，將眾人映照得容光煥發。辛苦烹煮的美味佳餚已經享用完畢，包括一大塊巨角鹿的腰腿。先前它以堅固炙叉插住，跨在分岔大樹枝上，就著橢圓形火坑燒烤。此刻，齊蘭朵妮氏第七洞穴，連同第二洞穴的親戚，以及來自第九、第三洞穴的訪客，大夥兒飽餐一頓，準備好好放鬆一下。

飲料送上來了：幾種不同的茶、發酵水果酒及巴瑪酒。巴瑪酒是以樺樹液，加上穀類、蜂蜜及各種水果調製釀造。大家拿著自己喜愛的飲料，在宜人的火堆附近找地方坐下來。期待與歡愉氣氛高漲，這是訪客到來自然引發的，而這個外地女人帶來動物和奇特的故事，可能比往常更令人興奮。

愛拉和喬達拉置身人群當中，周圍坐著第九洞穴頭目約哈倫和波樂娃、第七洞穴頭目瑟傑諾和潔薇娜、第二洞穴頭目齊莫倫和貝拉朵拉，以及年輕女人樂薇拉、潔妮達和她們的配偶喬德坎、派利達爾。眾頭目和第七洞穴的人討論訪客前往長者火堆的時間，又和第二洞穴半開玩笑地爭論訪客該在哪兒待最久。

「長者火堆的年代久遠，位階比較高，而且更有聲望。」齊莫倫帶著得意的笑容說：「所以，訪客應該在我們那兒待久一點。」

「按照你的說法，我比你年長，所以我比你更有聲望？」瑟傑諾反駁，臉上露出微笑：「我會記得的。」

愛拉和其他人笑著聆聽，但她一直有問題想問。對話告一段落，她終於開口：「既然你們提到洞穴的年代，有件事我很想知道。」所有人轉頭看她。

「妳儘管問。」齊莫倫帶著誇張的禮貌和友善說著，別有暗示意味。幾杯巴瑪酒下肚，他注意到高個兒朋友的配偶深具魅力，令他無法抵擋。

「去年夏天，曼佛拉爾跟我提過各洞穴的數字名稱，但我還是弄不懂。」愛拉說：「去年夏季大會，我們在第二十九洞穴過夜。他們分散在大河谷周圍的三個庇護所，各自擁有頭目和齊蘭朵妮，卻全都稱為第二十九洞穴。可是，第二洞穴和第七洞穴關係密切，而且你們只不過住在山谷另一邊，為什麼是數字名稱不同的洞穴，而不是同屬第二洞穴呢？」

「我回答不了這個問題。」齊莫倫說完，朝著年長男子比手勢：「妳得問問更資深的頭目。瑟傑諾？」

瑟傑諾笑了起來，隨後思索這個問題：「坦白說，我也不知道。我從來沒想過，也沒聽過相關的歷史紀錄或長者的傳說。有些故事是這麼講的，這一帶的最早住民是齊蘭朵妮氏第一洞穴，但他們很久以前就消失了，沒人知道他們的庇護所在哪裡。」

「妳知道第二洞穴是現存最古老的齊蘭朵妮氏聚落吧？」齊莫倫說，聲音有些含糊不清：「所以才稱為『長者火堆』。」

「嗯，我知道。」她說，斟酌是否該為他調一杯具有醒酒效果的「次晨茶」。

「我是這麼想的，」瑟傑諾說：「當第一、第二洞穴的家族規模大到庇護所容納不了時，有些年幼及晚到的人便遷徙到遠處，建立了新洞穴，冠上後續的數字。第二洞穴的人發現我們這個洞穴，決定搬過來時，剛好輪到『七』這個數字。他們大多是年輕家庭，有些剛配對，不想離親戚太遠，於是橫越甜河谷，把這裡當作新家。雖然和第二洞穴關係親密，是同一家族的不同分支，但還是依照慣例，冠上了新數字，成為兩個獨立洞穴：齊蘭朵妮氏第二洞穴長者火堆、第七洞穴馬首石。

「第二十九洞穴比較新，」瑟傑諾繼續說：「他們移居新庇護所時，我猜他們想保有同一數字名稱，因為數字愈小，聚落愈古老，聲望愈高。而二十九這個數字已經很大了，我猜新洞穴那些人不想擁有數字更大的名稱，所以決定自稱為齊蘭朵妮氏第二十九洞穴的三巨岩，只以現成的地名作區隔。

「最早的聚落稱為『鏡像岩』，因為站在某些地方，可以透過下方的河水看見自己。那是少數面北的庇護所，得忍受北風吹颳，不過它還是有很多優點。那裡是第二十九洞穴的南方領地，有時也說成三巨岩的南方領地；南面是北方領地；夏季營地則是西方領地。這種命名方式複雜又容易混淆，但這是他們的選擇。」

「如果第二洞穴最古老，那第二古老的聚落，就是我們昨晚住的，齊蘭朵妮氏第三洞穴的雙河石。」愛拉恍然大悟地點頭說著。

「沒錯。」波樂娃加入討論。

「可是沒有第四洞穴，對吧？」

「有，」波樂娃回答：「只是沒人知道他們怎麼了，有傳說暗示：某種大災難襲擊了幾個洞穴，第四洞穴可能在那時消失不見，但也只是傳說。那是歷史上的黑暗時期，根據推測，曾經和扁頭對抗過幾次。」

「第五洞穴稱為『老河谷』，在主河更上游，那是第三洞穴之後的下一個洞穴。」喬達拉說：「去年的夏季大會，我們本來打算拜訪，可惜他們已經離開了，記得嗎？」愛拉點點頭。「他們在短河谷兩側各有幾個庇護所，有的用來居住，有的用來儲物，卻沒有另外以數字命名，整個老河谷都是第五洞穴。」

「第六洞穴也不見了。」瑟傑諾接著說：「關於他們的下落眾說紛紜。大多數人認為疾病削減了他們的族群，也有人相信是派系紛爭導致族群分裂。不管怎麼說，歷史紀錄指出：曾經有第六洞穴的人加入其他洞穴。也因為這樣，我們是第七洞穴。由於沒有第八洞穴，你們第九洞穴就成了我們下一個洞穴。」

現場陷入一片安靜，似乎在咀嚼或沉思聽來的資訊。隨後，幾個人各自展開了新話題。喬德坎問喬達拉想不想看自己製作的標槍投擲器；樂薇拉向姊姊波樂娃表示自己考慮去第九洞穴生產，波樂娃微笑以對。眾人開始私密交談，分別形成幾個聊天的小團體。

不只喬德坎想詢問標槍投擲器的問題，當他們前一天的獵獅行動流傳開來，不少人都躍躍欲試。這種武器是喬達拉和愛拉住在東方山谷時研發的。去年夏天返鄉後，他立刻進行示範，並在夏季大會展示。

那天下午稍早，喬達拉等待愛拉拜訪馬頭洞穴時，有幾個人接受他的指導與建議，用仿造的自製投擲器練習。此刻，有一群人圍繞他身旁，當中也有幾個女人。他們詢問標槍投擲器的製作技巧，也對成效顯著的輕巧標槍大感興趣。

火堆另一邊，具保溫作用的牆壁旁，聚集了幾位有小寶寶的女人，包括愛拉在內，她們一邊閒聊，一邊餵奶、輕搖安撫或留意入睡的孩子。

庇護所更偏僻的獨立區域裡，首席齊蘭朵妮正和其他齊蘭朵妮亞及助手們商談，她不大高興自己的助手愛拉不在場。首席齊蘭朵妮知道自己必須推她一把，但她原本就精通醫術，甚至具備其他非凡的技能，包括控制動物。她應該是齊蘭朵妮亞！

第七洞穴齊蘭朵妮提出一個問題，帶著耐心的表情等候答案。他注意到這位首席齊蘭朵妮心不在焉，而且不怎麼開心。自從訪客抵達，他就開始觀察她，看出她愈來愈煩躁，也試著猜測原因。齊蘭朵妮亞帶著助手互訪時，正適合教導新手學習各種知識和傳說，而她的助手居然沒現身。不過，他心想，假如首席齊蘭朵妮打算挑選有配偶又剛生孩子的人當助手，就應當有心理準備：對方不會全心奉獻給齊蘭朵妮亞。

「我得離開一會兒。」首席齊蘭朵妮說完，扶著低矮岩架，讓自己從墊子起身，走向那群正在閒聊的年輕女人。「愛拉，」她微笑，擅長隱藏自己的真實感受。「抱歉打斷妳，但第七洞穴齊蘭朵妮剛剛問我怎麼固定斷骨，我認為妳可以提供意見。」

「當然，齊蘭朵妮，」她說：「讓我抱喬愛拉過去，她在那兒。」

愛拉站起身，卻在低頭凝視熟睡嬰兒時猶豫了，沃夫抬頭看著她哀鳴，尾巴拍打地面。牠躺在嬰兒旁，認為自己應該照顧嬰兒。愛拉曾經殺死從她的陷阱中偷獵物的孤狼，然後才發現那隻母狼正在哺乳期。她追蹤足跡找到狼穴，發現唯一倖存的幼狼，將牠帶回去，讓牠在局促的馬木特伊氏冬季住所長大。愛拉找到牠時，牠還非常小，大約只有四周大，因此將人類銘記在心，而且非常喜愛人類小孩，尤其是愛拉的孩子。

「我真不想打擾喬愛拉，她才剛睡著。她不習慣出來玩，今晚興奮過頭了。」愛拉說。

「我們可以看著她，」樂薇拉說完咧嘴一笑：「至少可以幫沃夫的忙，牠不會讓她離開視線的。要是她醒過來，我們會帶她過去。既然她已經睡著了，應該要好一陣子才會醒來。」

「謝謝妳，樂薇拉。」愛拉說，隨後對她和身旁的女人微笑：「妳果真是波樂娃的妹妹。妳知道自己有多像她嗎？」

「自從她和約哈倫配對後，我好想她。」樂薇拉看著姊姊說：「我們一直很親近，波樂娃幾乎是我第二個母親。」

愛拉跟隨首席齊蘭朵妮，回到那群大媽侍者身邊，發現當地的齊蘭朵妮亞大多都在場，包括首席大媽侍者、第九、第二和第七洞穴的齊蘭朵妮亞，還有第三和第十一洞穴。第十四洞穴的齊蘭朵妮沒到場，但派來第一助手。另外還有幾名助手，愛拉認出兩個年紀較小的女人和一個年輕男人，分別來自第二、第七洞穴。她對來自第三洞穴的瑪葉拉微笑，接著問候一位年長男人，第七洞穴齊蘭朵妮，以及他火堆地盤的孫女。至於第二洞穴齊蘭朵妮，她是喬德坎的母親，愛拉一直想進一步認識她。有孩子的齊蘭朵妮亞不多，她卻配對過並養大兩個孩子——在母親死後還撫養她弟弟齊莫倫，如今也成為齊蘭朵妮。

「愛拉比大多數人有更多接骨經驗。第七洞穴齊蘭朵妮，你應該問問她。」首席齊蘭朵妮說著，重新坐下來，示意愛拉坐在她身旁。

「就我所知，如果骨頭剛斷時接得正，癒合就會正，我做過很多次。但有人問我，假如斷骨沒接正，癒合時彎了，能不能改善？」這個年長男人立刻發問，不僅因為他對愛拉的反應感興趣，也因為他常聽首席大媽侍者提到她的醫術，想知道以自己這種年紀與經驗直接提問，會不會令她緊張慌亂。

愛拉才剛坐到墊子上，轉身面對他。年長男人發現，她坐下來的方式特別順暢優雅，儘管沒完全直視他，卻不知怎地，傳達出一股尊重。她以為自己會先經過正式介紹，沒想到這麼快就有人詢問，她毫不猶豫地回應。

「那要看斷骨本身癒合多久。」愛拉說：「如果是舊傷，改善效果有限。骨頭癒合後，即使癒合得不對，通常比沒受傷的骨頭粗。假如重新弄斷再來導正，斷的很可能是沒受傷的骨頭。但如果斷骨才剛開始癒合，有時可以再次弄斷，重新導正。」

「妳這麼做過嗎？」第七洞穴齊蘭朵妮問。愛拉說話的方式，使他停頓了一下。她的口音奇特，和齊莫倫的美麗配偶不同，某些音不太一樣，聽起來很悅耳。當喬達拉帶回的外地女人開口時，彷彿吞下了某些音。

「對。」愛拉回答。她覺得自己正在接受考驗，有點像伊札過去問她醫療手法和植物效用。「喬達拉和我旅行回來途中，我們停下來拜訪他之前遇到的人。在我們到達前一個月亮周期，他認識的女人嚴重摔傷，弄斷了手臂，骨頭癒合不對，彎到無法使用，而且非常痛。他們的醫治者在那年初冬過世了，還沒有人繼任，也沒人知道怎麼接回手臂。當時我設法再弄斷她的手臂，重新接骨。之後，手臂雖然不完美但有改善，無法完全發揮功效，卻可以使用。我們離開時，斷骨癒合良好，也不再疼痛。」愛拉解釋。

「弄斷手臂不會痛嗎？」一名年輕女子問。

「我不認為她覺得痛，因為我給她喝某種東西，讓她入睡並放鬆肌肉。據我所知，那是曼陀羅……」

「曼陀羅？」第七洞穴的年老齊蘭朵妮打岔，感覺她說起那個字時，口音特別重。

「在馬木特伊氏語中，這個名稱可能代表齊蘭朵妮氏語的『刺蘋果』，我們會那樣形容它某個階段產生的果實。這種大型植物味道很濃，大白花從莖部向外開展。」愛拉說。

「嗯，我知道那種植物。」老人回應。

「妳怎麼知道該如何做呢？」坐在他身旁的年輕女人問，她很訝異愛拉才剛成為助手，居然懂這麼多。

「對，問得好。」第七洞穴齊蘭朵妮說：「妳怎麼知道該如何做？從哪兒獲得經驗？妳這麼年輕，卻知識淵博。」

愛拉瞥了一眼首席齊蘭朵妮，她看起來相當高興。愛拉不確定原因，但隱約覺得她滿意自己的回答。

「我還是小女孩時，族裡的女巫醫——伊札收留並撫養我。她很懂醫術，也訓練我成為女巫醫。穴熊族男人使用的標槍種類，和齊蘭朵妮氏男人不同，更長而且更粗。他們通常不投擲標槍，而是用它來戳刺，所以必須靠近獵物。那樣比較危險，經常受傷。穴熊族獵人有時會長途旅行，如果有人骨頭斷了，不一定能立刻折返，往往骨頭還沒接回就開始癒合。伊札必須重新弄斷，接回骨頭，我幫過她幾次忙，也在各部落大會中，協助眾女巫醫那樣做。」

「妳稱為穴熊族的那些人，真的就是扁頭嗎？」年輕男人問。

有人這樣問過她，而她認為就是眼前這位。「那是你稱呼他們的方式。」愛拉再次說。

「很難相信他們可以做這麼多事。」他說。

「對我來說不難，我和他們一起生活過。」

一股不自在的靜默持續著，直到首席齊蘭朵妮改變話題。「我想，現在很適合助手學習，或者你們當中某些人可以複習數字的用法和意義。你們都知道數字，但如果數量很大時，該怎麼數算？第二洞穴齊蘭朵妮，妳可以解釋一下嗎？」

這個話題引發愛拉好奇，忽然著迷地把身體往前傾。她知道，如果學會怎麼做，數算其實可以更複雜、更有效，而不只是簡單的數字。首席齊蘭朵妮很滿意愛拉專注了，確定她特別想知道數算的概念。

「你可以運用雙手。」第二洞穴齊蘭朵妮說著，舉起雙手：「利用右手，每念一個數字就用手指數算，一直數到五。」她握起拳頭，從拇指開始，每次數算都舉起一根手指。「你可以用左手從六數到十，不過也只能數到這裡。但除了用左手數六到十，你也可以彎下左手拇指，來保留前面右手數的五個數字，」她舉起左手，將手背朝外，「然後再次用右手數算，並彎下左手第二根手指繼續保留右手數算的數字。」她彎下食指壓在拇指上，如此一來，除了左手食指和拇指，她雙手的其餘手指都打開了。「現在，這代表十。」她說：「假如我左手再多彎一根手指，就是十五，多彎兩根是二十，多彎三根是二十五。」

愛拉非常驚訝，她馬上就弄懂了，雖然這比喬達拉教她的數字更複雜。她想起第一次學算物品數量，當時教她的人是克雷伯，穴熊族的莫格烏爾，但他只能數到十。那時她還是個小女孩，他將一隻手的五個手指分別放在五顆不同石頭上，由於另一隻手臂自肘部以下已經切除，他想像自己還有另一隻手，用同樣方式又數了一遍。他把想像力發揮到極致，十分吃力地數到二十。因此，當愛拉輕輕鬆鬆數到二十五，他當場愣住了，心頭一驚。

愛拉不像喬達拉那樣使用語言，而是利用小圓石，藉由將五根手指放在不同的石頭上五次，讓克雷伯看她數到二十五。克雷伯好不容易才學會數算，她卻能輕易理解數算的概念。他吩咐她，絕不能告訴任何人她做了什麼。他知道她和穴熊族人不同，但直到那時才知道差異有多大。她的特異會使大家心煩意亂，尤其布倫和眾男人，也許光是這一點，就足以趕她走。

穴熊族人大多只會數一、二、三和多數，不過他們可以分辨是一些，還是很多，並且用其他方式理解數量。例如，他們不用數字表示孩子多大，但他們知道出生未滿一年的孩子，年紀比學走路或斷奶的孩子小。布倫也確實不需要數算部落有多少人，他知道每個人的名字，只要很快瞥一眼，就明白是否有人不在場，是誰缺席。大多數人都或多或少有這種能力，一旦和數量有限的人相處一段時間，就能靠直覺判斷是否全數到齊。

愛拉知道，假如她懂數算，會令愛她的克雷伯不安，那麼其他穴熊族人會更加困擾，所以她從未提起，但也沒忘記。她運用有限的知識為自己數算，尤其獨居山谷時。她每天在木棒上刻記號，標示逝去的日子；即使不知道數字，她也搞得清楚自己在山谷住了多少季節、多少年。喬達拉出現時，居然透過計算木棒上的記號，準確說出她在那裡待了多久。這對她來說，就像魔法一樣。既然約略知道他是怎麼辦到的，她渴望學習更多。

「還有辦法可以數算得更高明，但比較複雜，」第二洞穴齊蘭朵妮繼續說，然後微笑起來：「就像齊蘭朵妮亞遇到的大多數事情。」觀看者回以微笑。「符號大多不只有一種意義。雙手可以代表十或二十五，這不難，因為掌心朝外代表十，掌心朝內表示二十五。如果掌心朝內地彎下手指，就可以再數算一次，但這次用左手數算，用右手保留數字。」她用雙手示範，助手則模仿。「以這種姿勢彎下拇指代表三十。當你數到三十五，就放開拇指不要下彎，只彎下食指；數到四十，彎下中指；數到四十五，彎下第四指；數到五十，彎下右手小指，而雙手其他手指都伸直張開。我們有時單獨用右手彎下的手指，來表示更大的數字。數字再大時，還可以彎一根以上手指來表示。」

愛拉要保持只彎下小指的姿勢有點困難，顯然其他人都比較常練習，但她理解概念。首席齊蘭朵妮看見愛拉驚奇又愉悅地咧嘴一笑，對自己點點頭。這就是讓愛拉投入的方法，她心想。

「木頭、洞穴牆壁，甚至河岸上都可以留下手印。」首席齊蘭朵妮補充：「手的符號可以代表幾種事物，可能代表數字，也可能代表完全不同的事物。想留下手印符號，可以用手掌沾顏料，留下記號；

也可把手放在物體表面，將顏料吹在手背和周圍，留下不同種類的手印。如果想製作代表數字的符號，用手掌沾顏料表示較小的數字，把顏料吹上手背表示較大的數字。這裡東南方有個洞穴，只將手掌上色，不顯現手指，製作出大圓點符號。」

愛拉思緒奔騰，沉浸在數算概念中。克雷伯，穴熊族最偉大的莫格烏爾，費盡心力才能數到二十，她可以數到二十五，只用兩隻手就能辦到，而且讓其他人理解，然後繼續往上加。你可以告訴別人有多少赤鹿聚集在牠們的春季生產地、有多少小鹿誕生；數量是五這種小數目、二十五這種小群體，或者遠遠超過。要數算大群動物比較困難，但一切都可以溝通。應該儲存多少肉，讓多少人活過冬天？有幾束乾燥植物根？多少籮筐的堅果？抵達夏季大會場地需要幾天時間？多少人會在那裡？可能性多得不可思議。不管是現實面或象徵面，數字都極具意義。

首席大媽侍者再度開口時，愛拉得用力將心神從奔騰的思緒拉回來。大媽侍者舉起一隻手，說：「一隻手有五根手指，五本身是重要數字，代表每隻手有多少手指，每隻腳有多少腳趾。當然，這只是表面意義。實際上，五也是大媽的神聖數字，我們的手腳只是提醒了這一點。另一個提醒我們的是蘋果。」她拿出一顆未成熟的小蘋果，高舉著說：「如果從蘋果側邊的中間切開，好像切斷果實裡的梗似的，」她邊說邊示範：「你會看到種子把蘋果畫分成五部分，這也是為什麼蘋果是大媽的神聖果實。」

她遞出切成兩半的蘋果，讓助手們檢視，把上半部交給愛拉。「數字五還有其他重要性。你們會學到，每年夜空裡有五顆星星任意移動；一年有五個季節：春、夏、秋及兩個寒冷時期——初冬和晚冬。大多數人認為一年是從春天開始，新植物在那時開始生長。但齊蘭朵妮亞知道畫分初冬和晚冬的冬季短晝，才是一年的開始。也就是說，一年是從晚冬開始，接著才是春、夏、秋和初冬。」

「馬木特伊氏也數算出五個季節。」愛拉主動說：「事實上是三個主要季節：春、夏、冬，以及兩個次要季節：秋和仲冬，或許應該稱作晚冬。」有些人很驚訝，愛拉居然在首席大媽侍者解說時插話。

但首席大媽侍者在心裡微笑，很高興看到她愈來愈投入。「馬木特伊氏把三當成基本數字，因為那代表女人，例如倒三角形代表女人，還有大媽。三再加上兩個季節：秋和仲冬，就成為五。馬木特說，五是隱含大媽權威的數字。」

「非常有趣，愛拉。我們說五是大媽的神聖數字，也是基於類似的理由：把三當作重要概念。我想多聽妳說說有關馬木特伊氏，還有他們的風俗，也許在下一次齊蘭朵妮亞會議時。」首席大媽侍者說。

愛拉聽得很入迷。當她集中注意力時，首席大媽侍者的聲音有一種吸引力，讓人欲罷不能。那不只因為聲音，她傳授的知識和資訊非常有趣，而且振奮人心。愛拉愈聽愈想知道得更多。

「還有五種神聖色彩和五種神聖元素。但時候不早了，我們下回再談。」首席大媽侍者宣告結束。

愛拉有些失望，她原本以為能聽一整晚，不過她抬頭看到弗拉那抱著喬愛拉走了過來。她的小寶寶睡醒了。

第四章

自從拜訪第七和第二洞穴後，第九洞穴的人愈來愈期待夏季大會。大家都投入了時間和心力，儘管忙成一團，但個個難掩興奮之情。所有家庭忙著為自家人準備，而頭目們身負重任，得規畫和組織整個洞穴。正因為他們願意承擔責任，又具備能力執行，因此才能成為頭目。

夏季大會前夕，齊蘭朵妮氏所有頭目陷入了緊張和焦慮，尤其約哈倫。其餘洞穴成員大約二十五到五十人，頂多七、八十人，彼此都是親戚。但約哈倫的第九洞穴有將近兩百人！

帶領這麼多人，可真是一項艱鉅的挑戰。不過，約哈倫從小耳濡目染，足以擔當。他的母親瑪桑那曾擔任第九洞穴頭目，與她配對的第一個男人約科南，在她之前也擔任頭目，約哈倫便是誕生於他的火堆地盤。約科南過世後，瑪桑那與達拉納配對，他弟弟喬達拉誕生在達拉納的火堆地盤，對專精的手藝很有天分。和達拉納一樣，喬達拉也是公認的燧石專家，因為他最擅長敲擊燧石。約哈倫則另有專長，他見識過多種領導方式，而且天生就愛擔負領導責任，那是他最擅長的。

關於挑選領袖，齊蘭朵妮氏並沒有正式程序。大家住在一起，多少知道誰最能幫忙解決爭執或處理問題，也傾向追隨擅於安排活動與組織的人。

比方說，一群人決定去狩獵，他們不一定會追隨最優秀的獵人，而是選擇能夠指揮大家的人，為那場狩獵爭取最大的贏面。通常，最擅長解決問題的人，也最擅長組織，不過也不盡然。偶爾會有兩三個領域的專家通力合作，一段時間後，最能有效處理紛爭、掌控活動的人會被視為領袖，不透過任何組織章程，而是一種心照不宣。

獲得領導權的人擁有地位，他以勸說和影響來管理眾人，而不是施高壓脅迫。眾人不需要遵守特定規則、律法或強制手段。當然，這多少會造成領導上的困難，但強烈的同儕壓力，會迫使眾人認同，接受頭目的建議。精神領袖齊蘭朵妮亞，甚至更缺乏強迫眾人的權威，卻可能更具說服力。他們備受尊崇，也令人心生畏懼，畢竟他們了解未知事物，熟悉可怕的靈界，是群體生活不可或缺的重要人物。

隨著出發時間逼近，愛拉對夏季大會更顯興奮和期待。前一年她還算平靜，因為大會前不久，她才和喬達拉返回家鄉，光是見他的族人、適應他們的方式，就夠緊張刺激了。但今年不一樣，打從春天開始，她便意識到自己愈來愈狂熱。隨著時間流逝，她和其他人一樣急切、渴望。為了迎接夏季大會，必須打點的事多到數不清，尤其知道自己即將四處旅行，不會整個季節都待在同一個地點。

經歷漫長的寒冷季節，夏季大會能讓各洞穴的人齊聚一堂，重新鞏固彼此的關係、尋找配偶、交換貨物和消息。大會所在地幾乎成了基地營，個人或小團體會由那裡出發，前去狩獵探險、短程旅行、探索土地、拜訪其餘洞穴，探望親友及遙遠的族人。夏季是旅遊覽勝的季節，齊蘭朵妮氏人基本上只在冬季定居。

愛拉替喬愛拉換過襯墊、餵過奶，輕輕放下她，哄她睡覺。沃夫稍早外出，可能去狩獵或探索。她攤開旅行用鋪蓋捲，檢查是否需要修補，忽然聽到有人輕敲入口遮簾旁的木柱。她家位在這片受庇護的空間後段，靠近西南方，居住區的河流下游這端，是新蓋的建築。她起身拉開簾子，很高興看見首席大媽侍者。

「見到妳真好，齊蘭朵妮，」她微笑著說：「請進。」

女人進來後，愛拉察覺外面有動靜，抬頭瞥了一眼閒置區稍遠處的另一個建物。那是她和喬達拉建造的，讓馬兒在天候惡劣時有地方躲避。她發現嘶嘶和灰灰剛從主河邊的草地走上來。

「我正打算泡茶，妳也喝一些好嗎？」

「好的，謝謝。」身軀龐大的女人說著，走向大石灰岩塊，上頭放了大坐墊，是特別搬來讓她當座椅的，堅固又舒適。

愛拉忙著將烹煮石放在燒旺的熱木炭上，又放進更多木頭。接著，她拿起水袋，把水倒進編織緊密的籮筐裡，加些碎骨頭，避免滋滋作響的烹煮石燙壞了煮食籮筐。

「想喝什麼茶嗎？」她問。

「都可以，要是有鎮靜效果更好。」齊蘭朵妮回答。

去年夏季大會返家後不久，這塊加墊岩石便出現在愛拉和喬達拉的住所。首席齊蘭朵妮沒問起，不確定是愛拉或喬達拉的主意，但她知道那是為她特別準備的，因而心存感謝。齊蘭朵妮自己有兩張石椅，一張在她住所，一張在靠近戶外公共工作區後方。雖然必要時她也可以坐在地上，只是日漸肥胖，她愈來愈難起身。獲選為首席大媽侍者後，她認為有理由讓自己每一年都更像大媽。當然，並非每個首席齊蘭朵妮都胖，但她知道大多數人希望看到她那樣。龐大的體型似乎增添了風采和威儀，至於行動稍有不便，那算是小小的代價。

愛拉用木鉗夾起一顆熱石頭。木鉗是用緊連活樹樹皮下方的薄木片製作，切除頭尾並削成長條形，再以蒸氣彎折。新鮮木頭較能保有彈性，但為了避免樹木死去，最好取自同一側。她以烹煮石輕敲圍繞火坑的石頭，將灰燼抖落後投入水中，頓時一團蒸氣冒出。第二顆熱石頭使水沸騰，不過很快便平息。碎骨保護籮筐底部不受熱石頭燒焦，延長了纖維烹煮容器的壽命。

愛拉翻找乾燥和晾乾中的藥草存貨。洋甘菊有鎮靜效果，可是太普通了，她的要求更多。她注意到最近採摘的植物，對自己微笑。檸檬香蜂草還沒完全乾燥，但她判定無妨，很適合用來泡茶。放一點檸檬香蜂草到洋甘菊中，再加一些椴樹增加甜味，就能泡出上好的鎮靜飲料。她將三種藥草放入水中浸泡一會兒，倒出兩杯飲料，一杯遞給朵妮侍者。

女人吹了一下，小心啜飲，歪著頭辨識味道。「當然有洋甘菊，不過……讓我想想，是檸檬香蜂草，也許還有一些椴樹花嗎？」她問。

愛拉微笑起來。這正是她遇到未知事物的反應：設法辨識。而齊蘭朵妮當然知道那些成分。

「對，」愛拉說：「洋甘菊和椴樹花已經晾乾，但檸檬香蜂草是我前幾天發現的，我很高興這附近有。」

「下次妳採集檸檬香蜂草時，也可以替我採一些。夏季大會或許能派上用場。」

「我很樂意，甚至今天就可以去採。我知道哪裡有，就在上方高原的墜石附近。」她說。愛拉提及的古老玄武岩柱，結構很特殊，過去從原始海洋底部冒出來，如今突出在石灰岩外，遭受侵蝕，看來巍巍欲墜，其實仍牢牢嵌在懸崖上。

「這種茶有什麼作用？」齊蘭朵妮舉起茶杯問。

「洋甘菊能讓人放鬆，晚上喝了比較好睡。檸檬香蜂草有鎮靜作用，尤其緊張壓力大的時候，甚至能舒緩壓力造成的胃部不舒服，對睡眠也有幫助。它味道不錯，適合搭配洋甘菊。椴樹紓解頭痛，尤其緊張焦慮的時候，而且它甜甜的，能讓茶香甜好喝。」愛拉想起伊札，她也會像這樣考驗自己。愛拉納悶，齊蘭朵妮是否也想知道自己懂多少。

「沒錯，這種茶夠濃時，可以當作溫和的鎮靜劑。」

「如果有人容易激動，緊張到睡不著，需要更強烈的鎮靜效果，用纈草根熬煮出來的水，可以讓他平靜下來。」愛拉說。

「特別在晚上，喝了會想睡覺。不過，要是胃也不舒服，用花柄和葉子泡成馬鞭草茶，可能更適合。」首席齊蘭朵妮說。

「我也給久病正在康復的人喝馬鞭草茶。但孕婦不能喝，可能刺激分娩，甚至溢奶。」兩個女人停下來彼此對看，咯咯笑了起來。愛拉說：「有人可以討論藥方和療法，而且對方還知道這麼多，我覺得好開心！」

「我想妳知道的可能和我一樣多，就某些方面來說，妳知道的比我更多。愛拉，和妳討論、交換點子，非常愉快。我希望這種討論可以持續很多年。」齊蘭朵妮說完四處張望，朝著攤在地上的鋪蓋捲，比了手勢，說道：「看來，妳已經準備好要出發了。」

「我只是檢查鋪蓋捲，看看要不要修補。因為距離上回使用已經一段時間了。」愛拉說：「這件很適合旅行用，不論天氣怎麼樣。」

這件鋪蓋捲是由幾張獸皮縫合而成，上下層都很長，足以容納高大的喬達拉。上下層的底部繫在一起，皮帶穿過側邊的洞，用來束緊或放鬆，要是天氣太溫暖，皮帶還能拆除。下層獸皮外側有厚毛，充當隔離墊，隔絕堅硬寒冷的地面。鋪蓋捲有幾種毛皮可用，但通常取自冬季獵殺的動物。至於這一件，愛拉採用馴鹿的冬季毛皮，濃密而具有天然隔離效果。鋪蓋捲頂端較輕，因為她用了巨角鹿的夏季毛皮，這種毛皮面積大，不大需要縫合。天候轉涼時，可以外加獸皮或毛皮；天氣嚴寒時，就在裡面放更多毛皮，然後束緊側邊。

「我想，那對你們很有用。」齊蘭朵妮已經看出鋪蓋捲的用途，隨後她又說：「我是來和妳聊聊夏季大會，或者說，初期儀式結束後的部分。我建議妳準備充足的旅行配備和補給。這一帶有些聖地妳應該去看看。往後這幾年，我想帶妳去看其中幾個聖地，也和幾位住在遠方的齊蘭朵妮亞見見面。」

愛拉笑了起來。她喜歡到陌生地方探訪，只要別太遠，她已經長途旅行得夠遠了。愛拉想起剛才看見嘶嘶和灰灰，突然想到可以讓首席齊蘭朵妮旅行得更輕鬆容易。「如果我們利用馬兒，旅行起來就快多了。」

女人搖搖頭，啜了一口茶：「我不可能上得了馬背，愛拉。」

「不需要上馬背，妳可以坐在嘶嘶身後的拖桿上。我們可以在上面加裝一個舒適的椅子。」她一直在想怎麼讓拖橇用來載人，特別是齊蘭朵妮。

「妳怎麼會認為馬兒拖得動我？」

「嘶嘶拖過比妳還重的負載物，牠很壯，可以負荷妳和妳的行李。其實我本來想問妳，要不要讓牠載運我們的草藥。」愛拉說：「去夏季大會的途中，馬兒不載人，連我們自己也不騎馬，因為我們已經答應一些人，讓嘶嘶和快快運載某些東西。約哈倫希望我們搬運一些竿子和其他建材，用來蓋第九洞穴的夏季住所。波樂娃想知道我們能不能載一些特殊的大型煮食籮筐、碗，還有上菜的配備。而喬達拉想減輕瑪桑那的負荷。」

「看來你們會善用那些馬兒。」首席齊蘭朵妮說著又啜了一口茶，開始在心中擬定計畫。她為愛拉規畫了各種旅程，想帶她認識遠方某些齊蘭朵妮氏洞穴，造訪他們的聖地，也許還要認識齊蘭朵妮氏領地邊界的鄰居。但齊蘭朵妮覺得這年輕女人旅行了那麼遠來到這裡，可能對延伸的旅程不感興趣。何況，她還沒提到助手應該經歷的朵妮侍者之行呢。

她開始思索，或許該同意讓馬兒拖著自己，這樣就能促使愛拉加入計畫中的旅程。這個身軀龐大的女人，並非真想讓馬兒拖著四處走，而且老實說，這點子可真嚇著她了。然而，她這輩子畢竟面對過更糟的恐懼。她知道愛拉有能力控制動物，這對大家造成了些許影響，他們覺得害怕，而且印象深刻。或許她該去試試坐在拖桿上有什麼感覺。

「哪天找個時間，試試看妳的嘶嘶能不能拖動我。」齊蘭朵妮說，看見年輕女人嘴角上揚，綻放出大大的笑容。

「現在就可以啊！」愛拉回答，心想，最好趁她還沒改變心意前，善用這股欣然贊同的情緒。她看到首席大媽侍者面露驚訝。

就在這時，入口遮簾往後一掀，喬達拉大步走進來。他發現齊蘭朵妮表情吃驚，不知發生了什麼事。愛拉站起身來，兩人擁抱了一下，碰觸臉頰互相問候。他們深厚的感情，自是逃不過訪客的眼睛。喬達拉朝嬰兒瞥了一眼，發現她正在睡覺，接著走向年長女人並問候她，心裡還是納悶：到底發生什麼事，讓她這麼倉皇失措。

「而且喬達拉可以幫我們。」愛拉補充。

「幫妳們做什麼？」他摸不著頭緒。

「齊蘭朵妮說，今年夏天要去拜訪其他洞穴。我認為，利用馬兒旅行可以更輕鬆快速。」

「也許吧，不過妳認為齊蘭朵妮可以學騎馬嗎？」喬達拉問。

「她不需要學。我們可以在拖桿上做一張舒適的椅子，讓嘶嘶拖著她。」愛拉說。

喬達拉皺著眉頭，思索她說的話，然後點點頭說：「有何不可？」

「齊蘭朵妮說，她願意找個時間，試試看嘶嘶能不能拖動她，而我說：『現在就可以啊！』」

齊蘭朵妮瞥了一眼喬達拉，察覺他眼中閃現愉悅，接著她又看著愛拉，想辦法推託。「妳說必須做椅子，可是椅子還沒做出來呀。」她說。

「沒錯，可是妳認為嘶嘶拖不動妳。這個問題，不需要椅子就能試出答案來。我不懷疑牠能辦到，但那樣做或許能讓妳安心，也給我們機會想想怎麼做椅子。」愛拉說。

齊蘭朵妮覺得自己有點被設計了。她不是真的想這麼做，尤其不想立刻做，但卻已經脫不了身。此外，她也意識到：是自己急著讓愛拉進行朵妮侍者之行，才造成這種局面。「唔，那就趕快來試吧。」她說。

愛拉住在山谷時，就已經能利用馬兒搬運又大又重的物體，例如她獵到的動物、受傷失去意識的喬達拉。她把兩支竿子架在馬的雙肩上，用橫過馬兒胸前的皮帶繫在一起；竿子另一端向外展開，擱置在馬兒身後的地面。由於竿尾只有極小部分拖在地上，即使在崎嶇地帶也容易拖曳，尤其健壯的馬匹。她用木板、獸皮或編製籮筐的纖維製成平台，攤在兩支竿子間，運載重物。此刻，愛拉不確定這種有彈性的平台，能不能支撐身軀龐大的女人而不垂在地上。

「先喝完茶吧。」愛拉在女人正要起身時說：「我得去找弗拉那或其他人，幫忙看著喬愛拉，我不想吵醒她。」

她很快就回來了，但不是帶著弗拉那，而是楚曼達的女兒拉諾卡，還有她最小的妹妹蘿蕾拉。愛拉幾乎一到達第九洞穴，便設法協助拉諾卡及其他孩子。當時她得知，楚曼達和勒拉瑪根本沒在照顧孩子，氣得火冒三丈。她不記得自己曾經對任何人那麼生氣過。她什麼也做不了——任誰都無計可施，除了直接幫助那些孩子。

「拉諾卡，我們不會離開太久。在喬愛拉醒來前，我應該會回來，我們只是要去馬房。」愛拉說完又補充：「如果妳或蘿蕾拉餓了，火坑後面有一些湯，還有大肉片和一些蔬菜。」

「蘿蕾拉可能餓了。今天早上我帶她讓絲帖洛娜餵奶後，她就沒再吃東西了。」

「妳也吃點東西吧。」愛拉離開時說。她認為絲帖洛娜會給拉諾卡吃東西，但她確定這女孩也是從早餐過後，就沒再進食了。

他們遠離住所一段距離，愛拉確信不會有人聽見時，她的怒氣終於爆發出來：「太過分了！我得再去確認那些孩子有沒有東西吃。」

「兩天前妳才帶食物過去，」喬達拉說：「不會那麼快就吃完的。」

「問題是，楚曼達和勒拉瑪也吃啊，」齊蘭朵妮說：「這是一定的。假如帶穀類、水果或任何會發酵的東西過去，勒拉瑪會把它們加在樺樹液裡，釀成巴瑪酒。回程時，我會順道去找那些孩子，帶他們一起走。我也可以找人弄晚餐給他們，不該只有妳做這些事，愛拉。第九洞穴的人數，足以確保那些孩子吃得飽。」

三人抵達馬房時，愛拉和喬達拉各自關照了一下嘶嘶和灰灰。接著，愛拉從支柱末端取下拖桿用的特殊馬具，然後牽著母馬走到戶外。喬達拉不知道快快在哪裡，往主河石廊邊緣遠遠眺望，牠不在那裡。他想吹口哨召喚，隨後又改變主意。此刻他不需要那匹公馬，等齊蘭朵妮試過拖橇之後，稍晚再去找牠也不遲。

愛拉掃視了馬房，注意到幾塊木板，那是用楔子和大木槌劈成的。她原本打算用那些木板製作馬兒的餵食箱，卻因為喬愛拉出生而耽擱了。由於木板保存在懸垂岩架下，避開了惡劣天候，看起來還挺好用的。

「喬達拉，我們要替齊蘭朵妮做個不容易彎曲的平台。你覺得把這些木板架在竿子上綁好，可以當椅子的底座嗎？」愛拉問。

他看著竿子和木板，再看看體態豐盈的女人，眉頭習慣性糾結起來，然後說道：「好主意，愛拉，不過竿子也有彈性。我們先試試看，也許得改用更堅固的竿子。」

馬房周圍總有皮條或細繩，愛拉和喬達拉將木板架到竿子上綁好，然後三個人往後站，端詳成果。

「齊蘭朵妮，妳覺得怎麼樣？木板傾斜了，但我們可以稍後再調整。」喬達拉說：「妳能坐在上面嗎？」

「我會試試看，不過對我來說可能有點高。」

兩人工作時，朵妮侍者漸漸對這個裝置感興趣，自己也很好奇它到底管不管用。

喬達拉曾經替嘶嘶套過轡繩，不過愛拉本身很少用。她騎馬也不用馬鞍，通常只用皮製馬墊，以身體的姿勢和腿部力道來指揮動物。只有在特殊情況下，尤其有其他人在場，轡繩讓她多了一種控制方法。

愛拉把韁繩套在母馬身上，確保嘶嘶乖乖聽話。喬達拉和齊蘭朵妮則去補強馬兒身後的拖橇。木板有點高，喬達拉用強壯的手臂將齊蘭朵妮抬起來。竿子承受她的重量後，確實往下彎，彎到她的腳都接觸到地面了。不過，她也因此覺得能夠輕易下來。椅子傾斜，感覺上有點不安穩，但不如她原本想像那麼糟。

「準備好了嗎？」愛拉問。

「差不多，可以走了。」齊蘭朵妮說。

愛拉牽著嘶嘶緩緩走向下游。喬達拉走在後頭，不時帶著鼓勵對齊蘭朵妮微笑。愛拉引導馬兒走到懸垂岩棚下，來個一百八十度大幅轉彎，直到他們面對相反方向，然後朝向前段岩架的東端，準備前往住所。

「我想妳可以停下來了，愛拉。」女人說。

愛拉立刻停步，關切地問：「妳不舒服嗎？」

「沒有，但妳不是說要替我做一張真正的椅子嗎？」

「對啊。」

「我希望所有人看到我坐在上頭時，椅子已經依照妳的期望，改善好了。妳知道的，大家免不了評頭論足一番。」身軀龐大的女人說。

愛拉和喬達拉吃了一驚。隨後，喬達拉說：「對，或許妳說得沒錯。」

愛拉接著說：「所以，妳真的願意坐在拖橇上囉！」

「對，我應該能適應。看樣子，我隨時想下去都不成問題。」身形巨大的朵妮侍者說。

不只愛拉在打理旅行配備，整個洞穴的人都將各種物品攤在住所或工作區外。他們需要製作、修補鋪蓋捲和旅行帳篷，還有某些夏季庇護所的建材，儘管大部分材料會在營地收集。有些人還得製作禮物或交易品，尤其那些精通特定手藝的人，他們必須決定帶什麼、帶多少。徒步旅行能帶的東西有限，除了衣物、鋪蓋捲及其他必需品，還得攜帶食物，不管是立即食用、送禮或用在特殊的宴會場合。

愛拉和喬達拉已經決定替嘶嘶、快快製作新拖桿，因為拖在地上的竿尾磨損最快，尤其拖重物。幾個人提出請求後，他們讓家人摯友也借助馬匹來攜運部分物品，但即使是健壯的馬兒，負重也有限。

打從初春開始，洞穴的人除了獵取肉類，還忙著採集植物，包括漿果、果實、堅果、菌蕈、蔬菜的根莖葉、穀類，甚至是苔蘚及某些樹木的內層樹皮。他們會帶少量剛獵捕或採集的新鮮食物，但主要還是乾糧。乾燥的食物保存時間久，也比較輕，可以帶得更多，供旅途享用，也能在抵達夏季大會、還沒建立狩獵與採集模式時填飽肚子。

年度聚會的地點採輪流制，每年不一樣，而且只選擇範圍夠大的地區。任何地區舉辦過後，必須休養幾年才能再利用。畢竟人數多達一兩千人，到了夏季尾聲，方圓百里的資源大都耗盡了，大地需要時間復原。去年，他們沿著主河，往北走了二十五公里遠。今年他們要往西行，直到抵達與主河平行的西河。

約哈倫、波樂娃在家裡和索拉邦、盧夏瑪共進午餐。索拉邦的配偶羅瑪拉、她兒子羅貝南，和波樂娃的兒子傑拉達爾，三人才剛剛離開，其中兩個男孩六歲大。波樂娃用餐完畢，起身放下懷裡熟睡的小女娃莎什娜。這時，他們聽見有人輕敲入口壁板。波樂娃以為是羅瑪拉忘了東西而折返，卻在看見更年輕的女人時，嚇了一大跳。

「嘉麗雅！」波樂娃興奮地大叫。雖然嘉麗雅和約哈倫的妹妹弗拉那，兩人幾乎生下來就是朋友，經常一起來到他們的住所，但她卻很少獨自出現。

約哈倫抬頭一看，也顯得很驚訝：「妳回來啦？」接著，他對其他人解釋：「嘉麗雅跑得好快！今天一早，我派她去第三洞穴問曼佛拉爾打算什麼時候出發。」

「我到那裡時，他正要派人過來找你。」嘉麗雅說得上氣不接下氣，滿頭大汗的她繼續回報：「曼佛拉爾說，第三洞穴已經準備好了，打算明天啟程。如果第九洞穴也準備上路，他想和我們一起走。」

「這比我計畫得早，我本來想後天出發。」約哈倫說著，皺起眉頭。他看了看其他人，問：「你們認為，明天早上我們能上路嗎？」

「我可以。」波樂娃毫不猶豫地說。

「我們也許可以。」盧夏瑪說：「莎蘿娃已經把要帶走的籮筐做好了。我們還沒打包，但東西都準備好了。」

「我還在分類、整理把手。」索拉邦說：「馬爾夏佛昨天談到他該帶什麼，他似乎也有處理象牙的天分，而且愈來愈熟練了。」他帶著微笑補充。索拉邦的手藝是製作把手，用在刀子、鑿子及其他工具上。他特別喜歡處理猛獁象牙，而且也製成其他物品，例如珠子、雕刻品，尤其在馬爾夏佛拜師，當他的學徒之後。

「那你明天早上可以上路嗎？」約哈倫問。他知道索拉邦經常拖到最後一刻，還在苦惱該帶哪些把手當作禮物或交易。

「我想我可以。」索拉邦說，隨即做出決定：「對，我會準備好，我確定羅瑪拉也可以。」

「很好，但我們也得問問其他人，才能回覆曼佛拉爾。盧夏瑪、索拉邦，我想召集相關的人，開個簡短會議，愈快愈好。要是有人問起，你們可以透露內容，還要告訴大家，代表火堆地盤出席的人要能替其他人做決定。」說完，他把自己餐碗裡的殘渣倒進火堆，再用溼鹿皮擦拭餐碗和餐刀，然後放進腰帶上的攜袋；如果有機會，他也會過水清洗一下。他起身對嘉麗雅說：「妳不需要過去回覆了，我會另外派快跑人。」

她如釋重負地笑了起來：「派利達爾跑得超快。昨天我們賽跑，他差點跑贏我。」

約哈倫不由得停下來想了一會兒，這名字有點陌生，然後他想起那場獵獅。嘉麗雅和一位來自第三洞穴的年輕男子搭檔狩獵，而派利達爾也參與了那場狩獵。「他是提佛南的朋友，威洛馬在交易任務中和那個年輕男人聊過，對吧？」

「對，他上次和威洛馬、提佛南一起回來，想跟我們一起去夏季大會，和他的洞穴在那裡會合。」嘉麗雅說。

約哈倫點點頭，這樣就夠清楚了。他不確定要不要派遣這名訪客，但他意識到派利達爾似乎對嘉麗雅很感興趣。顯然，這年輕人也找到理由待下來。假如對方將來可能成為第九洞穴的成員，約哈倫想更了解這個人。他暗自記住這一點，但此刻，他還有更急迫的議題得思考。

約哈倫知道，各住所至少會派一個人代表出席會議。當眾人現身，他看到幾乎每個人都想了解頭目為什麼突然召開會議。大家聚集在工作區，約哈倫站上大平石，讓大家輕易看見他。

「不久前，我和曼佛拉爾談過，」約哈倫開門見山說：「你們都知道，今年夏季大會所在地的大片原野，靠近西河和第二十六洞穴附近的支流。曼佛拉爾的配偶來自第二十六洞穴，她孩子還小時，他們經常去探視她的母親和家人。我知道怎麼到那裡，先往南走到大河，接著往西走到與西河匯流的另一條河，再沿著那條河往北走到夏季大會所在地。但曼佛拉爾知道更直接的路徑：從木河出發，從這裡開始往西走，更短、更快。我一直想和第三洞穴一起走，可是他們明天早上就要啟程了。」

群眾傳出低語，約哈倫繼續說：「我明白你們喜歡提早幾天得知出發日期，我也儘量做到。如果明早你們可以打包好，我們就能和第三洞穴同行，更快到達那裡。我想大家都很清楚，愈快到達，愈有機會找到好地方建立營地。」

眾人引發熱烈討論，約哈倫聽見了各種評論與疑問。「我不確定能準備好」、「我需要跟配偶談一談」、「我們還沒打包」、「他不能多等一兩天嗎？」頭目刻意讓眾人討論一陣子，然後再度開口。

「我認為要求第三洞穴等我們，這並不公平，他們也想找到好地方。我需要現在就得到答案，才能回覆曼佛拉爾。」他說：「每個火堆地盤都必須有人做決定。願意明早啟程的人，過來站在我右手邊；不願意的，站在我左手邊。」

剛開始眾人猶豫不決，只見索拉邦、盧夏瑪站到約哈倫右手邊。喬達拉看著愛拉，她微笑點頭，於是他也站在哥哥右手邊，之後瑪桑那跟進。少數人前來加入他們，但沒人站在左手邊，還有幾個人躊躇不前。

每當有人加入時，愛拉都在數算，低聲說出數字，同時用一根手指輕敲大腿。「十九、二十、二十一，總共有多少火堆地盤呢？」她努力想。很快地，她數到了三十。顯然，大多數人認定第二天早上可以準備妥當。更快到達那裡，尋找更理想的地點，這是有力的誘因。又多了五個人加入，她嘗試數算還剩多少火堆地盤。少數還沒決定的人四處打轉，但她覺得那些人只代表七、八個火堆地盤。

「到時候沒準備好的人，怎麼辦？」猶豫不決的人開口問。

「他們可以晚點來，獨自行動。」約哈倫說。

「既然是全洞穴一起上路，我不想單獨行動。」有人說。

約哈倫微笑：「那麼，明天早上一定要準備好。你看得出來，大多數人都認為可以上路。我要派快跑人去找曼佛拉爾，告訴他，我們會準備好和第三洞穴一起走。」

以第九洞穴這種規模，總有少數人無法上路，至少無法即時成行，例如生病或受傷的人。約哈倫指派幾個人待在他們身邊，狩獵並協助照顧留下的人。協助者在半個月亮周期後會替換，如此就不會錯過整個夏季大會了。

第九洞穴的人比平常晚起，早晨集合時，少數人累得亂發脾氣。曼佛拉爾和第三洞穴的人很早就到了，在住所另一邊的開闊處等候。那裡接近下游地，距離愛拉和喬達拉住的地方不遠。瑪桑那、威洛馬、弗拉那早早準備妥當，來到兩人的住所，將部分東西打包，放上馬背或拖橇。

他們帶了一些食物當早餐，要和曼佛拉爾及其他少數人分享。前一天晚上，瑪桑那建議兩個兒子，由她和喬達拉在愛拉的住所款待曼佛拉爾和他的家人。之所以稱為「愛拉的住所」，是因為那是喬達拉為她建造的。瑪桑那的想法是，趁著款待他們用餐，約哈倫和波樂娃可以把其他人組織好。這麼一來，第三和第九洞穴便能一起跋涉山谷，抵達日景——齊蘭朵妮氏第二十六洞穴的家園，夏季大會所在地。

第五章

那天早上，一群人浩浩蕩蕩啟程，多達兩百五十人，包含了第九、第三洞穴大部分成員。曼佛拉爾和第三洞穴走在前頭帶路，從石造庇護所的東端走下斜坡。這條路徑從第九洞穴的岩廊東北緣往下，通到主河的小支流，由於河谷樹木繁茂而稱為「木河」。這裡的植被不同於他們發現獅子的地點——第三洞穴附近青草河河谷。

冰川時代，樹木大多長不好。冰川覆蓋了四分之一地表，向北延伸不遠，在鄰近的冰緣地區創造出永凍層。夏季時，表層解凍深度不一。比如說，有厚苔蘚或其他隔熱植被的陰涼地區，地面只解凍了幾公分；而直接曬到陽光的地方，土地解凍後鬆鬆軟軟，能長出一大片青草。

大部分地區都不適合根部較深的樹木生長，只有某些地點例外。只要最寒冷的風吹颳不到，最強勁的霜也影響不了，這些地方就可能有幾十公分表土解凍，足以讓樹木生根。在水分飽滿的河流邊緣，經常出現森林廊道。

木河河谷就是個特例。在那兒，結毬果及每年落葉的樹木、灌木較多，包括各種果樹和堅果樹。豐富的資源，提供了大量物資，尤其柴薪，給那些住得夠近而能夠受惠的人。說起來，這片森林並不濃密，更像狹長的河谷稀樹草原。在較茂盛的小林地之間，還有開闊的草地和漂亮的沼澤。

這一大群男女老少，朝著西北方穿過木河河谷，走了大約一公里的和緩上坡，眾人愜意地展開跋涉。見到左側有支流沿山坡瀉落，曼佛拉爾停了下來，他知道：該休息了，也得讓那些落後的人跟上來。

多數人生起小火泡茶，父母餵孩子吃東西，自己也簡單吃些旅行食糧，比如乾肉條或去年收成的水果丁、堅果；少數人吃著特製的旅行糕點。這種糕點幾乎人人都會準備一些，它屬於高能量食物，有飽足感。由於製作耗費心力，大多數人不輕易拿出來果腹，而是保留到趕行程或追蹤獵物、不想生火時。糕點是混合了磨細的乾肉、乾漿果或切成小塊的水果及油脂，製成餡餅或糕點造型，最後包在可食用的葉子裡，方便攜帶。

「我們在這裡轉彎。」曼佛拉爾說：「從現在開始，如果直直往西走，抵達了西河，應該就接近第二十六洞穴及舉辦夏季大會的氾濫平原。」他和約哈倫及其他同伴坐在一起，望著西岸高起的山丘，盯著從陡降坡下沖的洶湧支流。

「我們今晚在這裡紮營嗎？」約哈倫問完，抬頭看看太陽行蹤。「現在有點早。但我們昨晚都累壞了，而且那裡看起來不容易攀爬，也許好好休息一晚，第二天比較應付得來。」他擔心攀爬對某些人來說，可能有困難。

「只有接下來幾公里是這樣，再高一點就好走了，路況大致上比較平坦。」曼佛拉爾說：「我通常是先爬上去，然後才紮營過夜。」

「或許你說得對。」約哈倫說：「先爬過這一段，晚上再好好睡個覺，早晨精神飽滿好上路。不過，有些人爬這一段可能不大容易。」他緊盯著弟弟，然後目光飄向剛抵達的母親，她很高興能坐下來休息。他注意到，她走這段旅程，似乎比以往更吃力了。

喬達拉接收到哥哥無聲的信號，轉向愛拉。「我們何不留下來殿後，指引可能落後的人。」他朝著正趕上來的少數人比手勢。

「嗯，好主意，反正馬兒也喜歡殿後。」愛拉說著抱起喬愛拉，輕輕拍她的背。她已經喝完奶，似乎想在母親胸前玩耍。她精神很好，對碰巧出現身後的沃夫咯咯笑。沃夫伸長身子舔她的臉，於是奶水滴落她臉頰，逗得她大笑起來。愛拉看見約哈倫向喬達拉傳遞的信號。和約哈倫一樣，她也發現瑪桑那的行動愈來愈遲緩。她注意到剛到的齊蘭朵妮也落後了，但不確定是因為她疲累，或者刻意放慢腳步，陪伴瑪桑那。

「有熱水可以泡茶嗎？」齊蘭朵妮來到他們身邊，掏出草藥囊袋，準備泡茶。「妳喝過茶了嗎，瑪桑那？」一見她沒搖頭否定，這位朵妮侍者說：「我會順便泡一些給妳。」

愛拉仔細觀察兩人，立刻明白：齊蘭朵妮也發現瑪桑那走得有點吃力，正準備替她調製藥茶。瑪桑那當然心知肚明。許多人關注這位女長者，卻都儘量不著痕跡。然而，愛拉看得出來，不論他們多努力克制，心裡還是非常擔憂。她決定看看齊蘭朵妮如何調製藥茶。

「喬達拉，你可以抱喬愛拉嗎？她喝過奶了，精力旺盛，很想玩。」愛拉說著，將嬰兒交給他。

喬愛拉揮舞手臂，笑咪咪看著喬達拉，他接過她時也露出微笑。他顯然很愛這名女嬰——他火堆地盤的孩子，十分樂意照顧她，無怨無悔。愛拉覺得，自己對孩子的耐心似乎不如他。喬達拉也有點驚訝，或許因為他懷疑自己的火堆地盤不會有孩子，擔心年輕時想和他的朵妮女配對，冒犯了大地母親。他也不確定大媽是否會選擇他一部分的靈和女人的靈結合，創造出新的生命。

那是他受到的教導：女人和男人的靈借助大媽結合，創造出生命。他認識的人，包括他在遠行中遇到的，基本上都這麼相信……除了愛拉。她對新生命的誕生有不同看法，確信那不只是靈的結合。她告訴他，新生命誕生，也來自兩人分享快感時的男人元精。她說，喬愛拉是她的孩子，同樣也是他的孩子。他很想相信她，希望這孩子是兩人共有，但他不知真相究竟如何。

愛拉的信念，得自於和穴熊族一起生活的體驗，儘管穴熊族也不那樣認為。根據她的說法，穴熊族認為新生命會在女人體內成長，主要是因為圖騰靈的觸發，而且大都是男人圖騰打敗女人圖騰。他認識的人當中，唯有愛拉認為開啟新生命的不只是靈，還有其他東西。

愛拉是助手，正在接受齊蘭朵妮訓練，而齊蘭朵妮亞要對大地母親的兒女詮釋朵妮。喬達拉很好奇，哪天輪到愛拉向眾人說明新生命如何誕生時，她會怎麼說。是和其他齊蘭朵妮亞一樣，說大媽挑選特定男人的靈和女人的靈結合嗎？或者她會堅持是男人的元精呢？而眾齊蘭朵妮亞又該怎麼評論？

愛拉走近這兩個女人，發現齊蘭朵妮正在查看醫藥袋，瑪桑那則坐在河畔樹蔭的圓木上。喬達拉的母親神情疲倦，愛拉感覺她雖然笑著和旁人閒聊，卻累得寧願閉上眼休息。

愛拉問候了瑪桑那和其他人，來到首席大媽侍者身邊，悄聲問：「需要的東西，妳都有嗎？」

「有。要是有時間調合新鮮毛地黃就好了，現在我只能用現成的乾燥調製品。」女人回答。

愛拉發現瑪桑那的腿似乎有些腫脹。「她該休息了，而不是硬撐著和大家閒聊。」愛拉說：「我不像妳，總是知道怎麼讓那些人放她一馬而不會令她困窘。我認為，她不想讓大家知道她有多累。這樣吧，妳告訴我怎麼替她泡茶。」

齊蘭朵妮微笑地對她耳語：「妳的觀察力很敏銳，愛拉。其實她也好一陣子沒見到那些第三洞穴的朋友了。」她迅速解釋如何調製她想要的藥茶後，走向那群閒聊的朋友。

愛拉專心依照指示泡茶，她抬起頭時，瞧見齊蘭朵妮正和瑪桑那的朋友一起走開，而瑪桑那已在閉目養神了。愛拉暗自點頭贊同，心想，那可以避免其他人找她攀談。過了一會兒，熱茶稍涼，愛拉便端茶給瑪桑那。這時，齊蘭朵妮也回來了。這位前第九洞穴頭目小口啜茶，兩人在四周徘徊，刻意背對眾人，避免路過者看見又上前攀談。不論齊蘭朵妮調製了什麼飲料，成效立見，愛拉認為自己也該找機會請教學習。

休息完畢，曼佛拉爾示意出發，帶頭爬上陡坡。齊蘭朵妮跟了過去，愛拉則繼續坐在瑪桑那身旁。威洛馬已經加入他們，坐在配偶身旁。「不如我們一起等，讓弗拉那往前走。」她說：「喬達拉自願殿後，確保每個人都能走上正確方向。波樂娃答應替我們留東西吃，不管我們什麼時候到達營地。」

「好。」威洛馬毫不猶豫答應了，又說：「曼佛拉爾講過，從這裡開始，接下來幾天都要直直往西走，至於天數，那就得看每個人腳程多快，不必強迫大家趕路。不過有人殿後很好，可以確保沒人因為受傷或碰上其他問題而延遲。」

「也許你們得等一個慢吞吞的老女人。」瑪桑那說：「有一天，我可能沒辦法參加夏季大會了。」

「我們每個人都一樣，」威洛馬說：「但時候還沒到呢，瑪桑那。」

「他說得對。」喬達拉說，一手抱著睡著的嬰兒。他才剛抵達，之前他已經向帶著年幼孩子的家族講清楚了，免得他們走錯方向。狼尾隨在後，一直看著喬愛拉。「我們晚一點到那裡沒關係，不會只有我們晚到。」他向家人示意開始往上爬：「而且我們到了那裡，大家還需要妳的建議和指點。」

「喬達拉，你要我用攜帶毯帶著喬愛拉走嗎？」愛拉說：「我們後面好像沒人了。」

「我可以抱著她，她看起來挺舒服的，睡得好沉。不過我們得找好走的路，讓馬兒到達那座瀑布頂端。」他說。

「我也在找好走的路，也許我應該跟你們的馬走。」瑪桑那說，不完全是開玩笑。

「馬得背著沉重拖桿和負荷，攀上那裡。」愛拉說：「所以我們要以Z字形方式往上走，繞大彎，確定牠們拖在身後的竿子過得去。」

「所以妳需要坡度緩又好走的路。」威洛馬說：「如同瑪桑那所說，我們也想走那種路。如果我沒弄錯，我們以前走過比較緩的山坡。愛拉，乾脆我們往回走一段距離，看看能不能找到那樣的路？」

「既然喬達拉願意抱著嬰兒，他可以留下來陪我。」瑪桑那補充。

「而且要密切留意她。」愛拉在和威洛馬一起出發時，心裡都這麼想。他們不希望她獨自留在那裡等待，很多動物可能經過，把她當成不折不扣的獵物，比如獅子、熊、鬣狗……誰知道會有什麼？沃夫原本趴在地上休息，把頭放在腳掌間，看見喬愛拉留下來，愛拉卻準備離開，牠站起身來，神情擔憂。

「沃夫，留下來！」她說，同時以信號示意：「和喬達拉、喬愛拉、瑪桑那一起留下來。」這隻狼重新坐下，抬著頭、耳朵往前傾，在她和威洛馬走遠時，留意她傳達的任何話語或信號。

「如果馬兒沒載那麼多東西，瑪桑那可以坐著拖桿，上到那座山丘。」兩人走了一陣子，愛拉先開口。

「要是她願意的話。」威洛馬說：「自從妳帶來動物之後，我發現一件趣事。她完全不怕那隻狼，即使牠是強悍的獵食者，如果牠想，牠可以輕易殺死她。但馬是另一回事。她不喜歡太靠近那些馬，她年輕時獵過馬，可是她怕馬，更甚過那隻狼，儘管馬兒只吃草。」

「可能是因為不了解吧。馬的體型比較大，緊張或受驚時不大容易捉摸。」愛拉說：「馬兒不會進住所，如果她多花點時間和牠們相處，也許就不會那麼焦慮了。」

「或許吧，但首先妳得說服她。假如她打從心底不願意，她是非常擅長不著痕跡地迴避妳的期望，並且順著自己心意去做。總而言之，她是個意志力非常堅強的女人。」

「沒錯，我一點也不懷疑。」愛拉說。

愛拉和威洛馬沒離開很久，兩人回來時，喬愛拉已經醒來，此刻由瑪桑那抱著。喬達拉和馬兒在一起，檢查牠們的負載，確認所有東西都牢牢綁好。

「我們發現更適合攀爬那座山脊的路了！某些路段有點陡，但爬得上去。」威洛馬說。

「我來抱喬愛拉吧，」年輕女人走向瑪桑那說道：「她可能尿尿了，味道也不太好聞，下午醒來總是比較難搞。」

「的確是。」瑪桑那扶著嬰兒，讓她坐在大腿上面對自己，接著說：「我還沒忘記怎麼照顧嬰兒，對不對呀，寶貝喬愛拉？」瑪桑那輕輕上下搖晃嬰兒，看見她微笑，不覺喃喃發出輕柔的安撫聲。「好可愛的小傢伙。」瑪桑那說著，把孩子交給母親。

愛拉抱起女兒，親暱地對她笑了笑。她將嬰兒放入攜帶毯繫牢時，看見她也笑了。瑪桑那站起身來，精神不錯，舒爽有活力，愛拉也很高興。他們沿著木河往回走，繞過一個河灣，開始走上不太費力的斜坡。抵達頂端後，這幾個人又向北走到那條瀉落下方河流的小溪，然後朝西前進。他們到達第三、第九洞穴設置的營地之前，太陽已經接近地平線，陽光幾乎直射眼睛。波樂娃一直留意他們的行蹤，見他們抵達，終於鬆了一口氣。

「我把食物放在火堆上保溫。你們怎麼這麼久才到？」她帶他們往共用的旅行帳篷走去，特別招呼了約哈倫的母親。

「我們沿著木河往回走，發現一處山坡，是馬兒和我都容易攀爬的。」瑪桑那說。

「沒想到馬兒爬高會有困難。愛拉說牠們很健壯，可以載東西。」波樂娃說。

「重點不是載多少東西，而是那些拖在牠們身後的竿子。」瑪桑那說。

「對，」喬達拉說：「馬兒需要更寬闊、輕鬆的路徑，才能爬上陡峭山丘，牠們拉著拖桿是沒辦法急轉彎的。我們找到路讓牠們走Z字形路徑上山，只是得先沿著木河往回走一段路。」

「嗯，後面的路平坦開闊，不會那麼難走了。」曼佛拉爾說。他和約哈倫過來找他們，聽到了喬達拉的話。

「很好，那樣大家都可以輕鬆點。波樂娃，請替我們繼續保溫食物。我跟愛拉要替馬兒卸下東西，然後找個好地方讓牠們吃草。」喬達拉說。

「如果有肉骨頭可以給沃夫，牠會很感激妳。」愛拉補充。

兩人安頓好馬兒，終於能坐下來用餐時，天色已經暗了。與他們共用家族旅行庇護所的所有人，全都聚在火堆周圍：瑪桑那、威洛馬和弗拉那；約哈倫、波樂娃和她的兩個孩子傑拉達爾、莎什娜；喬達拉、愛拉、喬愛拉和沃夫；以及齊蘭朵妮。雖然齊蘭朵妮原則上不屬於這個家族，但她在第九洞穴沒有其他家人，旅行時通常和頭目的家族在一起。

「約哈倫，還要多久才會到夏季大會？」愛拉問。

「要看我們走多快。曼佛拉爾說，可能不超過三、四天。」

沿途斷斷續續下著雨，到了第三天下午，前方出現帳篷時，所有人都興高采烈。約哈倫、曼佛拉爾，加上約哈倫的兩個親近助手盧夏瑪、索拉邦，四個人急著四處找紮營地。曼佛拉爾選中的地點在支流旁，靠近支流與西河匯流處，他先用背包宣示了主權。然後他發現了日景的頭目，於是簡短問候彼此。

「……以朵妮之名，我問候你，史提法達爾，齊蘭朵妮氏第二十六洞穴日景的頭目。」約哈倫總結。

「歡迎來到第二十六洞穴的集合場，約哈倫，齊蘭朵妮氏第九洞穴頭目。」史提法達爾說完，敞開雙手。

「我們很高興來到這裡！我想請你建議紮營地點，你知道我們洞穴有多大，而且我弟弟回來了，還帶了一些不尋常的……同伴。我們得找個地方讓牠們不會打擾別人，也不因為陌生人而彆扭。」

「我去年看過那隻狼和兩匹馬了，的確是不尋常的『同伴』。」史提法達爾咧嘴笑了笑，又說：「牠們甚至有名字，對吧？」

「這匹母馬是嘶嘶，愛拉通常騎著牠。喬達拉的公馬叫快快，是那匹母馬的孩子，但現在有三匹馬了。大媽賜福這匹母馬，給了牠另一個孩子，一匹小母馬，叫灰灰，因為牠的毛色。」

「搞不好你們洞穴會養出一大群馬哩！」史提法達爾說。

希望不會，約哈倫心想，但他什麼都沒說，只是微笑。

「約哈倫，你想找什麼樣的地方？」

「去年我們找到的地點有點偏遠。剛開始我擔心離夏季大會的活動太遠，沒想到遠得恰到好處：有地方讓馬吃草，也讓狼遠離其他洞穴的人。那隻狼完全聽從愛拉，甚至會留意我說什麼。但我不希望牠嚇到任何人，而且我們大多數人都不想擠在一起，希望能分散點。」

「我記得你們到夏季結束前還有很多柴薪。」史提法達爾說：「最後幾天，我們還來向你們討了一些。」

「對，我們運氣好，算是無心插柳。曼佛拉爾告訴我，他認為靠近你們日景那邊，有個地方可能適合我們，一個有青草的小山谷，是嗎？」

「對，我們偶爾會和鄰近洞穴在那兒小聚，山谷裡有榛果、藍莓，挺好的。」史提法達爾說：「事實上，那裡離聖洞不遠，從這裡過去是有點距離，但可能更適合你們。不如現在就一起去看看！」約哈倫向索拉邦、盧夏瑪招手，於是兩人跟著他和史提法達爾。

「達拉納和他的蘭薩朵妮氏，去年和你們住在一起，對吧？他們今年會來嗎？」史提法達爾邊走邊問。

「沒聽說。他並沒有派人來找我們，所以我想他們可能不會來。」約哈倫說。

第九洞穴的部分成員，原本計畫待在其他親友那裡，因此離開了眾人。齊蘭朵妮往中心點走去，尋找專為齊蘭朵妮亞設置的大型特殊住所。其他人則在大多數洞穴集結的地方等待，順便問候前來探望的親友。等待期間，雨漸漸停了。

約哈倫一回來，立刻走向等候的眾人。「在史提法達爾協助下，我替大家找到地方了。」他說：「和去年一樣，離主要聚會地有點距離，但應該行得通。」

「有多遠？」威洛馬問。他想到瑪桑那，她不能再負荷長途跋涉了。

「從這裡就看得見。」

「唔，那我們過去吧。」瑪桑那說。

大隊人馬跟在約哈倫後頭，人數超過一百五十人。一群人到達時，雨已經停了，陽光露臉，照亮了宜人的隱蔽小山谷。那裡的空間足夠容納所有要和第九洞穴同住的人，至少在夏季大會初期。等召告大會開始的典禮過後，夏季漫遊的生活便要展開，各洞穴的人忙著搜掠、探索、拜訪，日子過得充實又熱鬧。

齊蘭朵妮氏的領地比周邊地區大了許多，因為自認為齊蘭朵妮氏的人數大幅增加，領土也得跟著擴張。齊蘭朵妮氏夏季大會，不只一處舉辦，有些個人、家族或山洞偶爾會去更遙遠的地方參與大會。尤其要交易貨物或遠方有親戚，大家可以透過這種方式保持聯繫。此外，有些夏季大會是由齊蘭朵妮氏和附近的族群一起舉辦。

相較於其他族群，齊蘭朵妮氏壯大昌盛，因此具有特定聲望。這使得其他族群渴望與他們結交，連那些自認不是齊蘭朵妮氏的人，也喜歡在稱謂和親屬關係上和他們攀上關係。儘管齊蘭朵妮氏的人口比其他族群多，事實上，以實際人數和占領地來看，他們卻又顯得無足輕重。

在那片寒冷的遠古陸地上，人類只是次要的居住者，動物數量遠遠大於人類，而且變化更多，不同種類的生物怎麼也數不清。某些生物獨居或小家族群居在少數分散的林地或森林，例如獐鹿或駝鹿；多數生物居住在大草原、平原、溼地、稀樹草原等開闊草地，而且為數眾多。一年當中的特定時期，某些相隔不太遙遠的區域，會聚集上百隻猛獁象、巨角鹿、馬，以及上千隻牛、馴鹿；而空中的遷徙鳥類，可能一連好幾天都把天空給遮蔽了。

齊蘭朵妮氏和附近族群少有紛爭，除了地廣人稀，也因為和睦才能生存。如果居住地變得太擁擠，則會有一小群人出走，移居最近的理想地點。大家都不願意離親友太遠，不單是情感上的因素，他們也需要困頓時能有人即時伸出援手。土地豐饒的地方，人類往往大量群聚，但也有廣闊的土地完全不見人跡，除非偶有狩獵突襲或採集遠征。

冰川時期的世界，結冰的河面閃閃發光，河流清澈見底，瀑布轟隆作響，成群動物遍布廣大草地，壯麗卻也極其嚴酷。當時生存的少數人類大都體認到維持友好關係的重要性。今天你幫助別人，明天當你需要時，別人也會幫助你。所謂的慣例、協定、習俗和傳統，便是這樣發展來的，目的是要消弭人際敵對、化解怨恨、控制情緒。嫉妒不受鼓勵，報復交由公眾處理，大家一起評定如何懲戒，以告慰受害者，紓解他們的痛苦或憤怒，但先決條件是：一視同仁。自私、欺騙、不肯協助需要的人，統統都算有罪，大家會找方法懲罰這種人，而方式往往微妙有創意。

第九洞穴的人很快決定了各自的落腳處，開始建造夏季木屋。所有人都受夠了淋雨，很想有個乾爽的住所。木柱、木樁等主要建材，大多已隨行攜帶，早在出發前，便從附近森林谷地仔細挑選並裁修過，有些已用來搭旅行帳篷。此外，也有小而輕巧的可攜式庇護所，更方便過夜狩獵或長途旅程時攜帶。

大致上，夏季木屋都以同樣方式建造。圓形房屋的中央木柱周圍，有足夠空間可供給幾個人站立；茅草屋頂往下斜向垂直外牆，鋪蓋捲就安置在那裡。旅行帳篷的中央高柱頂端，形塑出長長的漸細斜紋，底部有反向的漸細斜紋木柱，用牢固的繩子纏繞拉緊，將兩根木柱固定在一起。除此之外，還有一段繩子，用來標出中央木柱到外牆的距離，當作指標，然後以先前搭帳篷用的木柱，再多加幾根木柱，豎立一道筆直的圍籬。

壁板以香蒲葉、蘆葦或其他材料織成，有些是從家裡帶來的，有些是就地製作，固定在木柱內外側，造出雙層牆，兩層之間還有空氣作隔絕。地布雖然只延伸一小段到內牆上，用來防風綽綽有餘。即使夜晚寒氣導致外牆內側凝結水氣，內牆內側仍然保持乾燥。

屋頂的建材採用幼齡樅樹、柳樹或樺樹等細木幹，從中央木柱架設到外牆；木幹之間繫上枝條，頂層再粗略鋪上草和蘆葦，形成防水天花板。由於只使用一季，並非永久住所，大多數人不會將茅草屋頂鋪得太厚，只求擋風遮雨。這樣的屋頂在夏末之前，至少還得修補一次。

建物大致完成，所有家當安置妥當，天色已過了傍晚，接近天黑了。眾人依然興致勃勃，前往主營地查看有誰在那裡，問候親朋好友。愛拉和喬達拉也有事要忙，他們得繼續打理馬兒。兩人延續前一年的狀況，用支柱將馬圍在離營地稍遠處。他們利用所有派得上用場的材料，就連幼齡樹木也拿來善用；橫向部分需要的木頭、枝條或繩子，大多就近採集。圍籬十分堅固，馬兒跳不過也撞不開，成功替馬兒及好奇的訪客隔出空間。

愛拉和喬達拉是最後幾個離開第九洞穴營地的人。兩人前往主營地的途中，發現十一歲的拉諾卡和她十三歲的哥哥博洛根，還在營地邊緣賣力搭建夏季小木屋。由於沒人想和勒拉瑪、楚曼達及其兒女同住，屋子只需容納他們一家人。但愛拉注意到，那些孩子的父母親沒在現場幫忙。

「拉諾卡，妳母親在哪裡？或者勒拉瑪呢？」愛拉問。

「我不知道，我猜去夏季大會了吧。」

「妳是說，他們丟下你們，讓你們自個兒建造夏季木屋？」

第六章

愛拉很震驚，四個年幼孩子站在周圍瞪大了眼睛，她感覺他們在害怕。

「這種情況持續多久了？」喬達拉問：「去年你們的木屋是誰蓋的？」

「主要是勒拉瑪和我，」博洛根說：「後來他答應給朋友一些巴瑪酒，有兩個人也來幫忙。」

「他現在為什麼不來蓋呢？」喬達拉不解。

博洛根聳聳肩，愛拉看著拉諾卡。

「勒拉瑪和母親吵架，要去住單身漢偏屋。他帶著自己的東西離開，母親去追他，到現在都沒回來。」拉諾卡說。

愛拉和喬達拉彼此對望，一言不發地點點頭。愛拉將喬愛拉安置在攜帶毯上，兩人開始和那些孩子一起搭建。喬達拉發覺他們用了旅行帳篷的木柱，但那些木柱根本不夠蓋木屋。麻煩的是，此刻他們也無法搭帳篷，因為溼皮革支離破碎，溼地墊也裂開了。壁板、地墊及茅草屋頂，一切都需要就地取材，現場製作。

喬達拉首先在自家木屋附近找到幾根，又砍下幾棵樹。拉諾卡從沒見過有人像愛拉那樣織地墊、壁板，而且速度超快，經過愛拉示範，女孩也馬上就學會了。九歲女孩楚拉若、七歲男孩拉佛根接獲指示，一起幫忙。不過兩人能幫上的忙，大約就是協助拉諾卡，照顧一歲半的蘿蕾拉和她三歲的哥哥迦納瑪。博洛根雖然沒說什麼，卻明顯注意到：喬達拉建造的住所結構，比自己先前搭的穩固多了。

愛拉停下手邊工作，餵奶給喬愛拉和蘿蕾拉，然後又從自家木屋帶食物給那些孩子。顯然，孩子的父母沒帶任何糧食。天色太暗了，他們必須生起兩個火堆，才看得清楚自己在做什麼。木屋即將完工時，眾人已從主營地回來。愛拉返回居所，找保暖的東西給喬愛拉蓋上，因為氣溫愈來愈低了。她在夏季木屋放下嬰兒，抬頭看見一群人走近。波樂娃把莎什娜背在臀上，同行的還有瑪桑那和威洛馬。威洛馬一手拿著火炬，另一手牽著傑拉達爾。

「愛拉，你們到哪兒去了？我在主營地沒看到你們。」波樂娃說。

「我們沒過去，」愛拉說：「因為要幫博洛根和拉諾卡蓋木屋。」

「博洛根和拉諾卡？」瑪桑那說：「勒拉瑪和楚曼達怎麼了？」

「拉諾卡說他們吵架，勒拉瑪決定住偏屋，帶著他的東西離開，楚曼達去追他，但沒回來。」愛拉顯然不太能控制怒氣，繼續說：「那些孩子自己動手，用帳篷柱和溼地墊蓋木屋，而且完全沒東西吃。我已經餵了一些奶給蘿蕾拉。不過波樂娃，假如妳有奶水，她也許可以再多喝點。」

「他們的木屋在哪裡？」威洛馬說。

「在營地邊緣，靠近馬兒那邊。」愛拉說。

「波樂娃，我會看著孩子。」瑪桑那說：「妳和威洛馬去看看能幫上什麼忙。」她轉而對愛拉說：「我也會看著喬愛拉，如果妳需要。」

「我確實需要。還好，她快睡著了。」愛拉對瑪桑那指出嬰兒的位置，又說：「楚曼達的孩子需要更多地墊，尤其他們的鋪蓋捲根本不夠。我離開時，喬達拉和博洛根就快搭好屋頂了。」

說完，三人匆匆趕往即將完工的小屋。他們靠近目的地時，聽見蘿蕾拉的哭鬧聲。對波樂娃而言，那聲音聽起來像是嬰兒太過疲憊，或許還餓著肚子。拉諾卡抱起嬰兒，試圖安撫她。

「讓我來，也許她要喝奶。」波樂娃對女孩說。

「我才剛替她換襯墊，墊了一些她的夜用羊毛。」拉諾卡說，將娃娃交給波樂娃。

波樂娃袒露胸部，嬰兒立刻湊上去吸吮。這嬰兒的親生母親奶水乾涸超過一年，由其他女人輪流餵奶給她。她不但已經習慣喝不同女人餵的奶，也吃各種固體食物，那是愛拉教拉諾卡做的。蘿蕾拉出生後，處境非常艱難，但她卻十分健康、快樂、合群，只是體型略小。餵奶給她的女人都難掩得意，看著她健康、性情好，知道自己有貢獻。愛拉認為是那些女人讓她活下來，但波樂娃很清楚，是愛拉發現楚曼達沒了奶水，才想出大家輪流餵奶的主意。

愛拉、波樂娃、瑪桑那找到幾張多餘的獸皮和毛皮，大方送給那些孩子當鋪蓋捲，也找到更多食物。威洛馬、喬達拉、博洛根收集了一些木頭。

喬達拉發現勒拉瑪過來時，小木屋已經快完工了。勒拉瑪停下腳步，隔著一段距離，皺眉瞪視這小小的夏季木屋。

「這東西打哪兒來的？」他問博洛根。

「我們蓋的。」男孩回答。

「你們不是靠自己的本事蓋的。」勒拉瑪說。

「對，我們幫忙他蓋。」喬達拉插話：「因為你人不在這裡，勒拉瑪。」

「沒人要你們插手。」勒拉瑪譏諷。

「這些孩子沒地方睡覺！」愛拉大聲說。

「楚曼達呢？她是孩子的母親，應該照顧他們啊。」勒拉瑪說。

「你離開以後，她也走了，去追你。」喬達拉也不高興了。

「那就是她丟下他們，不是我。」勒拉瑪辯駁。

「他們是你火堆地盤的孩子。你有責任，」喬達拉說得忿忿然，但又勉強克制怒氣：「可是你卻不管他們有沒有地方住。」

「他們有旅行帳篷。」勒拉瑪說。

「那帳篷的皮革爛了，浸過水裂開。」愛拉說：「他們也沒東西吃，其中有兩個幾乎是嬰兒！」

「我以為楚曼達會把吃跟住張羅好。」勒拉瑪說。

「你還不知道自己為什麼位階最低嗎？」喬達拉語氣輕蔑，神情嫌惡。

沃夫察覺牠的人類夥伴和牠不喜歡的男人起了衝突，皺起鼻子對勒拉瑪低吼，嚇得他直往後跳，離得遠遠的。

「你算什麼東西？憑什麼吩咐我該做什麼！」勒拉瑪大力防衛：「我為什麼位階最低？這還不都是你害的，喬達拉。是你突然帶著外地女人回來，你和你母親一搭一唱，讓她比我更有地位。我生在這裡，她不是，她才應該位階最低。有些人也許認為她特別，但任何和扁頭生活過的人都不特別，她是孽種，不只我這麼想。喬達拉，我不需要忍受你，更沒必要在這裡任憑你侮辱。」勒拉瑪說完轉身，重重踩著步伐離開。

愛拉和喬達拉彼此對望。「他說的是事實嗎？」愛拉問：「我是外地人，所以應該位階最低？」

「不，」威洛馬說：「妳自己帶來新娘費，光是妳的婚配服就足以讓妳登上最高位階，不論妳選擇待在哪個山洞。還有，妳也展現出自己的價值和尊貴。就算妳是外地人，剛開始位階低，但也絕不會長久如此。別管勒拉瑪說什麼，更不必擔心妳在我們洞穴的地位。大家都知道他位階如何，丟下這些孩子不管，任由他們沒食物和庇護所，這就足以證明了。」

夏季小木屋大功告成，建造者準備回住所。這時，博洛根碰了碰喬達拉的手臂。他轉過身，博洛根低下頭，紅通通的臉蛋在火光中更顯醒目。

「我……呃……只是想說，這裡很好，是我們擁有過最棒的夏季木屋。」博洛根說完閃進屋裡。

回程路上，威洛馬低聲說：「博洛根是想謝謝你，喬達拉。也許他從來沒跟人表達謝意，不知道該怎麼做。」

「你說得對，威洛馬，但他表現得不錯。」

早晨晴朗透亮，吃過早餐、確認馬兒無恙後，愛拉和喬達拉急著前往主營地，看看有誰在那兒。愛拉將喬愛拉包進無袖大衣，背在臀上，然後示意沃夫跟著她出發。主營地離這兒有一段路，但愛拉一點也不在意，她喜歡待在稍偏遠的地方，在她想要的時候。

兩人一現身，眾人開始招呼他們。愛拉很高興自己認得那麼多人，不像去年夏天，全是陌生的臉龐，連遇過的人也只是點頭之交。會見親友，是大部分洞穴每年的盼望。由於他們定期變更夏季大會地點，其他群齊蘭朵妮氏人也這麼做，因此參與的洞穴略有不同。

愛拉確定有些人她從未見過，而那些人往往直盯著沃夫，神情緊張。但也有很多人對牠微笑或問候，尤其小孩子。牠仍然緊緊跟隨愛拉，因為她背著牠特別關愛的孩子。保護夥伴不僅是沃夫的天性，也在生活中受種種意外所強化。某種意義上，第九洞穴成了牠的夥伴，他們居住的地方是牠看守的區域。然而，牠保護不了整個大團體，更別說是愛拉「介紹」給牠的許多其他人。牠學會不對那些人有敵意，但他們人數實在太多了，牠無法依循天性，一一將那些人認定為夥伴。牠只能將與愛拉關係密切的人，視為需要保護的對象，尤其這位令牠喜愛的年幼新成員。

潔妮達帶著嬰兒，正和樂薇拉、蒂秀那聊天。愛拉見到這三個女人，特別高興。瑪桑那告訴她，參加同一場婚配典禮的男女，交情會格外熱絡親近，確實如此。三人一致問候愛拉和喬達拉，互相擁抱並碰觸臉頰。蒂秀那已經習慣看見這隻狼，因此沒怎麼留意牠。另外兩人卻心裡怕怕，即使不需要肢體碰觸，問候起牠來，也特別為難。

愛拉和潔妮達興奮談著彼此的孩子長大多少、變得多漂亮。她也發現：樂薇拉又胖了。

「樂薇拉，看樣子妳的孩子隨時會出生。」愛拉說。

「但願如此，我已經準備好了。」樂薇拉說。

「既然我們都在這兒，孩子出生時，我可以過來陪妳。當然，妳姊姊波樂娃也能陪妳。」愛拉說。

「我們的母親也來了，我真高興看到她。妳見過斐莉瑪，對吧？」樂薇拉說。

「對，」愛拉說：「但也只是見過，不算很熟。」

「喬德坎、派利達爾、馬爾夏佛在哪裡？」喬達拉問。

「馬爾夏佛和索拉邦去找一個擅長雕刻象牙的年長女人。」蒂秀那答道。

「喬德坎和派利達爾在找你們，」樂薇拉說：「昨晚他們沒找到。」

「我們昨晚不在這裡。」

「是嗎？可是我看到第九洞穴有很多人來。」樂薇拉說。

「我們在自己的營地。」喬達拉低調回應。

「對，」愛拉解釋：「幫忙博洛根和拉諾卡蓋夏季木屋。」

喬達拉覺得愛拉不得體，不該這麼坦白透露自家洞穴的私密問題。倒不是這件事不能談，而是他從小由頭目撫養長大，知道大多數頭目秉持「家醜不外揚」，會將自己無力改善的洞穴狀況，視為隱私。勒拉瑪和楚曼達令使第九洞穴蒙羞，不論瑪桑那或約哈倫都拿他們沒辦法——他們住在那裡很多年了，有權待下來。不出他所料，愛拉的話引來好奇的探問。

「博洛根和拉諾卡？他們不是楚曼達的孩子嗎？」樂薇拉說：「你們幹麼幫他們蓋夏季木屋？」

「就是啊，勒拉瑪和楚曼達呢？他們在忙什麼？」蒂秀那問。

「他們起了爭執，勒拉瑪決定搬到偏屋，楚曼達去追他，結果一去不回。」愛拉解釋。

「我有看見她。」潔妮達說。

「在哪兒？」愛拉問。

「和幾個喝巴瑪酒、賭博的男人待在營地邊緣，靠近單身漢偏屋。」潔妮達輕聲說，似乎不好意思談起這件事。她移動嬰兒，看了他一會兒才開口：「還有其他女人也在那裡。當時我很驚訝看到楚曼達，因為她有幾個孩子年紀還小，但我不認為其他女人有幼小的孩子。」

「楚曼達有六個孩子，最小的剛滿一歲。年紀最大的女孩拉諾卡照顧其他孩子，但她自己也才十一歲。」愛拉設法克制自己，卻明顯不悅：「我認為她哥哥博洛根想幫忙，他也不過十三歲。昨晚我們來這裡的途中，看見他們在搭帳篷，可是帳篷潮溼裂開，而且也沒有蓋夏季木屋的建材，所以我們留下來，替他們蓋了一間。」

「是小屋子，」喬達拉帶著微笑說：「只夠他們一家人住，因為沒有其他人同住。」

「我不意外，」樂薇拉說：「只覺得可恥。他們至少可以找人幫忙照顧那些孩子呀。」

「洞穴是有幫忙。」蒂秀那為第九洞穴辯護，如今她已是第九洞穴的成員：「有幾個母親輪流幫那個嬰兒餵奶。」

「難怪！否則楚曼達怎麼可能沒回去呢？最小的孩子才剛滿一歲……可是她為什麼不自己餵奶？」樂薇拉問。

「她一年前就沒有奶水了。」愛拉說。

這是因為沒有充分哺乳，她心想，但沒大聲說出來。母親奶水乾涸是有原因的，有時是由於善意。她回想起她的穴熊族母親伊札過世後，她太過悲痛，疏忽了自己兒子的需求。布倫部落其他哺乳母親願意幫杜爾克餵奶。這件事，她心裡從未真正釋懷。

部落中其他女人比她更了解，克雷伯有錯，每個人也都有錯。杜爾克哭著要吃奶時，克雷伯沒將嬰兒抱到悲傷的母親懷中，讓他喚醒她，反而帶嬰兒去找其他女人餵奶。大家知道他出於善意，不想打擾傷痛的愛拉，因此也無法拒絕他。但沒有餵奶導致愛拉脹奶發燒，等她康復時已經沒有奶水。想到這裡，愛拉將懷中的嬰兒抱得更緊了。

「愛拉！妳在這兒啊。」波樂娃和另外四個女人一起走過來。

愛拉認出貝拉朵拉和潔薇娜，是第二、第七洞穴頭目配偶，她向她們點頭示意，兩人也向她打招呼。她納悶另外兩位是否也是頭目配偶，並認為自己認得其中一人。另一人抽身遠離沃夫。

「齊蘭朵妮在找妳。」波樂娃繼續說：「喬達拉，有幾個年輕人問起你。我告訴他們，假如我看到你，會提醒你抽空跟他們碰個面，他們在第三洞穴營地，曼佛拉爾的木屋。」

「波樂娃，齊蘭朵妮亞木屋在哪裡？」愛拉問。

「距離第三洞穴營地不遠，就在第二十六洞穴營地旁邊。」波樂娃說著，指出大致方位。

「我不知道第二十六洞穴有建立營地。」喬達拉說。

「史提法達爾喜歡湊熱鬧，」波樂娃說：「他們全洞穴的人都沒待在大會營地，留了兩間木屋，給那些碰巧待太晚而想借宿的人。反正很多人會來來去去——至少到第一場婚配典禮過後。」

「那是什麼時候？」喬達拉問。

「不知道，可能還沒決定吧。愛拉，妳也可以去問問齊蘭朵妮。」波樂娃說完便告辭，和另外四個女人繼續前往原先的目的地。

愛拉和喬達拉隨即走向她們指示的營地。接近第三洞穴營地時，愛拉認出齊蘭朵妮亞大木屋，也看見旁邊的助手木屋。回憶去年夏季大會，她知道，此刻其中一間特殊住所，隔離著準備經歷初夜交歡禮的少女，等待齊蘭朵妮亞替她們挑選合適的男人。另一間屋子則有女人決定要穿戴紅色穗飾，成為今年的朵妮女，並選擇接納佩戴青春期腰帶的少男，教導他們明白女人的需求。

交歡是大媽的恩賜，齊蘭朵妮亞認為，確保每個年輕人的初次體驗恰如其分，這是神聖的責任。年輕男女都需要學習如何恰當地體會大媽的偉大恩賜；而年長、更有經驗的人則需示範說明，在齊蘭朵妮亞慎重卻警覺的目光下，和年輕男女初次共享這份恩賜。這個轉變典禮太重要了，不能讓年輕人自己隨意摸索。

兩間助手木屋必須嚴加看守，慎防有人越矩。實際上，大多數男人都抗拒不了，有些男人甚至望著助手木屋都會興奮。男人往往想偷窺，更有甚者，直接偷溜進入少女的屋子。尤其是那些經歷過男性成年禮，但尚未配對的年輕男人，格外不守規矩。有些年長男人喜歡在附近徘徊，找機會往裡頭瞥一眼。幾乎每個有資格的男人都想獲選，和少女行初夜禮。不過話說回來，獲選者也會擔憂。他們知道自己受到觀察，擔心表現不佳。但如果表現好，他們也會特別滿意。初次成為男人，大部分男人都會和他們的朵妮女留下興奮刺激的回憶。

至於那些肩負分享、教導大媽交歡恩典重任的人，則是受到嚴格約束。一旦獲選男人或朵妮女，在儀式後一年之內，不能和年輕男女有任何親密關係。大家總說，年輕男女太敏感脆弱，這不是沒理由。即使長輩禁止，少女和年長男人擁有歡愉的初次經驗後，不少人都躍躍欲試。初夜禮過後，她可以和任何自己想要、對方也有欲望的男人交歡。相較之下，第一次交歡的對象顯得更吸引人。喬達拉遠行前經常獲選為少女的初夜對象，他也因此學會了溫和迴避那些固執的少女。她們一旦和他共享親密溫柔的儀式經驗後，往往想獨自擄獲、擁有他。就某種意義來說，男人比較好過，他們的初夜是單一事件，一晚特殊的交歡。

朵妮女被預期要接納男人整個夏天，甚至更久，尤其她們如果是助手。年輕男人總是衝動，得花一段時間才能明白女人的需求不同，樂趣多樣化，而不單追求一瞬間的滿足。朵妮女也必須確保他們不會長期依戀，窮追不捨，但有時這並不容易。

喬達拉的朵妮女是首席齊蘭朵妮，當時她叫索蘭那，將他教得很好。後來，他和達拉納同住幾年回來後，經常獲選。然而青春期時他太過迷戀索蘭那，根本看不上其他朵妮女，甚至希望和她配對，不顧兩人年齡懸殊。年輕的喬達拉高大英俊，又具有領袖氣質，一頭淡黃色頭髮，眼睛透著亮藍。糟的是，索蘭那也對他愛戀不已，這對兩人來說，都是挺麻煩的問題。

愛拉和喬達拉來到曼佛拉爾的木屋，敲了敲入口附近的木頭壁板，大聲報出名來。屋裡傳出曼佛拉爾的聲音，要他們進來。

「沃夫和我們在一起。」愛拉提醒。

「帶牠進來吧。」默立桑說著推開門簾。

自從那場獵獅行動後，愛拉很少見到曼佛拉爾的兒子，她真誠地對他微笑。問候過所有人，愛拉說：「喬達拉，我得去齊蘭朵妮亞木屋，沃夫可以留給你嗎？牠有時讓人心神不寧，多少會造成干擾。我希望先問過齊蘭朵妮再帶牠去。」

「如果沒有人介意的話。」喬達拉說完，對默立桑、曼佛拉爾及屋裡其餘人作出詢問的表情。

「沒事，牠可以留下。」曼佛拉爾說。

愛拉彎腰看著這隻動物，「和喬達拉留下來。」她說，同時比出手勢。牠用鼻子磨蹭嬰兒，逗得她咯咯發笑，然後坐下來發出憂慮的哀鳴。當愛拉和嬰兒離開時，牠焦急看著她，卻沒有跟隨。

來到雄偉的齊蘭朵妮亞木屋，她輕拍壁板並說：「我是愛拉。」

「進來吧。」是首席大媽侍者熟悉的聲音。一名男助手推開入口遮簾，示意愛拉進去。油燈晃晃地燃著，但裡面依舊陰暗，她定定站了一會兒，等待眼睛適應。終於，她看見一群人坐在身軀龐大的首席附近。「來加入我們吧，愛拉。」齊蘭朵妮等了一會兒才開口，她知道屋內陰暗會暫時影響視力。

愛拉走向眾人時，喬愛拉開始哭鬧，顯然光線變化也令嬰兒不安。兩個助手為她挪出位子，愛拉便在兩人之間坐下，但她得先安撫孩子，才能專注屋內進行的事情。判斷孩子可能餓了，她袒露胸部將嬰兒靠上去。每個人都屏息等著。那裡只有她帶孩子，她不知自己是否打斷了什麼要事，但有人告訴她，齊蘭朵妮想見她。

待喬愛拉平靜下來，首席齊蘭朵妮說：「很高興看見妳來，愛拉。我們昨晚沒見到妳。」

「昨晚我們沒到大會營地。」她說。

有些從沒見過她的人，非常驚訝她說某些字的方式。他們能理解她說的話，可見她非常嫻熟齊蘭朵妮氏語，嗓音低沉悅耳，但不尋常。

「妳，或者孩子不舒服嗎？」首席齊蘭朵妮問。

「不，我們很好。喬達拉和我去查看馬兒，回程路上看見拉諾卡和博洛根正在嘗試搭帳篷柱，我們就留下來替他們蓋了木屋。」

首席齊蘭朵妮皺起眉頭：「楚曼達和勒拉瑪呢？」

「拉諾卡說他們起了爭執，勒拉瑪走了，要去住偏屋，楚曼達追出去，兩人都沒再回去。潔妮達剛剛告訴我，她看見楚曼達昨晚和一些喝巴瑪酒賭博的男人在一起，我猜她狀況很差，可能心神錯亂了。」

「嗯，很有可能。」第九洞穴齊蘭朵妮說。雖然身為首席齊蘭朵妮，她還是有責任照顧自家洞穴：「現在那些孩子有地方住了？」

「你們替他們蓋了一整間木屋？」一名愛拉不認識的男子問。

「沒有這間大啦。」愛拉帶著微笑說，揮手指向特別大的齊蘭朵妮亞庇護所。喬愛拉似乎已經喝夠奶，愛拉將她抱在肩上，輕拍她的背。「他們沒和其他人同住，所以木屋不需要蓋太大，夠一家人住就行了，包括那些孩子、楚曼達和勒拉瑪，如果他決定回去的話。」

「你們人真好啊！」有人開了口，語調相當嘲弄。愛拉定睛一看，是第十四洞穴齊蘭朵妮，這年長女人瘦得皮包骨，稀疏的頭髮似乎隨時要從髮髻散落。

愛拉注意到馬卓曼坐在第十四洞穴齊蘭朵妮附近，和第五洞穴齊蘭朵妮一同轉頭看著她，一臉高傲。喬達拉曾在衝突中打斷他的門牙，當時兩人都很年輕。她知道喬達拉不喜歡馬卓曼，猜測兩人互相厭惡，她也不太在意他。愛拉能解讀表情態度的細微差異，一直感覺他的態度有些虛假，不論微笑或問候都不真誠，態度親切友善卻沒誠意，但她總是以禮相待。

「愛拉特別關心那個家庭的孩子。」首席齊蘭朵妮說，小心壓抑怒氣。自從她成為首席齊蘭朵妮後，第十四洞穴齊蘭朵妮一直在找碴，老想激怒人，特別是她。這個女人自認是繼任者，巴望成為首席齊蘭朵妮，不甘心年紀較輕的第九洞穴齊蘭朵妮取而代之。

「他們需要特別關心。」先前開過口的男子說。

喬愛拉在肩上睡著了，愛拉先將攜帶毯攤在地上。她右側的年輕助手往旁邊挪出空間，讓她將嬰兒輕放在毯子上。

「對，他們需要。」首席齊蘭朵妮說著搖搖頭，隨即意識到愛拉不認識這名男子；而男子儘管聽過她，卻也沒見過。「我想並非在場每個人都見過我的新助手，也許該介紹一下。」

「新助手？喬諾可怎麼了？」第五洞穴齊蘭朵妮問。

「他搬到第十九洞穴，」首席齊蘭朵妮說：「是被去年發現的白洞吸引過去的。他向來比較像藝術家，而不那麼像助手。不過，他現在反而認真看待齊蘭朵妮亞，希望確保為新洞穴所做的一切都恰當……不，不只這樣，他還希望能做對。那個白色洞穴此刻召喚了他，比任何訓練都有力量。」

「第十九洞穴在哪裡？他們今年會來嗎？」

「我相信他們會來，只是還沒到。」首席大媽侍者說：「我期待見到喬諾可，他的技術讓我懷念。

不過幸運的是，愛拉原本就有很多技能。她有不錯的醫術，帶來一些非常有趣的知識和技巧，我很高興她開始接受訓練。愛拉，請站起來讓我正式介紹妳好嗎？」

愛拉起身走了幾步，站到首席齊蘭朵妮身旁，齊蘭朵妮等所有人都看著兩人時才開口：「讓我向各位介紹齊蘭朵妮氏的愛拉，受朵妮賜福的喬愛拉母親，第九洞穴首席大媽侍者齊蘭朵妮的助手。她的配偶是喬達拉，第九洞穴前任頭目瑪桑那的兒子，現任頭目約哈倫的弟弟。過去她屬於馬木特伊氏獅營，住在遙遠東方的猛獁象獵人，馬木特是他們的齊蘭朵妮亞，愛拉是他的助手，受他收養成為猛獁象火堆地盤的女兒。她的圖騰穴獅靈挑中她，在她身上留下記號，而她也受穴熊靈保護，和馬兒嘶嘶、快快、剛出生的小母馬灰灰，以及她稱為沃夫的四足獵食者成為朋友。」

愛拉認為，齊蘭朵妮十分廣泛列舉她的稱謂和親屬關係，解說得相當徹底。但她不知道自己算不算是馬木特的助手，他確實收養她到猛獁象火堆地盤，並訓練她。這位朵妮侍者沒有提到齊蘭朵妮氏人稱為扁頭的穴熊族也曾收養她，唯一相關的介紹是：她受穴熊靈保護。愛拉懷疑齊蘭朵妮是否完全理解那代表她是穴熊族的一份子，至少直到布勞德否認、詛咒她，逼迫她離開之前。

先前開過口的男子走近愛拉和首席大媽侍者。「我是第二十六洞穴齊蘭朵妮，以朵妮之名，我歡迎妳來到由我們主辦的夏季大會營地。」他伸出雙手。

愛拉握住他的手：「以萬物大媽之名，我問候你，第二十六洞穴齊蘭朵妮。」

「我們新發現了一個深洞，在我們歌唱時有美妙的回音，只不過那個洞非常小。」男子說得很興奮：「人必須像蛇一樣爬進去，最好只有一兩個人，不過三四個人也進得去。我認為那個洞對首席齊蘭朵妮來說太小了，很抱歉我這麼說，不過我一定會讓她自己決定。我答應喬諾可，他來的時候帶他去看。愛拉，既然妳現在是首席齊蘭朵妮的助手，或許妳也會想看看。」

男子的邀請令她吃驚，但她露出微笑說：「對，我想看。」

第七章

聽到新洞穴一事，首席齊蘭朵妮的心情很複雜。探索可能進入大媽幽靈世界的新洞穴，這當然很刺激。但自己基於生理原因而無法參與，卻也令人挫折。不過話說回來，要腹部貼地，爬進小空間裡，其實也不怎麼吸引人。她是很高興愛拉被接納，憑自己的身分獲得這種機會。她希望這代表她選擇新來者當助手，已被視為理所當然。將這位擁有特異能力的女人，安全收編在齊蘭朵妮亞的權威下，可能令許多人鬆了一口氣。而身為平凡又有魅力的年輕母親，也使她更容易被接納。

「這主意真棒，第二十六洞穴齊蘭朵妮。我已經計畫今年夏天稍晚要開始她的朵妮侍者之行，在首場婚配典禮和初夜交歡禮過後。拜訪新聖洞會是啟蒙，讓她有機會了解齊蘭朵妮亞如何認識聖地。」首席朵妮侍者說：「既然我們談到介紹和訓練，我發現這裡有幾位新助手，現在似乎很適合傳授他們一些必要知識。誰能告訴我有幾個季節？」

「我來說，」一名年輕男子回答：「三個。」

「不對，」一位年輕女子說：「是五個。」

首席齊蘭朵妮微笑：「有人說三個，有人說五個，到底誰對誰錯呢？」

一段時間都沒人開口，緊鄰愛拉左側的助手說：「我認為都對。」

首席齊蘭朵妮再次微笑：「妳說得沒錯。三個也對，五個也對，關鍵在於怎麼數算。有人能告訴我為什麼嗎？」

沒人說話。愛拉記得馬木特教她的某些事，但覺得有點害羞，猶豫要不要開口。當靜默愈來愈令人尷尬，她終於說話了：「我不知道齊蘭朵妮氏是如何，但我可以告訴你們馬木特教我的。」

「那會很有趣，妳說說看。」首席齊蘭朵妮說著環顧四周，看見其他齊蘭朵妮點頭認同。

「對馬木特伊氏來說，倒三角形是非常重要的符號。」愛拉開始細述：「是女人的符號。三角形由三條線組成，所以數字三表示……母性、生產、創造新生命的力量。我不太知道該用什麼字眼表達，那對馬木特和大媽來說都非常神聖。馬木特也說，三角形的三個邊代表春、夏、冬三個主要季節，但馬木特伊氏也認定另外兩個表示變化的季節：秋和仲冬，因此共有五個季節。馬木特說，數字五表示大媽的神祕力量。」

不僅年輕助手嘖嘖稱奇，年長的齊蘭朵妮也聽得很有興致。那些前一年見過她、聽過她說話的人都注意到她說話的方式，她的口音。對那些初次見面，特別是年輕且不常旅行的人，她的聲音聽起來絕對奇特！大多數齊蘭朵妮亞都沒聽過她所提到的資訊，但那與齊蘭朵妮氏的思考方式基本上相同，傾向證實他們自身的信念，使她更讓人信任且略受尊敬。畢竟她旅行過許多地方，知識豐富，而且又不真正帶有威脅性。

「我不知道連距離那麼遠的大媽道統都這麼類似。」第三洞穴齊蘭朵妮說：「我們也說有三個主要季節：春、夏、冬，但大多數人認為有五個：春、夏、秋、初冬、暮冬。我們也明白倒三角形代表女人，數字三表示創造的力量，但五是更強大的符號。」

「沒錯，大媽道統非比尋常。」首席齊蘭朵妮說完，繼續介紹：「我們之前談過數字五，蘋果有五個部分，每隻手有五根手指，每隻腳有五根腳趾，也談過如何利用手和數字做更有效的數算。還有五種主要或神聖顏色，所有其他顏色都是主要顏色的某種面相。首先是紅色，它是血的顏色，生命的顏色，但正如同生命並非永恆，紅色很難長久維持。血乾涸時顏色會變暗，成為棕色，有時顏色更深。

「棕色是紅色的一種面相，有時稱為『老紅』，比如許多樹木的樹幹、樹枝都是棕色。土壤的赭紅色是大媽乾涸的血，雖然有些顏色很亮，看起來幾乎是鮮血，卻全都視為老紅。有些花朵、果實呈正紅色，而花的生命短暫，一如果實的紅。草莓這類紅色果實，乾了會變成老紅。你們想得出還有什麼東西也是紅色，或紅色的一種面相嗎？」

「有些人頭髮是棕色。」一名坐在愛拉身後的助手說。

「有些人眼睛是棕色。」愛拉說。

「我沒看過有人眼睛是棕色，我認識的人，眼睛不是藍就是灰，偶爾帶點綠。」稍早開過口的年輕男助手說。

「撫養我的穴熊族人全都是棕色眼睛。」愛拉說：「他們認為我的眼睛很奇特，也許視力不好，因為顏色這麼淡。」

「妳說的是扁頭，對吧？牠們不算人，其他動物也有棕色眼睛，毛髮也是棕色的。」他說。

愛拉感到一股怒氣竄上來：「你怎麼能這麼說？穴熊族不是動物，他們是人！」她咬著牙說：「更何況，你見過他們嗎？」

首席齊蘭朵妮介入，設法平息這場剛起頭的紛爭：「第二十九洞穴齊蘭朵妮助手，確實有些人眼睛是棕色。你年紀輕，顯然缺乏經驗，也因此在正式成為齊蘭朵妮之前，你需要完成朵妮之旅。當你往南走，會遇到某些人眼睛是棕色。也許你該回答她的問題，你是否曾看過你稱為扁頭的『動物』？」她說。

「呃……沒有，但每個人都說他們看起來像熊。」年輕男子說。

「愛拉小時候和齊蘭朵妮氏所認知的扁頭一同生活，但她稱呼他們為穴熊族。他們在她失去雙親後拯救她、照顧她、撫養她。我認為，她比你更有接觸他們的經驗。你也可以問問交易大師威洛馬，他比大多數人更常和他們接觸。他說過，他們或許看起來有點不一樣，但舉止像人，他也相信他們是人。在你還沒親身接觸之前，我想你該相信那些和他們接觸過的人。」首席齊蘭朵妮的語調嚴厲訓斥。

年輕男人勃然大怒，他不喜歡遭訓斥，也不認為應該聽信外地人，而不管他自己所聽所聞。然而，他的齊蘭朵妮搖頭示意，他只好閉嘴不再爭論。

「好了，我們談論到五種神聖顏色。第十四洞穴齊蘭朵妮，妳來告訴我們，接下來是什麼顏色？」

「第二種主要顏色是綠色。」第十四洞穴齊蘭朵妮開始說明：「綠色是葉子和草的顏色，也是生命的顏色。當然，那是指植物的生命。冬天時，你會看到許多樹和植物是棕色，顯示它們真正的顏色是老紅，生命的顏色。植物冬天只是在休息，匯聚力量好在春天長出新綠。植物的花和果實也會呈現其他顏色。」

愛拉認為她的闡述平淡無奇。假如這個訊息本身就沒那麼有趣，她把它講得更乏味。難怪其他齊蘭朵妮沒挑選她為首席齊蘭朵妮。愛拉忽然警覺，猜想自己會這麼認為，或許是因為知道她嚴重惹惱了自己的齊蘭朵妮。

「這次夏季大會的主辦洞穴齊蘭朵妮，你能不能告訴我們，下一個神聖顏色是什麼？」首席齊蘭朵妮趁她還沒繼續說下去的喘息空檔插話。在這種情況下，第十四洞穴齊蘭朵妮只能接受，沒再往下說。

「嗯，當然。」他說：「第三種主要顏色是黃色，太陽巴利的顏色，也是火的顏色，不過兩者都含有很多紅色，表示本身都有生命。你可以看到太陽早上和傍晚最紅，它賜予我們光和熱，但也可能造成危險。太陽太大會灼傷皮膚，使植物和水坑乾涸。我們無法控制太陽，連大媽朵妮也無法控制她的兒子巴利。我們只能設法避開它，保護自己不受傷害。火可能比太陽更危險，我們確實可以稍微控制火，而且火很有用，但永遠不能對火掉以輕心，也不該視火為理所當然。

「並非所有黃色物體都會發熱。有些土是黃色，也有赭紅色和赭黃色。」他說著直視愛拉：「當然，很多花呈現正黃色，時間久了總會變成棕色——紅色的一種面相。因此，有些人認為黃色也應該視為紅色的一種面相，也就是說，黃色本身不是一種神聖顏色。但大多數人同意黃色也是主要顏色，它源自紅色，生命的顏色。」

愛拉發覺自己受到第二十六洞穴齊蘭朵妮所吸引，更加仔細觀察他。此人身材高大、肌肉發達，頭髮呈深黃近乎棕色，帶有斑駁的淡色調，深色眉毛融入左額上的齊蘭朵妮圖騰，它不像某些圖騰那麼赭紅，卻非常清楚。他的棕色鬍子有點紅，覆蓋面積小，而且輪廓分明。愛拉認為他必定用了非常銳利的燧石刀修剪，才蓄出那種鬍子。某些臉部特徵透露，他可能接近中年，看起來年輕有活力，同時沉著自持。

多數人都會認為他好看，愛拉這麼想，因為她自己就是如此。不過對於自己這種穴熊族人的審美觀，她可不怎麼有信心。畢竟她的審美觀強烈受到撫養她的人所影響，比如她覺得穴熊族好看，但大部分異族都不認同。實際上，多數人根本沒見過穴熊族，就算見過也大多只是遠觀。她觀察某些年輕女助手，判定這名正在說話的男子非常具有吸引力，某些年長的女性似乎也陶醉其中。無論如何，他把傳說描述得很生動。首席齊蘭朵妮頗有同感，要求他說下去。

「第四種主要顏色是透明。」他說：「透明是風和水的顏色，可以呈現所有顏色，就像你從平靜池塘會看見倒影，或者太陽出來時，雨滴會閃現各種色彩。藍色和白色都是透明的面相。風看起來是透明的，但望著天空時會看到藍色；湖中的水或西方的大水通常是藍色，而冰川上的水更是濃郁而明亮的藍。」

就像喬達拉的眼睛，愛拉心想，回憶起兩人橫越冰川時，也見過和那雙眼睛一樣的藍。她納悶第二十六洞穴齊蘭朵妮是否看過冰川。

「有些果實是藍色，」他說：「尤其漿果，某些花朵也是，不過藍花比較罕見。許多人眼睛是藍色，或者藍色中參雜了灰色，這也是透明的一種面相。雪是白色，天上的雲也是，只不過要下雨時參雜了黑暗成為灰色，但它們真正的顏色是透明。冰是透明的，儘管看起來是白色，但雪和冰一溶解，或者雲一降成雨，你就會知道它們真正的顏色。許多花是白色，而某些地方還看得到白土。距離第九洞穴不遠處就有白土，也就是高嶺土。」他直視愛拉說：「但那仍是透明的一種面相。」

首席齊蘭朵妮接著說：「第五種神聖顏色是黑暗，有時也稱為黑色，是夜晚的顏色，也是火將木頭生命燒掉後的木炭顏色。這種顏色征服了代表生命的紅色，尤其當時間久遠。有人說黑色是最深的老紅，其實不然。黑暗缺乏光、缺乏生命，是死亡的顏色，甚至不具短暫生命；沒有花是黑色。深洞最真實表現了黑暗的主要色彩。」

她說完後停下來看著眾助手：「有任何問題嗎？」現場一片羞怯的沉默，有些人挪動身子，卻沒人開口。她知道可能會有疑問，只是沒人想搶先，或者不想在其他人都明白時，顯示自己不懂。無妨，反正問題遲早會冒出來。既然這麼多助手在場專注聆聽，首席齊蘭朵妮斟酌要不要繼續說下去，因為一次聽太多不容易記住，人的心思也可能飄忽漫遊。「你們想再多聽一些嗎？」

愛拉瞥了嬰兒一眼，發現她還在睡。「我想。」她輕聲說。群眾傳來低語和聲響，大多數是持肯定的。

「有沒有人想用另一種方式，談一談『五』為什麼是更強大的符號？」首席大媽侍者問。

「天空有五顆星星在漫遊。」第七洞穴的老齊蘭朵妮說。

「沒錯，」首席齊蘭朵妮說著對這位高大的長者微笑，然後向其他人宣告：「而且那是第七洞穴齊蘭朵妮發現並指給我們看的。看見那些星星需要時間，你們得等到夜晚年才會看到。」

「什麼是夜晚年？」愛拉問。有幾個人很高興她先問了。

「夜晚年時，你們必須夜裡醒著，白天睡。」首席齊蘭朵妮回答：「那是你們在訓練過程中的試煉，但意義不只如此。某些你們必須見識的事情，只在夜晚才看得見，例如太陽在哪裡升起、落下，尤其仲夏和仲冬，太陽何時靜止、轉向以及月亮的升落。第五洞穴齊蘭朵妮最了解這些資訊，他花了半年時間持續追蹤記錄。」

愛拉想詢問訓練過程中還需要面對什麼其他試煉，但卻沒說出來，猜想自己很快就會知道。

「還有什麼呈現出五的力量？」首席齊蘭朵妮問。

「五種神聖元素。」第二十六洞穴齊蘭朵妮說。

「很好！」身軀龐大的首席大媽侍者大為讚賞，在座位上調整成更舒適的姿勢後表示：「你繼續往下說。」

「談完神聖顏色，再來說五種神聖元素最恰當不過，因為顏色也是其中一種。第一種神聖元素，有時稱為原則或基本要素，是土地。土地堅實、具形體，是土壤和岩石，你可以用手拿起一小塊土。至於和大地關係最深的顏色則是老紅。另外，土地本身不僅是一種元素，也是所有其他基本要素的物質面相，可以含納那些基本要素，或在某方面受它們影響。」他說完望著首席齊蘭朵妮，確認她是否要他繼續說下去，而她已經看著另一個人。

「第二洞穴齊蘭朵妮，妳接著說。」

「第二種元素是水。」第二洞穴齊蘭朵妮起身說：「水有時候從天空落下，有時停留在大地表面、流過地表或從坑洞穿過土地，有時被吸收成為土地的一部分。水可以流動，水的顏色通常是透明或藍色，即使外觀泥濘也一樣。當水呈棕色時，是因為土混雜在水中，你看到的其實是土地的顏色。水可以看見、觸摸、飲用，卻無法用手指拿，不過你可以把手攏出杯狀來掬水。」她說著，靠攏雙手，示範捧水動作。

愛拉很喜歡觀察這位齊蘭朵妮，因為她描述事情時經常搭配手勢，這是穴熊族不會刻意做的。

「水一定要用器物盛起，如杯子、水袋、人體。你們體驗棄水試煉時，會發現自己的身體需要水分。所有生物都需要水，包括動物和植物。」第二洞穴齊蘭朵妮說完後坐下。
「還有誰想說說有關水的事情？」齊蘭朵妮亞領袖問。
「水可能帶來危險，人可能在水裡淹死。」坐在喬愛拉另一側的年輕助手說。她語氣輕柔且神情哀傷，愛拉感覺她可能有相關的個人經驗。
「的確。」愛拉忍不住開口附和：「在旅行途中，喬達拉和我必須橫越許多河流，水確實很危險。」
「對，我知道有人不小心戳破了河上的冰，溺斃了。」第二十九洞穴南面的齊蘭朵妮說。他正要開始細說溺斃故事，他們洞穴的主要齊蘭朵妮卻插話打斷他。
「我們知道水可能非常危險，但風也一樣，而風就是第三種元素。」這位齊蘭朵妮非常親切，笑容友善卻暗藏著力量。她之所以打斷，是因為深知此刻不宜離題大談軼事。首席齊蘭朵妮正在討論嚴肅議題，其中有重要資訊需要助手們理解。
首席齊蘭朵妮對她微笑，深知她這麼做的用意。「妳何不繼續跟我們說說第三種元素。」她說。
「和水一樣，我們無法擷取風，也不能抓住或看見風，卻可以看見風的影響。」她說：「風靜止的時候，我們甚至無法感覺到，但風有時威力強大，能拔起或扳倒樹木。風甚至能吹得很強勁，讓人無法逆風移動。到處都有風，它無所不在，連最深的洞穴裡都有風，不過那裡的風通常是靜止的。我們知道風的存在，是因為可以藉由揮動東西讓風移動。生物體內也有風流動，當你吸氣、吐氣時，可以感受到它。生命必須要有風，人和動物需要風才能存活。一旦體內的風靜止，生物也就死了。」第二十九洞穴齊蘭朵妮就此打住，不再繼續。
愛拉發現喬愛拉開始扭動身子，很快就會醒來。首席齊蘭朵妮也注意到嬰兒及現場瀰漫的躁動氛圍，有必要儘快結束這場聚會。

「第四種元素是寒冷。」首席齊蘭朵妮說：「和風一樣，我們無法擷取或抓住寒冷，但感受得到。寒冷導致改變，使事物更堅硬、緩慢。寒冷也能讓土地變硬，或者讓水變硬成為冰而停止流動，使雨變成雪或冰。寒冷的顏色是透明或白色。有人說黑暗導致寒冷，因為夜晚來臨時，氣溫會下降。寒冷也可能帶來危險，協助黑暗將生命耗竭。反過來，黑暗並不受寒冷影響，因此有些黑暗的事物較能保溫，不易變冷或受寒冷影響。當然啦，寒冷也有好處，比如把食物放進土裡的冷坑或水裡蓋上冰，可以避免食物腐敗。寒冷停止時，透明的事物通常可以回復原狀，如冰回復成水。老紅的事物或元素歷經寒冷後，通常可以復原，例如土地、樹皮。但綠色、黃色或正紅色的事物，很少能復原。」

首席齊蘭朵妮原本想問大家有沒有問題，後來決定一鼓作氣，速戰速決。「第五種元素是熱。我們無法擷取或抓住熱，但可以感受到熱。碰觸熱的東西時，你會知道。熱也會改變事物，它和冰相反，冰是減緩改變，而熱會加速改變。當寒冷把生命耗竭，熱和溫暖可以恢復、重新帶回生命。火和太陽都能製造熱。太陽的熱軟化了冷硬的土地，把雪轉化成雨，協助植物發芽；將冰轉化為水，讓它再度流動。火的熱可以烹煮食物，包括肉類和蔬果，也能溫暖住屋內部，但熱可能有危險，也會助長黑暗。熱的主要顏色是黃色，通常參雜了紅色，有時也參雜了黑暗。熱可以助長代表生命的正紅色，而過度的熱卻有壞處，會助長摧毀生命的黑暗。」

首席齊蘭朵妮將時間控制得恰到好處，話一說完，喬愛拉就醒來大聲啼哭。愛拉抱起嬰兒，輕輕拍動、上下晃動地安撫她，同時心裡有數：小傢伙需要進一步照料。

「我要你們所有人想想今天學到的東西，有任何疑問先記起來，下回我們聚會時可以談論。想離開的人可以先走了。」首席大媽侍者如此總結。

「希望我們很快可以再相聚。」愛拉邊說邊起身：「這種聚會非常有趣，我期待學到更多。」

「我很高興，第九洞穴齊蘭朵妮助手。」首席齊蘭朵妮說。儘管在輕鬆狀態下，齊蘭朵妮會稱她愛拉，但在夏季大會的齊蘭朵妮亞木屋裡，她總以正式稱謂來稱呼每個人。

「波樂娃，我有事要問妳。」愛拉的語氣透露著不安。

「問吧，愛拉。」所有同住的人都在吃早餐，大家全把頭轉向她，充滿了好奇。

「在第二十六洞穴附近，有一個聖洞。他們的齊蘭朵妮問我，要不要和他去看看，基於我是首席齊蘭朵妮的助手。那個洞非常小，首席齊蘭朵妮希望我代表她去。」

愛拉的話不只引起喬達拉注意，他環顧四周，發現每個人都看著愛拉。他還瞥見威洛馬聽完了聳聳肩。這位交易大師熱愛遠距旅行，卻不怎麼喜歡狹隘的空間。除非必要，他是可以擠進洞穴裡，假如洞穴不會太小，但他偏愛開闊的戶外。

「我需要有人看著喬愛拉，甚至幫忙餵奶。」愛拉解釋：「我出發前一定會餵奶，但我不確定要離開多久。我原本想帶她去，一聽說我們得像蛇那樣爬進去，只好打消念頭。我想齊蘭朵妮很高興我受到邀請。」

波樂娃想了一會兒。她在夏季大會期間總是忙得不可開交，第九洞穴人口眾多又舉足輕重。而且她這天安排了許多事，自己又有孩子要照顧，如果再加上喬愛拉，她擔心分身乏術。不過，她實在不喜歡拒絕別人。「愛拉，我樂意餵喬愛拉。不過，我已經答應今天要和人碰面，恐怕沒辦法照顧她。」

「我有個主意。」瑪桑那說。每個人都轉頭看著前任頭目。「我們可以找人和波樂娃一起去，在波樂娃沒空時照顧喬愛拉和莎什娜。如果兩個孩子需要餵奶，也可以帶孩子去找她。」

瑪桑那盯著弗拉那，暗中戳戳她，希望她自告奮勇。女孩理解，她甚至原本就考慮那麼做，只是不確定自己想不想一整天都在照顧嬰兒。另一方面，她確實很喜歡這兩個孩子，何況聽聽波樂娃在聚會中談些什麼，也很有趣。

「我會看著她們。」說完，她靈光一閃又補充：「如果沃夫能幫我。」這可以讓她聽得更專注。

愛拉停下來思考。她不完全確定在聚會區那麼多陌生人的場合，沃夫會不會聽從這個年輕女人，雖然牠可能喜歡待在兩個小女嬰身邊。

成狼為幼狼奉獻，樂意在狼群狩獵時輪流看顧牠們，但一個狼群只能撫養一窩幼狼。牠們狩獵不僅為了自己，也為了發育中的飢餓小狼。除了提供奶水並協助幼狼斷奶，狩獵的狼還會帶回嚼食嚥下的肉，吐出稍經消化的食物，讓幼狼更容易吃。帶頭母狼得確保同群的其他母狼發情時不交配。為此，自己得經常中斷交配，疲於奔命地將公狼驅離牠們身邊，如此自己的幼狼才能出生、成長。

沃夫將狼的關愛，投射給同群夥伴的人類嬰兒。愛拉年幼時觀察、研究過狼，因此十分了解沃夫，只要沒人威脅小嬰兒，牠不太可能闖禍。而有誰會在夏季大會威脅小嬰兒呢？

「沒問題，弗拉那。」愛拉說：「沃夫可以幫忙妳看著嬰兒。喬達拉，你能不能每隔一陣子，就去看看沃夫和弗拉那？我想牠會服從她，但也可能太保護嬰兒，不想讓任何人靠近她們。我不在的時候，牠總是聽你的。」

「今天早上我會待在我們營地附近敲製工具。」他說：「我還欠一些人特殊工具，他們幫忙建造我們第九洞穴的住所。大會營地邊緣有個敲製區，那裡鋪了石頭，不會泥濘。我可以在那兒工作，偶爾去看看弗拉那和沃夫。下午我答應要去見一些人，那場獵獅後，很多人對標槍投擲器感興趣。」他一邊思索，一邊習慣性皺起眉頭：「也許就約在我能留意她們的地方。」

「希望我下午就能回來，只是我不知道探訪那個洞穴要多久時間。」愛拉說。

安排妥當，眾人一起前往主營地，然後各自到自己要去的地方。帶著嬰兒的愛拉和波樂娃、弗拉那、喬達拉及沃夫先到齊蘭朵妮亞大木屋。第二十六洞穴的朵妮侍者已經在屋外等候，還有一位助手，和他們闊別了一陣子。

「喬諾可！」愛拉匆匆走向前任首席齊蘭朵妮助手，在兩人相擁並碰觸臉頰後，問道：「你什麼時候到的？見過齊蘭朵妮了嗎？」

「昨天，天黑前才到。」他說：「第十九洞穴啟程晚，後來又被雨給耽擱了。嗯，我已經見過首席大媽侍者，她看起來很好。」

第九洞穴其他成員熱情問候喬諾可，不久前他還是洞穴的重要成員及好友。連沃夫都嗅出了他的身分，他也搔搔沃夫耳後，作為回應。

「你已經是齊蘭朵妮了嗎？」波樂娃問。

「如果通過測試的話，我可能在這次夏季大會成為齊蘭朵妮。第十九洞穴齊蘭朵妮狀況不太好，沒辦法長途跋涉，因此她沒來。」

「真遺憾，」愛拉說：「我原本期待看到她。」

「她是好老師，我已經逐步執行她的任務了。托瑪登和洞穴的人希望我儘快交棒，我認為我們的齊蘭朵妮也不介意。」喬諾可看了看愛拉和波樂娃鼓鼓的攜帶毯，又補充：「我看見妳們帶了嬰兒。聽說妳們都受朵妮賜福生下女兒，我很開心，可以讓我看看嗎？」

「當然，」波樂娃將嬰兒抱出攜帶毯：「她叫莎什娜。」

「這是喬愛拉。」愛拉同樣舉起她的孩子。

「她們生日相隔沒幾天，以後會成為好朋友。」弗拉那說：「今天由我照顧她們，沃夫也會幫忙。」

「是嗎？」喬諾可說，然後看著愛拉：「今天早上我們要去探訪新聖洞。」

「你也會跟我們一起去嗎？太好了。」愛拉說完，看著第二十六洞穴齊蘭朵妮：「你知道會花多久時間嗎？我希望下午就能回來。」

「應該下午就會回來。」他說。他一直旁觀這位藝術家助手和先前所屬洞穴的團聚互動。原本他還納悶愛拉怎麼帶小嬰兒探訪洞穴，後來明白她托別人照顧嬰兒，認為她很明智。年輕母親要勝任齊蘭朵妮的職責，實在不容易。很顯然，她有第九洞穴的親友做後盾，能夠及時伸出援手。齊蘭朵妮亞大都不選擇配對成家，這也是其來有自。他心想，等一兩年後，孩子斷奶了，她就會比較輕鬆……除非大媽又賜福給她。對他而言，觀察這位年輕有魅力的助手未來如何，是很有趣的。

愛拉宣告自己很快會回來，隨後就和其他來自第九洞穴的人啟程，前往波樂娃的聚會。第二十六洞穴齊蘭朵妮跟在眾人後頭溜達。愛拉嘗試餵奶給喬愛拉，但她已經飽了，奶水從她嘴角溢出來，她對著母親微笑，又掙扎著要坐起來。愛拉將嬰兒交給弗拉那，然後站到狼面前，拍拍自己肩膀正下方。這隻動物跳起來，將大腳掌放在她輕拍的地方，她也作好準備，以支撐牠的重量。

接下來的場面，令不曾見識過的人怵目驚心，難以置信。愛拉抬起下巴，對大狼袒露自己。牠舔舔她的脖子，動作十分輕柔，接著便用牙齒含住她脆弱的咽喉，擺出狼對夥伴首要成員的致意姿勢。她在狼嘴旁回應同樣的姿勢，含住一嘴毛，接著抓住牠的頸毛，專注看著牠的眼睛。狼在她放手時坐了下來，而她則蹲到和牠相同的高度。

「我要離開一陣子。」她對這隻動物柔聲說，用穴熊族手語重述一次，不過旁觀者大多沒注意到。有時沃夫似乎理解手勢更甚於語言，但愛拉在溝通重要事情時，通常兩者並用。「弗拉那要看顧喬愛拉和莎什娜，你可以待在這兒，一起看著她們，但一定要聽從弗拉那。喬達拉會在附近。」

她站起身摟摟孩子，向其他人道別。和喬達拉碰觸臉頰時，兩人擁抱了一下，隨即她就離開了。她甚至不敢斷定沃夫確實了解她交代的一切，以往，每當她那樣對牠說話，牠都會仔細留意她，而且的確依循她的指示。她發現第二十六洞穴齊蘭朵妮跟在後頭，知道他看見她和沃夫在一起。他臉上的訝異不曾稍減，卻不是人人都看得出來。愛拉習慣從細微的差異解讀含意，這在穴熊族語是必須的，而且她學會將這個技巧用於解讀自己這種族群不自覺的意圖。

眾人走回齊蘭朵妮亞居所，這個男人什麼都沒說，但愛拉讓咽喉暴露在狼的尖牙下，著實令他震驚。第二十六洞穴去年參加另一場夏季大會，她首次現身時，他沒看見那隻動物和她在一起。起初，他只是訝異看見狼居然和第九洞穴的人靜靜走來，後來又被那隻動物的體型嚇了一跳。看見沃夫用後腿站立躍起時，他確定自己從沒見過如此巨大的狼。當然，他也不曾這麼靠近活狼，而牠幾乎和這個女人一樣高！

他聽說過首席齊蘭朵妮的新助手對動物很有一套，而且有狼跟隨她四處走。不過，他深知人都喜歡誇大其實，即便他沒否定其他人的描述，卻也半信半疑。搞不好這一切只是有人在會場附近看見狼，經過大家繪聲繪影，最後說成那隻狼在看顧她。但事實出乎他意料，這隻狼並非隱身人群外圍遠遠看著她，而是和她直接溝通，彼此了解、信任。第二十六洞穴齊蘭朵妮從沒見過這種事，對愛拉更加好奇。不管是否身為年輕母親，她或許真的是齊蘭朵妮亞。

一小群人走近矮石灰岩懸崖的小洞穴時，太陽已經高掛天際。他們共有四人：第二十六洞穴齊蘭朵妮；他的助手，名叫菲力森的安靜年輕男子，不過他經常自稱第二十六洞穴齊蘭朵妮的首席助手；喬諾可，這位有天分的藝術家去年之前還是首席齊蘭朵妮的助手；以及愛拉。

愛拉一路和喬諾可相談甚歡，也因此明白這一年來他改變了許多。初次見面時，他像是藝術家。他加入齊蘭朵妮亞，是為了自由展現天賦，他並不十分渴望成為齊蘭朵妮，而甘願一直當助手。但如今他變了，變得比較嚴肅，她心想。他想彩繪去年夏天愛拉——甚至該說是沃夫，發現的白洞，不單是基於藝術樂趣。他知道那個聖地非比尋常，是大媽創造的神聖庇護所。那片白色方解石壁尤其引人入勝，因此將那裡打造成與靈界溝通的特殊地點。他想要像齊蘭朵妮一樣，認識那個世界，如此在創作白洞，便能充分表現出神聖性。他確信那是會對自己說話的另一個世界。愛拉很清楚，喬諾可很快就會放棄他的名字，成為第十九洞穴的齊蘭朵妮。

小洞穴的入口似乎只夠一人進入。她往洞裡一探究竟，發現愈往裡面空間愈小，她不懂當初怎麼會有人想進去。不久，她聽見一個聲響，令她毛骨悚然，手臂起了雞皮疙瘩。那就像以真假音反覆變換唱出的歌曲，但更加快速、高亢，長長的哀鳴彷彿充滿了眼前的洞穴。她轉頭看見是菲力森製造的聲響，而隨後傳來的奇特微弱回音，又和原本的聲音不太一致，像是洞穴深處發出來的。他停止時，愛拉看見第二十六洞穴齊蘭朵妮對她微笑。

「他製造的聲響很特別，對吧？」這個男人說。

「對，」愛拉說：「可是為什麼這麼做呢？」

「這是我們測試洞穴的方式。當有人在洞裡唱歌、吹笛或像菲力森一樣製造聲響時，如果洞穴以真實而獨特的聲音回應，就代表大媽說她聽見了，同時告訴我們，可以從這裡進入靈界。於是，我們就知道這是聖地。」第二十六洞穴齊蘭朵妮說。

「所有聖洞都有回音嗎？」愛拉問。

「不一定，但大多數都有，有些只在特定地點出現。不管怎樣，聖地一定有特殊之處。」他說。

「我相信首席齊蘭朵妮有辦法測試這種洞穴，她的嗓音那麼完美純淨。」愛拉說完皺起眉頭問：「可是，假如想測試洞穴，卻沒辦法唱歌、吹笛或像菲力森一樣製造聲響，怎麼辦？這三種方式我都做不來。」

「妳總能稍微唱唱歌吧。」

「不，她不能。」喬諾可說：「大地母親之歌，她是用念的，哼起曲子來也五音不全。」

「妳必須能夠用聲音測試聖地，」第二十六洞穴齊蘭朵妮說：「那是成為齊蘭朵妮的重要條件，而且一定要是某種真實聲響，不能只是吶喊尖叫。」他慎重其事地關切，而愛拉則顯得垂頭喪氣。

「可是，假如我製造不出恰當的真實聲響呢？」愛拉問，瞬間明白自己確實希望能成為齊蘭朵妮。問題是，如果她偏偏就因為無法製造恰當聲響，而辦不到呢？

喬諾可的表情和愛拉一樣不開心。他喜歡喬達拉遠行帶回來的這個外地人，也覺得虧欠她。因為她不僅發現美麗的新洞穴，確保他最早看見洞穴，還同意成為首席齊蘭朵妮的助手，讓他得以搬到新洞穴附近的第十九洞穴。

「可是妳有能力製造真實的聲響呀，愛拉。」喬諾可說：「妳會吹口哨。我聽過妳吹的哨音像鳥叫，還能模仿其他動物的聲音，像馬一樣嘶鳴，甚至像獅子一樣吼叫。」

「那我倒想聽聽看。」這位朵妮侍者說。

「來吧，愛拉，讓他聽聽看。」喬諾可鼓勵她。

愛拉閉上眼睛，集中思緒，專注讓心思回到住在山谷中，將幼獅和馬當作孩子來撫養的時期。她憶起穴獅寶寶第一次設法放聲吼叫時，她決定也要練習發出那種聲音，幾天後便用吼聲回應牠。雖然聲音不如牠那麼宏亮，牠卻當成一回事。和寶寶一樣，她總是以一連串清楚的呼嚕聲醞釀，先發出「哦—哦—哦」一聲響，一聲比一聲大，最後竭盡所能地大聲吼叫。此刻，愛拉開始示範。小洞穴頓時充斥著吼聲，隨後沉寂了一陣子，接著傳回遙遠微弱的回聲，使在場每個人都起一陣雞皮疙瘩，覺得有另一頭獅子從遙遠的洞穴深處回應她。

「如果我不知情，一定會拍胸脯說，這裡有獅子。」第二十六洞穴的年輕助手帶著微笑說話時，回聲已經消失。「妳真的也能像馬一樣嘶鳴嗎？」

這很容易，愛拉的馬嘶嘶，名字就是這樣來的，因為母馬小時候這麼嘶鳴。不過，現在她比較常把它當成字來說，而不是嘶鳴。愛拉愉快而親切地發出「嘶—嘶」聲響。一陣子沒見到牠時，她經常如此問候呼喚。

這回，第二十六洞穴齊蘭朵妮大聲笑了出來：「我猜，妳也可以吹出像鳥一樣的哨音。」

愛拉露出愉快的笑容，接著吹出一連串鳥叫聲。那是她獨居山谷時自學的，用來哄鳥兒吃她手裡的食物。鳴囀、吱喳、嘯嘯的鳥叫聲，伴隨不尋常的微弱回音，在洞穴迴盪不已。

「唔，要是我原本還有一絲懷疑這是不是聖洞，現在也完全接受了。愛拉，妳用聲音測試絕對沒問題，即使妳不會唱歌或吹笛，妳有自己的方式，就和菲力森一樣。」這位齊蘭朵妮說完，向助手示意。他取下背筐，從裡面拿出以石灰岩雕成的四個附把手小碗。

接著，他拿出的物體看來像是白色灌腸——某種動物的一截腸子裡塞滿油脂。他鬆開一端，擠出少許凝結的油脂到每個燈碗裡，再各放一長條乾燥牛蕈菇，然後坐下來準備生起小火堆。愛拉看著他，差點要提議用她的打火石生火。首席齊蘭朵妮去年曾經刻意利用一場儀式，展示打火石，很多齊蘭朵妮人都已知道怎麼使用。但愛拉不確定該怎麼對沒看過打火石的人示範。

菲力森迅速用自己帶來的材料生起小火堆，以另一條乾蕈菇引火融化部分油脂，讓它更容易吸收，接著點燃蕈菇燈芯。

每個油燈點亮後，第二十六洞穴齊蘭朵妮說：「好了，我們來探索這個小洞吧。不過，愛拉，妳得假裝自己是一條蛇。妳可以滑進去嗎？」

愛拉點點頭，內心有些存疑。

第二十六洞穴齊蘭朵妮抓牢碗形小燈的把手，率先將頭伸進小洞口。接著，他跪下來單手著地，腹部貼著地面，推動面前的小油燈，一點一寸擠進去。愛拉跟在他後頭，接著是喬諾可，最後是菲力森，每個人都拿著一盞燈。現在她明白這位齊蘭朵妮為何勸首席齊蘭朵妮打消念頭。那位身軀龐大的女人，她對意志的貫徹力，有時令愛拉非常驚訝，不過這個洞穴對她而言，確實太小了。

低矮岩壁或多或少與地面垂直，頂端卻呈弧度交會，岩石表面覆蓋著溼土。地面相當泥濘，不過也有助於滑過某些狹窄處，但冰冷溼黏的污泥不久便滲入衣物。寒冷讓愛拉有脹奶的感覺，她一面拿著油燈，一面設法撐起手肘，避免全身重量擠壓胸部，爬得很辛苦。愛拉不太在意空間狹小，但卡在斜彎處時，她開始覺得有點恐慌。

「放輕鬆，愛拉，妳辦得到。」她聽見喬諾可的鼓勵，感覺他從後面推她的腳，協助她硬擠過去。洞內並非全然那麼窄小。當他們通過狹窄處，空間便開闊了些。實際上，他們還可以坐起來，舉起油燈看見彼此。眾人停下來稍作休息，喬諾可忍不住從腰帶的囊袋掏出末端為鑿子的小燧石，三兩下就在穴壁一側刻出馬的圖樣，隨後又在對面刻了另一匹馬。

對於他的畫畫技術，愛拉一向很讚歎。先前他還在第九洞穴時，她經常看著他用木炭在石灰懸崖外牆、崩落石板、生皮甚或地面撫平的塵土上練習。他畫得多，也畫得輕鬆，恣意揮霍的程度，好像天分怎麼也用不完。然而，正如她得練習才能擅長使用拋石索或標槍投擲器，她明白喬諾可也需要練習才會精通。只不過對她而言，能夠將活生生會呼吸的動物，栩栩如生呈現在物體表面，這實在太神奇了，絕對是大媽偉大神奇的賜禮。現場不只愛拉有這種感覺。

眾人休息了一會兒，第二十六洞穴齊蘭朵妮繼續帶路深入探索。他們又經過幾個狹窄處，然後發現石板擋住了去路。這裡是洞穴盡頭，無法再前進了。

「我發現你受到感召，在穴壁上作畫。」第二十六洞穴齊蘭朵妮微笑對喬諾可微笑說。

喬諾可不確定自己會這麼解讀，但他畫了兩匹馬，所以點點頭表示認同。

「我一直在想，日景應該為這個空間舉行儀式。如今，我比以往都確定這裡的神聖性，而且希望公開承認。想要測試自己的年輕人，可以到這裡來，即使年紀非常小。」

「我贊成。」這位藝術家助手說：「這個洞穴不容易進入，但動線直，不會迷路。」

「你會和我們一起參與儀式嗎，喬諾可？」

愛拉猜想，這位齊蘭朵妮希望喬諾可能在聖洞作更多畫，她認為他的畫也許會讓此處更顯重要。

「我相信這裡需要終止符號，表示人只能深入到這裡——在這個世界。」喬諾可說完露出微笑：「我想，愛拉的獅子從另一個世界發聲了。你們幾時要為它舉辦儀式？記得告訴我。」

第二十六洞穴齊蘭朵妮及其助手菲力森都愉快微笑。「也歡迎妳來，愛拉。」這位齊蘭朵妮熱烈邀請。

「我得聽從首席齊蘭朵妮的安排。」她說。

「當然。」

眾人開始往回走，而愛拉很高興。她的衣物因為泥巴溼透結塊，而且她愈來愈冷。回程似乎沒花那麼久時間，她也慶幸自己沒再卡住。抵達入口時，愛拉鬆了一口氣。就在光線從外面射入之際，她的油燈熄滅了。這裡可能真是聖洞，她心想，但她不覺得這個洞穴特別討人喜歡，尤其沿途大都得腹部貼地爬行。

「妳想來拜訪日景嗎，愛拉？離這裡不遠。」菲力森說。

「抱歉，其他時候我會很想去，但我已經告訴波樂娃，下午就回去。她在照顧喬愛拉，我真的得回營地了。」愛拉說，沒有多提自己胸部疼痛。她覺得必須餵奶，而且變得非常不舒服。

第八章

愛拉回去時，沃夫在夏季大會營地邊緣問候她。不知怎地，這隻動物就是知道她快到了，專程前來等候。「沃夫，喬愛拉呢？帶我去找她。」沃夫衝在她前面，然後回頭張望，確認她跟上了。

牠直接帶愛拉去找波樂娃，她正在第三洞穴營地幫喬愛拉餵奶。「愛拉！妳回來啦！早知道妳要回來，就等妳親自餵奶。現在她恐怕已經飽了。」女人說。

愛拉抱起孩子，嘗試餵奶給她，但嬰兒不餓，這使得愛拉胸部更加疼痛。「莎什娜喝奶了嗎？我的奶水飽滿，脹得受不了。」

「絲帖洛娜今天來幫我，她一向奶水充沛，而且她小寶寶也吃普通食物。稍早，我和齊蘭朵妮討論婚配典禮時，她餵奶給莎什娜，之後又餵了喬愛拉。我以為這樣安排很完美，沒想到妳這麼快就回來，愛拉。」

「我原本也不知道。」愛拉說：「我去找找還有沒有其他需要奶水的嬰兒。謝謝妳今天照顧喬愛拉。」

愛拉走向齊蘭朵妮亞大木屋，看見拉諾卡將蘿蕾拉背在臀部上。只見年紀次小的三歲迦納瑪，一手抓著她的束腰上衣，另一手拇指牢牢放在嘴裡吸吮。愛拉希望蘿蕾拉需要哺乳，那孩子胃口很好，似乎怎麼也喝不夠。愛拉提起時，拉諾卡說，她正在找人幫那孩子餵奶，愛拉這才大大鬆了一口氣。

他們坐在鋪著坐墊的圓木上，圓木圍繞大木屋入口外的燻黑火坑旁。愛拉感激地交出自己的小寶寶，抱起年紀較大的嬰兒。沃夫在喬愛拉附近坐下來，迦納瑪撲通一聲坐在牠旁邊。勒拉瑪火堆地盤的孩子已習慣這隻動物在附近，但勒拉瑪卻不然。這隻大狼一靠近，他還是緊張得退開。

愛拉必須先擦乾淨胸部才能哺乳，因為溼泥已經透入衣物。她餵奶給蘿蕾拉時，喬達拉與拉尼達爾回來了，他們一整個下午都在練習投擲標槍。拉尼達爾怯怯朝她微笑，對拉諾卡則笑得熱情如火。愛拉帶著讚許表情看了他一眼。現在他快滿十三歲了，過去一年來他成長許多，甚至比以往更有自信。他長高了，佩戴特殊的標槍投擲器固定套，看得出來這裝置配合他的畸形右臂，還包含一個箭袋，裡頭裝了幾支投擲器的特製標槍。那些標槍比一般徒手投擲的更短更輕，比較像尖端是銳利燧石的長飛鏢。他徹底發育的左臂幾乎和成年男子一樣健壯。她猜想，他一定持續在練習這武器。

拉尼達爾也繫了一條紅色流蘇的青春期腰帶。這條手編細腰帶以各種色彩的纖維編成，有些是天然植物，如乳白色亞麻、米色夾竹桃、暗灰色蕁麻；有些則是動物毛的天然纖維，通常來自凍死動物的濃密長毛，如白色歐洲盤羊、灰色原羊、暗紅色猛獁象、黑色馬尾。這些纖維大多也能染色，改變或強化原始色澤。這條腰帶不僅表示他生理上已成熟，準備體驗朵妮女和男性成年禮，圖案也呈現出他的歸屬。愛拉辨識出宣告他屬於齊蘭朵妮氏第九洞穴的象徵，不過她還無法從那些圖案的特殊樣式，分辨出他的主要稱謂及親屬關係。

回想第一次看到青春期腰帶，愛拉認為很漂亮。然而，當原本期望與喬達拉配對的瑪羅那，試圖使愛拉困窘，哄騙她戴上那種腰帶，搭配少男的冬季內衣時，她完全沒想到腰帶的含意。即使經歷這段不愉快的插曲，她仍然認為那種腰帶很美。她保留了瑪羅那給的柔軟鹿皮衣，那原本是給少男穿的。愛拉並非天生的齊蘭朵妮氏人，並沒受到根深柢固的文化影響，不覺得穿那種衣物不恰當。那種麂皮衣物舒適又柔軟，稍微調整過裹腿和束腰上衣，就能適合女性身型，她偶爾會穿穿。

她初次將少男內衣當成輕便外衣，穿去打獵時，第九洞穴的人看她的眼神都很古怪，不久他們也見怪不怪了。一陣子後，她發現有些年輕女人也穿類似衣物。愛拉穿那種衣物時，瑪羅那又窘又氣，因為那讓她想起自己詭計的下場。第九洞穴的人認為，她那樣惡意捉弄即將成為洞穴成員的外地人，太令眾人蒙羞了。愛拉第一次公然穿上十多歲男孩的內衣時，並無意羞辱瑪羅那，但也將她的反應看在眼裡。

愛拉和拉諾卡再度交換小寶寶時，幾個年輕男人笑著走近。他們大多繫著青春期腰帶，其中幾個還帶了標槍投擲器。喬達拉所到之處無不引來人潮，年輕男人尤其尊敬他，喜歡湊在他身邊。她很高興看到他們友善問候拉尼達爾。他已經熟練了這項新武器，畸形的右臂不再令其他年輕男人迴避他。愛拉也很高興博洛根置身人群中，不過他沒戴青春期腰帶，也沒有自己的標槍投擲器。

喬達拉開始號召眾人，練習標槍投擲器，不論男女都參與，也製作這種狩獵武器，供大家練習。年輕男人喜歡和同儕互動，年輕女人則儘量閃避「繫腰帶的男孩」。那群年輕男人瞥見了拉諾卡，卻假裝沒看到，除了博洛根之外。他確實看見妹妹，拉諾卡也看到他，兩人雖沒微笑或點頭問候，仍是一種照會。

愛拉全身髒兮兮，黏滿了污泥，但那群男孩全都對愛拉微笑。他們顯得害羞，只有兩三個人敢大膽打量喬達拉帶回家鄉配對的美麗年長女人。朵妮女必定較為年長，深知如何應付想要成為男人的自大男孩，約束但不至於過度挫折他們。某些她沒見過的男孩露出冒失的笑容，當她示意沃夫起身時，他們的表情瞬間變得焦慮不安。

「妳和波樂娃談過今晚的計畫嗎？」喬達拉詢問走向第九洞穴營地的愛拉。他對著嬰兒微笑，逗得她開心地咯咯笑。

「還沒，我剛從新聖洞回來，接著就去找喬愛拉。換過衣服後，我會去問她。」愛拉說著，與喬達拉互碰臉頰。兩個畏懼沃夫的年輕人，在愛拉開口時面露驚訝，那怪異的口音顯示她來自遠方。

「妳的衣物確實沾滿泥巴。」喬達拉說，在碰觸她後將手放在褲子上擦了擦。

「那個洞穴的黏土地面溼答答，我們都得像蛇一樣在地上爬，泥巴又冷又厚……我得回去換衣服。」

「我陪妳一起走回去。」整天沒見到愛拉的喬達拉說，他將喬愛拉抱在懷裡，免得她也沾滿泥巴。

愛拉再度找到波樂娃時，得知第九和第三洞穴邀集了其他洞穴頭目及副手，地點就在第三洞穴營地，他們的家人也會一同共進晚餐。波樂娃規畫了準備工作，包括安排某些人照顧孩子，讓母親能夠幫忙。

愛拉示意沃夫隨行，她發現一兩個女人顯得神情不安，卻也樂見幾個人認可並歡迎沃夫，知道牠是看顧孩子的好幫手。拉諾卡也留下來支援，愛拉則回頭去幫波樂娃。

晚上她幾度停下手邊工作餵奶給喬愛拉。然而，要準備和烹煮盛宴的工作實在太多了，直到所有人用餐完畢，她才有機會抱抱自己的小寶寶。不久，又有人通知她前往齊蘭朵妮亞木屋，她帶著喬愛拉，並示意沃夫跟隨。

天色已晚，戶外昏暗，她沿著鋪有扁平石頭的小路，走向那間大夏季木屋。她手拿火炬，眾多火坑的光也將小路照得亮晃晃。她把火炬豎立在屋外用來固定熱火炬的石堆。屋內較大的環形火堆邊緣有個小火堆，幾盞燈搖曳不定，光線柔和卻不夠明亮，距離遠一點就看不清楚了。她聽見有人在屋子另一側輕聲打鼾，但她只看見喬諾可和首席齊蘭朵妮，兩人就在光線所及處談話，一邊啜飲熱茶。

首席齊蘭朵妮沒中斷交談，只對愛拉點點頭，示意她坐下。愛拉很高興終於有機會安靜舒適地休息。火坑周圍散置了幾個扎實的坐墊，她心懷感激地坐上其中一個，開始餵奶，一邊聆聽。沃夫坐在他們身旁，這間齊蘭朵妮亞木屋不會排斥牠。愛拉白天已經離開了一段時間，牠不想離開她或喬愛拉。

「你對那個洞穴有什麼感想？」身軀龐大的女人詢問年輕男人。

「洞穴很窄，有些地方只能硬擠過去，但它又很長，挺有趣的。」喬諾可說。

「你相信那裡神聖嗎？」她問。

「嗯，我相信。」

首席齊蘭朵妮點點頭。她並不質疑第二十六洞穴齊蘭朵妮，但有人附和也很好。

「而且愛拉找到了她的『聲音』。」喬諾可補充，也對愛拉微笑，她在餵奶給孩子，同時不經意地隨興搖擺。

「是嗎？」年長女人說。

「對，」喬諾可帶著微笑回答：「第二十六洞穴齊蘭朵妮請她測試洞穴，沒想到愛拉說自己無法唱歌、吹笛或用任何方法測試。而他的助手菲力森，以高音唱出宏亮的哀鳴，非常特殊。後來，我忽然想起愛拉的鳥叫聲，提醒她可以像鳥一樣鳴叫、像馬一樣嘶鳴，甚至像獅子一樣吼叫，於是她照做，發出那三種聲音。第二十六洞穴齊蘭朵妮也很詫異，尤其獅吼聲。她的測試，證明了洞穴的神聖，獅吼傳回來時，音量弱卻聽得很清楚，似乎來自非常遙遠的地方，另一個世界。」

「妳有什麼想法，愛拉？」首席齊蘭朵妮問，同時倒了一杯茶遞給喬諾可轉交愛拉。她注意到嬰兒已經停止吃奶，在愛拉的懷裡睡著了，少許奶水從嬰兒嘴邊流淌下來。

「那個洞穴不容易進去，而且又狹長，但不複雜。裡面可能令人害怕，尤其有些地方窄到只能讓一個人通過。不過好處是，沒人會在洞裡迷路。」愛拉說。

「聽你們這麼說，我認為那裡應該可以測試年輕助手，看看齊蘭朵妮的生涯適不適合自己。假如他們害怕黑暗的小空間，我懷疑他們無法應付真正危險的嚴酷考驗。」首席大媽侍者說。

危險的嚴酷考驗是指什麼？愛拉心想，她已經冒了太多險，不確定往後還想面對更多危險，但或許她該等著看看自己還需要什麼經歷。

太陽仍低垂東方天際，不過邊緣的紫紅光暈，宣告白晝即將來臨。粉紅色調凸顯了西方地平線上的朦朧薄雲，映出後方明亮的旭日。時候還很早，可是幾乎每個人都已來到主營地。雨斷斷續續下了幾天，還好這天的狀況不錯。雨天在外紮營，勉強可以忍受，但絕不討人喜歡。

「初夜禮和婚配典禮結束後，齊蘭朵妮想要旅行。」愛拉說，抬頭看著喬達拉：「她想從幾個比較近的聖地，展開我的朵妮侍者之行。我們得替她製作拖桿上的座椅。」兩人探視過馬兒，正要回來，之後再到大會營地吃早餐。沃夫原本和兩人一起上路，卻分神衝進了灌木叢。喬達拉皺起眉頭：「那種旅行也許有趣，但有些人在談論典禮過後的大狩獵，可能要追趕夏季動物群，那樣就能為下一個冬天曬乾肉了。約哈倫認為把動物趕進圍柵時，馬兒功能不小，我想，他會需要我們幫忙。我們該做哪一件呢？」

「如果她沒打算離開太遠，也許我們兩件事都能做。」愛拉說。她想和首席齊蘭朵妮去拜訪聖地，卻也喜歡狩獵。

「或許吧，」喬達拉說：「我們應該和約哈倫、齊蘭朵妮談一談，讓他們決定。不論如何，我們可以先幫齊蘭朵妮製作拖桿座。先前替博洛根、拉諾卡他們家蓋夏季庇護所時，我發現有些樹可以派上用場。」

「我們什麼時候開始動工？」

「今天下午吧，我看看能不能找人幫忙。」喬達拉說。

「愛拉和喬達拉好。」一個熟悉而稚嫩的聲音說，是拉諾卡的小妹，九歲的楚若拉。

兩人轉過身，看見六個孩子走出夏季庇護所。博洛根把門簾束緊掩上後，跟上來，楚曼達和勒拉瑪沒和他們在一起。愛拉知道那兩個大人偶爾會用這間屋子，他們要不是早早離開了，就是昨晚沒回去，而後者的可能性更大。愛拉認為那些孩子要前往大會營地找東西吃。一般人往往料理過多食物，總會有人把剩餘食物給他們；或許無法吃到最上等好吃的佳餚，但他們很少挨餓。

「你們好。」愛拉說。

那些孩子對她微笑，除了博洛根之外，他看來挺嚴肅的。愛拉剛開始熟悉這個家庭時，她知道最年長的孩子博洛根老是離家人遠遠的，寧願和其他男孩在一起，特別是那些粗野的孩子。近來她發覺，他似乎負起了照顧弟妹的責任，尤其是他弟弟，七歲的拉佛根。最近她還看過他和拉尼達爾在一起，她認為是好現象。博洛根害羞地走向喬達拉。

「喬達拉好。」他的眼睛先是看著自己的腳，然後才迎向男人的目光。

「博洛根好。」喬達拉說，不知他為什麼專程走過來。

「可以問你一件事嗎？」博洛根說。

「當然可以。」

男孩從上衣口袋般的摺層，掏出一條彩色青春期腰帶：「齊蘭朵妮昨天跟我談，然後送給我這個。她示範過，可是我怎麼也繫不好。」

唔，他已經十三歲了，愛拉心想，同時忍住不笑。他沒有明確請求喬達拉幫忙，但這個高大男人知道他想要什麼。一般都是火堆地盤的男人，將母親製作的青春期腰帶送給男孩，博洛根請喬達拉取代那個該協助他的男人。

喬達拉示範腰帶的繫法後，博洛根便召喚弟弟前往主營地，其他孩子緩緩跟隨在後。愛拉看著那群孩子離開，十三歲的博洛根走在七歲的拉佛根身旁，十一歲的拉諾卡將一歲半的蘿蕾拉背在臀上，九歲的楚拉若牽著三歲的迦納瑪。她記得有人說過，還有一個孩子五歲時夭折了。愛拉、喬達拉及幾個第九洞穴其他成員都幫了忙，但那些孩子基本上是自食其力。母親和火堆地盤的男人對他們漠不關心，沒善盡扶養責任。她相信是拉諾卡讓那些孩子凝聚在一起，如今她很高興楚拉若會幫忙了，而博洛根也更加融入。

喬愛拉醒了，在攜帶毯裡扭來動去。愛拉將毯子從背後拉到前方，抱出小嬰兒。喬愛拉全身光溜溜，沒穿吸收墊。愛拉將她舉在面前，讓孩子直接尿溼地面，喬達拉露出微笑。其他女人都不這麼做，他問起時，愛拉說，穴熊族母親經常這樣處理孩子的尿。雖然她不是經常這麼做，卻也省下不少清理穢物及收集吸水材料的時間。喬愛拉已經非常習慣，往往會等出了毯子才尿。

「妳認為，拉尼達爾對拉諾卡還有興趣嗎？」喬達拉問，顯然也想著楚曼達的孩子。

「拉尼達爾今年第一次見到她時，確實對她熱情地微笑。」愛拉說：「標槍投擲器他用得慣嗎？看樣子他是用左手練習。」

「他很棒，」喬達拉說：「非常厲害，令人吃驚！他的右手可以幫忙把標槍放上投擲器，而他用左手投擲得又猛又準。這個優秀的獵人受到洞穴所有人尊敬，現在更有地位了。大家對他另眼相看，包括他出生後就離開他母親的火堆地盤男人。他的母親和祖母也不再堅持要他一起去摘漿果或採集食物，她們幫他做了那件鎧甲。這一切，都是他清楚表明自己想要什麼。妳知道，她們認為是妳教他的。」

「你也有教他呀。」過了一會兒她又補充：「他或許成了優秀獵人，但我還是懷疑大多數母親不想讓自己女兒和他配對。」愛拉說：「她們害怕導致他手臂畸形的惡靈徘徊不去，可能讓女兒的孩子也出現畸形。去年，他說等自己和拉諾卡長大，想和她配對，幫忙她撫養弟妹，波樂娃認為那很好。因為勒拉瑪和楚曼達在洞穴地位最低，我想不會有人反對拉尼達爾和拉諾卡配對，尤其他又是個優秀的獵人。」

「的確，不過楚曼達和勒拉瑪恐怕會占他便宜。」喬達拉說：「我注意到拉諾卡還沒準備好體驗初夜禮。」

「快了，她已經開始出現徵兆，也許在最後一場初夜禮儀式之前就準備好了。他們有請你幫忙今年的初夜禮嗎？」她問得不著痕跡，試圖表現出不以為意。

「有，但我告訴他們，我還沒準備好。」他說著對她咧嘴笑：「為什麼這麼問？妳覺得我應該幫忙嗎？」

「除非你想要。如果你去幫忙，很多少女應該會非常高興，搞不好連拉諾卡都這麼想。」愛拉轉頭看著喬愛拉，免得他看見她的臉。

「千萬別是拉諾卡！」他說：「那會像跟我自己火堆地盤的女兒共享初夜禮！」

她轉頭對他微笑：「你比她火堆地盤的男人更稱職。你對那個家庭的付出，比勒拉瑪還多。」

兩人走近主營地，有人大聲問候他們。

「那種有座椅的拖桿，需要做很久嗎？」愛拉問。

「如果找到人幫忙，而且早上動工，下午就能做好。」他說：「怎麼了？」

「我該不該去問她，今天下午有空來試坐嗎？她想先試看看，然後才在其他人面前使用。」

「妳先去問她吧。我去請約哈倫和其他人幫忙，我們一定會完成。」喬達拉咧嘴笑了笑：「到時候馬兒拖著她走，我們再看看大家的反應，應該很有趣。」

喬達拉找到一棵筆直堅固的小樹，比他們製作拖橇的樹木粗了許多。他的石斧已經塑形過了，上端較厚，愈往下愈尖細，而用來削砍的一端敲製成細長漸薄的垂直面，圓形底緣銳利。木製把手鑿了一條溝貫穿，嵌合斧頭漸薄的那端。這種嵌合讓每回敲擊都使斧頭更穩固嵌入溝內，兩者又以乾燥縮緊的生皮牢牢捆在一起。

石斧無法直接砍斷樹幹，那會造成燧石碎裂。用這種工具砍樹，必須以斜角逐步削砍，直到樹幹斷開，留下的樹樁往往看來像是海貍咬斷的。即使用這種方式砍樹，斧刃也經常有石頭碎片剝落，必須不斷敲打石槌或尖骨棒，去除細小石片，使刃緣變薄，恢復鋒利。身為一流的燧石匠，喬達拉斧頭使用得很熟練，因而經常幫大家砍樹。

喬達拉才剛砍下第二棵大小相似的樹，前來幫忙的人正好抵達。這群男人包括：約哈倫、索拉邦、盧夏瑪；第三洞穴頭目曼佛拉爾和他配偶的兒子默立桑；第二洞穴頭目齊莫倫和與他同年齡的姪子喬德坎，交易大師威洛馬及學徒提佛南和他的朋友派利達爾；第二十六洞穴頭目史提法達爾，今年夏季大會就在他洞穴的領地舉辦。這十一個人要來製作一根拖桿，加上喬達拉一共十二人，再算上愛拉就是十三個。當初，她一個人做出自己用的第一根拖桿。

其實他們是好奇才過來的，她心想。這些人深知愛拉用拖桿讓馬兒載運東西，但不知製作方法。喬達拉先向大家做了簡短說明。

首先，將頂端漸細的完整樹木製成兩支竿子，削去所有枝條。依樹種不同，有時也會去除樹皮，假如竿子容易滑開。接著，把較細一端綁在一起，用堅固繩子或皮條製成的馬具，架在馬兩肩胛骨間的隆起處。兩棵樹於前端略微岔開，愈靠後端岔開幅度愈大，只有較重的基部末端拖在地上。由於摩擦相對減少了，即使負載沉重，仍然容易拖動。最後，將交錯的木頭、皮革、繩索或任何可以支撐負載的東西，綁在兩支竿子上橫跨其間，拖桿就算大功告成。

喬達拉又說，他想以某種方式，拼合特殊橫向結構的拖桿。不久，眾人砍倒更多樹，也提出少許建議，嘗試做出合用的東西。愛拉判斷眾人不需要她了，決定趁他們製作時，去找齊蘭朵妮。

她帶著喬愛拉悄悄離開，前往大會主營地，沿途想著改良拖桿的方法，因而憶起隨喬達拉返鄉時製作的拖桿。當時兩人必須橫越大河，他們把木頭框架彎折成碗形，外側覆蓋塗滿油脂的厚原牛皮，建造出碗形船，類似馬木特伊氏用來渡河的船。這種船建造容易，但要在水中操控有些困難。喬達拉跟她提過夏拉木多伊氏人的船：以圓木挖鑿而成，用蒸氣增寬，兩端船頭都是尖形。這種船難建造，但容易操控，讓船駛向預期的地方，他這麼解釋。

兩人初次渡河時，以碗形船承載他們自己和物品，用小槳將船划過河，馬兒則在後面游泳。他們重新打包馱籃和馬鞍籮筐裡的東西，然後決定替嘶嘶製作拖桿，以便帶著碗形船走。後來他們領悟到：可以將船繫在拖橇的兩支木竿間，讓馬兒拖著行李游過河。愛拉和喬達拉則騎在馬背上，或跟在牠們身旁游泳。碗形船重量輕且浮在水上，可以保持物品乾燥。他們渡過第二條河後，沒把船清空，而是讓東西繼續放在船上拖行。拖桿和船使渡河變得容易，越過開闊平原時也不成問題。唯有穿過樹林或需要劇烈轉向的崎嶇地帶時，長竿和碗形船成了阻礙，差點遭兩人遺棄。不過，一直到更靠近目的地，有更好的理由時，他們才真正放棄攜運。

愛拉事先把計畫告知齊蘭朵妮，因此愛拉抵達時，她已經準備好了。兩人回到第九洞穴營地，那群男人靠近馬兒的區隔圍籬，沒看見她們。首席齊蘭朵妮帶著沉睡嬰兒，溜進喬達拉一家使用的寢屋，愛拉則去查看拖桿座的進展。喬達拉說得沒錯，有了這群人幫忙，拖桿座很快便完成了。兩支堅固竿子之間，是類似長凳的有背深座椅，還有個踏階可上。喬達拉將嘶嘶帶出圍籬，用橫過母馬胸前及搭在馬肩皮條組成的馬具，將攜運工具綁在牠身上。

「妳要用那來做什麼？」年輕的默立桑直率詢問。

成人如此坦率，往往會被視為不禮貌。一個成熟的齊蘭朵妮氏人這麼直接可能不恰當，但也不算錯誤，只是天真單純罷了。世故的人知道如何迂迴含蓄。然而，愛拉習慣坦白。對馬木特伊氏而言，坦白率直是天經地義。這是文化的差異，不過他們也有細膩之處。穴熊族可以理解肢體語言及穴熊族手語，基本上是無法說謊的，但若懂得微妙處理，也能用得極端謹慎。

「我有不一樣的想法，還不確定行不行。我想先試試看，萬一行不通，這支拖桿堅固又精良，我也會想出其他用途。」愛拉說。

她沒有真正回答問題，卻已令那群男人滿意。他們認為，她只是不想張揚不保證成功的實驗，沒人喜歡宣傳自己的失敗。愛拉其實有把握這支拖桿行得通，只是不確定首席齊蘭朵妮願不願意使用。

喬達拉慢慢走回營地，他知道其他人也會隨著離開。愛拉進入圍欄，安撫受眾人圍繞刺激的馬兒，也對那群男人點點頭，表示告別。她輕拍並撫摸灰灰，心想，這匹小母馬真是漂亮！然後她對快快說話，搔抓牠喜愛的癢處。馬是群居動物，喜歡身邊有同類，以及牠們喜愛的異類。若是和原野上的馬一起生活，牠這樣的年齡會離開母親，加入單身公馬群，與牠們一同奔馳。如今，快快的馬同伴只有灰灰和嘶嘶，牠和灰灰相當親近，變得有些保護妹妹。

愛拉離開圍欄走向嘶嘶，牠身後拉著拖桿，耐心站著。她摟著牠的頸部，母馬將頭靠在女人肩上，這是她們熟悉的親暱動作。喬達拉則替母馬套上轡繩，藉此容易指揮牠。愛拉也認為，首席齊蘭朵妮嘗試新運輸方式時，用轡繩確實比較妥當。她牽著轡繩上的引繩，帶母馬前往寢屋。抵達時，那群男人正走回主營地，喬達拉則在屋內和齊蘭朵妮說話，抱著心滿意足的喬愛拉。

「我們可以試了嗎？」喬達拉說。

「所有人都走了？」身軀龐大的女人問。

「對，那群男人離開了，沒有其他人在營地。」愛拉說。

「好，現在來試吧。」首席齊蘭朵妮說。

他們走出屋外，三人不約而同瞥了四周一眼，確保沒有其他人在場，然後走向嘶嘶，繞到馬兒身後。

愛拉突然說：「等一下。」隨即回到夏季木屋拿出鋪墊，鋪在座椅上。座椅用木材拼接，並以堅韌的繩索綑綁，狹長椅背也是這麼製成的，它與座椅垂直，固定住墊子。喬達拉將嬰兒交給愛拉，轉身協助齊蘭朵妮。

當朵妮侍者踩上踏階時，彈性長竿略微下沉。重量忽然改變，也導致嘶嘶往前走了一步，首席齊蘭朵妮立即退開。

「馬動了！」她說。

「放心，我會牢牢牽著牠。」愛拉說。

她繞到母馬面前安撫牠，一手牽著引繩，另一手抱著嬰兒。馬兒嗅嗅嬰兒的肚子，逗得她咯咯發笑，也令她母親會心一笑。嘶嘶和喬愛拉都習慣對方在身旁，彼此輕鬆自在。這孩子經常騎在這匹馬身上，由孩子母親抱著，或放進攜帶毯背在身後。她也曾和喬達拉一起騎到嘶嘶背上，由他穩穩扶著，輕輕坐在灰灰背上，讓她們習慣彼此。

「再試一次。」愛拉說。

喬達拉伸出手支撐，對身軀龐大的女人微笑鼓勵。齊蘭朵妮不習慣受人鼓勵或驅策，這通常是她的工作，因此她狠狠盯了喬達拉一眼，研判他是否自認對她施恩。事實上，她的心怦怦跳著，但她不想承認自己害怕，納悶自己先前為什麼要同意。

首席齊蘭朵妮再次踩上踏階，竿子彎曲時，愛拉穩住了母馬，喬達拉的肩膀也供她支撐。她的手攜著座椅，轉身坐到墊子上，鬆了一口氣。

「準備好了嗎？」愛拉呼喊。

「好了嗎？」喬達拉悄聲問朵妮侍者。

「差不多了，我想。」

「走吧。」喬達拉說，聲音略微上揚。

「慢慢來，嘶嘶。」愛拉牽著引繩往前走。

馬開始前進，拉著身後的堅固拖桿及首席大媽侍者。察覺自己被搬移，女人下意識抓住座椅前緣。

不過，當嘶嘶開始大步前進，她感覺並不壞，只是手沒放開座椅。愛拉回頭確認狀況，發現沃夫坐著觀察他們。你去哪兒了？離開了一整天，她心想。

騎乘過程不算平順，沿途有些顛簸傾斜，馬兒一度因小溪溢流而一腳踩進溝裡，導致騎乘者往左擺盪。幸虧愛拉牽引嘶嘶轉向，迅速導正運輸工具，朝著圍欄前進。

不靠自己的腳移動，這感覺很怪，齊蘭朵妮心想，只有嬰幼兒才會這樣啊。許多年來，她已經大到無法讓任何人帶著走，更何況騎在這個拖桿移動椅的感覺，也大不相同。比如她的臉朝後，看著她到過的地方，而不是即將前往的地方。

抵達圍欄之前，愛拉開始大幅轉向，引導他們折返第九洞穴營地。她看見一條新路徑，與前往主營地不同方向。之前她就發現了，不知那條路通到哪裡，但總沒時間探索，現在似乎正是時候。她走上那條路，回頭看看喬達拉，以隱微的手勢指出方向。他不著痕跡點點頭，希望乘坐者不會發現而反對。不管是她沒發現或者不反對，愛拉繼續前進。沃夫原本跟在喬達拉身旁疾行殿後，卻在愛拉改變方向時大步跑到前頭。

愛拉已經把引繩掛在嘶嘶脖子上，但對牠來說，直接遵循這個女人的信號比較容易。她將喬愛拉放入背上的攜帶毯，讓孩子可以四處張望，不需要母親一直用手臂支撐。這條路通往第九洞穴所知的西河，沿著河延伸一小段距離。愛拉正納悶該不該回頭時，看到前方有幾個熟人。她停下馬，走向喬達拉和齊蘭朵妮。

「我想我們到了日景，齊蘭朵妮。」她說：「妳要去拜訪嗎？如果要，妳想待在拖桿上嗎？」

「既然到了，去拜訪一下也好。往後，我有段時間不會來這裡。我也準備要下來了，坐在移動椅上挺不錯，就是顛簸了點。」女人起身，藉由喬達拉的支撐走下拖桿。

「妳帶愛拉去拜訪神聖景觀時，這拖桿能用嗎？」喬達拉問。

「我想它會派上用場，至少在部分旅途中。」

愛拉微笑起來。

「喬達拉，愛拉，齊蘭朵妮！」一個熟悉聲音大喊。愛拉轉過身，發現喬達拉臉上浮現笑容。威洛馬正和第二十六洞穴頭目史提法達爾走過來。

「你們決定過來真好，」史提法達爾說：「我還不知道首席齊蘭朵妮能不能到日景來呢。」

「夏季大會時，齊蘭朵妮亞總是行程滿滿，但我確實得設法禮貌拜訪主辦大會的洞穴。史提法達爾，我們真心感謝你們的貢獻。」首席齊蘭朵妮說。

「這是榮耀。」第二十六洞穴頭目說。

「而且我們樂在其中。」一位剛剛抵達的女人附和，她站到史提法達爾身旁。

愛拉確定，這個女人是史提法達爾的配偶，不過沒和她碰過面，也不記得在大會營地見過她，因此端詳了一下。她比史提法達爾年輕，但不只如此。她的束腰上衣披在消瘦骨架上，整個人看起來蒼白虛弱。愛拉懷疑她生病了，或者正承受某種悲傷失落。

「很高興你們來了。」史提法達爾說：「黛妮拉想見首席齊蘭朵妮，也想認識喬達拉的配偶。她沒辦法到大會營地去。」

「你沒說她病了，否則我會更早過來，史提法達爾！」首席齊蘭朵妮說。

「我們的齊蘭朵妮已經為她守候在這裡。」史提法達爾說：「我不想麻煩妳，我知道夏季大會時妳很忙。」

「不會忙到沒空見妳的配偶啊。」

「也許晚一點吧，等其他人都見過妳之後。」黛妮拉對首席齊蘭朵妮說，接著轉而對高大金髮男人說：「不過我想見見你的配偶，喬達拉，我聽過好多她的事蹟。」

「妳是該見見她。」他說著向愛拉招手。她伸出雙手走近這個女人，掌心朝上。這種傳統的率直問候，表示她沒什麼好隱藏的。喬達拉隨即開始引介。

「齊蘭朵妮氏第二十六洞穴的黛妮拉，頭目史提法達爾的配偶，容我向妳介紹齊蘭朵妮氏第九洞穴的愛拉……」他娓娓訴說愛拉慣常的介紹，直到說完「受穴熊靈保護。」

「你忘了提『她與馬和她稱為沃夫的四足獵食者做朋友』。」威洛馬咯咯笑著補充。

他和其餘幫忙製作新拖桿的男人，一起加入他們。既然來到這一帶，威洛馬建議應該順道拜訪日景——主辦夏季大會的齊蘭朵妮氏第二十六洞穴，這群男人因而受邀留下來喝茶，卻在此刻遇上了愛拉他們。

住在這裡的人大多去了夏季大會營地，只有少數人留守，包括身體不適或病了一段時間的頭目配偶，愛拉這麼推斷，不知她病了多久、有什麼問題。她瞥了正注視自己的齊蘭朵妮一眼，兩人四目相接，她感覺首席齊蘭朵妮也在想同一件事。

「我的稱謂和親屬關係一點也不有趣，但以大地母親朵妮之名，歡迎妳來，齊蘭朵妮氏第九洞穴的愛拉。」黛妮拉說。

「我也問候妳，齊蘭朵妮氏第二十六洞穴的黛妮拉。」愛拉說，兩人握住彼此雙手。

「妳的口音，和妳的稱謂及親屬關係一樣有趣，」黛妮拉說：「讓人想到遙遠的地方。愛拉，妳一定有很多刺激的故事，我很想聽聽。」

愛拉忍不住微笑，她十分清楚自己說起話來和其他齊蘭朵妮氏人不同。大多數人會假裝沒察覺她的口音，但黛妮拉的態度如此率直，立刻吸引了愛拉。她讓愛拉想起馬木特伊氏。

愛拉不清楚她的身體為什麼這麼虛弱，與溫暖迷人的個性形成如此強烈的對比。她瞥了齊蘭朵妮一眼，明白首席齊蘭朵妮也想知道，希望離開前找出原因。喬愛拉蠕動起來，或許想瞧瞧母親在跟誰說話。愛拉於是挪動攜帶毯，讓嬰兒坐在自己臀上。

「這一定是妳『受朵妮賜福』的小寶寶喬愛拉。」黛妮拉說。

「對啊。」

「名字真美，以喬達拉和妳來命名？」

愛拉點點頭。

「她本人跟名字一樣美。」黛妮拉說。

愛拉能解讀肢體語言的細微差異。她發現黛妮拉短暫的蹙眉和微彎的眉毛透露著傷痛，頓時明白她為何虛弱又悲傷。她最近才剛流產或生下死胎，愛拉心想，可能懷孕期很辛苦，生產時也非常艱難，而一切付出的代價卻沒得到任何回報。她正從身體負荷過度，以及失去孩子的悲痛中復原。愛拉望著也在暗中打量年輕女人的首席齊蘭朵妮，認為她的猜測想必八九不離十。

感覺沃夫推弄自己的腿，愛拉往下瞧了瞧。牠抬頭看著她，微微發出哀鳴，讓她知道牠想要什麼。牠看了看黛妮拉，又回頭看著她，繼續哀鳴。難道，牠也感應到這位頭目配偶怎麼了嗎？

狼向來對其他族類的弱點非常敏感，因為牠們通常會襲擊弱者。但沃夫不然，牠年幼時與妮姬收養的半穴熊族孩子發展出親暱關係，牢記牠的馬木特伊氏夥伴。狼群成員特別鍾愛幼狼，但人類是沃夫的夥伴。愛拉知道，牠受到人類嬰孩及狼的直覺吸引，牠並非要獵捕脆弱的人，而是像狼對待幼狼一樣，和他們建立關係。

愛拉注意到黛妮拉有點擔憂。「我認為沃夫想認識妳，黛妮拉。妳摸過活狼嗎？」她問。

「不，當然沒有，我從沒這麼靠近過活狼。妳怎麼認為牠想認識我呢？」

「牠會受到特定對象吸引。牠喜歡嬰兒，讓喬愛拉在牠身上爬上爬下，即使她拉牠的毛或戳牠眼睛、耳朵，牠也不在意。我們剛到第九洞穴，牠看到喬達拉的母親，也出現這種行為，就是想認識瑪桑那。」愛拉忽然想到，沃夫難道感應出瑪桑那——曾領導齊蘭朵妮氏最大洞穴的女人，有心臟衰弱的毛病？

「妳想認識牠嗎？」愛拉問。

「我該怎麼做呢？」黛妮拉說。

日景的訪客站在一旁圍觀，那些熟悉沃夫及其行為模式的人面露微笑，其他人滿臉好奇，黛妮拉的配偶史提法達爾則感到不安。

「我不確定這樣做好不好。」他說。

「牠不會傷害她。」喬達拉說。

愛拉將喬愛拉交給喬達拉，帶領沃夫去找黛妮拉。她牽著這個女人的手，開始介紹沃夫。

「沃夫透過氣味認人，而且知道我這麼介紹牠認識的人，都是朋友。」沃夫嗅嗅黛妮拉的手指，接著舔了舔。

她微笑起來：「牠的舌頭平滑柔軟。」

「牠有些皮毛也是。」愛拉說。

「牠好暖！」黛妮拉說：「我從來沒摸過溫熱身體上的皮毛。還有這兒，可以感覺到有東西在跳動。」

「對，這就是活動物摸起來的感覺。」愛拉轉而對齊蘭朵妮氏第二十六洞穴頭目說：「你想認識牠嗎，史提法達爾？」

「你也該來認識牠。」黛妮拉說。

愛拉如法炮製為他引介，但沃夫似乎急著回頭找黛妮拉。當他們繼續前往日景時，牠走得離她很近。眾人找地方坐下，訪客從腰帶上的囊袋拿出杯子，由留守的人替他們斟茶，包括黛妮拉和史提法達爾的母親——她留下來幫忙頭目配偶。黛妮拉一坐下來，沃夫便坐在她身旁，眼睛望著愛拉，尋求主人同意。她點點頭，於是牠自在地坐好，把頭垂下來，放在腳掌間。黛妮拉發現自己有時會不自覺地輕拍牠。

齊蘭朵妮坐在愛拉身旁。喝完茶後，愛拉開始餵奶。其餘人輕鬆客套地閒聊。當所有人離開，只剩下愛拉和首席齊蘭朵妮獨處時，兩人開始討論黛妮拉。

「沃夫似乎在安慰她。」齊蘭朵妮說。

「我想她需要。」愛拉說：「她這麼虛弱，也許最近才剛流產或生下死胎，在那之前可能也很辛苦。」

首席齊蘭朵妮神情好奇看著她：「妳怎麼知道？」

「因為她又瘦又虛弱，要不就是生病，要不就是發生某種問題，而且已經有一段時間了。而且我注意到，她看著喬愛拉時有些悲傷，所以才這麼猜想。」愛拉說。

「這個判斷非常高明。我認為妳說得沒錯，我的想法也差不多，或許我們該問問她母親。我想替她做檢查，確定她復原良好。」朵妮侍者說：「有些藥可以幫助她。」首席齊蘭朵妮問愛拉：「妳有什麼建議？」

「苜蓿適合治療疲勞及小便刺痛。」愛拉說完停下來思考：「我不知道名字，但有種長著紅漿果的植物，對女人很有幫助。它像小藤蔓一樣沿著地面生長，葉子終年都是綠色，可以舒緩女人的經痛和嚴重出血，而且能刺激生產，讓生產過程順利輕鬆。」

「我熟悉那種植物，它們長得很濃密，經常長成一大片，就像地上的墊子。鳥兒喜歡那種漿果，有人稱它鳥莓。」首席齊蘭朵妮說：「苜蓿茶也能恢復體力，甘松樹根和樹皮熬汁也可以……」看見愛拉面帶疑惑，她暫時打住，稍微解說了一下：「那是一種高聳灌木，有大葉子和紫漿果……花朵小，略帶綠色的白……將來我會指給妳看。假如女人體內包覆嬰兒的囊袋脫垂，它會有幫助。總之，我想先替她做檢查，才知道該給她什麼。第二十六洞穴齊蘭朵妮擅長醫治一般病症，但可能沒那麼了解女性疾病。今天離開之前，我得和他談一談。」

經過一段禮貌性拜訪，那群協助製作拖桿、拜訪第二十六洞穴的男人，喝完了茶起身離開。首席齊蘭朵妮攔下約哈倫，喬達拉也和他在一起。

「你到齊蘭朵妮亞營地，找找第二十六洞穴齊蘭朵妮，好嗎？」朵妮侍者悄聲說：「史提法達爾的配偶狀況不好，我希望能幫忙。他是很棒的醫治者，想必盡了一切努力，但我需要和他談談。畢竟那是女性問題，而我和她都是女人……」她沒說完剩下的話，只說：「請他過來這裡，我們會等一陣子。」

「我應該留在這裡，跟妳們一起等嗎？」喬達拉問兩個女人。

「你不是打算去練習場嗎？」約哈倫說。

「對，但沒有非去不可。」

「去吧，喬達拉，我們晚一點才會走。」愛拉說，與他互碰臉頰。

這兩個女人加入黛妮拉、兩位母親及其他幾個人。看到首席齊蘭朵妮和她的助手沒離開，史提法達爾也留下來。這位齊蘭朵妮領袖擅長找出問題背後的原因，很快就發現黛妮拉曾經懷孕，而且正如她和愛拉所料，嬰兒胎死腹中。她也察覺，兩個年長女人似乎有所隱瞞，尤其黛妮拉和史提法達爾在身邊時。這些人還有故事不願意透露，朵妮侍者必須等待第二十六洞穴齊蘭朵妮。期間，這群女人閒聊著，輪流抱喬愛拉。起初，黛妮拉遲疑不願接手，卻一抱上就愛不釋手。沃夫很開心待在她們倆身邊。

愛拉取下嘶嘶身上的拖桿，讓牠吃草。她回來時，眾人試探性提出馬兒及愛拉怎麼擁有牠的問題，首席齊蘭朵妮也鼓勵愛拉告訴大家。她已經很會講故事了，眾人聽得陶醉入迷，尤其搭配了馬嘶、獅吼的音效。她剛說完故事，第二十六洞穴齊蘭朵妮現身了。

「我聽見熟悉的獅吼。」他帶著大大笑容問候眾人。

「愛拉告訴我們，她怎麼收養嘶嘶。」黛妮拉說：「果然不出我所料，她有很多迷人的故事。既然起了頭，我還想聽更多呢。」

首席齊蘭朵妮急於離開，卻不想表現出來。首席大媽侍者和主辦夏季大會的洞穴頭目及其配偶聊天，這是理所當然，但她還有很多事要忙。初夜交歡禮後天舉行，接著是今年夏天的首場婚配典禮。夏季即將結束時，還會有一場配對儀式，專門為最後決定的人舉辦。然而，第一場必定最盛大也最受矚目。是的，還有許多細節得計畫。

茶喝完了，眾人忙著張羅泡茶一事。首席齊蘭朵妮和她的助手趁機將第二十六洞穴齊蘭朵妮拉到一旁，私下說話。

「我們發現黛妮拉產下死胎，」首席齊蘭朵妮說：「但我確定不只如此。我想替她做檢查，看看能不能幫上忙。」

他長長嘆了一口氣，皺起眉頭。

「對，妳說得沒錯，當然，她不只生下死胎，」第二十六洞穴齊蘭朵妮說：「那是雙胞胎，兩個嬰兒不但同時出生，還連在一起。」

愛拉記得有位穴熊族母親也有同樣遭遇，兩名嬰兒連在一起，成了畸形。她為黛妮拉深感遺憾。

「其中一個體型正常，另一個體型較小，還沒完全成形，兩個嬰兒共用器官。」第二十六洞穴齊蘭朵妮繼續說：「幸好他們斷氣了，否則我得殺死他們。那對黛妮拉來說，太痛苦了。當時她大量出血，我訝異她居然能活下來。她的母親和史提法達爾的母親，還有我，我們決定不告訴她和史提法達爾，擔心她知道真相，日後懷孕時會太過焦慮。如果妳想的話，可以替她做檢查，但那件事發生在去年冬天，已經過了一段時間。她復原得不錯，只需要恢復力氣、克服悲傷。你們來訪是有幫助的，尤其我看見她抱愛拉的孩子，那真是好事。她好像和妳成了朋友，愛拉，還有妳的狼。也許現在她比較願意前往夏季大會了。」

「喬達拉！」愛拉說，她已和首席齊蘭朵妮回到第九洞穴營地：「你在這兒做什麼？我以為你打算去夏季大會營地。」

「我是要去呀，」他說：「只是想順便看看快快和灰灰。我沒什麼時間和快快相處，牠們似乎也享受彼此陪伴。妳在這裡做什麼？」

「我想讓嘶嘶餵奶給灰灰，趁我餵奶給喬愛拉的時候。我本來打算把嘶嘶留在這兒，後來我們覺得應該讓齊蘭朵妮乘著拖桿去營地。」愛拉說。

喬達拉咧嘴笑了笑。「那麼我等妳們。」他說：「事實上，我也可以和妳一起騎快快過去。」

「我們還得帶灰灰。」愛拉微微皺眉說，隨後微笑說道：「可以用你替牠做的韁繩。牠已經愈來愈習慣了，再讓牠習慣周圍有陌生人也好。」

「這樣做太招搖了，」齊蘭朵妮說：「不過我喜歡。我寧願和你們一起招搖，也比自己一個人讓大家盯著看好。」

「我們也該帶沃夫一起去。大部分人都看過這些動物，但不是全部一起，還有少數人不相信嘶嘶會讓沃夫接近牠的孩子。如果發現牠不會危害灰灰，也能讓他們明白：牠不會危害大家。」愛拉說。

「除非有人企圖傷害妳，」喬達拉說：「或者喬愛拉。」

傑拉達爾和羅貝南衝進第七洞穴頭目的夏季居所。「威瑪！桑那！我們去看！」傑拉達爾說。

「對，我們去看！」羅貝南也說。這兩個男孩原本就在屋外玩耍。

「他們帶來所有的馬，還有沃夫，連齊蘭朵妮都坐在上面！我們去看看！」傑拉達爾高聲喊著。

「冷靜點，孩子。」瑪桑那搞不懂傑拉達爾在說什麼，齊蘭朵妮怎麼可能騎在馬背上呢？

「我們去看！快點！快點！」兩個男孩大聲嚷嚷，傑拉達爾還企圖將祖母從坐墊上拉起，隨後轉向威洛馬央求：「我們去看！」

瑪桑那和威洛馬前來拜訪瑟傑諾和潔薇娜，討論即將到來的典禮，那牽涉到所有現任和前任頭目。兩人帶了傑拉達爾同行，免得他妨礙母親——波樂娃正在規畫典禮的餐宴。索拉邦懷孕的配偶羅瑪拉和她兒子羅貝南也來了。兩個同齡男孩正好有伴，一起玩耍。

「我們來了。」威洛馬說著，協助配偶起身。

瑟傑諾推開入口遮簾，眾人蜂擁而出，眼前景象令他們目瞪口呆！喬達拉騎在快快背上，牽引著灰灰；愛拉騎在母馬身上，包在攜帶毯中的喬愛拉坐在她前方，一行人朝齊蘭朵妮亞木屋前進。嘶嘶拉著拖桿，上頭坐著臉朝後方的齊蘭朵妮。那隻狼悄悄走在他們身旁。大多數人沒料到馬背上會騎著人，更別提還有狼輕鬆自在地走在牠們身旁。而目睹首席大媽侍者坐在馬拉的座椅上，同樣令人吃驚。

隊伍已靠近第七洞穴營地。瑪桑那、威洛馬及其他第九洞穴的人非常熟悉這些動物，但這種景象還是讓他們和其他人一樣，看呆了。首席齊蘭朵妮和瑪桑那目光相會，雖然她端莊微笑，瑪桑那察覺她眼中閃現惡作劇的欣喜。這不只是遊行，而是奇觀！要說齊蘭朵妮亞成員有什麼喜歡展現的東西，那就是奇觀了。當他們來到大木屋入口，喬達拉停下來，讓愛拉和嘶嘶繼續前進，自己下馬來，伸手扶了首席齊蘭朵妮一把。體型龐大的她，從拖橇上的座椅優雅地走下來，帶著無比威嚴進入木屋，明白自己成了眾人的焦點。

「原來那就是他要我們幫忙製作的東西。」威洛馬恍然大悟：「他說要打造堅固的拖桿，附帶架子，又說他要的不是架子。他那樣說實在聰明，我們誰也想不到，那些架子會變成齊蘭朵妮的椅子。我一定要問問她，坐在馬拉的椅子上，感覺如何。」

「她很勇敢，」潔薇娜說：「我不確定自己想嘗試。」

「我會！」傑拉達爾說，眼中充滿興奮：「桑那，妳覺得愛拉會讓我坐在拖桿椅上，讓嘶嘶拉著走嗎？」

「我也想要！」羅貝南說。

「年輕人就是愛新奇的事。」羅瑪拉說。

「我猜，很多孩子會說：『我想要！』、『我也想要！』」瑟傑諾說：「不過，假如她答應了某個男孩，其他男孩也會吵著要。」

「還有極少數女孩也會。」瑪桑那補充。

「如果我是她，我會等回到第九洞穴再說。」羅瑪拉說：「就像她現在這樣，牽著母馬走動，讓一兩個孩子坐在馬背上。」

「我記得第一次看到那些動物，感覺很嚇人。喬達拉說過，他們遠行歸來途中，有人刻意逃開，離他們遠遠的。雖然我們習慣了這些動物，但親眼目睹整個隊伍的排場，還真是印象深刻。」威洛馬說。

並非每個人都樂意見證這個時刻。喜歡成為焦點的瑪羅那，就湧現了一股嫉妒，轉身對表妹薇羅帕評論：「奇怪，怎麼有人能成天忍受那些骯髒的動物？她一走過來，立刻就有一股馬臭味。我聽說，她還跟和那隻狼一起睡呢，真噁心。」

「她也和喬達拉睡，」薇羅帕說：「而且人家說，他不跟其他人分享快感。」

「那只是暫時的。」瑪羅那惡毒地瞪了愛拉一眼：「我了解他，他很快就會回到我的床上。」

布魯克佛看見兩個表姊妹交談，瞧見瑪羅那看愛拉時的惡意眼神，感受到兩種衝突情緒。他知道自己沒有希望，卻還愛著愛拉，想為愛拉防範這個女人的惡意——他自己也領教過她的敵意，知道殺傷力有多大。然而，他也怕愛拉又暗示他是扁頭。他無法承受，即使心裡明白她那樣說完全不帶嘲諷和貶損，她和其他人不一樣。他從未照過磨亮的抹黑木鏡，只在平靜水面瞥見自己——他討厭自己的長相。他知道大家為什麼叫他那個難聽的名字，無法忍受其中或許有幾分真實。

馬卓曼也怒視著愛拉和喬達拉，他氣愛拉獲得首席齊蘭朵妮那麼多關注。沒錯，她是首席齊蘭朵妮的助手，但他認為監督所有助手的人，不該在夏季大會時那麼偏愛她。而喬達拉當然脫不了關係，他幹麼回來？那個大笨蛋離開時，一切都變好了，尤其第五洞穴齊蘭朵妮決定收我為助手之後。我早該成為齊蘭朵妮，可是在胖首席齊蘭朵妮掌控下，我還能指望什麼？哼，我會想出辦法的！他心想。

勒拉瑪不理會整件事，轉身走開，自顧自想著：他已經看夠那些馬和那隻狼，特別是那隻狼。對他來說，牠們太靠近他在第九洞穴的居所，而且活動範圍那麼廣，那些馬幾乎就在他家外面出沒。原本他可以抄近路，穿過此刻牠們占據的空間。如今，他每次回家都得沿著木屋繞一大圈，避開那隻狼。有幾次他靠得太近，那隻動物居然豎起頸毛，皺著鼻子露出牙齒，好像整個地方都是牠的地盤。

除此之外，她出手干涉，裝好心帶食物或毯子過來，其實是在調查他。現在，他甚至沒屋子可去了，也沒有歸屬感。那些孩子表現得好像屋子是他們的，但這仍是他的火堆地盤。他想在自己火堆地盤做什麼，完全與她無關。

唔，至少還有單身漢偏屋，他確實喜歡待在那裡，不必忍受孩子夜晚哭鬧，或配偶酒醉回來亂吵亂鬧。待在那間偏屋的其他男人，大多較年長，不會打擾彼此，不像年輕男人的偏屋那麼狂野喧鬧。假如他請大家喝他釀的巴瑪酒，他們會很高興和他共享。唉，真可惜第九洞穴沒有單身漢偏屋。

愛拉騎著嘶嘶，緩緩拉動拖桿，繞行大齊蘭朵妮亞木屋外側，啟程離開夏季大會營地，返回來時的路。喬達拉跟在後頭，帶領快快和灰灰。這次夏季大會所在地稱為「日景」，以鄰近洞穴為名，是大型聚會的營地。下雨時，一顆顆石頭從河流和附近懸崖沖刷下來，鋪蓋了地面，尤其在大雨滂沱時。每年都有更多石頭覆蓋，而這一大片覆蓋區域，也就成了此刻的營地。

抵達營地外側，超過鋪石範圍、身處氾濫平原的草地中央時，愛拉停了下來。「我們卸下嘶嘶的拖桿，讓馬兒在這兒待一陣子吧。」她說：「牠們可以吃草、休息，不至於遊蕩太遠。必要時，我們可以吹口哨，召喚牠們回來。」

「好主意。」喬達拉說：「大多數人都知道，妳我不在附近時別打擾馬兒，而且我們可以隨時查看牠們。我來取下牠們的轡繩。」

兩人正在料理馬兒，看見拉尼達爾走近。他身上配戴特製標槍投擲器固定套，先向他們揮手致意，接著吹口哨問候，引來嘶嘶和快快以嘶鳴歡迎。

「我想看看馬兒。」他說：「去年我跟牠們在一起，也漸漸了解牠們。今年我還沒和牠們相處呢。而且我完全不認識嘶嘶剛生下的小馬。對了，牠們會記得我嗎？」

「會，牠們回應了你的口哨聲，不是嗎？」愛拉說。

他手裡拿著幾片蘋果乾，先後餵了年輕公馬和牠的母親。然後，年輕人蹲了下來，一手拿著一片水果伸向小母馬。起初，灰灰待在嘶嘶後腿旁，儘管還在喝奶期，牠已開始學母親嚼草，而且非常好奇。拉尼達爾耐著性子，過了一會兒，小母馬慢慢靠近他。

母馬在一旁觀看，既不鼓勵也不限制小馬。終於，灰灰按捺不住好奇心，用鼻子碰了碰拉尼達爾攤開的手，確認他手裡拿著什麼。牠啣了一片蘋果在嘴裡，然後又放下。拉尼達爾撿起來再試一次。灰灰不如母親熟練，卻也設法用前齒及靈活的唇與舌，將蘋果片含進嘴裡咀嚼。那是牠的新體驗，也是全新的滋味，但牠對拉尼達爾更感興趣。他開始撫摸牠，搔抓牠喜歡的部位，牠立刻被征服了。拉尼達爾站起身，大大露出滿意的笑容。

「我們暫時把馬兒留在這裡，不時會過來看看牠們。」喬達拉說。

「我很樂意陪牠們，就像去年一樣。」拉尼達爾說：「如果有任何問題，我會去找你們，或者吹口哨。」

愛拉和喬達拉互看了一眼，微笑起來。「謝謝你。」愛拉說：「我想，把馬兒留在這裡，大家才會更習慣看見牠們。牠們也會更習慣有人在旁邊，尤其是灰灰。如果你累了或必須離開，可以大聲吹口哨，也可以直接找喬達拉或找我。」

「我會的。」他說。

兩人離開平原時放心多了。傍晚，他們回來邀請拉尼達爾和他們的洞穴一起用餐，發現幾個年輕男女正和他閒聊，包括拉諾卡，帶著她最小的妹妹蘿蕾拉。去年，拉尼達爾在圍欄和附近平原看顧這些動物，那裡靠近第九洞穴營地，與主營地有段距離。總之，沒什麼人經過，當時他朋友也不多。今年可就熱鬧多了，由於熟練標槍投擲器而且經常打獵，他贏得更高地位，也獲得一些朋友，看來還有少數仰慕者。

年輕人熱切交談，沒發現愛拉和喬達拉。喬達拉很高興看見拉尼達爾非常稱職，巧妙阻隔了年輕人和馬兒，尤其是灰灰。他讓訪客撫摸搔抓牠們，但一次只讓一兩個人靠近。他似乎察覺馬兒厭倦受眾人注目，只想吃草，因而篤定地告訴其中一個年輕人：別打擾牠們。愛拉並不知道他曾趕走幾個太吵鬧的年輕男人，還威脅說要告訴愛拉，提醒他們愛拉是首席大媽侍者的助手。

齊蘭朵妮亞是眾人尋求協助的對象，受人尊敬——通常是敬畏，也受人愛戴。不過，一般人對他們總是畏懼參半。齊蘭朵妮亞親近另一個世界——靈界，那是生命能量精氣離開軀體後，人會前往的可怕地方。他們也擁有非凡力量。年輕人經常散播流言，男孩尤其喜歡彼此嚇唬，繪聲繪影亂扯一通，比如惹惱齊蘭朵妮會招來悲慘下場，特別是他們的男性器官。

他們都知道愛拉看起來是有配偶和孩子的普通女人，不過她也是助手，齊蘭朵妮亞的成員，更是個外地人。光聽她奇特的言談，就讓眾人意識到她來自遠方；除了喬達拉以外，沒人曾旅行到那麼遙遠的地方。此外，愛拉也展現了特異能力，例如控制馬和狼。誰知道她還有什麼驚人的本事呢？有些人甚至不正眼看喬達拉，就因為他離鄉時學會的奇怪行徑。

「愛拉、喬達拉、沃夫好。」拉尼達爾說著，令那些沒發現他們的年輕訪客猛然轉身。兩人看似出現得十分突然，拉尼達爾則從馬兒的反應知道他們來了。即使光線昏暗微弱，這些動物也能發現兩人走近。

「拉尼達爾好。」愛拉說：「你母親和祖母在第七洞穴營地。第九洞穴大部分的人也和她們在一起，他們邀請你過去用餐。」

「誰來看顧馬兒？」他說，彎腰撫摸來找他的沃夫。

「我們已經吃過了，會帶牠們回營地。」喬達拉說。

「謝謝你照顧牠們，拉尼達爾。」愛拉說：「感謝你幫忙。」

「我很樂意，隨時都願意陪牠們。」拉尼達爾說。他是認真的，不僅因為他喜愛這些動物，他也喜歡因此受矚目。看顧牠們，吸引了好奇的年輕男女造訪。

首席大媽侍者抵達後，夏季大會營地展開各項熱鬧活動。初夜交歡禮向來複雜，去年潔妮達在初夜禮前懷孕一事，堪稱最為棘手，尤其派瑞達爾的母親反對兒子和那個年輕女人配對。母親的反對並非完全不合理，因為她兒子只有十三歲半，潔妮達也只有十三歲。

兩人都太年輕了！首席齊蘭朵妮心知肚明，母親之所以反對，也因為在初夜禮前交歡過的少女會喪失地位。不過她也因為懷孕而獲得了一定的地位。幾個年長男人非常樂意接納她到自己的火堆地盤，歡迎她的孩子。但她只和派瑞達爾分享過快感，而她要他。潔妮達會和派瑞達爾交歡，不只因為他再三邀約，也因為她愛他。

初夜禮儀式過後，第一場夏季婚配典禮即將登場。這時，有人偵查到附近有一大群牛。眾頭目判定，應該在婚配典禮前，來一場大狩獵。約哈倫找首席齊蘭朵妮討論，而她同意延後典禮。

他希望喬達拉和愛拉可以利用馬兒將牛趕進動物畜欄；至於標槍投擲器，則能在追捕牛時立下大功。第九洞穴頭目不斷鼓勵大家好好見識這項器具。獵獅者一有機會便口沫橫飛講述那回危險的對峙，因而與會者早有所聞。

年輕獵人對新武器特別興奮，少數年長獵人也一樣。那些不感興趣的人，多數擅長徒手擲標槍。他們安於過去的狩獵方式，不渴望在中晚年學習新招。

狩獵結束，大夥兒將獵物的肉和皮保存起來，等待進一步處理。這時，第一場婚配典禮已延遲太久，部分人心生埋怨，不高興的情緒全寫在臉上。

公共配對儀式那天，明亮晴朗的破曉時分，營地充滿了興奮與期待。不只配對者，人人都渴望這場慶典。儀式主角包括了夏季大會全體贊同的新配對男女。配對，不只改變了兩人及家人的稱謂和親屬關係，每個人的地位多少也受影響，影響幅度取決於彼此關係的親疏。

去年婚配典禮時，愛拉非常緊張，不僅因為那是她的配對儀式，也因為她才剛到不久便成為焦點。她希望喬達拉的族人喜歡她、接納她，因此努力融入。他們大多如她所期望，但也並非人人如此。

今年，現任與前任頭目和齊蘭朵妮亞的座位，都經刻意安排。如此一來，當首席齊蘭朵妮尋求出席者回應時，他們便能應答，對她來說，這意味著認同。去年，她為愛拉和喬達拉尋求認可回應時，有些人遲疑不決，這讓她不大高興，更不希望成為一種習慣。首席齊蘭朵妮喜歡儀式平順進行。

眾人熱烈期盼這場配對慶典，不但準備了最棒的菜餚，也穿上最好的衣服。配對慶典不只是配對者的歡樂盛事，也是舉行大媽慶典最恰當的時候。屆時，每個人都會受到鼓勵，與任何情投意合的對象盡情交歡，透過分享大地母親的交歡恩典來榮耀她。

眾人受鼓勵而榮耀大媽，這並非硬性規定，會場中就有某些區域保留給那些不想參加的人。孩童當然屏除在外，即使有些孩子模仿成人互相碰撞，大家也只是一笑置之。然而，有些成人就是沒興致，特別是那些生病受傷、正從意外中復原或純粹厭倦的人，包括剛生產完的母親，或者正處於月亮周期而流血的女人也一樣。少數齊蘭朵妮亞正在經歷某些考驗，必須戒絕交歡一段時日，他們會自願照料孩童並幫忙其他人。

齊蘭朵妮亞木屋裡，首席大媽侍者端坐凳子上，喝完了山楂花與貓薄荷茶後，正式宣告：「時候到了。」她把空杯子交給愛拉，起身往屋子後段走，來到隱密的次要出入口。這出入口的外側，特別用多餘木頭的架構物當作遮掩。

愛拉聞聞杯子，這是她的反射動作，而且不自覺注意到成分，思忖齊蘭朵妮可能處於月亮周期。貓薄荷這種多年生植物，高度及腰，開著白、粉紅、紫色輪生花，葉子覆蓋絨毛，是溫和的鎮靜劑，可緩解緊張和痙攣。她對山楂很好奇，它味道獨特，或許首席齊蘭朵妮喜歡這種風味，她為瑪桑那調製藥方時也用到它。愛拉知道齊蘭朵妮給喬達拉母親的藥是針對心臟——胸腔裡負責抽吸血液的肌肉。她見過自己獵捕支解的動物身上有相似的心肌，山楂協助它抽吸得更有力而且規律。她放下杯子，從主要入口出去。

沃夫在屋外等候。她露出微笑，挪動攜帶毯中的喬愛拉，蹲到這隻動物前面，雙手捧著牠的頭，注視牠。

「沃夫，我真高興當初發現了你。你每天守候我，帶給我這麼多快樂。」她說著，撥亂牠蓬鬆的皮毛，然後低下額頭碰觸牠的額頭。「你想跟我去婚配典禮嗎？」沃夫繼續看著她，「你想要的話可以來，不過你恐怕會無聊厭煩，還不如去狩獵。」她站起身：「沃夫，你可以離開了，去吧，為你自己狩獵。」她朝營地邊緣揮動手。牠抬頭看了她一會兒，會意地跑開。

愛拉身穿去年和喬達拉配對時穿的服裝。這套配對服一路跟著她歷經了一整年遠行，從遙遠東方馬木特伊氏的家園，來到喬達拉的族人齊蘭朵妮氏住所，他們的領地延伸到西方的大水。愛拉再次穿著配對服出現，令許多人想起了去年。有人開始談論她的特殊服裝，齊蘭朵妮因而明白，有些人還對她有意見。他們不明說，但首席齊蘭朵妮知道原因：愛拉是陌生人，一個有特異能力的陌生人。

今年，愛拉成為旁觀者而非配對者，她只想單純觀賞這場儀式。回憶自己的配對儀式，她知道有婚約者聚集在附近小屋，身穿華服，既緊張又興奮。他們的見證人和賓客也群聚觀禮區前段，其他人則在後段。

她走向一片大區域，群眾在此處集結，參與盛典。她停下來看了看，認出第九洞穴的人，於是走了過去。他們在她靠近時親切地微笑，包括喬達拉和約哈倫。

「妳今晚特別美。」喬達拉說：「自從去年典禮過後，我就沒看過這些衣服了。」他穿著飾有雪貂尾的純白束腰上衣，那是愛拉為了兩人配對典禮精心製作，穿在他身上好看極了。

「這套馬木特伊氏服裝很適合妳。」他哥哥說。這位第九洞穴頭目確實這麼想，他也明白這套服裝展現了多少財富。獅營頭目配偶妮姬說服馬木特伊氏收養愛拉，送她這些衣物。而要求製作這些衣物的卻是馬木特，他收養她為猛獁象火堆地盤女兒。最初為她製作這些衣物時，以為她會和雷奈克配對，他是妮姬哥哥偉麥茲的配偶所生。偉麥茲年輕時旅行到遙遠南方，和黑皮膚的外地女人配對，十年後的返鄉途中不幸失去了他的女人。

他帶回美妙故事、敲擊燧石的新技術，以及一位褐色皮膚、黑色鬈髮的奇特孩子。妮姬視如己出地撫養那個孩子。置身在淺皮膚、金髮的北方親戚當中，雷奈克的出現總是掀起一陣騷動。長大後的他風趣又機智，含笑的黑色雙眸令女人無法抗拒，而且擁有超凡的雕刻天賦。

和其他人一樣，愛拉深受雷奈克的膚色和魅力所吸引，而他也為這個美麗的陌生女子陷入瘋狂，並且毫不掩飾。這引發喬達拉莫名的嫉妒。這個高大金髮男人擁有迷人的藍眼睛，向來是女人無法抗拒的對象，當時他完全不知如何處理那種嫉妒的情緒。愛拉不理解他的古怪行為，以為喬達拉不再愛她，因此才答應與雷奈克配對。她確實喜歡那位黑皮膚雕刻匠和他含笑的眼睛。那年冬天，愛拉、喬達拉和馬木特伊氏一起生活，獅營愈來愈喜歡兩人，也清楚這三個年輕人面臨的三角習題。

妮姬尤其與愛拉發展出深厚關係，因為妮姬收養了一個叫做萊岱格的孩子，他虛弱、無法說話，而且帶有一半的穴熊族血統。愛拉關心他、了解他，幫他治療衰弱的心臟，使他生活得更舒適。她還教萊岱格穴熊族手語，他學得又快又輕鬆。這孩子確實擁有穴熊族的記憶，愛拉心想。她教導整個獅營簡化的無聲語言，讓男孩能夠和他們溝通無礙。他開心極了，妮姬也欣喜若狂。萊岱格令愛拉想起自己遺棄的兒子——雖然那是為他著想。她喜歡萊岱格，可惜最終她還是救不了他。

愛拉決定和喬達拉一起回家鄉，不與雷奈克配對。妮姬知道這個決定傷了姪兒的心，但仍堅持製作漂亮的衣物送她，要她與喬達拉配對時穿著。愛拉不清楚這套婚配服傳達出多少財富和地位，但妮姬心知肚明，機敏的老精神領袖馬木特當然也知道。他們從喬達拉的舉止，揣測他出身地位崇高的家庭，到時愛拉會需要能為她帶來優越地位的家當。

這套衣服做工細膩，令人嘆為觀止。束腰上衣和裹腿，是以鹿皮和賽加羚羊皮製成，呈現樸素的金黃色調，幾乎和她的髮色一樣。這種顏色部分來自將獸皮燻軟的木頭品種，部分因為參雜了黃色及紅色赭石。將獸皮刮擦得柔軟滑順，這得大費周章，完工後，竟柔滑似麂皮。這塊皮革也經過磨光，方法是用平滑的象牙工具，以混合油脂的赭石不斷摩擦，將獸皮緊壓成有光澤的亮面，近乎防水。

束腰長上衣是以細緻的針法縫合，背面下襬呈倒三角形；前面開襟低，臀部以下收尖，如此又產生另一個倒三角形。完整的裹腿緊貼，腳踝附近可以輕束，也可下拉至腳後跟以下，依照選擇的腳套做變化。但這些基本結構只是呈現品質，裝飾上的精緻創作，才讓它成為經典，具備罕有的美麗與價值。

束腰上衣和綁腿下段布滿了繁複細緻的幾何圖案，由象牙珠子構成，有些區塊綴滿了珠子。在彩色刺繡襯托下，幾何珠飾更顯鮮艷亮麗。起初花樣是倒三角形，橫向構成Z字形，縱向形成菱形及山形，再演變為長形漩渦、同心長斜方形等複雜圖形。與皮革同色調，但顏色或深或淺的琥珀珠子烘托了象牙珠——五千顆以上的猛獁象牙珠，每顆都以手工雕刻、穿洞、磨光。

腰帶也有相似的幾何圖案，從腰際綁緊束腰上衣時，為這套衣服增色不少。刺繡和腰帶採用的紗線，色澤天然，不需額外染色，包括深紅色猛獁象毛、象牙色歐洲盤羊毛、棕色麝香牛內層皮，以及深紅黑色毛犀牛的長毛。這些天然纖維的珍貴不僅在於顏色，也因為全都來自難以獵捕的危險動物。總之，整套衣服的細部做工精巧優異。有見識的齊蘭朵妮氏人一眼就能看出，必然是有人取得最上等的質料，召集技術最精湛的藝師精心打造。

去年喬達拉的母親第一次看見這套衣服，當下便知道製作者備受尊敬，享有極高地位。耗費時間與心力且不說，製作者卻在愛拉離開時大方贈送給她，完全不在乎投入的資源與勞力。愛拉說，自己曾被老聖人收養。顯然，那個她稱為馬木特的男人，具有無比權力和聲望——實際上也等同財富，因而送得起如此價值不斐的贈禮。沒有人比瑪桑那更清楚這一點。

事實上，愛拉帶來的新娘費，也賦予她崇高的地位，最終促成兩人的關係。這是因為和她配對，不致降低喬達拉及親人的位階。瑪桑那特別向波樂娃提起這件事，知道對方會告知約哈倫。約哈倫完全明白這件貴重財產的價值，很高興有機會再度見識。他想，只要妥善維護，這套衣服可以留存很久。赭石打磨後，不僅增添了皮革色彩，也使它能夠防水，有助於保存衣料，並對抗昆蟲及蟲卵。愛拉的孩子很可能用得到，也許還能傳給孫子。甚至皮革不敵歲月侵蝕，終於分解時，那些琥珀象牙珠也可供更多世代重新利用。

約哈倫知道象牙珠子的價值。他交易過一批象牙珠，為了自己，特別是為了配偶。他想起了那樁交易，不覺重新看待愛拉奢華的服裝。他環顧四周，發現許多人暗中觀察她。

去年，愛拉穿上它參加婚配典禮時，有關她的一切是那麼奇特罕見，包括這個女人本身。如今，大家已經習慣她本人、說話的方式，以及她控制的動物。大家視她為齊蘭朵妮亞的一員，她的奇特因而顯得平凡，假如有人覺得任何一位齊蘭朵妮平凡的話。然而，這套服裝再度凸顯她，使大家想起她來自外地，還有她具有的財富和地位。

那些注視她的群眾，當然也包含瑪羅那和薇羅帕。「瞧她又在炫耀那套衣服了。」瑪羅那對表妹說，眼中充滿嫉妒。她真想拿它來炫耀：「妳知道的，薇羅帕，那套婚配服本來是我的。喬達拉與我有婚約，他應該回來和我配對，把那套衣服送給我。」她停頓下來：「妳看她的臀部，根本撐不起這件衣服。」瑪羅那語帶嘲笑。

愛拉和其他人走向專屬第九洞穴觀看慶典的區域，喬達拉和他哥哥都瞧見了瑪羅那。約哈倫見她帶著無比的惡意瞪著愛拉，不禁替愛拉擔心起來。他瞥了喬達拉一眼，喬達拉也看見瑪羅那的憎恨怒視，兄弟倆彼此會意地對望。

約哈倫靠近喬達拉，低聲說：「你知道的，如果她有能力，一定會找愛拉麻煩。」

「是啊，這都是我的錯。」喬達拉說：「瑪羅那認為我跟她有婚約。我沒有，但我明白她為什麼這樣想。」

「那不是你的錯，喬達拉，人有權利選擇自己要的。」約哈倫說：「你離開了很久，她沒有權利要求你，也不該抱任何期待。更何況，你離開期間，她自己和別人配對又分開。你已經有更好的選擇，她也知道。她只是不能忍受你帶回來的女人比她搶眼。總有一天，她會惹出事情來。」

「也許吧。」喬達拉說，儘管他不太想相信。他寧可認為瑪羅那不至於如此。

儀式開始了，兄弟倆不再想那個嫉妒的女人，專注地觀看，沒發現還有一雙眼睛也注視著愛拉——他們的表弟布魯克佛。瑪羅那最初施展的詭計，讓愛拉穿上不適當衣服的那天，他欣賞愛拉勇敢面對眾人的嘲笑。那晚兩人相遇時，愛拉認出他長得像穴熊族，因而對他釋出善意。他不習慣她那樣隨和親切，尤其是美麗的女人。

之後，夏瑞札爾這個來自遠方齊蘭朵妮氏洞穴的陌生人，開始嘲弄他，取笑他是扁頭，令布魯克佛火冒三丈。打從有記憶以來，他就受到洞穴其他孩子嘲弄，說他是扁頭。夏瑞札爾顯然早有耳聞，還聽說，誰要是譏諷他母親，這個長相怪異的頭目表弟就會有反應。其實布魯克佛從沒見過母親，她生下他不久後就過世了。這讓他更有理由將她理想化。她不是那種動物！她不可能是，他也不可能是！

愛拉是喬達拉的女人，他自知爭不過高大英俊的表哥。看見她不向嘲弄屈服，她的勇敢令他傾慕。對他而言，這就是一見鍾情。喬達拉對他很好，從沒取笑過他，但那一刻，由於無法擁有愛拉，他恨喬達拉，也恨愛拉。

生命中的種種傷害，加上年輕男人口出惡言，想剝奪愛拉對他的注意，布魯克佛爆發出難以抑止的怒氣。後來，他注意到愛拉似乎比較疏遠，不再那樣親切自在和他說話。

喬達拉沒告訴布魯克佛，在他大怒後，愛拉對他的感覺變了。愛拉說布魯克佛的怒氣，讓她想起了布勞德，她部落頭目的兒子。布勞德打從一開始就討厭她，對她造成無法想像的痛苦和悲傷。她學會恨布勞德，如同他恨她，也有充分理由畏懼他。最後她被迫離開部落，遺棄兒子，都是因為他。

與愛拉初識時，布魯克佛感受到她的溫暖和熱情，一有機會就遠遠看著愛拉，愈看愈傾心。看見她與喬達拉互動的方式，布魯克佛想像自己就是喬達拉。他甚至跟蹤兩人前往隱密處，看他們分享快感，甚至喬達拉品嘗她的奶水時，他也渴望那樣做。

然而他也提防她，害怕從她口中聽到「扁頭」兩個字，不論是叫他或者稱呼穴熊族。「扁頭」令他無法忍受，這稱呼在他成長過程中，帶來了太多痛苦。他知道她對牠們的看法和大多數人不同，但那樣更糟。她有時會溫柔地談起牠們，帶著感情，甚至是愛，而他痛恨牠們。布魯克佛對愛拉感覺很矛盾，既愛她，也恨她。

婚配典禮的儀式冗長。首先，詳述婚配雙方完整稱謂及親屬關係。接著，自身洞穴的成員大聲贊成接納配對，在場所有齊蘭朵妮也大表贊同。最後，配對者的身體透過皮條或細繩連結，通常是將女子右手腕和男子左手腕綁在一起，不過也不一定非得如此。繩子打結後，在晚間其餘的慶典活動中都得維持著。

剛完成配對的男女難免跌跌撞撞，大家總報以微笑。雖然旁觀很有趣，許多人也仔細觀察他們的反應，能多快學會彼此配合。這種情況初次考驗他們才剛建立的關係，年長者根據兩人對彼此身體連結而受限的適應情況，悄悄議論各對配偶的關係品質和持久度。配對者大多會彼此微笑或取笑，努力解決問題，直到稍晚獨處時才能解開繩結，但絕不能切斷。

兩人綁在一起已屬不易，對那些決定三人配對，甚至四人配對的配偶，更是難上加難。大家不會給予同情或寬待，認為他們理當綁在一起，因為那種關係需要更多調適才能成功。每個人必須至少有一手不受限制，因此多人配對時，通常是將他們的左手綁在一起。不論四處走動、取食、吃東西甚至大小便，所有人都必須同進同退。偶爾會有人受不了束縛，變得沮喪憤怒。這對當事者來說，絕不是好兆頭。極少數人會割斷繩結，在關係還沒開始便摧毀它。割斷繩結，象徵結束配對，就如同綁上繩結象徵配對開始。

第十章

婚配典禮通常在下午或黃昏開始，保留充分時間，在天色漸暗時舉行慶祝活動。唱誦大地母親之歌，是為正式配對儀式畫下句點，預告宴會及其他慶祝活動開始。

正式儀式期間，愛拉和喬達拉一步都沒離開，雖然典禮還沒結束愛拉就覺得無聊，但她不會承認。整個下午，她看著大家來來去去，領悟到不只有她厭倦冗長的詳述介紹，以及不斷重述的儀式用語。然而，她也明白典禮對兩人或多人配對者及親屬有多重要，至少那代表受到全場齊蘭朵妮接納。此外，大家預期齊蘭朵妮亞會待到典禮結束，而她如今也是其中一員了。

正當首席齊蘭朵妮集合所有配對者，愛拉算出共有十八場個人儀式。她聽說應該有二十多樁配對，只是有些人不一定出席。不出席的理由很多，尤其夏季第一場婚配典禮，有些人不確定是否準備好，有些人則是被重要親戚給耽擱了。也因此，季末還會有婚配典禮，給那些最後決定、親戚遲到、一切總算打點好，或夏季期間發展新戀情的男女。

愛拉對自己微笑，聽著首席齊蘭朵妮以宏亮飽滿的聲調，唱起大地母親之歌的開頭詩句：

「在黑暗之中，一片渾沌之時，
莊嚴的大地母親誕生於一陣旋風之間。
甦醒過來的她，了解生命的寶貴，
一片空無的黑暗，哀悼大地母親。」

「大地母親獨自一人，寂寞難忍。」

愛拉初次聽到，便愛上了大地母親的傳說，尤其喜愛首席大媽侍者的吟唱方式。其他齊蘭朵妮附和著，有些人唱，有些人唸。吹笛人加入合音，齊蘭朵妮亞以對位法，唱誦賦格曲。

她聽見身旁的喬達拉吟唱。他擁有一副好嗓音，卻不常歌唱，通常只和眾人合唱。相反地，愛拉五音不全，沒學過怎麼發聲，似乎天生就不擅歌唱，最多只能唱出平板聲調。但她記得那些字句，帶著深厚的感觸朗朗誦出。她格外感同身受大地母親生下兒子：「這聰明耀眼的男孩，是大地母親至上的喜悅。」然後又失去他。每回，她都聽得熱淚盈眶。

「大地母親心懷傷痛度日，
她與她的兒子永遠分離。
她不願承認失去孩子的痛苦，
因此她體內的生命力又開始孕育。」
「她不甘心失去她的孩子。」

接著，詩文描述大地母親生下所有動物——牠們也是她的孩子，特別是先後創造第一個女人和第一個男人。

「她將大地賜給她生下的這對男女，
當作他們的家園，

她賜給他們水、土地，以及所有她的創造物。
小心地使用這些資源是他們的責任。」
「大地是供他們使用的家園，他們卻不能濫用。」

「大地母親將生存的贈禮賜給大地之子，
接著她又決定，
賜給他們交歡恩典與彼此分享，
以配對的喜悅榮耀大地母親。」
「大地母親的贈禮是應得的。她的榮耀獲得回報。」

「大地母親很滿意她創造出的男女，
他們配對時，她教他們關愛與互相照顧。
她使他們渴望與對方結合，
交歡恩典來自大地母親。」
「在她完成之前，她的孩子已學會愛彼此。」
「大地之子受到祝福。大地母親終於得以安息。」

這是每個人都在等待的時刻，代表儀式結束，宴會及慶祝活動即將展開。眾人隨興四處遊蕩，等待宴會開始。愛拉靜靜坐著，喬愛拉原本睡得香甜，當眾人齊聲合唱大地母親之歌，她開始蠕動，在母親起身活動時醒來。愛拉將她抱出攜帶毯，舉到地面上方讓她小便。她很快就學會：快速小便，便能快速擺脫寒冷，回到溫暖的攜帶毯。

「我來抱她。」喬達拉朝孩子伸出手。喬愛拉對這個男人甜甜一笑，誘使他微笑以對。

「把她包在這條毯子裡。」愛拉將用來攜帶她的軟赤鹿皮遞給他，叮囑：「愈來愈冷了，她剛睡醒身子暖暖的，千萬別著涼。」

愛拉和喬達拉走回第三洞穴營地，他們擴展了夏季大會的主要區域，以容納鄰近洞穴。第九洞穴也建立了兩個白天專屬庇護所，但他們仍把那裡當成第三洞穴營地。他們一起分享餐食，一起準備宴會，延續婚配宴會的慣例——所有人共同分擔、享用。

兩人加入喬達拉的其他親友，把食物帶到齊蘭朵妮亞木屋附近的夏季營地聚會區。一如往常，波樂娃安排整件事，分派任務，委託每個人負責不同工作。大家從各處帶來食物共赴宴會，每個營地都有各自的調理方式，就地取材烹煮出大量而多樣的食物。

茂盛的草地、河流沿岸的森林廊道，都提供了豐富的食物，以供養原牛、牛、馬、猛獁象、毛犀牛、巨角鹿、馴鹿、赤鹿及幾種其他鹿群。有些動物後來撤到山地，只在特定季節待在寒冷平原，例如：稱為「原羊」的野生山羊、稱為「歐洲盤羊」的野生綿羊，還有稱為「岩羚羊」的山羚羊。賽加羚羊終年棲息在大草原，隆冬時期麝香牛也會現身。另外，用陷阱捕捉的小型動物，以及用石頭或拋擲桿擊落的禽鳥，也都在此出沒，包括愛拉最愛的雷鳥。

在這兒，蔬菜的選擇琳瑯滿目，像是胡蘿蔔、香蒲地下莖、味道濃郁的洋蔥、芳香的小山核桃，還有幾種含澱粉的棕灰色根莖類及豆子。這些根莖類光靠挖掘棒便能取得，無論生吃、烹煮或晾乾都很美味。割下薊莖之前，要先把花頭舉高，方便刮除尖刺，然後稍微烹煮一下，味道就很可口。牛蒡莖不必特別處理，只需趁嫩時摘取。帶刺蕁麻更棒，不過摘取時必須利用其他植物的大葉子，免得刺手。這種刺很特別，經過烹煮就不扎不刺了。

堅果和水果同樣多得不勝枚舉，尤其漿果，還有各類茶葉。將葉子、莖梗、花朵浸泡熱水，或者曬曬太陽，就能製出香氣宜人的特色飲料。但浸泡還不足以精確萃取堅硬有機物質的風味及天然成分，比如樹皮、種子、植物根，通常需要熬煮。

可以取得的飲料還有果汁，包括發酵果汁。樹液可以熬濃，提煉出糖分之後發酵，尤其是樺樹液。穀物，當然還包括蜂蜜，也可以製成含酒精飲料。瑪桑那提供她有限的水果酒，勒拉瑪則供應些許自釀的巴瑪酒，也有些人帶來酒精成分各異的飲料。大多數人自備餐具和碗，現場也提供木製或骨製大淺盤、雕刻或緊密編織的杯碗，給需要的人。

愛拉和喬達拉四處問候朋友，淺嘗不同洞穴提供的食物和飲料。喬愛拉經常成為注目焦點。有些人好奇這個小女嬰是否正常，畢竟她母親是個外地人，從小和某些人視為動物的扁頭一起生活。親友則純粹樂見這個十分漂亮的小女孩快樂健康，欣賞她一頭細柔近乎白色的鬈髮。

兩人經過一群人，他們剛在大片公共區域邊緣搭建營地。愛拉覺得其中幾位很眼熟。「喬達拉，那些人是旅行說書人，對吧？」她說：「我不知道他們來參加我們的夏季大會。」

「我也不知道。我們去問候他們吧！」兩人趕往營地。「加列達爾，真高興見到你！」喬達拉在兩人靠近時大喊。

一個男人轉身微笑。「喬達拉！愛拉！」他說著走近，朝兩人伸出雙手。

他緊握喬達拉的雙手。「以大地母親之名，我問候你。」加列達爾說。

這個男人幾乎和喬達拉一樣高大，稍微年長，兩人膚色近乎黝黑，只是喬達拉稍淡些。此外，喬達拉頭髮是淡黃色，加列達爾則是深棕帶點淡色斑紋，頭頂逐漸稀疏。他的藍眼睛也不如喬達拉閃亮，不過在深色皮膚襯托下，格外引人注意。他的皮膚不像雷奈克呈棕色，愛拉心想，比較像太陽曬黑的，不過冬天應該也不會白太多。

「以朵妮之名，歡迎你來我們的夏季大會，加列達爾，也歡迎你的夥伴。」喬達拉回答：「我不知道你們來了。到多久了呢？」

「中午前就到了，和第二洞穴一起用餐後才開始搭營地。他們的頭目配偶是我的遠親表妹，我甚至不知道她生了雙胞胎。」

「你和貝拉朵拉是親戚？齊莫倫和我年紀一樣大，我們一起經歷男性成年禮。」喬達拉解釋：「身為最高的人，我一直都很彆扭，直到齊莫倫出現。那時，我真高興看到他。」

「我明白你的感覺，你甚至比我還高。」加列達爾將注意力轉向愛拉。「妳好。」他說著，熱情緊握她伸出的雙手。

「以萬物大媽之名，歡迎。」愛拉回答。

「還有這個漂亮的小東西是誰呢？」這位訪客說著，對嬰兒微笑。

「這是喬愛拉。」愛拉說。

「喬—愛拉！妳的女兒，眼睛跟他一樣漂亮！嗯，這是個好名字。」加列達爾說：「希望妳今晚會來，我為妳準備了一個特別故事。」

「為我？」愛拉吃了一驚。

「對，是關於一位對動物很有一套的女人。這個故事無論到哪兒都很受歡迎。」加列達爾咧著大大的笑容說。

「你認識了解動物的人嗎？我想認識她。」愛拉說。

「妳已經認識她了。」

「可是，我認識的人當中，只有自己是這樣啊。」愛拉說完，隨即恍然大悟，害羞得臉紅了。

「當然啦！我不能放過這麼棒的故事，但我沒用妳的名字，也改了一些情節。很多人都在問，這個故事是在說妳嗎？我從沒告訴他們，這樣故事才更有趣呀。一旦有合適的聽眾，我們會再講一遍，過來聽吧。」

「哦，我們會的。」喬達拉說。他一直觀察愛拉，從她的表情看來，他認為她不是特別開心說書人編造與她有關的故事。他知道很多人喜歡受矚目，他不認為她是如此。大家對她的注意已經超過她的期望。但他不會怪加列達爾，畢竟他是說書人，而愛拉的故事確實很精采。

「這個故事也跟你有關，喬達拉。我不可能忽略你。」說書人眨眨眼說：「你遠行了五年，才把她帶回來的。」

喬達拉暗自叫苦，變得畏縮起來。這不是第一次有故事談論到他，而那些內容並非他希望流傳的。話說回來，最好別抱怨，也別再惹出更多事端，那只會創造出更多故事。說書人總是愛講知名人士的軼事，大家也愛聽。他們有時用真名，有時用假名，特別是他們想潤飾故事時，這會吸引聽眾猜測故事在談論誰。喬達拉從小聽這種故事長大，他當然也喜歡，但卻更喜愛齊蘭朵妮氏的古傳說和歷史。他聽過他母親擔任第九洞穴頭目時期的故事，瑪桑那和達拉納的偉大愛情被傳述太多次，幾乎成了傳說。

愛拉、喬達拉與他閒聊一會兒，朝第三洞穴營地散步過去，沿路不時停下來和人說話。夜色漸深，四周變得昏暗。愛拉駐足片刻，抬頭望見了新月，又見星星遍布夜空，數量多得嚇人。少了月光，閃爍的星空美麗而動人。

「天空真……滿，我不知道怎麼形容。」愛拉說，對自己無法表達有些不耐：「很美，但不只這樣。天空讓我覺得渺小，也讓我感覺很好。它比我們大，比一切都大。」

「星星這麼多又這麼亮，看起來真的很驚人。」喬達拉說。

明亮的星星不如月亮的光芒，但已能夠照亮他們的路。何況繁星不是唯一光源，每個營地都有大營火，營地之間的通道也放置了火炬和燈。

兩人抵達第三洞穴營地時，波樂娃和妹妹樂薇拉、母親斐莉瑪都在，大家互相問候。

「真不敢相信，才短短幾個月亮周期，喬愛拉就長這麼大了。」樂薇拉說：「而且她好漂亮，有喬達拉的眼睛，但看起來像妳。」

愛拉微笑回應她對孩子的讚美，卻撇清針對自己的部分：「她長得像瑪桑那，而不是像我。我一點都不美。」

「愛拉，妳根本不曉得自己的長相，」喬達拉說：「妳從不看擦亮的鏡子或靜止的水面。妳很美，真的。」

愛拉改變話題。「妳肚子現在真的很明顯了，樂薇拉。」愛拉說：「覺得怎麼樣？」

「克服了早晨不舒服的感覺後，就一直很好，」樂薇拉說：「有活力又健壯。不過最近我容易疲倦，想多睡一點，白天也需要小睡，有時站久了，背還會痛呢。」

「聽起來沒問題，妳不覺得嗎？」斐莉瑪說，對女兒微笑：「這很正常。」

「我們要設一區來照顧孩子，讓母親和配偶可以參加大媽慶典，放鬆一下。」波樂娃說：「如果妳想去，可以把喬愛拉留下來。到時候大家唱歌跳舞，熱鬧又快活。我離開前，已經有人喝醉了。」

「妳知道旅行說書人來了嗎？」喬達拉問。

「我聽說他們會來，但不知道他們已經到了。」波樂娃說。

「我們和加列達爾聊過，他說希望我們過去聽，他為愛拉準備了一個故事。」喬達拉說：「我想那個稍微經過掩飾的故事，跟她有關。我們應該去聽聽，才知道明天大家會談些什麼。」

「妳要去嗎？波樂娃？」愛拉問，一邊放下入睡的嬰兒。

「為了這場大宴會，我忙了好幾天。」波樂娃說：「我寧願待在這裡，和幾個留下來的女人一起照顧嬰兒，這樣才有機會休息。大媽慶典，我已經參與夠了。」

「或許我也該留下來照顧孩子。」愛拉說。

「不，妳應該去。大媽慶典對妳來說還新鮮，而且妳需要更熟悉，尤其妳正在學習成為齊蘭朵妮。好啦，把妳的小寶寶交給我，我也好幾天沒抱她了。」波樂娃說。

「讓我先餵奶。」愛拉說：「我的奶水又脹了。」

「樂薇拉，妳也去吧，尤其說書人來了。母親，妳也一樣。」波樂娃說。

「說書人會在這裡待好幾天，我可以晚點再去看他們，而且我也參與夠了大媽慶典。妳一直在忙，我們都沒空聊天，我寧願跟妳留在這裡。」斐莉瑪說：「但妳應該去，樂薇拉。」

「我不確定耶。喬德坎已經在那裡，我說過要和他碰面。可是我好累喔，也許只去一會兒，聽聽說書人講些什麼。」她說。

「約哈倫也在那裡，他幾乎非去不可，只為了盯著某些年輕人。我希望他花點時間好好放鬆，歡樂一下。喬達拉，記得告訴他說書人的事，他一直很喜歡他們。」

「好啊，如果我能找到他。」喬達拉說。

他納悶波樂娃缺席，是否為了讓配偶自由享受大媽慶典。雖然每個人都知道可以挑配偶以外的人搭檔，他知道有些人未必想看自己配偶和其他人在一起；他自己就不想。看著愛拉和其他男人離開，這會令他非常難受。何況有幾個男人已經表現出對她感興趣，比如第二十六洞穴齊蘭朵妮，甚至包括說書人加列達爾。他知道這種嫉妒不會得到認同，只是他對自己的感覺愛莫能助，只希望藏得住。

他們回到廣大的聚會區，樂薇拉一眼就看到喬德坎，匆匆迎上前去。愛拉卻停在邊緣，只為了觀望一下。幾乎所有參加夏季大會的人都到齊了，她還沒適應這麼多人聚在一起，尤其剛開始的時候。喬達拉了解她，和她一起等待。

乍看之下，這片廣大空間似乎塞滿了一大批亂糟糟的群眾，像大片漩渦湧現，宛若洶湧大河。但仔細觀察，愛拉開始看出群眾自成好幾個團體，多半環繞或靠近大火堆。在邊緣區域、緊鄰說書人營地，許多人聚在一起，圍著三、四個說話時帶著誇張手勢的人。他們站的建物類似平台，以木頭和硬生皮製成，使他們略高於群眾，因此更容易被看見。最靠近平台的人坐在地上、圓木或石頭上。幾乎就在聚會區的正對面，另有一些人隨著笛聲、鼓聲及其他打擊樂器聲，手舞足蹈地唱歌跳舞。愛拉對兩種活動都很著迷，正考慮該先去哪邊。

有一區塊的人利用各種籌碼和賭具在賭博，旁邊有人正在添加自己喜愛的飲料。她注意到勒拉瑪帶著虛假微笑，少量配給他的巴瑪酒。

「沽名釣譽的傢伙。」喬達拉說，彷彿知道她在想什麼。她沒有意識到自己看那個男人時，臉上顯露的嫌惡表情。愛拉看見楚曼達和其他人一樣，站在周圍等待多討些巴瑪酒，但勒拉瑪一點都不給她。她轉向一旁的人群，他們正在撥弄剩下的食物；那些食物集中一起，給想吃更多的人。

到處有人談笑風生，或漫無目的四處遊走。愛拉沒注意人群邊緣幽暗處的潛藏活動。她碰巧瞥見一位亮紅色頭髮的年輕女人，認出那是弗拉那的朋友嘉麗雅。她正和來自第三洞穴的年輕人離開用餐區。愛拉想起他也參加了那場獵獅，當時兩人一起搭檔，守護彼此。

愛拉注視著這對年輕男女前往聚會的幽暗外圍，看見兩人停下來相擁。她尷尬了一下，她並非有意窺探他們親熱。隨後，她也看見某些遠離主要活動的區域，似乎有其他人緊密交纏。愛拉感覺自己的臉漲紅了起來。

喬達拉看著她注視的地方，對自己微笑。齊蘭朵妮氏人通常不會盯著那種活動，倒不是因為困窘，而是他們對親密習以為常。由於長途旅行，他知道各族群的習俗不同。她也一樣，他知道她從前看過別人親熱——住得那麼近，在所難免。她一定也在去年夏季大會看過類似活動，他不太確定她為什麼會不好意思。他打算開口問，看到樂薇拉和喬德坎折返，決定晚點再說。

她之所以不自在，源於早年和穴熊族的生活。他們極度強調有些事即使看得到，也不該看。布倫部落的洞穴中，圍出各火堆地盤的石頭宛如隱形牆壁，他們的視線不會越過界石，魯莽望進另一個男人火堆地盤的私人區域。大家會自動移開目光，或假裝眺望遠處，以各種方式，避免看似注視石頭圍起的區域。也因此，他們會小心不亂瞄。凝視，是穴熊族肢體語言的一部分，具有特殊意義，比如頭目強烈注視，可能代表譴責。因此，他們不會隨便凝視別人。

意識到自己看見了什麼，愛拉趕緊轉頭，看到樂薇拉和喬德坎走近，感覺鬆了一口氣。她與兩人碰觸臉頰，親切問候，開心的程度彷彿好久不見。

「我們要去看說書人。」樂薇拉說。

「我還沒決定要聽故事或音樂，」愛拉說：「如果你們要去說書人那兒，我跟你們一起去。」

「我也去。」喬達拉附和。

他們抵達時，正巧是表演空檔，一段敘事顯然剛結束，新故事還沒開始。群眾有些混亂，有人離開，有人剛來，還有些人忙著換位子。愛拉先掃視全區，然後仔細探看。矮台雖然暫時空蕩蕩，卻大到足夠讓三、四人走動。兩個略呈長方形的火溝，不在平台正前方而在兩側，顯然提供照明的功能大過取暖。火溝之間及兩側有幾根圓木隨性成排放置，還有幾顆大石頭，上面鋪了填充墊，讓人坐得舒服點。圓木的前方還有一片開闊空間，供人席地而坐。許多人坐在草編地墊或獸皮地鋪上。

坐在前排圓木的幾個人起身走開，樂薇拉立刻趕過去，一屁股坐在樹幹上的軟墊。喬德坎也迅速坐到她身旁，宣稱旁邊的空間要留給耽擱的朋友。他們正在互相客套時，加列達爾走近。

「妳真的決定來了。」他彎身問候愛拉，與她互碰臉頰，而且，喬達拉心想，時間太長了。愛拉感覺加列達爾的溫暖氣息吹在臉頰上，也發現他那深具男子氣概的笑容，令人愉快，有別於她最熟悉的那抹笑容。當然，她也瞥見喬達拉下巴緊繃，儘管臉上堆著微笑。

幾個人擠到他們周圍，愛拉覺得那些人想吸引說書人注意。很多人喜歡聚在加列達爾身旁，尤其年輕女人。有些人還帶著某種期待注視他，彷彿在等待什麼。她不認為自己喜歡那樣。

「樂薇拉和喬德坎幫我們在前面留了位子，」喬達拉說：「我們該過去了。」

她對喬達拉微笑，於是兩人上前找他們的朋友。他們到達時，已有人坐在那根圓木上，占去樂薇拉和喬德坎保留的空位。他們全都擠在一起，等待著。

「怎麼等這麼久啊。」喬德坎有點不耐煩。

喬達拉看見有人陸續抵達，試著緩頰：「我想他們等著看有多少人來。你也知道，一旦開始，說書人不喜歡太多人走動，那會干擾場面，少數人悄悄溜進來也就罷了。大多數人也不喜歡故事講到一半才加入，他們寧願從頭聽起。也許很多人等著把聽到一半的故事聽完，他們看到有人離開，就知道該進場了。」

加列達爾及其他幾個人站上矮台，等待大家的目光聚集。當每個人都停止說話，現場鴉雀無聲，這個高大的黑髮男人才開口。

「在遙遠的日出之地……」

「所有故事都是這樣開始。」喬達拉對愛拉耳語，似乎很滿意故事正確起頭。

「……那裡住了一個女人和她的配偶，以及三個孩子，其中年紀最大的是男孩，名叫齊瑪寇。」說到女人的第一個孩子，台上一名年輕男子往前站，微微點頭，暗示自己是被提及的對象。「第二個孩子是女孩，名叫凱蕊拉。」這時，一名年輕女子用腳尖旋轉後鞠躬。「最小的孩子是男孩，名叫沃拉夫。」另一名年輕男子指指自己，自豪地咧嘴笑。

聽眾開始竊竊私語，說書人提到小兒子名字時，少數人咯咯笑了，他們察覺那和愛拉身邊的狼名字有關。

說書人並沒有扯開喉嚨大聲說，但愛拉留意到，所有聽眾都聽得見他的聲音。他說話的方式很獨特，既清楚又能豐富表達。她不覺想起先前探訪小洞穴，他們在洞口發出的聲音。她忽然閃現一個念頭，加列達爾也能成為齊蘭朵妮，如果他希望的話。

「這些孩子漸漸長大成人，年紀夠大，卻還沒配對。他們洞穴人數少，年齡相近的又大多是近親，母親開始擔心孩子必須到遠方尋找配偶，她可能因此再也見不到他們。她聽說有位老齊蘭朵妮獨居的洞穴，位在河流更上游的北方。有些人暗中談論她，說她可以幫人實現願望，但可能要求極高的代價。這位母親決定去找她。」說書人說。

「母親回來後，有一天派孩子去小河採集香蒲根。他們到達時，遇到另外三個年輕人：一個女孩和齊瑪寇年齡相仿，另一個男孩年紀和凱蕊拉差不多，還有一個女孩和沃拉夫幾乎一樣大。」

這一回，當年紀較長的女孩被提及時，台上第一位年輕男子微笑賣弄風情，年輕女人則擺出虛張聲勢的模樣，另一位年輕男子裝出年輕女孩害羞的模樣。聽眾發出笑聲，愛拉和喬達拉也相視而笑。

「這三個陌生人剛從南方來到這裡，看來都是有教養的人。幾個年輕人開始互相問候並自我介紹，詳述重要的稱謂和親屬關係。

「『我們是來尋找食物的。』年紀最大的訪客解釋。」加列達爾改變音色，代表年輕女人說話。

「『這裡有很多香蒲，我們可以一起分享。』凱蕊拉說。」加列達爾再度變聲，台上年輕女子配合他的話，做出嘴形。「他們從小河的軟泥拔出香蒲根，齊瑪寇幫忙年長的外地女孩，凱蕊拉指示排行第二的男孩到哪裡挖掘，沃拉夫替年紀較輕的害羞女孩拔了一些香蒲根。但這位美麗的年輕女子不接受。沃拉夫看得出哥哥姊姊喜歡這些新朋友，因而變得非常友善。」

聽眾一陣爆笑，不僅因為影射太明顯，台上扮演兄長的年輕男子和年輕女子誇張擁抱，弟弟則好生羨慕地看著。加列達爾講述時，轉換聲音代表各個角色，在高起平台上的其他人則搭配表演，十分誇張而且戲劇化。

「『這些香蒲根很好，妳怎麼不吃呢？』沃拉夫問迷人的陌生女孩。『我不能吃香蒲，』少女說：『只能吃肉。』」加列達爾飾演少女時，特別將音調拉高。

「沃拉夫不知所措。『也許我可以為妳打獵。』他說，但他知道自己不太擅長打獵，通常只負責驅趕獵物。他是出於好意，卻有點懶惰，畢竟他從來不努力學習打獵。他回到母親洞穴的家園。

「『齊瑪寇、凱蕊拉和從南方來的男女一起吃香蒲。』他告訴母親：『他們已經找到配偶。可是，我喜歡的女人不能吃香蒲，她只能吃肉。我不會打獵，怎麼替她找食物呢？』」加列達爾講述。

愛拉納悶「分享香蒲」是否另有含意，可能是她不理解的玩笑，因為說書人從一起吃香蒲根，瞬間講到配對。

「『有位老齊蘭朵妮，獨居在北方河邊的洞穴，』他母親說：『她也許可以幫你。你可能會得到你想要的，但也必須留心她要求你什麼。』」加列達爾再次改變音色，飾演母親。

「沃拉夫出發去找老齊蘭朵妮。他往河流上游走了好幾天，沿途只要發現洞穴，都會往裡瞧。就在他幾乎放棄時，看到高高懸崖上有個小洞穴。他心想，要是這個洞穴再沒有，就放棄不找了。運氣不錯，他發現一個老婦人坐在洞穴前，看來像在睡覺。他悄悄走近，不想吵醒她，只是好奇地打量她。」加列達爾繼續說。

「她的衣著沒什麼特別，和大多數人差不多，只是破舊又變形了。她戴了各種材質製成的項鍊：珠子和貝殼；幾顆動物尖牙和爪子；用象牙、骨頭、鹿角、木頭雕刻出來的動物；有些是石頭和琥珀，還有刻上動物的圓盤形垂飾。項鍊上的東西太多了，沃拉夫沒能一一看清楚。令他印象更深刻的是，她臉上的刺青。極盡繁複美觀，他幾乎看不見在那些方形、漩渦、捲曲、花飾下的皮膚。她無疑是地位崇高的齊蘭朵妮。這會兒，沃拉夫有點畏懼她，不知道該不該為自己渺小的請求而打擾她。」

台上的女子坐了下來，雖然沒有更衣，但她將衣物纏在身上的方式，讓人覺得她就是穿著變形衣物的老婦人。

「沃拉夫決定離開。他才剛轉身就聽見有人說話。『孩子，你想要我做什麼？』她說。」加列達爾又轉換了聲音，不是微弱顫抖，而是有力穩重的女長者。

「沃拉夫倒吸了一口氣，顫顫巍巍轉過身來。他禮貌得體地介紹自己，然後說：『我母親告訴我，妳也許能幫我。』

「『你有什麼問題？』

「『我遇到一個來自南方的女人。我想和她分享香蒲，但她說自己不能吃香蒲，只能吃肉。我愛她，也會為她打獵，可是我不怎麼會打獵。你能幫助我成為優秀獵人嗎？』

「『你確定她希望你為她打獵？』老齊蘭朵妮問：『如果她不想要你的香蒲，可能也不想要你的肉。你問過她嗎？』

「『當我要給她香蒲時，她說自己不能吃香蒲，而不是不想吃。當我說要為她打獵時，她沒有拒絕。』沃拉夫說。」加列達爾飾演年輕男子時，聲音聽起來充滿希望，台上年輕男子的表情也一樣。

「『要成為優秀獵人只需要練習，大量練習。』老齊蘭朵妮告訴他。

「『對，我知道，我應該更常練習的。』」台上年輕男子目光低垂，彷彿在懺悔。

「『但是你沒練習，對吧？現在，因為你對一個年輕女人有興趣，想要瞬間成為獵人，是嗎？』」加列達爾的語調改為譴責。

「『沒錯。』年輕男子很羞愧，他說：『我非常喜歡她。』

「『天下沒有不勞而獲的事。如果你不想花力氣練習，就得用其他方式換取打獵技術。花力氣練習，否則用其他東西換取，你想要付出什麼？』老婦人問。

「『我什麼都願意付出！』」聽眾倒吸了一口氣，知道他不該那樣說。

「『你還是可以花時間練習，學會打獵。』老齊蘭朵妮說。

「『但她不會等到我學會打獵。我很喜歡她，只是想帶肉給她，那樣她就會愛我了。真希望我天生就知道怎麼打獵。』」

忽然，聽眾和高起平台上的人察覺到一陣騷動。

第十一章

沃夫悄悄鑽過人群，偶爾擦碰到某人的腿，那些人還來不及搞清楚狀況，牠已經消失無蹤。雖然大多數人都熟悉牠，可是猛然看見牠，還是會大吃一驚或恐懼尖叫。連愛拉也訝異牠出其不意現身她腳邊，抬頭看著她的臉。因為牠瞬間出現，黛妮拉嚇了一跳，但並不害怕。

「沃夫！你離開了一整天，我開始擔心你去哪兒了。我猜，你去探索整個區域，對吧？」她說，一邊摩擦牠頸部周圍的毛，搔抓牠的耳後。牠攀上來舔舔她的脖子和下巴，然後將頭放在她大腿上，享受她歡迎的撫觸。她停下來時，牠在她前方蜷起身子，把頭放在腳掌間，放鬆卻機警。

加列達爾和台上的人看著牠，隨後這個男人笑了起來。「故事說到這裡，我們不尋常的訪客來得正是時候啊。」他說完，回到故事的角色，繼續講述。

「『你真的想那樣嗎？天生就會打獵？』老齊蘭朵妮問。

「『那就進來我的洞穴吧。』老婦人說。」語調不帶一絲幽默，而是預示著不祥。

「沃拉夫一走進洞裡變得非常想睡，他坐到一堆狼皮毛上，立刻睡著了。他醒來時，感覺自己睡了很久，卻不知到底多久。洞穴空空蕩蕩，看不出有人住過。他趕緊跑出洞外。」台上年輕人手腳並用，跑出虛擬的洞穴。

「陽光很耀眼，他覺得口渴，前往河邊，開始發現事情不對勁。首先，他看東西的角度不一樣了，他好像變矮，矮得更貼近地面。抵達小河邊緣時，他的腳碰觸到冰冷的水，就像沒穿鞋子。他低頭一看，根本沒看到腳。他看見腳掌，狼的腳掌。

「剛開始他很困惑，不久他就領悟出怎麼回事了。老齊蘭朵妮確實讓他如願以償。他想要天生就會打獵，現在他確實如此。他變成一隻狼。他請求成為優秀獵人，但根本不是這個意思。如今，一切都太遲了。

「沃拉夫欲哭無淚，後悔得不得了。他在水邊靜靜等待，開始以嶄新的方式體察樹林。他聽見從來沒聽過的聲音，聞到前所未知的事物。他嗅出許多東西，尤其動物。當他把注意力集中在一隻白色大兔子，他意識到自己餓了，而且他知道該怎麼做。他悄悄追蹤牠，就算兔子速度飛快，瞬間轉彎，這隻狼也能預期到牠的動向並抓住牠。」

聽到這裡，愛拉發出會心一笑。大多數人的確相信狼和其他肉食者天生就會捕殺獵物，而她知道事實並非如此。熟練拋石索之後，她祕密練習，想進一步用它來打獵。針對穴熊族女人禁止打獵，愛拉另有因應對策。許多肉食動物經常偷取布倫部落的肉，尤其小型獵食者，如紫崖燕、白鼬及其他鼬鼠、小貓、狐狸，還有中型獵食者，如兇猛的狼獾、猞猁、狼、鬣狗。愛拉決心只獵捕有害部落的肉食動物，而不為了食物去打獵，以此合理化自己違反部落的禁忌。因此，她不僅成為優秀獵人，還充分了解她選擇的獵物。第一次殺死獵物之前，她花了幾年觀察牠們，明白肉食動物雖然很有狩獵天賦，卻也需要學習。狼並非天生懂得狩獵，幼狼會向所屬狼群學習。

她再度受到加列達爾說的故事吸引。「從喉嚨流出的溫血滋味異常鮮美，沃拉夫迅速吞下兔子。他又回到河邊喝水，清洗毛皮上的血，隨後用鼻子四處嗅聞，尋找安全地點。找到之後，他蜷起身子，用尾巴遮住臉，沉沉睡去。再次醒來時，天色已暗，沒想到他在夜裡竟看得比以往更清楚。他伸伸懶腰，抬腿在灌木叢撒尿，然後再度狩獵。」台上年輕男子將狼的動作模仿得維妙維肖，他抬起腿時，聽眾忍不住笑出聲來。

「沃拉夫住在老婦人遺棄的洞穴，為自己狩獵，樂在其中。過了一陣子，他開始寂寞起來。男孩變身為狼，但他畢竟還是個孩子，想回家看看母親和那個來自南方的迷人少女。他回到母親的洞穴，像狼一樣輕鬆奔跑。他看到一頭小鹿遠離母鹿獨自漫遊，想起那個來自南方的女孩喜歡吃肉，便決定獵捕小鹿送給她。

「沃拉夫一靠近，有些人覺得害怕，搞不懂一隻狼為什麼要把鹿拖往他們的家園。他看見那個迷人少女，卻沒注意到有個高大英俊的金髮男人站在她身旁，手裡握著一種新武器，能將標槍擲得又遠又快。正當男人準備擲出標槍，沃拉夫將鹿肉拖向少女，放到她腳邊，接著在她面前坐下並抬起頭。沃拉夫想告訴她自己愛她，可惜他再也無法說話，只能用行動和眼神表現他的愛意。此刻，他是一隻愛著女人的狼。」

所有聽眾轉頭盯著愛拉和她腳邊的狼，大多數人都在微笑，有些人笑出聲來。隨後，其他人開始拍打膝蓋，大聲喝采。加列達爾原本打算繼續說下去，但聽眾的反應，讓他決定就此打住。

如此受到注目，愛拉覺得很困窘，莫可奈何地看著喬達拉。只見他也微笑著拍打膝蓋。

「好故事。」他說。

「但完全不是真的。」她說。

「有一些是真的。」喬達拉說，低頭看著這隻狼。牠站在愛拉面前，擺出警覺保護的姿態。「確實有一隻愛著女人的狼。」

她彎身撫摸這隻動物：「嗯，你說得沒錯。」

「說書人的故事大多不是真的，但通常有部分真實，或者滿足眾人的好奇。妳得承認這是好故事。而且，如果有人不曉得當初妳怎麼發現沃夫，那麼，加列達爾的故事可以滿足他們，即使知道那故事可能不是真的。」

愛拉看著喬達拉點點頭。接著，兩人很有默契地對台上的加列達爾和其他人微笑，說書人巧妙頷首回應他們。

聽眾紛紛起身走動，說書人走下平台，加入愛拉和沃夫周圍的人群，把平台讓給下一組說故事的人。

「這隻狼現身真不可思議，牠來得正是時候。」扮演男孩狼的年輕男子說：「就算我們事先計畫好，也不可能更完美了。我猜，妳不會想每晚都帶牠過來吧？」

「沒這個必要，薩納甘。」加列達爾說：「每個人都會談論我們今晚說的故事。如果這種情況場場發生，今晚就不特別了。而且我確信愛拉有其他事要忙，她是一位母親，也是首席齊蘭朵妮的助手。」

年輕男子微微臉紅，表情尷尬：「你說得沒錯。抱歉，愛拉。」

「不需要道歉。」愛拉說：「加列達爾說得沒錯，我有很多事要忙，沃夫也不會恰好在那個時間點出現。不過，我很想了解你們說故事的方式。如果沒人介意，我希望趁你們排練時去拜訪。」

愛拉一開口，薩納甘和其他人都察覺到愛拉不尋常的口音。他們畢竟是說書人，很清楚不同音調特質和嗓音的效果，也比大多數人更頻繁地在附近旅行。

「我喜歡妳的聲音！」薩納甘說。

「我從沒聽過像妳這樣的口音。」年輕女子附和。

「妳一定來自很遠很遠的地方。」另一個年輕男子補充。

一般人提到她的口音，總讓愛拉尷尬。眼前這三個年輕人看來如此興奮，而且由衷歡喜，她只能微笑。

「對，她的確來自非常遙遠的地方，比你們所能想像的地方更遠。」喬達拉說。

「在我們停留期間，妳想什麼時候來，我們都歡迎。而且，我們也想學學妳說話的方式，可以嗎？」年輕女子詢問時，抬頭看了看加列達爾，尋求認可。

說書人注視愛拉，說明：「嘉拉若知道我們的營地不隨便對訪客開放。不過，沒錯，隨時歡迎妳過來。」

「我們可以編出很棒的新故事，描述一個人來自非常遙遠的地方，也許甚至比日出的地方更遠。」薩納甘說著，依然充滿興奮。

「我們當然辦得到，薩納甘。只是我懷疑，那比得上真實的故事嗎？」加列達爾說，接著對愛拉和喬達拉補充：「我火堆地盤的這些孩子總是對新點子非常興奮，而你們給了他們很多靈感。」

「加列達爾，我不知道薩納甘和嘉拉若是你火堆地盤的孩子。」喬達拉說。

「凱勒蕭也是啊。」這個男人說：「他年紀最大。也許我們應該正式介紹一下。」

這些扮演故事角色的年輕人，似乎很高興認識寓言故事對照的真人，尤其當他們聽到了喬達拉詳述愛拉的稱謂和親屬關係。

「容我向你們介紹，齊蘭朵妮氏的愛拉。」喬達拉開始說。介紹到她來自何處時，他稍微改變了內容：「她過去屬於馬木特伊氏獅營。那些猛獁象獵人住在遙遠東方，日出之地。猛獁象火堆地盤，也就是他們的齊蘭朵妮亞，收養她為女兒。愛拉的圖騰穴獅靈選中她，在她身上留下記號，她也受穴熊靈保護，是馬兒嘶嘶、快快、新生小母馬灰灰的朋友。此外，還受到她稱為『沃夫』的四足獵食者所愛。」

他們也理解兩人配對後，因喬達拉而增加的稱謂和親屬關係。不過，當他提及猛獁象火堆地盤、穴獅、穴熊，以及她帶來的活動物時，薩納甘眼睛睜得老大，這是他吃驚時的特殊習慣。

「我們可以用在新故事！」薩納甘說：「那些動物。當然不完全照用，而是以動物為火堆地盤命名，或許洞穴也可以。還有，也可以講講和她一起旅行的動物啊！」

「我說過，她的真實故事可能比我們編出的任何故事都棒。」加列達爾說。

愛拉對薩納甘微笑，然後以邀請的口氣詢問：「你們想認識沃夫嗎？」

三個年輕人面露驚訝，薩納甘再度張大眼睛：「要怎麼認識狼？牠們沒有稱謂和親屬關係，不是嗎？」

「確實沒有。」愛拉說：「不過，我們表明自己的稱謂和親屬關係，不就是為了更了解彼此嗎？狼透過氣味來了解人類及其他一切。如果讓牠聞聞手，牠就會記住你們。」

「我不確定這樣好不好。」凱勒蕭說。

「如果由我介紹你們認識，牠會把你們當成朋友。」愛拉說。

「那麼，我們應該認識牠。」嘉拉若說：「我希望狼把我當朋友。」

愛拉伸手將薩納甘的手拉到沃夫鼻子前。她感覺得到他輕微抗拒。起初，他確實很想把手抽回來，一旦發覺不會怎麼樣，便勾起他天生的好奇和興趣。「牠的鼻子又涼又溼耶！」他說。

「那代表牠健康。你原本認為狼的鼻子摸起來怎麼樣？」愛拉說：「或者牠的皮毛？」她移動他的手撫摸牠的頭、脖子和背部的皮毛。她也讓另外兩個年輕人試試，其他人則站在後面觀看。

「牠的皮毛軟軟粗粗的，而且身體是暖的！」薩納甘說。

「因為牠是活的呀。活動物的身體大多是暖的，尤其鳥，非常暖。不過，魚是涼的，蛇也是。」愛拉說。

「妳怎麼會這麼了解動物？」嘉拉若不解。

「她是獵人，幾乎每種動物都獵過。」喬達拉說：「她可以用石頭殺死鬣狗、徒手抓魚，鳥聽到她的口哨聲會來，但她通常放過牠們。就在今年春天，她指揮獵獅，用標槍投擲器殺死至少兩頭獅子。」

「我才沒有指揮那場狩獵，」愛拉皺眉說：「是約哈倫。」

「去問他吧。」喬達拉說：「他說是妳指揮那場狩獵，妳了解獅子，而且知道怎麼追趕牠們。」

「我以為她是齊蘭朵妮，不是獵人。」凱勒蕭說。

「她還不是齊蘭朵妮。」加列達爾說：「她是助手，正在接受訓練，但我知道她是非常優秀的醫治者。」

「她怎麼懂這麼多呢？」凱勒蕭問，覺得不可思議。

「她沒有選擇。」喬達拉說：「她五歲時失去族人，被陌生人收養，她必須學習他們的生活方式。後來她獨居了幾年，才讓我發現，或者說：她發現我。當時我被獅子攻擊，她救了我，替我療傷。你們想想，她那麼小就失去了一切，如果不趕緊適應、學習，根本活不了。她之所以能活下來，就是因為她有能力學習這麼多事情。」

愛拉將注意力放在沃夫身上，溫柔地撫摸牠，摩擦牠的耳後，低著頭試圖不聽。每當大家談論她，彷彿她做的事是一種成就，她總是很不自在，因為這讓她覺得自己好像挺重要的。她不認為自己重要，也不喜歡與眾不同。她只是一個女人，一位母親，找到她愛的男人和像她的族人，而他們大多接納了她，如此而已。她曾經想成為優秀的穴熊族女人，如今她只想成為優秀的齊蘭朵妮氏女人。

樂薇拉走近愛拉和沃夫。「他們已經準備說下一個故事了。」她說：「妳要留下來聽嗎？」

「不了，」愛拉說：「喬達拉可能想留下來。我會問問他，但我想下回再來聽。妳要留下來嗎？」

「我得先去看看還有沒有東西吃，我有點餓，也累了，也許待會兒就直接回營地。」樂薇拉說。

「我跟妳一起去，我也得去妳姊姊那兒帶喬愛拉。」愛拉走到喬達拉和其他人說話的地方，等待談話空檔。「你要留在這兒，聽下一個故事嗎？」她問。

「妳呢？」

「我累了，樂薇拉也是。我們要去找東西吃。」愛拉說。

「這樣也好，我們下次再來聽更多故事。喬德坎要一起來嗎？」喬達拉說。

「要，」他們聽見他的聲音傳來：「不管你們去哪裡。」

四人離開說書人營地，前往食物集中地。東西都冷了，但牛肉及鹿肉切片依舊美味。幾種球形根蔬菜浸在濃郁肉湯中，湯面凝結了一層薄薄油脂更添風味。油脂討人喜歡，也是生存所需，在自由放養的動物身上相對稀少。他們發現有個編織碗藏在一些空的骨製大淺盤後方，裡面還剩一些藍色漿果，有越橘莓、熊果、黑醋栗，四人開心地分享。愛拉甚至替沃夫找到兩根骨頭。

她給了這隻犬科動物一根骨頭。牠用嘴叼著，在附近發現一處舒適地點，坐下來啃咬。愛拉用擺盤裝飾用的大葉子包起另一根更有肉的骨頭，準備帶回營地。她將骨頭塞入單側小背袋，裡頭還有喬愛拉的東西，包括她喜歡咀嚼的硬生皮碎片、一頂帽子、備用小籮筐、柔軟有吸收力的材料，比如塞在嬰兒周圍的歐洲盤羊毛。她也把引火工具、個人用的碟子和餐刀，帶在腰間的小囊袋。他們發現旁邊有一些鋪了墊子的圓木，顯然充當座椅用。

「不知道母親的酒還有沒有？」喬達拉突然想喝點酒。

「我們去瞧瞧。」喬德坎說。

喬達拉母親的酒一滴不剩。勒拉瑪發現他們，匆匆帶來一袋剛開的巴瑪酒。他替兩人倒滿，愛拉和樂薇拉都只想啜一小口。愛拉不想一直和這個男人客套，不一會兒，四人回到食物附近的圓木椅。吃完東西，他們散步回到波樂娃在第三洞穴營地的庇護所。

「咦，你們提早回來了。」眾人輕觸臉頰問候，隨後波樂娃問：「有沒有看到約哈倫？」

「沒有，」樂薇拉說：「我們沒待太久，只聽了一個故事就去吃東西。那是關於愛拉的故事，有一部分是。」

「事實上，故事跟沃夫有關，敘述一個男孩變成愛著女人的狼。」喬達拉說：「沃夫剛好在故事說到一半，過來找愛拉，這讓說書人很高興。」

「喬愛拉還在睡，你們想喝杯熱呼呼的好茶嗎？」波樂娃問。

「不了，我們該回營地去了。」愛拉說。

「妳不會也要回去吧？」斐莉瑪對樂薇拉說：「我都沒空跟妳聊天，我很想知道妳懷孕的狀況。」

「不如你們今晚留下來？」波樂娃說：「這兒有空間容納你們四個，而且傑拉達爾醒來時看見沃夫會很高興。」

樂薇拉和喬德坎欣然同意。第二洞穴營地就在附近，花些時間和母親、姊姊在一起，這點子很吸引樂薇拉，而喬德坎並不介意。

愛拉和喬達拉彼此對看。「我真的該去看看馬兒了。」愛拉說：「我們很早就離開，而且沒聽說今天有人留守營地。我想確定牠們沒事，尤其是灰灰。某些四足獵食者可能獵捕牠，儘管嘶嘶和快快會保護牠，但回去看看總是比較放心。」

「我了解，牠也像是妳的小寶寶。」波樂娃說。

愛拉點點頭，微笑認同：「那麼我的小寶寶呢？」

「跟莎什娜一起睡在那兒，真捨不得吵醒她。你們確定不留下來嗎？」

「我們想留下來，但和馬做朋友就對牠們有責任，尤其把牠們留在不能阻擋四足獵食者的圍欄裡。」喬達拉說：「愛拉說得對，我們得去查看牠們。」

愛拉用攜帶毯包住孩子，將嬰兒舉到臀部上。喬愛拉立刻醒來，很快又貼著母親的溫暖身軀安頓下來，睡著了。「真謝謝妳照顧她，波樂娃。說書很有趣，看和聽都不受打擾，真的很享受，謝謝妳嘍！」愛拉說。

「別客氣，我很樂意。這兩個女孩愈來愈熟，開始玩起來了。我想她們會成為真正的朋友。」波樂娃說。

「看她們在一起很有趣。」斐莉瑪說：「表兄弟姊妹互相作伴，真的很好。」

愛拉對沃夫示意，牠叼起骨頭，隨兩人離開了這間夏季居所。一把把火炬照亮了屋外的路，喬達拉從地上拿起一把火炬，檢視剩下多少燃料，確保它能燃燒到他們抵達營地。

兩人離開主營地的溫暖火光，走入深沉朦朧的暗夜。黑暗籠罩著四周，彷彿要悶熄火炬的火焰。

「真暗，今晚沒有月光。」愛拉說。

「雲也把星星遮住了，」喬達拉說：「只看到幾顆星零零散散，沒太多星光。」

「雲什麼時候飄過來的？我在營地怎麼都沒發現。」

「因為火堆讓妳分神了，妳眼中看到的全是火光。」他們靜靜並肩走了一會兒，喬達拉補充：「有時我眼中看到的都是妳，但願周圍沒那麼多人。」

她微笑著轉頭看他。「我們長途返鄉的路上，只有我們倆、嘶嘶、快快和沃夫，那時我經常渴望遇到人。現在我們身邊有人了，我很高興，但偶爾會想起只有我們兩人的時候，想做什麼就做什麼。」

「我也這麼想。」喬達拉說：「我記得那時看著妳，如果感覺男人工具因為妳而鼓脹，我們就可以停下來分享快感。我不需要和約哈倫去見某些人、安排事情、為母親做事，或者幫什麼人，忙得沒空休息，和妳一起做我想做的事。」

「我的感覺跟你一樣。」愛拉說：「我記得只要看著你，體內就會感受到只有你才能引發的特殊感覺，也知道假如我給你正確信號，你會再度讓我產生那種感覺，因為你比我更了解我自己。而且我不必擔心嬰兒，不需要同時照顧好幾個孩子，或者和波樂娃規畫宴會、協助齊蘭朵妮照料生病受傷的人、學習新療法、記住五種神聖顏色或如何運用數字。雖然這些事情我都愛做，但有時我很想你，喬達拉，我想和你獨處。」

「我不介意喬愛拉在身邊，我喜歡看妳們在一起，有時那會讓我的男人工具更鼓脹。但我老是等不到適當時候，通常會有人來打擾，於是我就得去別處，或者妳有事要忙。」他暫停下來溫柔親吻她，兩人又繼續默默前進。

這段路不遠，當他們接近第九洞穴營地時，差點被一個冷卻的火坑絆倒。四處漆黑一片，沒有將熄的餘燼、內部透著光的帳篷，也沒有壁板間隙射出的光線。他們聞到殘留的舊火堆，但似乎有段時間沒人在了。這個人數最多的洞穴，到了此刻，所有人都離開了營地。

「沒人在這兒。」愛拉覺得很訝異：「有些人可能去打獵或遊玩，除此之外，他們一定都在主營地。」

「看來，我們的屋子到了。」喬達拉說：「我們先在屋裡生火，讓它暖和點，然後再去查看馬兒。」

兩人帶了一些木頭和乾原牛糞塊進屋裡，在靠近就寢處的小火坑生火。沃夫和他們一起進去，把骨頭放進一個小洞，那附近一帶的壁板除了牠以外，很少有人使用。愛拉檢視主火堆旁的水袋。

「我們也得裝水，」她說：「這裡頭剩下不多了。我們去找馬兒，然後我得餵喬愛拉，她差不多該醒來喝奶了。」

「我最好換一把新火炬，這把快熄了。」喬達拉說：「明天我得花點時間做新的。」

他以舊火炬點燃新火炬，然後把舊火炬放入火坑。兩人離開庇護所，沃夫緊跟在後。接近圍馬的柵欄時，愛拉聽見牠從喉嚨發出低吼。

「不對勁。」她說著加快腳步。

喬達拉高舉火炬，讓火光照得更遠。柵欄區的中央有一團怪東西。他們靠近時，沃夫的吼聲更加響亮。他們繼續走近，看見蓬鬆、帶斑點的淺灰色皮毛，有長尾巴和大量的血。

「是雪豹，我想是小雪豹，被踏死的。雪豹在這兒做什麼？牠們喜歡高地呀。」愛拉說完，跑向他們馬兒避雨的有頂庇護所，但那裡什麼都沒有。

「嘶—嘶，」她叫喊：「嘶—嘶！」接著又大聲發出嘶叫，在喬達拉聽來，和馬的嘶鳴沒兩樣。這是她原本替母馬取的名字。大多數人稱呼牠「嘶嘶」，其實是愛拉針對人類語言做了調整。她再度嘶鳴，接著十分響亮地吹出特殊召喚哨聲。終於，他們聽到遠方傳來回應。

「沃夫，去找嘶嘶。」牠隨即往馬叫聲的方向跑開，愛拉和喬達拉跟隨在後。他們穿過馬兒踩下柵欄闖出去的地方，她因此明白馬是如何離開的。

他們在第九洞穴營地後方的小溪找到三匹馬，沃夫坐著守護牠們，愛拉意識到牠不想太靠近。馬兒受到嚴重驚嚇，這隻狼不知怎地，察覺到此刻就連自己都可能讓牠們害怕。愛拉衝向嘶嘶，發現嘶嘶定定看著她，嘴巴緊閉，耳朵、鼻子、眼睛都朝著她，注意力集中在她身上，有時微微擺動頭部。此時，她放慢了腳步。

「妳還在害怕，對吧？」愛拉開始用她與母馬的特殊語言柔聲對牠說話：「我不怪妳，嘶嘶。」她再度用馬發出的聲音說牠的名字，但更加輕柔。「抱歉，留下妳自個兒擊退那隻雪豹，抱歉這裡沒人聽見妳的尖聲求救。」

她邊說邊緩緩走向母馬，終於碰觸到牠。她用雙臂環繞牠健壯的脖子。母馬這才放鬆下來，將頭放到女人的肩上靠著她。愛拉往後傾，擺出熟悉的撫慰姿態，從早年在山谷時她們就已習慣如此。

喬達拉依循愛拉的帶領，對同樣害怕的快快吹口哨召喚。他先將火炬插在地上，然後靠近年輕公馬，撫摸搔抓牠喜愛的地方。親暱友伴的撫弄，安慰了這些動物。不久，灰灰也加入，貼著母親喝了一會兒奶之後，便去向愛拉尋求溫情的碰觸搔抓。喬達拉也一起撫摸小母馬，六個成員全都聚在一起——加上已經醒來，在攜帶毯蠕動的喬愛拉。直到這時，沃夫才加入他們。

即使嘶嘶和快快早在沃夫四周大就認識牠，也幫忙撫養牠。可是，牠潛在的氣味仍然是肉食動物。而這種肉食者的表親，經常獵捕馬。或許因為馬兒散發的恐懼氣味，沃夫察覺牠們看見自己時有些不安，知道要等牠們再次放心了才能靠近。牠們是沃夫唯一知道的同群夥伴，牠們也歡迎牠。

大約在這時，喬愛拉感覺該輪到自己了，她放聲大哭，吵著要喝奶。愛拉將她抱出攜帶毯，舉到前方讓她尿在地上。她尿完後，愛拉將她撐到灰灰背上片刻，一手扶著她，另一手弄直攜帶毯並露出一側胸部。不久嬰兒再度被裹起來，貼著母親開心喝奶。

回程路上，他們迂迴繞過圍欄，因為知道馬兒再也不會進去了。愛拉掛念必須扔掉雪豹屍體，但不確定怎麼處置圍欄。她再也不想把馬兒關進任何圍欄，而且很樂意將那些木竿、木板送給任何想要的人。就算沒有其他用途，當作木柴也好。回到自家木屋時，兩人牽引馬兒，繞到這間夏季居所後側一處罕用區域，那裡長著一些草。

「我們應該替牠們套上韁繩，綁在地樁上嗎？」喬達拉說：「那可以讓牠們留在附近。」

「可是綁起來就不能自由奔跑了，那會讓受驚嚇的嘶嘶和快快焦慮不安。我認為牠們暫時想待在附近，除非又受到什麼驚嚇，但起碼我們聽得到。我想讓沃夫留在這兒守護牠們，至少今晚。」她走過去，彎身靠近這隻狼。「留在這兒，沃夫，留在這兒看顧嘶嘶、快快、灰灰，留下來守護馬兒。」她不確定牠是否聽得懂，當牠後半身坐下來望著馬兒時，她認為牠明白了。

兩人在庇護所生起的小火已經熄滅，他們重新生火，帶來更多燃料，好讓火持續燃燒。差不多在這時候，愛拉發現喝奶不只促使喬愛拉排尿，還有便便。她迅速攤開一小疊有吸收力的柔軟香蒲纖維，將孩子的臀部放上去。

「喬達拉，請替我拿大水袋，把裡面的水都倒出來，我得好好清理她。然後，你再去裝滿新鮮的水，還有我們的小水袋也要。」愛拉吩咐配偶。

「她是臭臭的小東西。」他一邊說，一邊對他認為漂亮十足的小女孩露出摯愛的笑容。

他找到了用來清洗髒東西的碗，那是用青剛柳條編織的，頂端附近特別穿了一條赭石染色的紅細繩，當作標記，免得不小心拿來喝水或烹煮。他把碗和半空的水袋帶到火堆旁，在碗裡倒滿水。他們的水袋是用原羊的胃製成，經徹底洗淨並縫合或綁緊底部多餘的洞，如此便成為絕佳的水袋。說起來，那隻原羊的貢獻不少，胃化身為水袋，毛皮製成了喬愛拉的攜帶毯，還有入口處的大獸皮。喬達拉點燃了一支火炬，拾起兩個水袋。

他帶回水袋時，順手把髒水碗放在門邊的夜用籮筐旁。愛拉還在餵奶，希望喬愛拉趕緊入睡。

「我應該順便倒空碗和夜用籮筐。」他說著，將剩餘火炬插入土裡。

「好啊，但要快一點。」愛拉帶著慵懶卻淘氣的微笑看著他：「我想喬愛拉快睡著了。」

他感覺到鼠蹊部瞬間繃緊，對她回以微笑。他將沉重的大水袋拿到主火堆，掛在木釘上，然後將另一個水袋拿到就寢處。

「妳渴不渴？」他問。

「喝點水也好。我考慮泡茶，但晚點再說吧。」她說。

他倒了一杯水遞給她，隨即走回門邊。他將碗裡的髒水倒進夜用籮筐，然後拿起火炬，帶著夜用籮筐和髒碗走到屋外。他把火炬插在地上，將惡臭的夜用籮筐倒在其他人大小便的溝渠裡——沒人喜歡傾倒排泄物，直接排在溝裡，能省去惱人的差事。接著，他拿起火炬，將籮筐和碗帶到小溪下游，遠離了水源，就著溪水沖洗。那裡有一把刻意留置的鏟子，是以動物肩胛骨製成，一邊逐漸尖細。他用鏟子鏟了半滿的塵土到夜用籮筐裡，然後再用水道堤岸的乾淨沙子仔細刷洗雙手。最後，喬達拉拾起籮筐和碗，以火炬引路返回居所。

他將夜用籮筐放到定點，碗也擱在旁邊，燃燒的火炬置於入口附近的專用支架。「好了。」他說著走向愛拉，一邊對她微笑。她還抱著嬰兒。他一腳踢掉夏天穿的草編鞋，在她身旁躺下，撐著一隻手肘。

「接下來輪到某人了。」她說。

「溪水好冷。」他說。

「你的手也是。」她溫柔地緊握他的雙手：「我應該讓它們暖活起來。」聲音充滿了暗示。

他眼睛發亮地看著她。強烈的渴望，以及屋裡微弱的光線，使他瞳孔放大。

第十二章

喬達拉喜歡看著喬愛拉。無論喬愛拉是在吃奶也好，踢著小腳也好，把東西放進嘴巴裡也好，就連她睡覺他都愛看。現在他正看著她對抗睡意的侵襲。她先是放開母親的乳頭，再含住吸幾口奶，停了一會兒，又再度鬆開，然後再重複這整個過程。最後她終於安詳地在母親懷抱裡入睡。一滴乳汁從愛拉的乳頭滲出，滴了下來，喬達拉看得如癡如醉。

「我想她睡著了。」喬達拉輕聲說。「是啊。」愛拉答道。她拿一兩天前洗過的乾淨羊皮包住小寶寶，再幫她穿上晚上用的襁褓，接著起身，輕輕地把寶寶抱到旁邊的一個小床鋪上。她通常不會在喬愛拉睡著的時候把她抱下床，但是今天晚上，愛拉只想和喬達拉共享床榻。

她回到床上時，喬達拉正等著她，看著她在身旁躺下，愛拉也直接回望著他。她到現在還是需要提醒自己要直視回應對方。喬達拉跟她說過，在他的族人，以及他們兩人所屬的種族看來，跟人說話時眼睛沒有直視對方是不禮貌的，甚至會讓人覺得心術不正。

愛拉看著喬達拉，想像這心愛的男人在旁人眼中的樣子，包括他的舉止與外形。喬達拉無須開口說話就能吸引人，這魅力從何而來？他很高大，頭髮是比愛拉的髮色淡一些的淺黃色；他的體格健美，身材比例合宜。庇護所的光線昏暗，愛拉看不清喬達拉眼睛的顏色，不過她知道他那雙受眾人矚目的雙眼兼具了冰川水奇特的藍色，以及冰川深處寒冰的顏色，這兩種顏色她都見過。喬達拉聰明過人，一雙巧手會做很多東西，比方說燧石工具。他的優點還不止於此，愛拉知道他有一種特質，一種魅力，能擄獲多數人心，尤其深得女人青睞。齊蘭朵妮就說過，如果喬達拉示愛，就連大媽也難抗拒。

喬達拉不太知道自己有這種魅力，那是不知不覺散發出來的。不過他倒是很有自信，覺得自己走到哪裡都會受歡迎。雖然他不會刻意運用這點，卻也知道自己能影響別人，並因此得到好處。即使是經過了那段長途旅行，他的想法還是沒有改變，仍堅信自己走到哪裡別人都會接受他、認同他、喜歡他。他從來就不太需要花費心思讓別人認識自己，也不必為了融入他人而煞費苦心；如果做了什麼不恰當、不該做的事，也從來不需要請求他人原諒。

如果他表現出懺悔的樣子（當然他通常是真心的），別人總是會原諒他。他年少時把拉卓曼狠狠揍了一頓，連人家的門牙都打斷了，即使是闖下這樣的大禍，他還是連一句道歉的話也不必說，也不必當著拉卓曼的面道歉。他的母親為他付出了鉅額賠償，把他送去跟他的火堆地盤男人達拉納住了幾年。他自己倒是完全不必做任何事情補償，不用乞求別人原諒，連一句「對不起，我錯了，我不該打傷那個男孩」的話都不必說。

大部分的人都覺得喬達拉英俊無比、充滿男人味，不過愛拉眼中的喬達拉卻不太一樣。把愛拉養大的穴熊族男人五官更為粗獷，他們有著大而圓的眼窩、寬扁的鼻子，以及突出的眉骨。愛拉第一眼看到喬達拉時，他正被愛拉的獅子攻擊而昏迷不醒。當時的他喚起了愛拉心中潛藏多年的記憶，讓她想起一群多年來從未見過的人，那群跟自己很像的人。對愛拉而言，喬達拉的五官不像部落男人那麼粗獷，而是形狀、位置都無懈可擊。她覺得喬達拉美麗到了極點，就像一隻美麗的動物，年輕健康的馬兒或獅子之類的。喬達拉跟她說過：「美麗」通常不是用來形容男人，雖然愛拉不常說出來，但她真的覺得喬達拉很美麗。

喬達拉看著躺在身旁的愛拉，低頭親吻她。他感受著愛拉雙唇的柔軟，慢慢地用舌頭撬開它們。愛拉順從地張開雙唇。喬達拉感覺到下面一陣緊繃。

「愛拉，妳真美麗，我真是太幸運了。」喬達拉說。

「我才幸運呢。」愛拉說：「你真美麗。」

喬達拉微微一笑。愛拉知道不該用「美麗」形容喬達拉，這個字眼她在其他場合都不會用錯。愛拉現在私下說喬達拉很「美麗」，喬達拉也只是微微一笑。愛拉的雙峰收在束腰上衣裡面，不過她並沒有把上面的開口繫上。喬達拉把手伸進去，把愛拉的乳房又抓了出來，就是剛才餵奶的那個乳房。他用舌頭撩撥愛拉的蓓蕾，含入口中吸吮，品嘗愛拉的乳汁。

愛拉呻吟著：「你這樣做的時候我會有感覺。我也喜歡喬愛拉吸奶時的感覺，可是那不一樣。你弄得我好想要，要你碰我其他的地方。」

「妳也弄得我想碰妳其他的地方。」

喬達拉把愛拉的束腰上衣的繩結統統打開，褪去束腰上衣，愛拉的雙峰躍然眼前。喬達拉再次吸吮愛拉的乳汁，愛拉另一個蓓蕾也滲出乳汁，喬達拉湊過臉去舔舐。

「我愈來愈喜歡喝妳的奶，可是我喝光了喬愛拉會不會沒得喝？」

「等她又餓了，我就又會泌乳了。」

喬達拉鬆開愛拉的蓓蕾，用舌尖一路往上輕撫，舔舐愛拉的香頸，然後再次親吻她。這次的吻更為激情，喬達拉覺得體內的欲望就要爆發，他快要克制不住了。他停了下來，將臉埋進愛拉的頸項，控制一下熊熊的欲火。愛拉把喬達拉的束腰上衣拉起，整個褪去。

「我們有一陣子沒做了。」喬達拉跪在床上說：「我都快憋不住了。」

「是嗎？」愛拉臉上帶著挑逗的微笑。

「我證明給妳看。」

喬達拉雙手一扯，脫去束腰上衣，站起身來解開腰間的束帶，脫去了短褲。他裡面穿著一層以幾條細皮革圍綁著臀部的皮兜，保護他的陽物。這個皮兜通常是用岩羚羊皮、兔皮之類的軟獸皮做成，只有夏天才穿，如果天氣太熱，或者工作費力流了很多汗，就算把外褲脫掉也不會覺得暴露。皮兜包裹著喬達拉堅挺的陽物，鼓脹了起來。他褪去皮兜，昂首挺立的男人工具已經蓄勢待發。

愛拉看著喬達拉，臉上慢慢露出一抹微笑，似乎在說：來吧！以前女人見了喬達拉雄偉的陽物，常會嚇得不知如何是好，後來才發現他不會蠻橫衝刺，而是會慢慢來，溫柔又體貼。喬達拉第一次跟愛拉交歡，也擔心她會害怕，後來才明白他們的靈肉是多麼契合。有時候喬達拉簡直不敢相信上天對他如此眷顧。無論他什麼時候要她，愛拉總是準備好迎接他，從來不會忸怩作態，也從來不會拒絕，彷彿她對喬達拉的欲望就像喬達拉對她一樣強烈。喬達拉開心極了，他看著愛拉傻笑，而她臉上的微笑也漸漸擴大，光輝燦爛，喬達拉發覺眼前的愛拉散發無與倫比的美麗，想必大部分的男人也會有同感。

他們的小火堆將熄未熄，已經不太亮也不太夠暖了。不過這不打緊。喬達拉在愛拉身邊躺下，開始褪去她的衣服。他先除去長長的束腰上衣，停下來吸吮她的乳頭，隨後解開繫住半筒綁腿的腰間細皮帶，再鬆開她腰間的繩結，把綁腿往下拉，然後以舌頭挑逗她的肚皮，鑽探她的肚臍，再把裹腿往下拉一些，愛拉黑色的三角洲就暴露在他眼前。她那道私密裂縫一露出來，喬達拉的舌頭便迫不及待地伸了進去，盡情享受那熟悉的氣味，探尋那小小的圓形凸起。就在喬達拉命中要害時，愛拉輕聲發出愉悅的尖叫。

喬達拉將愛拉的綁腿整個拉下，又彎下身親吻她，品嘗她的乳汁，接著舌頭往下游移，再次品味愛拉性感地帶的甜美。他輕輕分開愛拉的雙腿，撥開她可愛動人的陰唇，逗弄著充血腫脹的陰蒂。喬達拉知道怎麼讓愛拉興奮，他一邊吸吮著她的陰蒂，用濕滑的舌頭挑逗，一邊以手指插入，找到其他敏感地帶。

愛拉叫了出來，感覺體內一陣陣熱浪翻騰。喬達拉嘗到她迫不及待噴出的汁液，也強烈感覺到自己就要爆發，幾乎把持不住了。他抬起身子，腫脹挺拔的男人工具找到她的縫隙，奮力挺進。他不必擔心弄痛愛拉，她的身體可以完全吞沒他的陽物，大小完全契合。喬達拉覺得這種感覺真好。

他一次又一次抽插，愛拉也一次又一次地吟哦。喬達拉感到一股熱流直衝下體，他發出一聲低吼，衝上激情的顛峰，刺向愛拉的深處。愛拉聽見喬達拉的低吼，感覺自己的身體隨著喬達拉擺動。一波接著一波的電流席捲而來，她連自己的叫聲都聽不見了，只能弓著背，搖擺身體迎合喬達拉。最後兩人緊緊相擁，身體因狂喜而痙攣顫抖，緊貼著彼此，似乎想鑽進對方的身體合而為一。事後兩人都癱在床上，喘著大氣。喬達拉就壓在愛拉身上，而她也喜歡這樣。過了一會兒，他才想到愛拉會被自己壓得喘不過氣來，連忙翻過身來。

「對不起，我太急了。」他說。

「不會，我跟你一樣想要，說不定比你還更想要呢！」

他們躺了一會兒，愛拉說：「我想到溪裡泡泡水。」

「妳就是愛洗冷水澡，妳知道溪水有多冷嗎？還記得我們之前旅行時住在蘿莎杜那氏洞穴，熱水就從地下冒出來，他們的熱水浴真是棒透了，對吧？」喬達拉說。

「在那裡洗熱水澡是很棒，不過洗冷水會比較有精神，身體比較有感覺。我不討厭洗冷水。」她說。

「我洗冷水也洗習慣了，唔，先來生個火吧！這樣回來就溫暖了。」

冰川覆蓋了北邊不遠的陸地。現在是盛夏時節，不過緯度介於極地與赤道之間的地方到了晚上還是有點冷。他們拿出夏拉木多伊氏友人送給他們的岩羚羊軟皮披上，跑到平常取水處的下游溪邊。

一跳進溪裡，喬達拉就發牢騷：「水好冷喔！」

「是啊。」愛拉說。她整個人蹲進溪裡，讓溪水蓋過肩膀，接著把冷冷的溪水潑在臉上，雙手在水裡搓遍全身。然後很快就離開溪水，拿起岩羚羊皮披在身上，往庇護所跑去。喬達拉緊跟在後。兩人站在火邊烤了一會兒，身子很快就乾了。他們把濕濕的岩羚羊軟皮掛在木樁晾乾，爬進鋪蓋捲裡，窩在一起取暖。

身體暖和了之後，喬達拉在愛拉耳邊低語：「我們這次慢慢來，妳還想不想要呢？」

「你慢慢來，我要。」

喬達拉吻著愛拉，用舌頭不斷摸索，輕輕撬開愛拉的雙唇，她也報以萬般柔情。這次喬達拉要慢慢來，不急。他要細細品味愛拉，品嘗她的身體。他要找出愛拉所有的敏感地帶，也要愛拉探索他全身上下的敏感地帶。他的手撫摸她的胳臂，她涼颼颼的皮膚漸漸熱了起來。他愛撫她的雙峰，握著堅挺的蓓蕾，用手指輕輕逗弄，然後低下頭鑽入被窩，將蓓蕾含入口中。

外面有一些聲響，兩人將頭探出被窩，仔細聆聽。那是人說話的聲音，愈來愈近，入口的皮門簾被掀開，有人進來了。兩人靜靜躺著，一邊仔細聽著，希望這些人是直接去睡覺，這樣他們就可以繼續剛剛的溫柔探索。他們倆都不喜歡一邊做愛一邊還有人坐在旁邊醒著說話，雖然有些人似乎不太介意。喬達拉發覺這樣其實並不奇怪，他回想自己年紀比較小的時候，遇到這種情況都是怎麼處理。

他過去一年帶著愛拉踏上回家的旅程，沿途都沒有他人陪伴。他知道他們已經習慣孤獨了，不過喬達拉覺得自己一向喜歡有點隱私，就連之前接受索蘭那的教導時也是一樣。尤其到了後來，他們的關係已經不只是「朵妮女」和「朵妮女照顧的大男孩」，而真的成了一對戀人，他曾希望能與她配對。接著他聽見了索蘭那的聲音，還有他母親與威洛馬的聲音。首席大媽侍者和他們一起來到第九洞穴的營地。

「我們來煮些水泡茶吧！」瑪桑那說：「我們可以跟喬達拉的火堆借個火。」

「她知道我們還沒睡，」喬達拉悄悄向愛拉說：「我看我們得起來了。」

「我想也是。」愛拉說。

「媽，我拿火給妳。」喬達拉說。他把被子掀開，拿他的細皮帶。

「唉呀，把你們吵醒啦？」瑪桑那說。

「沒有，」喬達拉說：「沒有吵到。」喬達拉起身，拿了一根細細長長的引火柴放進火裡，點著了以後再拿到庇護所的主火堆。

「跟我們一起喝茶吧！」瑪桑那說。

「好啊。」喬達拉說。他心裡很清楚，這些人其實都曉得他們打擾到小倆口的親密時光了。

「其實我也想跟你們兩個談談。」齊蘭朵妮說。

「我先回去穿暖一點。」喬達拉說。

喬達拉回到他們的小臥鋪，愛拉已經穿好衣服了。他很快穿好衣服，兩人拿著自己的杯子，走到主火堆。

「有人把水袋裝滿了。」威洛馬說：「喬達拉，你讓我省了跑一趟。」

「愛拉看到水袋空了。」

「愛拉，我看到沃夫還有妳的馬匹在後面。」威洛馬說。

「營地一整天都沒人在，有隻雪豹想把灰灰吃掉，嘶嘶跟快快把牠給打死了，但是牠們也跑出馬圈了。」喬達拉說。

「沃夫發現牠們跑到草地後面，在懸崖還有一條小溪附近。牠們一定是嚇壞了，一看到沃夫跟我們都還會害怕呢！」愛拉說。

「牠們不肯再回到馬圈，所以我們就把牠們帶到這裡。」喬達拉說。

「沃夫看著牠們，我們要找另外一個地方安置馬兒，」愛拉說：「我明天還得找個地方把雪豹屍體扔了，然後把馬圈的木頭都送人。那木頭拿來當柴燒不錯。」

「馬圈那邊有些不錯的木板，當柴燒太可惜了。」威洛馬說。

「威洛馬，你要的話全部給你，我是不想再看到了。」愛拉說著說著還抖了一下。

「這樣也好，威洛馬，那些木頭你拿去用吧！有些真的不錯。」喬達拉說。他心想那隻雪豹嚇到愛拉比嚇到馬匹還嚴重。愛拉也是被惹毛了，她搞不好想放把火把整個馬圈都燒掉，就為了弄掉雪豹的屍體。

「妳怎麼知道是雪豹？雪豹很少出現在這附近。」威洛馬說：「而且我記得雪豹從來不會在夏天出現。」

「我們走到馬圈的時候，只看到雪豹的屍體，沒看到馬匹。」喬達拉說：「愛拉看到一條長長的、毛毛的尾巴，毛皮是灰白色的，還有深色的斑點，她知道是雪豹的尾巴。」

「我也覺得應該是，」威洛馬說：「不過雪豹比較喜歡待在高地與山區，一般都是吃北山羊、岩羚羊，很少會吃馬。」

「愛拉說這隻雪豹很年輕，應該是公的。」喬達拉說。

「可能是牠原本在山上的食物來源今年提早下山了。」瑪桑那說：「如果是這樣，那今年夏天會很短。」

「我們應該跟約哈倫說，最好馬上安排一下大狩獵，趁早多儲存一些肉。如果夏天很短，那冬天就會很長。」威洛馬說。

「我們最好趕在天氣變冷之前把成熟的果子都摘了，」瑪桑那說：「也許還沒熟的也要摘。我記得很久以前有一年我們摘的水果太少，結果地面幾乎都結冰了，我們還得把塊根挖出來。」

「我也記得那一年。」威洛馬說：「那時候約科南還沒當上頭目吧！」

「是啊，那時候我們還沒配對，但是已經喜歡上彼此了。」瑪桑那說：「如果我沒記錯的話，當時有幾年收穫都很差。」

首席大媽侍者對此完全沒印象。她那個時候應該還是小女孩。「那時候大家都怎麼辦？」她問。

「我覺得大家一開始根本不相信夏天這麼快就結束了，」威洛馬說：「接著大家就忙著儲存食物，準備過冬。還好他們有準備，那年的冬天真是又長又冷啊！」

「應該提醒大家一下。」首席大媽侍者說。

「怎麼能確定夏天會很短呢？不過就是一隻雪豹嘛！」喬達拉說。

愛拉也這麼想，不過她什麼話也沒說。

「用不著確定，」瑪桑那說：「只要大家多風乾一些肉和漿果，多儲存一些塊根和堅果，就算天氣沒有變冷也無所謂，反正以後還是會用光的。要是儲存不夠就慘了，大家會餓肚子，也許更糟都不一定。」

「愛拉，我剛剛說有話要跟妳說。我在想我們哪時候要開始妳的朵妮侍者之行。之前我不確定我們是應該早點開始呢，還是應該等到夏季結束，還是說應該等到第二次配對典禮結束再開始。現在我覺得應該儘快開始，還可以順便提醒大家今年夏天會很短。」首席說：「我想第十四洞穴一定很樂意舉辦第二次配對典禮。反正我想應該也沒幾對情侶吧！大概就是幾個人會碰面，今年夏天決定要不要配對。我知道有兩對情侶還拿不定主意要不要配對。另外還有一對情侶，他們各自的洞穴談判了半天還是沒結果。妳這一兩天可以準備好嗎？」

「沒問題，」愛拉說：「離開的話我就不用另外找地方安置馬兒了。」

「看看，這麼多人。」黛妮拉說。她看著聚集在廣大的齊蘭朵妮亞住所四周的人群。她跟她的伴侶，也就是日景部落的頭目史提法達爾還有約哈倫、波樂娃走在一起。

他們看著的那群人聚集在大大的庇護所四周，等著看誰會出來，其實可看的東西已經夠多了。那個特別的拖橇，已經拴在喬達拉帶回來的異族女人的那匹黃褐色母馬身上了，上面還有專門為首席齊蘭朵妮準備的座位。第十九洞穴年輕的狩獵者、有著一隻殘障手臂的拉尼達爾握著連接轡繩的牽馬索，也就是一條纏在馬兒頭上的繩索。他還抓著另外一條連接在棕色年輕種馬身上的牽馬索，這匹馬身上也拴著類似的拖橇，上面堆滿行李。灰色的小馬站在他身邊，好像希望拉尼達爾保護，不要讓群眾傷害牠。那隻狼站在他們旁邊，蹲坐在地上，也看著入口。

「妳那時候身子還很弱，他們到的時候妳不在這裡。」史提法達爾跟他的伴侶說，接著又說：「約哈倫，你一向都這麼引人矚目嗎？」

「他們裝載行李的時候都是這樣。」約哈倫說。

「看到馬兒待在主營地的邊緣，看到那隻狼在愛拉的身邊還沒有那麼奇怪。看到那些動物對幾個人友善，看久了也就習慣了。可是你看到他們裝上那個給馬拉的東西，還往上面放行李，又看到他們叫馬兒工作，馬兒還很聽話。我覺得這才真的是驚人呢！」波樂娃說。

大家開始離開夏季住所，人群興奮地騷動。他們四人加快腳步，免得來不及道別。喬達拉和愛拉一走出來，沃夫就站了起來，不過牠還是待在原地不動。接著瑪桑那、威洛馬與弗拉那也出來了，還有幾個齊蘭朵妮，再來是首席。約哈倫已經在計畫大狩獵了，雖然史提法達爾不太能夠接受「夏季會很短」的警告，他還是很喜歡跟他們一起打獵。

黛妮拉和愛拉互碰臉頰，問道：「愛拉，妳還會來這裡嗎？我都沒有時間好好認識妳呢。」

「我也不知道耶，要看首席吧！」愛拉說。

黛妮拉也和喬愛拉互碰臉頰，小寶寶醒了，彷彿也感受到歡欣的氣氛。「真希望你們不要那麼早走，這樣我也可以多認識一下小寶寶。她真可愛，好漂亮啊！」

他們走到馬兒等待的地方，拿起牽馬索。「拉尼達爾，謝謝。」愛拉說：「謝謝你幫忙照顧馬兒，這幾天真是辛苦你了。馬兒信任你，跟你相處得很自在。」

「我也很享受跟馬兒相處。我喜歡馬兒，而且你們兩位幫了我很多忙。要不是你們去年要我幫忙看著馬兒，教我用標槍投擲器，還給了我第一個標槍投擲器，我大概永遠都學不會狩獵。要不是你們教我，我現在大概還是跟著我母親到處採集漿果。現在我交了一些朋友了，也有一點地位了，等到拉諾卡長大一些，就可以跟她求婚了。」

「所以你還是打算跟她配對。」愛拉說。

「是啊，我們有計畫。」拉尼達爾說。他站在原地一會兒，似乎還有話要說。最後終於說了出來：「我想謝謝妳和喬達拉替他們蓋夏季住所。他們的生活真的改善很多。我在那裡住了幾次，唔，應該說我晚上通常都是睡在那裡幫她照顧小孩！她母親也回來過兩次，不對，是三次。楚曼達老是要我幫忙，不過都是到隔天早上才說。她晚上幾乎都不能走路。就連勒拉瑪也在那裡住過一個晚上。我覺得他好像沒注意到我在那裡。他早上一起來就離開了。」

「那博洛根呢？他晚上會不會住在那裡，幫忙照顧小孩呢？」愛拉問。

「有時候會。他在學做巴瑪酒，做的時候都會跟勒拉瑪住在一起。他也在練習用標槍投擲器，我一直在教他。他對打獵好像不感興趣，不過今年看到我學的東西之後，他也想讓大家知道他也做得到。」

「這樣很好，聽你這樣說我真高興。謝謝你跟我說他們還有你自己的事。」愛拉說：「如果我們這一趟旅行結束之後不會回到這裡，那明年再跟你們見面。」她和他互碰臉頰，又擁抱他。

愛拉發現大家都在看嘶嘶的拖橇。身材壯碩的第九洞穴齊蘭朵妮兼首席走向嘶嘶的拖橇。愛拉知道她一定很緊張，只是沒有表露出來。她充滿自信地走著，好像這事很尋常，一點都不奇怪。喬達拉帶著微笑站在那裡，伸出一隻手扶首席上拖橇。愛拉站在嘶嘶的頭旁邊，嘶嘶馬上就會感覺到負擔變重，她得安撫嘶嘶。首席站上下面的梯子，桿子因為她的體重而彎曲，她也發覺到梯子往下彎了一些，還好木頭不會被壓斷，還能彈回來。她還是抓著喬達拉的手，一來是怕跌倒，二來是為了安心。她繼續往上爬，接著轉身坐下。有人替她做了一個非常舒適的軟墊放在座位上，是坐墊也是靠背。她一坐下來心裡就比較舒服了。她發覺拖橇上還有扶手，起動的時候可以抓住，也就比較放心了。

齊蘭朵妮坐好以後，喬達拉走向愛拉，兩手交疊，給愛拉當腳踏，幫忙她上馬。愛拉抱著寶寶，很難像平常那樣跳上馬背。喬達拉把一條連接灰灰身上轡繩的長繩子綁在拖橇上，再走到快快旁邊，輕鬆上馬。

愛拉率先出發，走出夏季大會的主營地。雖然嘶嘶要背著一個人，又要拖著沉重的拖橇，負擔很重，牠還是沒有讓牠的兒女超前。牠是帶頭的母馬，在一群馬兒裡面，帶頭的母馬總是走在最前面。沃夫跟在愛拉身邊，愛拉低頭對牠微笑。快快和喬達拉走在後面。喬達拉很樂意殿後，這樣他可以留意愛拉和寶寶，更不用說還可以留意齊蘭朵妮，免得出什麼差錯。齊蘭朵妮是面向後方坐著，所以喬達拉可以對著她微笑，而且如果距離夠近，還能跟她聊天，至少可以說一兩句話。

齊蘭朵妮平靜地對著逐漸遠離的營地族人揮手，一直看著他們，直到距離太遠，看不清楚了才罷休。她看到喬達拉走在她後面，也很開心。她被馬兒拖著走，還是有點緊張。剛開始看著先前到過的地方以及沿途的景色還挺有意思的，走了一段路之後也看膩了。這趟旅程有些顛簸，遇到不好走的路更是顛簸，不過整體而言，齊蘭朵妮覺得坐拖橇還挺不錯的。

愛拉沿著他們來時的路往回走，來到一條從北而來的溪流邊，附近還有個他們昨晚談到的地標，然後停下腳步。有著長腿的喬達拉輕鬆從年輕的快快身上一躍而下，打算到前面幫愛拉下馬。不過他還沒到前面，愛拉就已經抬腿溜下馬了。

他們的馬兒身材矮壯，卻不是小馬，通常野馬都不高。牠們都很結實，而且非常強壯，頸部很粗，短短的鬃毛直直豎起。牠們的馬蹄非常堅硬，任何路面都能走，不論是尖銳的石頭、堅硬的地面，或是柔軟的沙地都沒問題，不需要任何保護。愛拉和喬達拉走到齊蘭朵妮身邊，伸出雙手，齊蘭朵妮抓著他們的手走下拖橇。

「坐拖橇旅行還不賴。」齊蘭朵妮說：「有時候會有點顛簸，有坐墊就沒那麼顛簸了，而且還有扶手可以握著，不過能站起來走路還是很舒服的。」她看了看四周，點點頭：「我們從這裡往北走一小段，路不會很遠，不過要走上坡路，而且坡度很陡。」

沃夫之前都是跑在前面，用鼻子聞，探索地面，不過隊伍一停下腳步牠就回來了。愛拉和喬達拉扶著齊蘭朵妮上拖橇的時候，沃夫正大步慢跑回來，接著愛拉和喬達拉也各自上馬。他們渡過溪水，沿著溪流左岸往北邊的上游走。愛拉發現樹上有割痕，顯然之前有人開闢此路。她仔細看看樹上的一道割痕記號，發現原來舊記號上面還有新割的記號，舊記號顏色已經變暗，不像先前那麼醒目。另外還有個舊記號被新長出的樹皮遮掉了一部分，愛拉想，這是一個更舊的記號。

愛拉讓馬兒走慢一些，免得牠們太累。齊蘭朵妮則跟喬達拉說著話。喬達拉想走走路，就從快快身上下來，牽著棕色的馬兒沿著做了記號的路走。這是一段相當難走的上坡路，走著走著，景色也不一樣了，從落葉樹林變成灌木叢，灌木叢中還散布著一些比較高的針葉樹。沃夫一直鑽進樹叢裡面，再從另外一個地方鑽出來。

走了五公里左右，他們走到一個大洞穴的入口前，這洞穴位於主河和西河之間的分水嶺上。他們走到這裡，已經將近傍晚了。

齊蘭朵妮從拖橇上下來，這次她完全不用等喬達拉過來幫忙，自己就下來了：「這比上坡路好走多了。」

喬達拉走到入口，往裡面看：「妳什麼時候要進去？」

「明天再說。」齊蘭朵妮說：「在裡面要走好長一段路，來回要花上一整天。」

「妳要走到最裡面嗎？」

「是啊，要走到最裡面。」

「那我們應該在這裡紮營，因為我們要在這裡至少住兩個晚上。」喬達拉說。

「趁著時候還早，紮營之後我想到附近走走，看看這一帶長了些什麼。」愛拉說：「搞不好可以找到不錯的東西當晚餐吃。」

「一定可以的。」喬達拉說。

「要一起來嗎？」愛拉說。

「不了，我看到岩壁上有一些露出來的燧石礦，而且我知道洞裡某些地方也有。」喬達拉說：「我打算拿個火把進去瞧瞧。」

「齊蘭朵妮，那妳呢？」愛拉問。

「我也不去。我要冥想一下這個洞穴，還要檢查火把與石燈，看看夠不夠，再想想我們該帶哪些東西。」首席說。

愛拉走進洞裡，眼前一片黑暗，她抬頭看看洞穴上方：「這個洞穴好像很大啊！」

喬達拉也跟進來了。「瞧，岩壁也有一塊燧石礦露出來，就在洞口附近。往裡面挖一定還有。」從他的聲音就能聽出他有多興奮，「不過要把這麼多燧石都搬出去一定很重吧！」

「裡面從頭到尾都這麼高嗎？」愛拉問齊蘭朵妮。

「是啊，除了最後一段之外，其他差不多都是這麼高。這不只是個洞穴，還是個巨大的石窟，裡面其實有很多很大的隔間和通道，另外還有些地勢比較低的地方，不過我們這次不需要到那裡去。穴熊冬天會來這裡，妳看石壁上有穴熊的抓痕，地上也有牠們翻滾的痕跡。」首席說。

「這裡夠不夠大？馬兒進得去嗎？」愛拉說：「要不要讓馬兒拉著拖橇進去？可以幫喬達拉運燧石出來。」

「可以啊。」齊蘭朵妮說。

「我們一路上要做記號，出來才不會迷路。」喬達拉說。

「我們出來要是找不到路，沃夫一定可以幫忙的。」愛拉說。

「沃夫也會跟我們一起進去嗎？」齊蘭朵妮問。

「我叫牠進去的話牠就會。」愛拉說。

這一帶顯然之前有人用過。洞外的地面有些地方已經整平，地上還有灰燼與木炭，旁邊圍著的石頭有火燒痕跡，看來當時來到這裡的人做了幾個火坑。愛拉他們挑了其中一個火坑，從鄰近的另一個火坑拿了些石頭疊上去做補強，然後找了幾根叉狀樹枝插在石頭堆上，再把可以刺穿食物的木棒架上去，這就成了一個烤肉坑。喬達拉和愛拉把馬兒身上的繩子解開，拿掉轡繩，帶牠們到附近的草地吃草。馬兒可以照顧自己，只要吹口哨，馬兒就會過來。

接著他們合力搭起一個旅行帳篷，這帳篷比日常用的帳篷大。出發之前他們已經測試過把兩個帳篷合併，確定三個人都能住得很舒適。他們還隨身帶了風乾的食物，以及前一餐剩下的熟食，另外還有索拉邦與盧夏瑪獵到的新鮮鹿肉。喬達拉和愛拉把拖橇的杆子收在一起，從頂端固定住，作成一個高高的三角架，然後把生皮革包裹的食物掛在上面，免得被動物偷走。如果把食物留在帳篷裡，會引來食肉動物。

接著他們開始蒐集生火的材料，大部分都是倒下的樹與灌木的枯枝，也有乾燥的樹枝和針葉樹的枝幹。這些枯死的樹枝原本就生長在樹幹低處。生火材料還包括了乾草與乾燥的食草動物糞便。愛拉生好火，往火裡堆了些木柴，以便製造等會兒引火用的火炭。三人吃了剩菜當午餐，喬愛拉吃完奶後還含著一根骨頭末端吸吮。接著他們各忙各的，齊蘭朵妮開始翻找快快拖橇上的行李，尋找火把、石燈、幾袋動物脂肪做成的燈油、苔蘚、風乾的蘑菇以及其他做燈芯的材料。喬達拉拿起一袋製造燧石的工具，在火堆上點燃火把，走進了大洞穴。

愛拉背起背包，那是馬木特伊氏的單肩背袋，比齊蘭朵妮的背筐稍微軟一些，容量很大。她把背包跟裝著標槍投擲器與標槍的套子一塊背在右肩，接著用背毯把寶寶綁在左邊背後，如果她想把背毯放低，讓寶寶坐在左臀上也沒什麼問題。接著她把挖掘棒塞進左邊的腰帶，帶著刀鞘的小刀則掛在右側，此外腰帶上還掛了幾個小袋子。她把拋石索纏在頭上，再把石頭放在另一個繫在腰間的小袋子裡。另外還有一個袋子裝了日常用品，像是吃飯用的盤子、生火工具、一塊小錘石，還有縫紉工具組，裡面有各種粗細的線，從細緻的肌腱到能穿過比較大的象牙針孔的結實繩子都有。她還帶了幾捆比較粗的繩索，還有一些零零碎碎的東西。最後拿起她的藥袋。

愛拉把藥袋也繫在腰間。她幾乎走到哪裡都帶著這個水獺皮做成的獸皮袋。這水獺皮袋非常奇特，就連齊蘭朵妮都沒見過，雖然她馬上就想到這一定是具有靈性力量的東西。愛拉的第一個水獺皮袋是她的穴熊族母親伊札用整隻水獺皮做成的，跟現在這個很像。通常製作獸皮袋時都是先剖開動物的肚子，以便清除內臟，製作這種水獺皮袋時則不然，刀子畫開水獺頸部之後，並沒有把頭整個割斷，所以清除腦之後的水獺頭還會有一片皮膚與身體相連，接著從頸部開口將內臟連脊柱小心抽出來，腳和尾巴則保留在原來的位置；最後再以兩條染成紅色的線分別從相反方向穿過頸部開口，以便拉緊收口，乾掉且有點脫水的頭部毛皮則成了活動蓋子。

愛拉檢查了一下箭袋，裡面裝著四個標槍頭以及她的標槍投擲器。接著她拿起採集籮筐，打手勢叫沃夫跟著，沿來時路而去。在他們抵達這個洞穴之前，愛拉已經觀察、評估過沿途大部分的植物，也考慮過這些植物的用途。她從小就學會判斷植物的用途，現在這個本事已經成了她的第二天性。在這塊大地上討生活的人每天都要覓食，要懂得狩獵、採集、發掘食物才能活下去，認識植物也是生存的重要本領。愛拉習慣把看到的植物分成藥用與食用兩大類。伊札是女巫醫，立志要把她的知識傳授給她的親生女兒和養女。但是烏芭和愛拉不同，烏芭遺傳了母親的記憶，只要提醒個一兩次，就能完全了解伊札給她看、跟她說的事情。

伊札發現愛拉沒有部落的記憶，所以訓練起來困難得多。她得用死記硬背法教導愛拉。一定要一而再、再而三講解，這個異族女孩才能記住。然而愛拉一旦學會之後，卻能用新的角度思考這些認識的藥草，這讓伊札大感驚訝。舉例來說，如果他們找不到某種藥草，愛拉馬上就能想到用另外一種替代，或者把幾種藥草混合，製造類似的療效。愛拉也很會診斷病情，有時前來求助的病患不知身患何病，她總是很快就能判斷病症。雖然她也說不上來，不過愛拉的這個本領倒是讓伊札發現部落與異族不同的思考方式。

布倫部落的人多半都認為愛拉這個異族女人不怎麼聰明，因為她不像他們記事情記得快、記得牢。但伊札發現愛拉並不是比較笨，而是思考方式不太一樣。愛拉也了解這一點。只要有異族人說部落的人不怎麼聰明，愛拉就會解釋其實不是不聰明，只是聰明的地方不一樣。

愛拉沿著步道走回那個她刻意記下的地方。之前沿著步道穿過樹林時，她就注意到步道旁邊有個緩坡，通往一片低矮的草叢與灌木叢。現在她又走近這裡，聞到了成熟草莓的誘人香氣。她把背毯解下來鋪在地上，然後把喬愛拉放上去。她摘了一顆小草莓，輕輕擠出甜甜的汁液，再把草莓放進寶寶的嘴裡。喬愛拉露出驚訝又好奇的表情，把愛拉逗笑了。她塞了一兩顆草莓到自己嘴裡，又給喬愛拉吃了一顆，然後察看四周還有沒有可以帶回營地的東西。

她瞥見附近有一群樺樹，於是打手勢要沃夫看著喬愛拉，然後去樺樹林那邊瞧瞧。她發現有些樺樹薄薄的樹皮已經開始剝落，便動手剝了幾片寬樹皮帶回來。接著她從腰帶繫著的刀鞘拔出那把新的小刀，那是喬達拉最近給她的，燧石刀刃是喬達拉做的，配上索拉邦用黃色老象牙做成的美麗刀柄，刀柄上的馬兒雕刻圖案則是馬爾夏佛的傑作。愛拉把樺樹皮對切成兩半，然後畫上幾道折痕，折出兩個有蓋子的小容器。草莓實在很小顆，愛拉花了好多時間才採夠三個人吃的分量，不過野生草莓的味道實在甘甜，所以辛苦也值得了。她那個裝日用品的袋子裡面常常也裝了一些其他的東西，比方說幾圈繩索。各種大小的繩索總是很好用。她以繩索把樺樹皮做成的容器綁起來，放進採集籮筐裡。

喬愛拉睡著了，愛拉用軟鹿皮背毯的一角蓋住她。沃夫躺在喬愛拉身邊，眼睛半閉著。愛拉一看牠，牠就甩尾巴敲敲地面，不過還是緊待在喬愛拉身邊。喬愛拉是沃夫身邊的新成員，沃夫很愛她。愛拉起身，拿起採集籮筐，穿過草地，走向遠端的樹林。

她在樹林裡看到的第一樣東西是茜草四處纏繞的細長莖葉。茜草的莖葉上布滿硬硬的帶勾短毛，能附著在其他植物上。愛拉連根拔起幾株蔓生的茜草，要把茜草聚成一束很容易，因為那些硬毛會讓茜草黏成一團。這特性讓它成為做成濾網的絕佳材料。除此之外，茜草還有許多營養價值與療效。幼葉可以做成好吃的綠色蔬菜，烤過的種子可以做成獨特的深色飲料。把茜草搗碎，混合油脂做成藥膏，用來治療女性因乳汁結塊導致乳房腫脹非常有效。

愛拉注意到一塊乾燥的草地，聞到一陣令人愉悅的香氣。她尋找香氣的源頭，應該就是生長在附近的植物，結果很快就發現了牛膝草。那是伊札第一個教她認識的植物，愛拉還記得當時的情景。牛膝草的小型木本灌木，能長到超過三十公分高，有著狹窄的常綠葉，葉片很小，是深綠色的，沿著枝椏叢生，枝葉末端的長穗上則開著亮藍色花朵。牛膝草最近才開始開花，幾隻蜜蜂圍繞著花朵嗡嗡叫。愛拉心想，不知道蜂巢在哪裡？牛膝草用蜂蜜調味是不可多得的好滋味啊！

她採了幾株牛膝草，打算用花朵泡茶。牛膝草花茶不但好喝，治咳嗽、聲音沙啞以及胸部深處的疾病也特別有效。搗碎的葉片則能有效治療割傷、燒燙傷、瘀血。喝牛膝草葉片泡成的茶，或者用牛膝草葉片泡澡，都能治療風濕。愛拉想著這些，突然想起克雷伯。雖然是段悲傷的回憶，愛拉臉上還是浮現微笑。在各部落大會上，愛拉不認識的一個女巫醫說她也用牛膝草治療腿部水腫。愛拉抬頭看了一眼，發現沃夫仍然躺在沉睡的喬愛拉旁邊，便又轉過身，往樹林深處走去。

她在幾棵雲杉樹附近的蔭涼岸邊發現一些車葉草。那是很小的植物，大約二十五公分高，葉子像茜草一樣繞著莖生長，只是莖葉比較軟。愛拉跪在地上，小心翼翼把車葉草連葉子還有白色小花朵拔起。車葉草的白色小花朵有四個花瓣，散發迷人的香味，泡茶喝味道很好。愛拉知道把車葉草的花風乾之後香氣會更濃。葉子可以用來治療外傷，煮來吃可以治胃痛等等體內疾病。加在藥草裡面可以遮蓋藥草難聞的味道。愛拉也想把車葉草灑在她的住所四周，還要拿來塞枕頭，以便享受車葉草的天然香氣。

愛拉在不遠處又看到另外一種也喜歡生長在蔭涼岸邊的熟悉植物。這種植物叫做水楊梅，高度將近六十公分，齒狀葉片看起來有點像寬寬的羽毛，葉片上布滿短毛。葉片稀稀疏疏地長在硬而結實的莖上，莖有些分岔。葉片的大小、形狀並不一致，依據長在莖上的位置而有所不同。在位置比較低的枝，葉子長在長梗上，小葉子之間的間隔大小不固定，最後一片葉子比較大，也比較圓。中間的幾對葉子比較小，形狀、大小也不一致。位置比較高的葉子間隔大約是三根手指，下面的葉片比較圓，上面的葉片比較窄。它的花朵很像毛茛，有五片亮黃色花瓣，中間襯著綠色萼片。相對於植株的高度來說，它的花顯得太小了。水楊梅開花的同時也會結果，果實比花朵顯眼，成熟後是深紅色的，而且帶有芒刺。

不過愛拉挖的是它在地下的根莖。這種硬而結實的地下根莖聞起來、吃起來都帶有三葉草香氣，具有很多療效，可以治療腹瀉等多種胃病，還可以治感冒的喉嚨痛、發燒、鼻塞、鼻涕症狀，連口臭都可以治。愛拉特別喜歡用水楊梅的根莖來調味，好吃又有點辣。

她看到一段距離之外還有些植物。起先她以為是一片紫羅蘭，仔細看才知道原來是連錢草。連錢草的花朵形狀不一，長在葉片的底部。腎形的葉子具有圓鈍的鋸齒邊緣與網狀葉脈，兩兩成對地長在長莖的兩側。這些葉子是終年常青，只是秋冬時顏色會從淺綠轉為深綠。愛拉知道連錢草的香味很濃，所以聞了一下確認。她曾經用連錢草和甘草做成一種濃稠的草藥，可以治咳嗽。伊札也用這個藥水治療發炎紅腫的眼睛。馬木特伊氏的夏季大會上，有一位馬木特說連錢草可以治療耳鳴，也可以治療外傷。

潮濕的地面通往沼澤區與一條小溪。愛拉看到一大片香蒲，非常開心。那是一種高大的植物，很像蘆葦，高度超過兩公尺，是最有用的植物。春天時，把新長出的根部幼芽從地下根部拉拔下來，可以看到柔軟的嫩芯，這些新芽和嫩芯可以生吃，也可以稍微煮過再吃。到了夏季，香蒲長長的莖桿頂端會長出綠色花莖，把花莖去掉花朵煮過之後，就變成美味的食物。一陣子之後，綠色花莖會變成棕色的香蒲，上面長長的花粉穗也會成熟，這時就可以採收富含蛋白質的黃色花粉了。接著香蒲會爆裂開來，露出幾撮白色絨毛，這些絨毛可以用來填塞枕頭、墊子與尿布，也可以當生火的火種。粗粗的地下根也是在夏季冒出白色的嫩芽，到了明年又會長成新的香蒲。這裡的香蒲這麼多，採集一點點並不會影響明年的產量。

富含纖維的地下根一年到頭都有，即使在冬季，只要地面沒有結冰，沒有積雪，還是可以找到。拿一個淺淺寬寬的樹皮容器裝水，把地下根放進去搗碎，比較重的麵粉就會沉澱在底下，纖維則會浮在水面上，就能提煉出富含澱粉的白色麵粉。也可以將地下根風乾再搗碎，拿掉纖維之後就是乾燥的麵粉。長長窄窄的葉片可以編織成坐墊，也可以做成像信封一樣的袋子，或者做成防水的板子，拿幾個就可以建造暫時棲身的庇護所，也可以做成籮筐或烹飪袋，裡面裝滿根、莖、葉、果，放進滾水中要拿出來很容易。如果煮得夠久，葉子也可以吃。去年採收的風乾的梗可以當成取火的木鑽，放在兩隻手掌之間，對準適合的鑽木台揉搓，就能生火。

愛拉把採集籮筐放在乾乾的地面上，從腰帶抽出用赤鹿角做成的挖掘棒，走進沼澤地。她用挖掘棒和雙手，從泥地往下挖了大約十公分，拉出一些植物長長的地下根，植物的其他部分也一併被拉出，有連接在地下根的大芽，還有十五公分長，將近二．五公分粗的綠色香蒲形狀位於莖梗頂端的帶籽頭狀花序，愛拉打算拿這兩樣做晚餐。她用繩索把幾根香蒲連莖綁在一起，動身回到空地。

她在途中看到一棵梣木，想起夏拉木多伊氏的家附近有好多梣木，不過在木河河谷倒是不多見。愛拉想學夏拉木多伊氏的方法處理梣木的翅果，但是翅果必須在剛長出來沒多久就得摘取，才會鮮脆，纖維不會太多。眼前這些都已經太老了。不過梣木本身倒是有不少療效。

愛拉回到草地，立刻警覺了起來。沃夫站在喬愛拉身邊，盯著草叢的某個地方看，嘴裡還發出威脅的低吼。究竟哪裡不對勁呢？

第十三章

愛拉趕緊跑回去查看。一回到那裡，她發現喬愛拉已經醒了，而且對於沃夫感覺到的危險渾然不覺。不過她已經從原本仰臥的狀態翻過身來，用手撐起身體四處張望。

愛拉看不到沃夫在看的東西，不過她聽到了移動和抽吸鼻子的窸窣聲。她放下籮筐和香蒲，把寶寶抱起來，用背毯背在背後，然後從腰間袋子取出兩顆石頭，同時解下綁在頭上的拋石索。她看不見在那裡的是什麼，沒有辦法用標槍瞄準，不過朝那個方向拋擲石頭應該就有嚇阻效果了。

她拋出第一顆石頭，隨即又拋了另一顆。第二顆打中了東西，只聽「砰」的一聲，接著是疼痛的尖叫。她聽見草叢裡有東西在動。沃夫傾身向前，低聲咆哮，蓄勢待發。

「去吧，沃夫。」愛拉發號施令的同時打了手勢。

沃夫猛衝向前。愛拉把拋石索重新纏在頭上，從標槍固定套中拿出標槍投擲器，伸手拿出標槍，跟在沃夫後頭。

愛拉來到沃夫身邊時，發現牠面前站了一隻體型跟小熊差不多的動物，不過卻比小熊凶殘得多。牠的毛是深棕色的，身體兩側各有一道淡棕色的毛延伸到毛茸茸的尾巴末端，這是狼獾的特徵。她以前就對付過這個鼬鼠家族體型最大的成員，看過狼獾把體型比牠們還大的四隻腳的動物硬生生從獵物身邊趕走。狼獾是難纏、凶殘又天不怕地不怕的掠食者，經常獵殺體型比牠們大得多的動物。別看牠們體型不大，食量可是相當驚人。不過有時候狼獾屠殺其他動物並不是為了填飽肚子，而是純粹為了好玩，所以殺了獵物之後就丟在原地。沃夫已經準備要挺身而出，保護愛拉母女，但是跟狼獾打架一不小心就會身受重傷，小命不保都有可能。一群狼協力作戰還有點勝算，一隻狼單獨作戰實在很危險。還好有愛拉和牠並肩作戰。

經過冷靜考慮後，愛拉把標槍架在標槍投擲器上，迅雷不及掩耳地向狼獾擲去。偏偏就在這個時候，喬愛拉叫了一聲，驚動了那隻狼獾。狼獾在最後一瞬間發現愛拉的敏捷動作，連忙逃命。要不是牠邊跑還邊提防那隻狼，還真能完全跑出愛拉的射程範圍。愛拉的標槍還是射中了牠，只是準頭有些偏。狼獾雖然負傷流血，但是標槍的尖端只刺穿了牠的臀部與後腿，並不會馬上要了牠的命。燧石標槍頭從標槍桿上脫落，留在狼獾身上。

狼獾身上插著標槍頭，奔向樹木茂密的灌木叢找掩護。愛拉不能放著受傷的狼獾不管。她覺得狼獾應該是活不成了，但是還是得了結牠才行。牠現在大概很痛，愛拉不希望牠承受不必要的痛苦，再說健康的狼獾都已經是天大的禍害了，誰曉得負傷抓狂的狼獾會如何暴走。營地離這裡不遠，說不定狼獾會跑到那裡作亂。再說她也想把那鋒利的燧石標槍頭拿回來，看看還能不能用。而且她也想要狼獾的皮。於是她拿出另一支標槍，記住了第一支標槍桿掉在哪裡，等一下再回來撿。

「沃夫，去把牠找出來！」這次愛拉只是打手勢，沒有把命令說出來。她跟在沃夫後面。

沃夫在前面跑，很快就嗅出狼獾的位置，就在前面不遠的地方。愛拉看見沃夫對著一團深棕色的毛球齜牙咧嘴吼叫，那團毛球在矮矮的灌木叢中回吼。

愛拉迅速研判了狼獾的位置，隨即用力擲出第二支標槍。這次刺得很深，刺穿了牠的頸部。大量的血噴出來，顯然是弄斷動脈了。最後狼獾連叫也不叫了，倒在地上。

愛拉取下第二支標槍桿。她原本打算拖著狼獾的尾巴一路走回去，但是狼獾的短毛是朝相反方向長的，要順著短毛的方向拖才會比較容易。她注意到附近還有一些莖桿結實的水楊梅，於是去連根拔了些。她用水楊梅的莖桿套住狼獾頭跟嘴，就這樣把狼獾拖回林中空地，中途還停下來撿起第一支標槍桿。

愛拉走到剛才放籮筐的地方，渾身顫抖。她把狼獾扔在幾公尺外，鬆開背毯，把喬愛拉移到胸前。她抱著女兒，淚珠從臉頰滑落，內心的恐懼與憤怒終於傾洩而出。她確定狼獾是衝著她女兒而來的。

就算有沃夫保護（愛拉也明白沃夫會為她拚命），這隻凶猛的大狼獾還是有可能弄傷沃夫，再收拾她的女兒。能對付狼的動物不多，更何況沃夫的個頭不小。大部分大型的貓科動物見了沃夫都會退避三舍，愛拉最擔心的掠食動物就是大貓。她會把女兒留在那裡只有一個原因，她去採點藥草，不想吵醒好夢正酣的小寶寶。反正有沃夫看著寶寶，再說愛拉只是離開一下子，到濕地採點香蒲而已。不過她沒料到會有狼獾。愛拉搖搖頭，營地附近永遠不會只有一種掠食動物。

她花了一點時間餵寶寶吃奶，這是在安慰寶寶，也是在安慰她自己，同時用另外一隻手輕拍沃夫，和沃夫說說話，也慰勞一下這夥伴。

「現在我打算剝那隻狼獾的皮，可惜我殺的不是我們能吃的東西，不過我想你應該可以吃吧？我倒是想要牠的皮，狼獾全身上下就只有那張皮還不錯。牠很凶殘，會把捕獸陷阱裡的食物偷走，還會把我們風乾的肉偷走，即使有人在牠們也照偷不誤。牠們闖進洞穴裡，會把所有東西都弄壞，還會大叫大鬧。不過狼獾皮剛好可以用來做冬天擋風面罩的內襯，這樣呼吸的時候冰雪就不會黏在面罩上了。我要幫喬愛拉做一個面罩內襯，也幫我自己做一個新的，也許也幫喬達拉做一個。沃夫，你就不用了。冰雪不太會黏在你的毛上。再說你頭上戴著狼獾毛，也太好笑了吧！」

愛拉記得有一次布倫部落的女人在切割狩獵得來的動物時，有隻狼獾來搗亂。那狼獾一直衝到人群中，把她們剛切好，準備要吊在繩子上風乾的肉偷走。她們朝狼獾拋石頭，狼獾躲了一會兒又出現了。弄到最後部落裡的男人不得不跑出來追殺狼獾。就是因為這起事件，愛拉才下定決心要用她私下學會用的拋石索，自己練習狩獵。

她把寶寶放回柔軟的鹿皮背毯上。這回她讓寶寶趴在毯子上，因為喬愛拉似乎很喜歡用手撐起身體四處張望。然後她把狼獾的屍體挪遠了些，讓牠仰躺露出腹部，接著挖出狼獾身體裡的兩個燧石標槍頭。射中後大腿的那個標槍頭還能用，只要把上面的血洗掉就行；另一個她猛力擲出、貫穿了狼獾脖子的標槍頭尖端卻鈍掉了。她還是可以把這顆重新磨利，就算不能做標槍頭，也還可以當成刀子用。這還是留給喬達拉來處理吧，他比較在行。愛拉想著。

愛拉拿著喬達拉給的刀，面對那隻狼獾。她先從狼獾的肛門下手，切掉生殖器，再熟練地從腹部一刀往下畫，直到接近氣味腺時才停下來。狼獾標示地盤的方式之一就是跨坐在矮樹或灌木上，把氣味腺製造的一種味道濃烈的分泌物抹在木頭上。狼獾也會用尿液、糞便標示地盤，不過真正會弄壞狼獾皮的是氣味腺。那種味道幾乎就跟北美臭鼬一樣臭，要是沾到毛皮上，味道是弄不掉的，戴在臉上就不用呼吸了。

愛拉小心翼翼把狼獾皮剝開，避免弄破胃壁跟腸子。然後在氣味腺附近畫了一圈，戰戰兢兢地伸手摸索，一邊把刀子伸進去，割除了氣味腺。她原本想把氣味腺直接扔進樹林裡，後來想到沃夫可能會認得狼獾的氣味，循著味道一路找到牠。她可不希望沃夫弄得渾身臭哄哄的，於是小心拎起氣味腺，回到剛剛在樹林裡殺死狼獾的地方，她發現頭頂上方正好有一根分岔的樹枝，就把氣味腺掛了上去。然後回頭繼續切割工作，從腹部往上一路割到喉嚨。

接著她把刀子轉回到肛門處，連皮帶肉一起切開。刀子碰到髖骨時，她用手摸索出區隔左右的脊線，然後對半切開肌肉，直達骨頭。接著她畫開狼獾的腿，用手摸到正確的關節位置，用力一切，把大腿連皮帶骨卸下；她又把狼獾的胃壁畫出個小開口，好讓胃壁不再緊繃，然後就可以把腸子連同其他內臟都拿出來了。俐落地完成這些細部工作後，她開始割取胸骨以下的肉，並小心避免刺穿腸子。

切開胸骨比較困難，光用石刀恐怕沒辦法。愛拉需要一把錘子。她知道放木碗和杯子的日用品袋子裡有顆小錘石，不過她還是想先看看附近有沒有可以用的東西。其實在清除狼獾的內臟之前她就應該先把那顆小錘石拿出來，只是因為剛剛有些慌亂所以就忘了。現在兩手都沾了血，她可不想把袋子弄得都是狼獾血。她發現地上有塊突起的石頭，便拿起挖掘棒想把石頭撬出來，沒想到這塊石頭其實很大。到頭來她還是用草擦擦手，從袋子裡把錘石拿出來。

但是有了錘石還不夠。要是用錘石敲擊那把新燧石小刀，可能會把刀子弄壞。她需要一個能減輕敲擊力的緩衝物。她想起背毯的一個角落有些破爛，便起身走回寶寶身邊，寶寶正蹬著小腳想要爬過去抓住沃夫。愛拉對寶寶微微笑，然後從毯子比較破爛的那個角落割下一塊軟皮，接著回去幹活。她把刀刃朝下，跟胸骨平行，再把折好的軟皮墊在刀背，拿起錘石往刀背敲下去。刀子切了進去，但卻沒能把骨頭切開。她再敲了兩三下，發覺骨頭有些鬆動。終於她切開了胸骨，繼續一路往上切到喉嚨那邊，割開了氣管。

她撥開肋骨，把分隔胸部與腹部的橫隔膜切開來，接著牢牢抓住光滑的氣管，把內臟拉出來，再割斷脊柱與內臟的連結。這一整串狼獾內臟就這樣被抽出來扔在地上。最後愛拉把狼獾翻過來，讓血滴乾，現在內臟已經清理完畢了。

其實所有的動物不管大小，清理內臟的過程都是一樣的。如果這動物是要用來當食物的，內臟取出後就得儘快冷卻。冷卻的方式有很多種，可以剝皮、用冷水沖洗，冬天時還可以擱在冰雪上。牛、原牛、猛獁象、犀牛以及各式各樣的鹿都是食草動物，牠們的內臟多半都可以吃，像是肝、心、腎，而且滋味不錯，食用動物的身體其他部位也都各有用途。大腦常常被用來鞣皮，胃腸則可以清理乾淨，填塞融化的油脂或還帶著血的碎肉，做成香腸。胃與膀胱只要洗得乾乾淨淨，就是超級好用的水袋，可以拿來裝其他液體，當成炊具也很不錯。

把一張新的獸皮攤開，鬆鬆地鋪架在地面坑洞上，再裝些水，把加熱過的石頭丟進去把水煮沸，這也是煮食的方法之一。不過動物的皮或胃等有機物質遇熱都會稍微縮小一點，因為這些部位也會被煮熟，所以在用這些部位作為煮食器具時，最好不要把水裝太滿。

愛拉知道有些人會吃食肉動物的肉，她自己倒是不吃。她從小生長的部落不喜歡吃食肉動物的肉。雖然嘗過一兩次，可她真的覺得不好吃。她想除非自己真的餓斃了才有可能勉強吞下去，不過她確定自己不至於淪落到這地步。她連馬肉都不愛吃，儘管那是很多人的最愛。她知道那是因為自己跟馬兒很親近的緣故。

她該收拾一下回營地去了。她把標槍桿和標槍投擲器放回固定套，收回來的燧石標槍頭則放進清理好的狼獾身體裡，接著用背毯背起喬愛拉，拿起籮筐，再把成綑的香蒲夾在腋下。最後拉起套在狼獾頭上的水楊梅莖桿，把狼獾拖在身後。她把狼獾的內臟留在現場，反正總會有大媽的動物跑來吃掉。

愛拉走進營地時，喬達拉和齊蘭朵妮盯著她瞧了好一會兒。「妳在外頭很忙啊！」齊蘭朵妮說。

喬達拉走向愛拉，幫她卸下身上的東西：「妳該不是去狩獵的吧？這可是狼獾耶！」

「我也沒想到會碰到狼獾。」愛拉對他說了來龍去脈。

「我還覺得奇怪。妳只不過是去採些東西，帶武器幹麼？」齊蘭朵妮說：「現在我知道了。」

「女人通常都是成群結隊一起出去，會聊天、說笑、唱歌，吵得要命。」愛拉說：「這樣不但很有趣，也可以把動物嚇跑。」

「我倒沒想過這一點，」喬達拉說：「妳說得沒錯，幾個女人走在一起大概會把大部分的動物都嚇跑。」

「我們總是要求年輕女人出門去拜訪別人、採野莓或是撿木柴，反正不管出門做什麼，都一定要有人陪伴。」齊蘭朵妮說：「當然不用教她們要談天說笑，大聲喧嘩。她們走在一起就一定會這樣，這也是為了安全。」

「穴熊族的人出門時不太說話，他們也不會笑，不過他們會邊走邊敲敲挖掘棒或石頭，製造一些節奏。」愛拉說：「有時候還會隨著走路節奏吼叫或發出吵鬧的聲響。這不是唱歌，不過弄起來很像音樂。」

喬達拉和齊蘭朵妮互望了一眼，不知道該說什麼。愛拉有時會透露自己小時候和部落一起生活的情形。她的童年生活跟他們或是其他人真是很不一樣。愛拉的描述也讓他們覺得，穴熊族的人跟他們是如此相似，卻又如此不同。

「喬達拉，我要這狼獾的皮。這可以幫你的面罩做個新內襯，也可以幫我跟喬愛拉都做一個。可是我得趕快把這皮剝下來才行。你來照顧一下寶寶好不好？」愛拉說。

「我來跟妳一起剝皮吧！這樣我們兩個都能看著寶寶。」喬達拉說。

「你們兩個都去忙吧！我來看寶寶。」齊蘭朵妮說：「我又不是沒照顧過寶寶，再說沃夫也可以幫忙。」她看著這隻壯碩而兇猛的動物：「對不對，沃夫？」

愛拉把狼獾拖到離營地外圍有段距離的空地上。她可不想把路過的食腐動物引到營地來。然後從狼獾的肚子裡掏出她收回來的燧石標槍頭。

「只有一顆要重新磨。」她把燧石拿給喬達拉：「第一支標槍射中牠的後腿。牠看到我投擲標槍的動作就趕快逃了。沃夫追著牠，把牠逼到灌木叢裡。我再用力丟出第二支標槍，力道大得過頭了，所以燧石才會壞掉。因為我知道牠是衝著喬愛拉來的，這真讓我氣壞了。」

「妳當然會生氣，換成是我也會。妳今天過得好刺激啊，相較之下，我今天過得實在太平淡了。」喬達拉說。兩人開始動手剝狼獾的皮，他從狼獾的左後腿下刀，一直畫到愛拉之前切開狼獾肚子的部位。

「你今天在洞穴有找到燧石嗎？」愛拉也在狼獾左前腿畫出了同樣的切口。

「洞穴裡有很多，不是最頂級的，也還能用就是了，當作練習用正好。」喬達拉說：「妳記不記得瑪塔根？就是去年被毛犀牛刺傷腿、妳幫他包紮的那個小男生？」

「記得啊，我沒機會跟他說話，不過有看過他。雖然他一瘸一瘸的，行動倒是沒什麼問題。」愛拉又在狼獾右前腿上畫了一刀，喬達拉則處理狼獾的右後腿。

「我跟他、他媽媽以及她的配偶，還有幾個他們洞穴的人談過。如果約哈倫跟他們洞穴沒意見的話，我覺得不會有人有意見吧！等夏天結束就讓他來第九洞穴住。我來教他敲燧石，看他有沒有天分，喜不喜歡做這個。」喬達拉抬起頭來：「腳要留著嗎？」

「這爪子很利，可是我不知道要拿來幹麼。」愛拉說。

「可以拿去交換。這個拿來串在項鍊上，或者縫在束腰上衣上面一定很好看。牙齒也可以拿來做裝飾。這個尾巴真漂亮，妳要拿來做什麼用？」喬達拉說。

「我想把尾巴連皮留著，」愛拉說：「至於爪子跟牙齒，我就拿去交換好了……不過那個爪子也可以用來挖洞。」

他們把狼獾的腳切掉，砍斷關節，割開肌腱，再連撕帶切地剝下右側到脊柱的皮。然後以拳頭推開連接與皮毛之間的膜，取下腿肉。接著又把狼獾翻個身，開始處理左半邊。

他們邊處理邊聊，繼續連拉帶撕，剝下狼獾的皮，盡可能地避免在獸皮上留下切口。「那瑪塔根要住哪？他在第九洞穴有家人嗎？」愛拉問。

「沒有，我們還沒決定要安排他住哪。」

「他會想家的，尤其是剛開始的時候。喬達拉，我們有很多房間，他可以跟我們住。」愛拉說。

「我也是這麼想，我還想問妳會不會介意哩？可能有些東西得稍微挪一挪，整理出個地方給他睡，不過住在我們家對他來說比較好。我可以跟他一起做事，看看他的工作情況，觀察他有沒有興趣。要是他不喜歡，那就不要勉強。不過我收個學徒也不錯。」喬達拉說：「他的腿不方便，能學會這技能是好事。」

他們開始剝脊柱、肩膀一帶的皮，這部位的皮肉黏得比較緊，用到刀子的機會比較多。接著他們要割掉狼獾的頭。喬達拉緊緊拉直狼獾的身體，愛拉則找出連接頭和脖子、較易轉動的關節，一刀從肉切到骨頭，再稍微一扭，頸椎就應聲而斷，然後再切斷膜與肌腱，拿下整顆頭，剝皮工作就完成了。

喬達拉拿起這張美麗的狼獾皮。兩人讚嘆地欣賞著。有喬達拉幫忙，剝皮的速度快多了。愛拉想起喬達拉第一次幫她剝獵物皮的情形。當時他們住在野馬河谷，被獅子襲擊的喬達拉還在養傷。那時候愛拉很驚訝，不只是因為他願意幫忙，也因為他真的懂得怎麼剝皮。穴熊族男人不會做這種工作，他們沒有這種記憶。愛拉到現在還是會忘記，其實喬達拉也可以幫忙某些原本屬於部落女人的工作。她習慣自己動手，很少求助，不過那時她很感激有喬達拉幫忙，現在也一樣。

「我想把這些肉給沃夫。」愛拉看著狼獾剩下的部分說道。

「我還在想妳要怎麼處理這些肉呢！」喬達拉說。

「我現在想先把狼獾皮連頭一起捲起來，然後來做晚飯。也許今天晚上就可以開始磨皮了。」愛拉說。

「妳一定要今天晚上就開始弄嗎？」喬達拉說。

「我要用狼獾的腦把皮毛軟化，這得趕快處理，不然皮毛很快就會壞掉。瑪桑那覺得下個冬天還是會一樣冷，如果真是這樣，那更要趕快了。」

他們開始返回營地。愛拉注意到在他們取水的溪邊，那塊肥沃潮濕的土壤上的某個地方長了一些約一公尺高、有著心形鋸齒葉的植物。「我想採一些異株蕁麻再回去。」愛拉說：「晚餐吃這個不錯。」

「那會刺人耶！」喬達拉說。

「煮熟之後就不會了，而且很好吃喔！」愛拉說。

「我知道，只是以前的人怎麼會想到把蕁麻煮來吃呢？」喬達拉說。

「這個我們大概永遠也搞不清楚吧！我得找個東西才能採蕁麻，得要找一些大片的葉子把手包住，以免被刺到。」她四處張望了一下，發現有棵高大筆挺的植物，頂端綻放冠狀的紫色花朵，莖的底部周遭則長著大片的心形葉子，柔軟而且帶著絨毛。「那裡有一些牛蒡，葉子跟最細的鹿皮一樣柔細，可以拿來用。」

「這些草莓真好吃。」齊蘭朵妮說：「為這頓美味晚餐畫下完美的句點。謝謝妳，愛拉。」

「我也沒弄什麼。那烤肉是赤鹿的後半身，是我們離開之前，索拉邦跟盧夏瑪給我的。我只是做了個烤肉的石爐，然後煮了一些香蒲跟綠色蔬菜而已，真的沒什麼。」

晚餐前，齊蘭朵妮看著愛拉用一小塊肩胛骨在地上挖洞。那肩胛骨的一端已經被磨利，用來當成鏟子。愛拉把挖出來的土鏟到一張舊獸皮上，再把獸皮包起來扔掉。接著她把石頭排在洞裡，留下的空間只比那塊鹿肉大一點點，在洞裡生火，把石頭烤熱。然後從醫藥袋中拿出一個小皮袋，取出袋子裡的某種東西撒在鹿肉上，那可能是具有療效、又可以拿來調味的藥草。她又加了一些水楊梅的嫩根，味道很像丁香，還加了些牛膝草與車葉草。

她用牛蒡葉把赤鹿肉包起來，又在洞底灼熱的炭火上灑了一層土，這樣才不會把赤鹿肉烤焦。再把葉子包著的赤鹿肉放進這個小烤爐裡，然後在鹿肉上鋪了一層濕濕的草以及更多葉子，最後用土把這烤爐完全蓋住讓它悶燒。接著她在上面壓了塊用火烤過的扁平大石頭，讓赤鹿肉在石頭的餘溫還有本身的蒸汽中慢慢加熱。

「這不只是煮過的赤鹿肉而已。」齊蘭朵妮堅持：「這肉吃起來很嫩，還有一種我從來沒嘗過的味道，挺好吃的。妳從哪裡學會這樣做菜的？」

「我跟伊札學的，她是布倫部落的女巫醫。她不但知道藥草的療效，還知道藥草吃起來的滋味。」愛拉說。

「我第一次吃愛拉做的菜時也有這種感覺。」喬達拉說：「就是覺得從來沒嘗過這種滋味，可又真的很好吃。現在我都吃習慣了。」

「用香蒲葉做成小小的『煮食袋』，把蕁麻葉跟香蒲的苗和莖葉放在裡面，再放進滾水裡面煮，這真的是很聰明的做法。這樣煮好以後要拿出來很容易，不必在鍋底撈來撈去。」齊蘭朵妮又說：「我也要用這種方法熬藥煮茶。」她看見喬達拉皺著眉頭，似乎搞不太懂，連忙解釋：「就是煎藥、煮藥草茶啦！」

「我是在馬木特伊氏的夏季大會學來的。有個女人就是這樣煮菜，那邊很多女人也學著照做。」愛拉說。

「我也很欣賞妳在那塊燒熱的扁平石頭上放些油脂、煎香蒲麵粉餅的作法。我注意到妳也在餅裡頭加了些東西！是什麼呢？」首席問。

「是款冬葉的灰。」愛拉說：「它們有種鹹味，如果先風乾再燒成灰的話會更鹹。如果有海鹽的話，我還是比較喜歡用海鹽。馬木特伊氏會用東西換海鹽，蘿莎杜那氏住在鹽山附近，他們是直接開採鹽。我們離開之前，他們給了我們一些鹽。剛到這裡時，我還剩一些，現在已經用完了，所以我就學妮姬做了款冬葉的灰來用。以前我也用過款冬，可是沒用過款冬葉的灰。」

「愛拉，妳在旅途中學到這麼多東西，真是多才多藝。我還不曉得妳也會做飯呢！妳的手藝真好。」

愛拉不曉得該說什麼。她不覺得烹飪算是「才藝」，只不過是弄東西吃而已啊！而且她還是不習慣別人直接讚美她，大概一輩子都不會習慣吧！所以她沒有直接回應齊蘭朵妮的話。「那種扁平大石頭很難找，我想留著它。反正快快會拉拖橇。我可以把它裝在拖橇行李裡，這樣就不用背在身上。」愛拉說：「你們要喝茶嗎？」

「妳要泡什麼茶？」喬達拉說。

「我打算用剛才煮香蒲跟蕁麻的水，再加點牛膝草進去。」愛拉說：「也許還加點車葉草。」

「那應該很不賴。」齊蘭朵妮說。

「水還溫溫的，再加熱很簡單。」愛拉把烹煮石再度放進火裡。

接著她開始收拾東西。她把剛剛煮晚餐用的原牛脂肪裝進清理乾淨的腸子裡，然後把腸子兩端折起來封口，放進硬生皮容器裡。脂肪經過沸水融化，會變成平滑的白色油脂，可以用來做菜，也可以用來點燈。她把晚餐吃剩的食物用大片葉子包好，用繩子綑起來，跟裝肉的容器一起高高掛在拖桿做成的三角架上。

眼前的石頭燈燃的也是牛油。任何一種能吸收液體的材料都可以拿來做燈芯。在伸手不見五指的洞穴裡點燈，看上去格外明亮。早上要進入附近的洞穴時，就要用這種燈。

愛拉把燒熱的石頭丟進水裡，看著水沸騰冒煙，發出嘶嘶聲，再放入整株新鮮的牛膝草。「齊蘭朵妮，我要到河邊洗木碗，妳的也拿給我一起洗吧？」

「好啊，就麻煩妳了。」首席應道。

愛拉回來時發現她的杯子已經裝滿了熱茶。喬達拉抱著喬愛拉，做出滑稽的表情與聲音，逗小寶寶笑。

「我看她好像餓了。」喬達拉說。

「她都是這個時候餓。」愛拉微笑著接過孩子，挨著營火坐下，熱茶就放在身旁。

剛才喬達拉本來在跟齊蘭朵妮說話，寶寶一吵鬧就打斷他們了。顯然寶寶是要媽媽，現在她心滿意足，也就不吵鬧了。他們又開始聊天。

「我剛剛成為齊蘭朵妮的時候，還不太認識瑪桑那，不過一直都有人談到她，說她很愛很愛達拉納。」齊蘭朵妮說：「後來我當上前任齊蘭朵妮的助手，這位齊蘭朵妮跟我說，瑪桑那在第九洞穴是出了名的領導有方，她還跟我說了瑪桑那和其他人的關係，這樣我比較了解狀況。」

「她的第一個男人約科南是一位強大的頭目，她從他身上學到不少東西。前任齊蘭朵妮跟我說，一開始的時候，瑪桑那對約科南比較像是仰慕、尊敬，而非愛慕。我覺得她幾乎是把約科南當成神一樣崇拜，不過之前那位齊蘭朵妮可不這麼覺得。她說瑪桑那費了許多心思討好約科南。約科南的年紀比較大，瑪桑那是他身邊的妙齡美女，不過他那個時候已經有兩個女人了，搞不好還不只兩個。他之前沒有配對，一旦決定成家，就希望能馬上成家。他覺得身邊多幾位伴侶比較好，比較有把握能產下子嗣。」

「沒想到瑪桑那很快就懷了約哈倫，等到她生下兒子，約科南又不急著配對了，而且兒子出生不久，約科南身體就開始不舒服。一開始並不明顯，他也沒有告訴別人。喬達拉，後來他發現你母親不只是人漂亮，腦袋也很聰明。她幫他的忙，自己也愈來愈堅強。約科南身體愈來愈差，所以愈來愈多頭目的工作就交給瑪桑那。瑪桑那實在太能幹了，約科南死了以後，他們洞穴的人還希望瑪桑那能繼續領導呢！」

「約科南是個怎樣的人？妳說他很強大，我覺得約哈倫才是強大的頭目。他想做什麼事情，通常都能說服別人照他的意思做。」喬達拉說。愛拉聽得入迷，她一直都想更了解瑪桑那，可是瑪桑那很少談到她自己。

「約哈倫也是不錯的頭目，可是不像約科南那麼有魄力。他比較像瑪桑那而不是約科南。有時候約科南會讓人害怕，他非常強勢，別人認同他就沒事，不認同他就很難跟他相處。我覺得有些人不敢跟他唱反調，不過他倒是從來沒有威脅過別人。以前還有人說他是大媽選出來的領導者。大家都喜歡跟在他身邊，尤其是年輕人，年輕的女人更是對他投懷送抱。他們說那個時候幾乎每個女孩都會穿流蘇，想纏住他的心。難怪他會等到年紀大一些才配對。」齊蘭朵妮說。

「妳覺得女人穿流蘇真的可以纏住男人嗎？」愛拉說。

「這看男人怎麼想。」齊蘭朵妮說：「有些人覺得女人穿流蘇是象徵陰毛，而且也暗示這個女人願意暴露自己的陰毛。如果某個男人很容易被挑逗，或者他對某個女人感興趣，就會被這流蘇鼓舞，在這個女人的身邊跟前跟後，直到她打算用流蘇把他纏住為止。但是像約科南這樣的男人知道自己要什麼，我覺得他不會對那種認為需要穿流蘇才能吸引男人的女人感興趣。把流蘇穿在身上未免太露骨了。瑪桑那從來不穿流蘇，還不是一堆男人注意她。約科南決定要跟瑪桑那配對，還要和遠方洞穴的年輕女人一起配對，因為她們倆就像姊妹一樣，而且她們也都願意。是齊蘭朵妮反對這樣雙重配對。他答應過人家，等到她學會齊蘭朵妮的技能，就要把她還給她的族人。」

愛拉知道齊蘭朵妮是很厲害的說書人。她發現自己完全著迷了，部分是被齊蘭朵妮的說故事技巧吸引，更多的則是對她說的故事內容著迷。

「約科南是個強大的頭目，在他當頭目的那段時間，第九洞穴增加了很多人。第九洞穴其實可以容納不少人，但是沒有幾個頭目願意照顧這麼多人。」齊蘭朵妮說：「約科南過世的時候，瑪桑那悲痛欲絕。我有一段時間以為她會追隨約科南到另一個世界，但是她還有個孩子要照顧。約科南一走，族裡好像破了個大洞，需要被填補。

「族人需要頭目才能提供的協助時，就會向她求助，像是解決糾紛、拜訪其他洞穴、參加夏季大會、籌畫外出打獵之類的。她還得決定每位獵人打獵結束之後要繳交多少獵物給洞穴，以及冬天時該要繳交的獵物數量。約科南生病之後，族人都習慣找瑪桑那，她也習慣了幫族人解決疑難雜症。她能活下來，也許是因為族人需要她，而且她還有個兒子要照顧。過了一陣子，她就成了族人公認的頭目，她的悲傷也漸漸沖淡了。她跟我的前任齊蘭朵妮說這輩子都不會再配對了。沒想到後來達拉納來到第九洞穴。」

「大家都說達拉納是瑪桑那今生的最愛。」喬達拉說。

「達拉納真的是瑪桑那今生的最愛，為了他，瑪桑那差點放棄了當頭目。不過她終究還是繼續做，因為她覺得族人需要她。雖然達拉納也一樣深愛瑪桑那，但是過了一段時間之後，他也想建立自己的地位。他不願意屈居瑪桑那的陰影之下。他不像你，喬達拉，他也很會做燧石，可是光是這樣他並不滿足。」

「可是他是我認識的人裡面技術最好的耶！大家都知道他是大師，也公認他是第一把交椅。我認識的人裡面唯一能跟他並駕齊驅的，是馬木特伊氏獅營的偉麥茲。我一直很希望他們兩個能見面。」喬達拉說。

「也許他們透過你，已經『見過面』了。」齊蘭朵妮說：「喬達拉，如果你還不知道，那現在你一定要明白，你很快就會成為齊蘭朵妮氏最出色的燧石製作者。達拉納手藝不錯，這個不在話下，但是他現在是蘭薩朵妮氏族人了。不管怎麼說，他最大的本事還是人際關係。他現在很快樂，因為他建立了自己的洞穴，有自己的族人。雖然從某個方面來說，他永遠都是齊蘭朵妮氏人，不過他的蘭薩朵妮氏有一天也會壯大的。」

「喬達拉，你是他火堆地盤的兒子，也是他最疼愛的兒子，你讓他引以為傲。他也很疼愛潔莉卡生的女兒約普拉雅，你們兩個都讓他引以為傲。雖然他心裡可能永遠藏著對瑪桑那的一份愛，不過他真的很愛潔莉卡。我覺得他是愛潔莉卡的異族魅力，而她個子嬌小卻如此強悍也是吸引他的部分原因。雖然潔莉卡的身形不高，站在高大的達拉納身邊，只有他的一半高，不過她絕對配得上達拉納。她不想當頭目，覺得讓達拉納做就好，但是我相信她就算做頭目也能做得有聲有色，她的意志很堅強，個性也很勇敢。」

「齊蘭朵妮，這妳真是說對了！」喬達拉大笑著說。他的笑聲爽朗嘹亮又溫暖，流露出一種自然的熱情。因為別人很少看到他流露出這種熱情，往往出乎意料，所以感受更為強烈。喬達拉是個穩重的男人，他常常微笑，卻很少大笑。一旦大笑，那種毫不保留的熱情總會讓人覺得驚奇。

「達拉納和瑪桑那分開之後，找到了另一個伴侶，但是很多人都覺得瑪桑那很難找到另一個男人取代達拉納，很難像愛達拉納那樣深愛另一個男人，她也沒有再這樣愛過別的男人。不過她後來認識了威洛馬。她愛威洛馬一點都不會比愛達拉納少，但是這種愛不太一樣，就好像她愛達拉納跟愛約科南也不一樣。威洛馬也很會處理人際關係，瑪桑那身邊的每個男人都很會處理人際關係。但是威洛馬只要可以到處旅行、認識別人、探索陌生又新奇的地方，當個交易大師就滿足了。他看過的地方，學到的東西，還有認識的人比任何人還多，也比你多，喬達拉。他喜歡旅行，不過他更喜歡回家，把他沿途的冒險故事還有認識的人說給家人聽。他交易往來的對象不但遍布整個齊蘭朵妮氏人的領土，也擴及領土之外，也帶回來有用的新知識、精采的故事，還有新奇的東西。他當初輔佐瑪桑那真的功勞很大，現在輔佐約哈倫也是一樣。他是我最尊敬的人。當然他也有了他唯一的火堆地盤女兒。瑪桑那一直想要一個女兒，你的妹妹弗拉那是個漂亮的小姑娘。」齊蘭朵妮說。

愛拉了解這種感覺，她之前也是很想很想要一個女兒。她低頭看著沉睡的寶寶，眼神充滿強烈的母愛。

「是啊，弗拉那很漂亮，腦袋很聰明，而且什麼都不怕。」喬達拉說：「我們剛來的時候，大家看到馬匹什麼的都很不安，她可是一點都沒猶豫，一路跑下來接我。我永遠都不會忘記。」

「是啊，有了弗拉那，你母親非常得意，而且不只這樣。一個人一旦生了女兒，女兒的孩子就一定是你的孫子。當然瑪桑那也會疼愛她兒子火堆地盤的兒女，但是如果是女兒生的那就一定是她的孫兒了。當然你的兄弟索諾倫也是生在威洛馬的火堆。瑪桑那不會偏心，不過索諾倫才是她的開心果。其實誰見了索諾倫都會微笑。威洛馬這人很溫暖、誠懇、友善，沒人能抵擋他的魅力，不過索諾倫很會跟別人相處，比威洛馬還迷人。索諾倫也很喜歡旅行，喬達拉，要不是因為他，我想你大概不會出這一趟遠門。」

「沒錯，是他決定要去我才會去，不然我根本沒想到要出門。拜訪蘭薩朵妮氏那一趟我就覺得夠遠的了。」

「你怎麼會想到跟他去呢？」齊蘭朵妮問。

「我也說不上來，」喬達拉說：「有他在一直都很有意思，所以我覺得跟他一起出去沒問題，而且他跟我說這一趟會很好玩，不過我沒想到會走這麼遠。我覺得這也是因為他有時候會有點魯莽，我總是要關照他。他是我兄弟，是我最愛的人。我知道如果有機會，有一天我一定會回家的，我想如果跟他一起走，他到最後也會跟我一起回家。我也說不上來，好像是一股力量牽引著我吧！」喬達拉看了愛拉一眼。愛拉比齊蘭朵妮還要認真聽。

他不知道是我的圖騰牽引著他，也許大媽也在牽引他吧！愛拉想。他命中注定要走這一趟，命中注定要認識我。

「那瑪羅那呢？顯然你沒有那麼愛她吧？不然就不會離開了。你決定要走，跟她有沒有關係呢？」齊蘭朵妮問。從喬達拉回來到現在，她才有機會問他為何要出這一趟遠門，她打算好好利用這個機會。

「如果索諾倫沒有要跑這一趟，那你會怎麼做呢？」

「我想我會去夏季大會，大概會跟瑪羅那配對吧！」喬達拉說：「大家都認為我會跟瑪羅那配對，而且那個時候我也最喜歡瑪羅那。」他抬頭對著愛拉微笑：「不過說實話，我決定要出門的時候並沒有想到她。我是擔心我母親，她好像認為索諾倫不會回來了。我擔心她認為我也不會回來了。我是打算回來，不過未來的事誰也說不準。旅途當中什麼事情都可能發生，我們這一趟也的確發生不少事情。我知道威洛馬不會走，而且我母親還有弗拉那跟約哈倫在身邊。」

「你怎麼會覺得瑪桑那認為索諾倫不會回來呢？」齊蘭朵妮問。

「我們出門要去拜訪達拉納的時候，我母親跟我們說了一些話。是索諾倫發覺到的，母親對他說：『一路順風』，對我卻說：『等你回來』，妳記不記得我們第一次跟我母親還有威洛馬說索諾倫的事？威洛馬說我母親從來沒想到索諾倫會回來，而且就如我所料，我母親發現我跟索諾倫一起去，也擔心我也不會回來。她說她擔心會失去兩個兒子。」喬達拉說。

愛拉想，難怪索莉跟馬肯諾要我們跟夏拉木多伊氏人生活在一起，喬達拉就是不肯。他們那麼熱情，那一陣子住在那裡，真的好喜歡他們。我想住下來，可是喬達拉不肯。現在我知道為什麼了，還好我們千里迢迢走回來了。瑪桑那待我就像女兒、朋友一樣，齊蘭朵妮也是。我好喜歡弗拉那，也好喜歡波樂娃、約哈倫，還有好多好多人。當然也不是每個人都喜歡，不過大部分的人都對我很好。

「瑪桑那是對的，」齊蘭朵妮說：「索諾倫擁有很多很多天分，也擁有很多愛。以前很多人說他是大媽最喜愛的人。我聽到這種話都會不高興，不過後來真的是這樣。身為大媽最喜愛的人有個問題，就是大媽不喜歡跟喜愛的人分開太久，很快就會把他們帶走，在他們還很年輕的時候。你去了這麼久，我還在想大媽是不是也太喜歡你了。」

「我也沒想到這一去就是五年。」喬達拉說。

「你們走了兩年以後，大部分的人都覺得你或者是索諾倫可能不會回來了。有時候會有人提起你跟索諾倫出門遠行，不過大家都已經開始忘記你了。你知不知道你回來的時候，大家有多驚訝？不只是因為你身邊還帶著一個異族女人，還有那些馬匹跟一隻狼。」齊蘭朵妮說著，臉上浮現揶揄的微笑：「也是因為你竟然活著回來了。」

第十四章

「妳覺得我們能不能把馬兒帶進那個洞穴？」隔天早上愛拉問道。

「這裡的洞頂多半都很高，不過終歸還是個洞穴。那表示一旦我們走進去，除了手上的火把之外，沒有其他光亮，而且地上凹凸不平。還有些地方地勢較低，妳得當心。現在裡面應該是空的，不過冬天會有熊在裡面。妳可以看到牠們打滾嬉戲的痕跡和抓痕。」齊蘭朵妮說。

「是穴熊嗎？」愛拉問。

「從抓痕大小來看，很可能穴熊待過。洞裡也有一些小抓痕，我不曉得是比較小的棕熊，還是年輕穴熊留下來的。」齊蘭朵妮說：「從這裡走到主區域要走很久，回來就更久了，得走上一整天，至少我需要一整天。我有好些年沒這樣走過了，而且老實說，我大概也是最後一次這樣走了。」

「不然這樣吧！我把嘶嘶帶進洞裡，看牠的反應如何。」愛拉說：「也把灰灰帶去。我會幫牠們套上韁繩。」

「我來帶快快。」喬達拉說：「我們可以先把牠們留在洞裡，看看牠們適不適應，再決定要不要裝上拖橇。」

齊蘭朵妮看著他們幫馬兒套上韁繩，牽著馬兒走向大洞穴的入口。沃夫跟在後面。齊蘭朵妮並不打算帶他們走遍整個大洞穴。她自己都不知道這個神聖的地方到底有多大，不過她至少有概念。

洞穴非常遼闊，超過十六公里長，裡面有迷宮般的通道，有些互相連接，有些則通往四面八方，地下共有三層，齊蘭朵妮要帶他們去的地方離洞口大約十公里。這趟路會走很久，但一想到拖橇，她心情很複雜。沒有拖橇，她就算走得慢，還是可以走完；有拖橇雖然輕鬆，她卻不希望自己倒退著進入聖洞。

喬達拉和愛拉出來時都猛搖頭，並且試著安撫馬兒。「真抱歉，」愛拉說：「可能是因為熊的氣味吧，嘶嘶跟快快在裡面很緊張。牠們會避開熊出沒的地方，而且裡面愈暗，牠們愈焦慮不安。沃夫跟我們進去倒是沒問題，是馬兒不喜歡待在裡面。」

齊蘭朵妮鬆了一口氣：「我可以自己走，只是多耗點時間而已。我們身上要帶食物跟水，還要帶保暖衣服，裡面會很冷。我們還要多帶一些油燈跟火把。對了，記得帶妳用香蒲葉做的厚墊子，坐下來時可以用。地上雖然有石頭和植物，不過應該都很潮濕泥濘。」

喬達拉把他們大部分東西都收拾在堅固的背筐裡，齊蘭朵妮也有一個背筐，跟喬達拉的很像，只是沒那麼大，是用堅硬的生皮黏在筐架上製成。編成筐架的細圓枝條採用生長快速的樹木新枝，像是只需一季時間就能長得又直又挺的白楊樹枝。喬達拉和齊蘭朵妮的腰間也掛著工具和皮袋。愛拉帶著她的水獺皮醫藥袋和其他裝備，當然，也帶著喬愛拉。

他們在離開前最後又檢查了一次營地，愛拉與喬達拉也再三確認他們進入洞穴期間，馬兒能安全無虞。他們從火堆引燃一支火把，隨即把火堆弄熄。愛拉向沃夫打手勢示意牠跟上，然後一行人便走進了猛獁象洞穴。

洞口已經夠大了，沒想到裡面更大，幸好外頭的自然光線照得到通道前段，所以只拿一支火把也還夠亮。他們漸漸深入廣大的洞穴，眼前唯一可見的景象顯示，這個巨大洞穴鐵定有熊待過。愛拉覺得，不管一個洞穴有多大，一個季節就只會有一隻熊在裡面，不過她也不確定是不是這樣。地面上有許多橢圓形的大凹坑，顯示熊在裡頭待了很久，而洞壁上的熊爪抓痕也暗示那些大凹坑是熊的傑作。沃夫緊跟著他們，走在愛拉旁邊，偶爾還會擦過她的腿，這讓她覺得安心。

來到外界光線照不到、只能靠火把看清路面的洞穴深處時，愛拉開始感覺洞穴裡的寒意。她帶了一件溫暖的長袖束腰上衣、一頂皮帽，也帶了附面罩的細長毛皮兜帽外套要給寶寶穿。她停下腳步，解開喬愛拉的背毯，寶寶一離開溫暖的母親，立刻感覺到寒冷的空氣，變得躁動不安。愛拉趕緊為寶寶跟自己穿上保暖衣物，寶寶再度貼近媽媽溫暖的身體後，總算安靜了下來。另外兩人也都穿上了保暖衣服。

再度上路時，齊蘭朵妮忽然唱起歌來。愛拉和喬達拉都嚇了一跳，不約而同看著齊蘭朵妮。她一開始只是輕輕哼著，過了一會兒卻愈來愈大聲，雖然她唱的歌沒有歌詞，音調卻抑揚頓挫，好像在做音階練習。她的聲音渾厚飽滿，彷彿充滿整個遼闊洞穴似的，聽得兩人都覺得這真是天籟之音。

他們從洞口出發大約走了一公里，三人並排，齊蘭朵妮走在中間，愛拉、喬達拉在兩旁。這時齊蘭朵妮的歌聲似乎有所改變，加入了一種帶著回音的共鳴。忽然間沃夫也以恐怖的狼嗥應和，嚇了眾人一跳。喬達拉的背脊一陣涼，打了個哆嗦。愛拉感覺到喬愛拉也開始不安地動來動去，好像要沿著她的背往上爬似的。齊蘭朵妮仍舊唱著歌，一句話也沒說。突然，她伸出雙臂，攔住愛拉與喬達拉。他們看著她，發現她盯著左邊洞壁瞧，因而轉過去查看。這才發現原來這裡並不只是一個空蕩陰森、似乎沒有盡頭的巨大洞穴。

一開始愛拉只看見一些赭紅色的圓形燧石裸岩，而且洞壁上到處都是。緊接著，她在洞壁高處發現了一些黑色痕跡，看起來不像是天然生成的。她忽然明白自己看到了什麼。洞壁上的黑色線條勾勒出猛獁象的模樣。再仔細一瞧，她發現洞壁上有三隻猛獁象面向左邊，彷彿要走出這洞穴似的，最後面那隻猛獁象的背上有野牛背部的條紋；與這隻猛獁象有點混在一起的，還有一隻面向右邊的猛獁象，頭部與背部的輪廓很明顯。再稍微往上，有個奇特臉孔，長著鬍鬚、睜著一隻眼睛、頂著兩隻角，另外還有一隻背部隆起的牛。洞壁上總共畫了六隻動物，應該說，能看得出來的是六隻。愛拉突然感到一陣涼意，全身顫抖。

「我在這個洞穴前紮營好幾次，完全不知道這裡原來有壁畫。是誰畫的啊？」喬達拉問。

「我不知道。」齊蘭朵妮說：「可能是古代人類，也可能是祖先，沒人確定。古老的傳說並沒有提到這些。據說很久很久以前，這一帶的猛獁象非常多，毛犀牛也不少。我們發現很多老骨頭跟長牙，因為年代久遠，都發黃了。不過現在很少看到這些動物，所以每次看到都會引發一陣騷動，像去年那些男孩子要獵殺的犀牛就很少見。」

「馬木特伊氏人住的地方有很多動物。」愛拉說。

「是啊，我們還跟他們一起參加狩獵大會呢！」喬達拉想了想又說：「不過那裡的情況不一樣。那裡乾燥寒冷得多，也沒那麼多雪。我們跟馬木特伊氏人一起獵猛獁象時，季風才剛把雪往枯草叢生的曠野吹。而在這裡，只要看到一群猛獁象匆匆忙忙往北趕路，就知道超級暴風雪要來了。愈往北走愈冷，走上一段之後，除了愈來愈冷之外，還會愈來愈乾燥。猛獁象在大雪中很難生存，穴獅也知道這一點，所以會跟在猛獁象後頭。有一句俗話說：『猛獁象往北走的時候千萬別跟去，不然就算躲開了雪，也會被獅子吞下肚。』」

他們停下腳步，齊蘭朵妮從背筐拿出一個新火把，用喬達拉手上的火把點燃。喬達拉手上的火把還沒燒完，不過已經在悶燒，沒什麼火焰，還冒出很多煙。等齊蘭朵妮點好火，喬達拉就把火把對著石頭敲了敲，燒焦的木炭敲掉後，火又重新燒亮了。愛拉感覺背上的喬愛拉有些不安，扭來動去的。剛剛她一直在睡覺，洞穴裡的黑暗和媽媽背上的輕微搖晃讓她沉沉入睡。愛拉認為她現在可能醒過來了。不過他們一開始走，寶寶很快又安靜下來。

「穴熊族男人會獵猛獁象，」愛拉說：「我跟他們一起去過一次，不是去獵猛獁象。女人不會參與狩獵，但會幫忙把肉風乾帶回來。」說完她又加了一句：「我想，穴熊族的人永遠不會踏進這樣的洞穴。」

他們繼續往裡走時，齊蘭朵妮追問：「為什麼？」

「他們沒辦法說話，應該說，他們很難看到彼此要說些什麼。這裡太暗了，拿著火把還是很暗。」愛拉說：「再說，拿著火把也很難打手語。」

齊蘭朵妮聽完，又想起愛拉閒談部落的點點滴滴，尤其提到他們和齊蘭朵妮氏的不同之處時，愛拉常會用奇特的方式發出某些聲音。「他們聽得見，也有語言。妳曾經跟我說過，他們有一些詞彙。」齊蘭朵妮說。

「是啊，他們是有一些詞彙。」愛拉接著又跟大家解釋，對他們來說，講話的聲音是次要的。他們也會為事物命名，不過動作和姿勢才是最重要的。所謂姿勢並非只有手語而已，肢體語言比手語更重要。打手語時，身體的姿勢、站立的方式、年齡、性別，還有一些非常微妙、幾乎難以察覺的表情，以及手、腳、眉毛細微的動作，全都是手語的一部分。如果只看臉，光聽他說話，這會掌握不到全部意思。

部落的小孩從很小的時候就要學習感受語言，不只是聽人家說話而已，所以他們懂得用非常細微的動作，不太需要發出聲音，就能表達非常複雜的意思。但是要在黑暗中隔著遠距離表達，那可就不容易了。這是個大問題，他們一定要看得到彼此才能互相溝通。愛拉說：「有個老人因為眼睛漸漸失明，看不見別人在說什麼，最後再也不能跟人溝通，只能放棄就這樣死去。當然，他們有時也需要在黑暗中說話，或是隔著一段距離大叫才能溝通，因此他們也發展出一些口語，使用一些聲音。但他們很少說話，就像我們很少打手語一樣。」她說：「我們這些被他們稱為異族的人，其實也會用姿態、表情、手勢說話和溝通，只是比較不常用而已。」

「什麼意思？」齊蘭朵妮問。

「我們不會像穴熊族那樣刻意使用手語，也不會用手語表達那麼多意思。但如果我做了個召喚的手勢，」她邊打手勢邊說：「大部分人都會知道我的意思是『過來』。如果我打手勢的動作很快，或者帶點焦慮，就表示我要對方趕快過來。不過無論是遠看或近看，通常對方不會知道我為什麼要他趕快過來，是有人受傷了呢？還是晚餐快冷了？這是看不出來的。我們必須看著對方，一旦看到對方說話的模樣或臉上的表情，就能看出更多涵義。就算在黑暗中、濃霧裡，或者隔著一段距離，我們還是可以溝通，搞懂彼此的意思。即使隔著一大段距離大聲吼叫，我們還是可以清楚表達很完整、深奧的想法。不管在什麼環境都能說話、溝通，真的是很大的優勢。」

「我倒是從來沒這樣想過，」喬達拉說：「妳教馬木特伊氏獅營的人以部落的方式『說』話，好讓萊岱格可以跟別人溝通。結果大家都玩得不亦樂乎，年輕人尤其玩得開心，他們互相比來比去，當成是遊戲。後來我們去夏季大會，身邊都是人，想要跟獅營的人私下傳個話，這種手語的說話方式就在正事裡派上用場了。我印象特別深刻的是，有一次塔魯特打手勢叫獅營的人等一下再說話，因為當時附近有一些他不想認識的人。到底是怎麼回事，我現在也想不起來了。」

「所以妳的意思是，妳可以開口說一些事情，同時又用手語表達別的事情，或者私下澄清妳要表達的意思。是這樣沒錯吧？」齊蘭朵妮說著，停下腳步，皺起眉頭專注思考，顯然是在思考她覺得很重要的事情。

「沒錯，是這樣沒錯。」愛拉說。

「這個手語很難學嗎？」

「如果統統都要學，了解各種涵義，那當然很困難。」愛拉說：「我教獅營的是簡化的手語，就是小孩子一開始學的那種。」

「拿來溝通也夠了。」喬達拉說：「夠用來交談了……唔，如果要表達比較細微的意見，那恐怕不夠。」

「妳應該教齊蘭朵妮亞這種簡化的手語。」齊蘭朵妮說：「我知道這種手語可以有哪些不錯的用途，不但可以傳遞消息，也能澄清事情。」

「如果遇到穴熊族的人，想跟他說話，也可以使用。」喬達拉說：「在我們正要跨越那條小冰川之前，遇到古邦還有優兒嘉，正好派上用場。」

「沒錯，那也是一種用途。」齊蘭朵妮說：「我們來安排一下，明年夏季大會可以上幾堂手語課。當然妳在接下來的冬季期間也可以教第九洞穴的人。」她又停頓了一下：「不過妳說得也對，手語在黑暗之中不管用。所以，部落的人從來都不進洞穴嗎？」

「他們也會進洞穴，只是不會走到太深的地方，而且在進洞穴時會準備充足的照明。他們不會像我們走到這麼深處，」愛拉說：「除非一個人走，或者有特別的原因。莫格烏爾有時會走進比較深的洞穴。」愛拉想起一段記憶猶深的往事。在各部落大會的時候，她曾跟著某些光線走入一個洞穴，看到莫格烏爾。

他們又開始前進，三人各有心事。過了一會兒，齊蘭朵妮再度唱起歌來。他們走了一段路，現在距離洞壁比之前看到第一批壁畫時更近了，齊蘭朵妮的歌聲有了更多共鳴，應該是碰到洞壁後傳回來的回音。沃夫又開始嗥叫。齊蘭朵妮停下腳步，這次是面向右邊洞壁。愛拉和喬達拉看到了猛獁象，其中有兩隻不是畫上去的，而是雕刻。他們還看到牛，以及一些好像是有人用手指沾了軟黏土畫上去的奇怪痕跡。

「我就知道他是齊蘭朵妮。」齊蘭朵妮說。

喬達拉大概知道她在說誰，不過他還是問：「誰啊？」

「當然是沃夫啊！不然你覺得牠為什麼在我們接近幽靈世界的時候『唱歌』？」

喬達拉東張西望，有點緊張：「妳是說這附近有幽靈世界？」

「是啊，我們現在很接近大媽的幽靈世界。」齊蘭朵妮說。

「有些人稱妳是『朵妮的代言人』，原來就是因為這樣啊？是因為妳唱歌時就能找到幽靈世界？」

「這也是原因之一。有時我得代表大媽發言，尤其當我是始祖大媽的代理人，或是賜福大媽的代理人時。一個齊蘭朵妮，特別是首席齊蘭朵妮，往往會有很多稱謂，所以成為大媽侍者之後，通常不會再用自己的名字。」

愛拉仔細聽著這些話。她實在不想放棄自己的名字，她就只剩下這個名字可以紀念她的族人。這名字是她親生母親給她的。雖然她覺得「愛拉」應該也不是自己原本的名字，而是部落人所能發出最接近的音，但她也只剩下這唯一跟她身世有關的連結了。

「所有齊蘭朵妮亞都能靠唱歌找到幽靈世界嗎？」喬達拉問。

「他們不會都用唱的，不過他們會有一種『聲音』，可以找到幽靈世界。」

「所以我們在看那個小洞穴時，他們才要我發出特別的聲音？」愛拉說：「我不曉得當大媽侍者還必須會發出這種聲音。」

「結果妳發出怎樣的聲音？」喬達拉說著微微一笑：「妳一定沒有唱歌。」他轉頭向齊蘭朵妮解釋道：「她不會唱歌。」

「我就學穴獅『寶寶』那樣吼叫啊，回音還挺好聽的。喬諾可說聽起來好像那個小洞穴的後面有獅子在叫。」

「那在這裡聽起來會怎樣？」喬達拉問。

「我不知道，大概會很吵吧！」愛拉說：「在這裡製造那種聲音不太好吧！」

「愛拉，要發出怎樣的聲音才對呢？」齊蘭朵妮說：「在妳成為齊蘭朵妮之後，妳得發出某些特別的聲音。」

愛拉低頭想了想，說道：「我可以模仿很多種鳥兒的叫聲，也可以吹口哨。」

「沒錯，她吹起口哨像鳥叫聲，可以模仿很多種鳥叫。」喬達拉說：「她吹口哨的功夫很厲害，鳥兒真的會飛過來吃她手上的東西。」

「妳現在要不要試試看？」齊蘭朵妮提議。

愛拉想了想，決定模仿草地鷚的聲音。她表演翱翔高空的草地鷚，而且維妙維肖。她覺得這次的共鳴比上次強烈，不過還是要在洞穴另一處，或是到外面再試試才能確定。過了一會兒，齊蘭朵妮的歌唱又有了變化，跟之前稍有不同。她指向右邊，他們看到新的通道變寬了。

「往那條通道走可以看到一隻猛獁象，不過那條路實在太長，我們還是別花這些時間了。」齊蘭朵妮說著，指著左邊幾乎接近正前方的另一個開口，隨口說了一句：「那裡什麼也沒有。」她繼續唱著，走過右邊另一個通道開口：「那裡的洞頂距離大媽很近，但是要在裡面走很久才會到，我們還是等到回程時再看看要不要進去吧。」又走了一段，她提醒他們：「接下來要小心，通道會改變方向，突然往右轉，在轉彎的地方有一個很深的洞，通往地下，非常潮濕。你們還是跟在我後面吧！」

「我看，我得再點一根火把。」喬達拉說完，停下腳步，從背筐拿出另一支火把，用手上的火把點燃它。地面上有幾處小積水，還有潮濕的黏土。喬達拉將快燒完的火把弄熄，把剩下的部分收進行囊口袋裡。他從小就牢記在心，如果沒有必要，絕對不要把垃圾丟在聖地的地上。

齊蘭朵妮將手上的火把在一根石筍上敲了敲，敲掉燒過的灰，火把馬上就燒得更旺了。愛拉看到沃夫，微微一笑，伸手抓抓沃夫耳朵後面的毛，沃夫的身體擦過她的腿，彼此都覺得安心踏實。喬愛拉又開始動來動去了。每次愛拉停下腳步，寶寶都會注意到。她馬上就要餵寶寶了，可是他們現在似乎接近洞穴較危險的地方，因此她決定等到走過去以後再餵。齊蘭朵妮又開始往前走，愛拉跟在後面，喬達拉殿後。

「小心腳下。」齊蘭朵妮說著，高舉火把，照亮了更多地方。火把照到右邊一面石壁，突然又看不見了，不過在火光下還是可看到石壁邊緣。地面凹凸不平，到處都是石頭和濕滑的黏土。愛拉的腳套濕了，不過腳套的軟皮底依然黏得很緊，並沒有脫落。她走到石壁映出光線的邊緣，四處張望，發現身材壯碩的齊蘭朵妮就站在石壁後面，右邊還有一條通道。

是北邊吧，我們現在應該是往北走，愛拉心想。打從他們走進洞穴，她就一直想要留意他們行走的方向。他們在這條通道裡稍微轉了幾個彎，不過大致上都是往西走。這是第一次大幅改變方向。愛拉往前看了看，除了齊蘭朵妮的火把照到的地方，其他什麼都看不見，只有專屬於地底的無盡黑暗。愛拉想，在這空蕩蕩的大洞穴裡還能看到什麼呢？

喬達拉的火把照亮他前方的路，也照亮了轉角處石壁的邊緣。齊蘭朵妮等他們和沃夫都跟上了，才開口說：「再往前走一小段，地面比較平穩，有一些不錯的石頭可以坐。我們就在這裡休息一下，吃點東西，把我們的小水袋裝滿。」

「好。」愛拉說：「喬愛拉一直動來動去，快要醒了，我得餵她。我以為她會更早醒來，可能是這裡黑漆漆的，加上我走路穩定不變的節奏，所以她一直沒醒。」

齊蘭朵妮又開始哼歌，這裡的回聲不太一樣。他們靠近左邊的一條側邊地下小通道，齊蘭朵妮的歌聲在此處比較清晰。她在通道變寬的地方停下腳步。

「就是這裡了。」她說。

愛拉終於可以放下她的背包和標槍投擲器了，她覺得真是謝天謝地。他們各自找到一個坐起來很舒服的石頭。愛拉拿出三個用香蒲葉做成的墊子，給大家坐下。她把寶寶抱到胸前，立刻發現她迫不及待要吃奶。齊蘭朵妮從行囊中拿出三盞石燈。一個是沙岩材質的裝飾石燈，愛拉以前看她使用過，另外兩個是石灰岩材質。三盞石燈都有小凹洞，邊緣有筆直把手。齊蘭朵妮也拿出妥善包裹的燈芯材料，從裡面拿出六條風乾的牛肝菌。

「愛拉，妳那些動物油脂放在哪裡？」齊蘭朵妮問。

「在喬達拉背筐包肉的生皮革裡。」愛拉說。

喬達拉從背筐取出幾包食物跟大水袋，拿給愛拉。他打開包肉的生皮革，讓愛拉指出裝了乾淨白色油脂的腸子是哪一條，然後拿給齊蘭朵妮。

喬達拉用他的大水袋將三人的小水袋裝滿的同時，齊蘭朵妮把幾小塊油脂放進三盞石燈的小凹洞裡面，以手上的火把將油脂融化。接著她在每盞燈裡放上兩條風乾的牛肝菌燈芯，大部分都浸在融化油脂裡，只露出小小的尾端掛在小凹洞邊緣。最後她在燈芯上點火，一開始燈芯還微微劈啪作響，不過火的溫度很快就讓燈芯吸收了油脂，沒多久他們就多了三盞光源。原本一片漆黑的洞穴此刻大放光明。

喬達拉把早餐時就一起準備好的食物分給大家。他們把幾塊烤赤鹿肉放進自己的木碗裡，又用杯子從另外一個水袋裝了冷蔬菜肉湯。湯裡的野生胡蘿蔔、小而圓的澱粉質根莖、切過的薊草梗、啤酒花嫩芽，還有野生洋蔥都已經煮得軟爛，不太需要咀嚼，可以連湯帶料一起喝掉。

愛拉也切了幾塊肉給沃夫吃，然後自己也坐下來吃東西，順便餵女兒吃奶。愛拉注意到沃夫在路上四處探索了一下，不過始終沒走遠。黑暗中，狼的視力還是很好。沃夫在身邊讓她覺得很有安全感。她知道萬一發生什麼意外導致火把跟油燈都熄滅了，沃夫光靠嗅覺就能帶他們走出洞穴。她知道沃夫的嗅覺很靈敏，可以輕而易舉沿著來時路走回去。

大家安靜吃東西時，愛拉發現自己的其他感官還在感受周遭環境。他們的燈光只能照亮身邊這一小塊區域，其他地方還是漆黑一片，即使是在最昏暗的夜晚，也不會遇到這種伸手不見五指的全然黑暗。雖然她只能看見石燈光線能照到的範圍，只要專心聽，還是可以聽見洞穴裡微弱的聲音。

愛拉發覺洞裡某些地方的地面與石頭相當乾燥，還有些地方則因為雨水、雪水，以及融化的徑流經年累月慢慢滲透了土壤與石灰岩，因而閃爍著潮濕的微光。徑流在流動的途中累積石灰質殘餘物，再一滴一滴沉積，形成他們頭上的石柱與地上的石筍。她可以聽見輕柔微弱的水滴聲，遠近都有。經過無比漫長的歲月，這些水滴形塑了洞穴裡面的石柱、石壁與石幕。

洞裡可以聽見小動物的抓搔聲以及細微叫聲，還有若有似無的空氣流動聲。那是一種得要伸長耳朵才能聽得到的微弱颯颯聲，幾乎被他們五個闖入者的呼吸聲淹沒了。愛拉試著聞了聞空氣中的味道，張開嘴巴嘗嘗，感覺很潮濕，還有一種被壓縮在石灰岩裡的土壤和古代貝殼輕微腐爛的味道。

他們吃完之後，齊蘭朵妮說：「我想帶你們看看這條小通道裡面的一樣東西。我們可以把行囊放在這裡，回來再拿，不過每個人手上還是要拿一盞燈。」

他們各自找到隱密的角落解手。愛拉抓著寶寶，讓寶寶也方便一下，再用她帶來的新鮮軟苔把寶寶擦乾淨。接著愛拉用背毯背起寶寶，拿著一盞石灰岩燈，跟隨齊蘭朵妮走進左邊的岔路。齊蘭朵妮又開始唱歌了。愛拉和喬達拉已經習慣聽歌聲的回音判斷聖地是否在附近。所謂聖地，就是接近另一個世界的地方。

齊蘭朵妮停下腳步，看著右邊的洞壁。他們順著她的目光，發現了兩隻面對面的猛獁象。愛拉覺得這兩隻猛獁象特別醒目，不知道洞穴裡這麼多形態各異的猛獁象到底有什麼意涵？這些猛獁象圖案的年代已經久遠到沒人會知道這是誰畫的，也不知道這些創作者來自哪個洞穴或哪個族。不太可能有人知道，但她就是想問。

「齊蘭朵妮，妳知道這兩隻猛獁象為什麼要面對面嗎？」

「有些人認為牠們在打架。」齊蘭朵妮說：「妳覺得呢？」

「我覺得不是。」愛拉回答。

「為什麼？」齊蘭朵妮問。

「這兩隻看起來不凶猛，也不生氣，好像是在會面。」愛拉說。

「喬達拉，你覺得呢？」齊蘭朵妮問。

「我也不覺得牠們是在打架，也不像是正要打架。」他說：「可能只是剛好碰面吧！」

「如果只是剛好碰面，你覺得畫家還會大費周章畫上去嗎？」齊蘭朵妮問。

「不，應該不會。」他說。

「也許一隻猛獁象代表一個團體的領袖，兩個團體聚在一起要討論一件大事。」愛拉說：「或者是他們已經達成協議了，所以要畫一幅壁畫紀念。」

「這個解讀是我聽過比較有趣的。」齊蘭朵妮回應。

「我們永遠不會知道正確答案，對吧？」喬達拉說。

「的確不會。」齊蘭朵妮說：「不過聽一個人的猜測，往往可以看出這個人的個性。」

他們一語不發，靜靜等待，愛拉忽然很想伸手碰碰兩隻猛獁象中間的那塊石壁。她伸出右手，手掌貼在石頭上，閉上眼睛，身體維持不動。她感覺到石頭的堅硬，以及石灰岩的濕冷，接著她又感覺一股強烈的熱氣，可能是她自己的體溫溫暖了石頭。她把手放下，看著石頭，接著稍微調整了一下寶寶的位置。

他們回到主通道，繼續往北走，現在他們用燈照明，不用火把了。齊蘭朵妮繼續吟唱著，時而哼歌，時而嘹亮高唱，只要看到她想讓他們看的景物，她就會停下腳步。愛拉對一隻猛獁象特別入迷，那隻猛獁象有一些線條，象徵披掛著獸皮，另外還有一些痕跡，可能是被熊爪抓的。她也很喜歡那些犀牛。當他們來到一處歌聲共鳴比較強烈的地方，齊蘭朵妮又停下了腳步。

「這裡有幾條路讓我們選。」她說：「我們應該先直走，再掉頭回到這裡，然後往左邊那條路走一段。接著再掉頭，沿著原路回來，走出洞穴。我們也可以只走左邊這條路，然後再回來。」

「就由妳決定吧！」愛拉說。

「愛拉說得對，妳對路程遠近比較有概念，也知道妳自己有多累。」喬達拉說。

「我是有點累，不過我這輩子大概不會再來這裡了。」齊蘭朵妮說：「何況我明天可以休息，一是在營地休息，或者坐著你的拖橇讓馬拉著。我看，我們直走好了，去找下一個更接近大媽幽靈世界的地方。」

「我覺得這整個洞穴都很接近大媽幽靈世界。」愛拉說。她的手剛剛碰過石頭，覺得刺痛。

「是啊，當然是這樣，所以要找到特別的地方愈來愈困難。」齊蘭朵妮說。

「我覺得這個洞穴可以一路通往另一個世界。」喬達拉說。

「這個洞穴的確很大，我們一天能看的東西也非常有限。今天我們就不進入下面的洞穴了。」齊蘭朵妮說。

「有沒有人在這裡迷路啊？」喬達拉說：「這裡實在很容易迷路。」

「我不知道。我們每次來這裡，都一定會帶一個熟門熟路的人做嚮導。」她說：「講到熟門熟路，我們通常就是在這裡補充燈油。」

喬達拉再次拿出油脂，齊蘭朵妮加了一些在石燈裡，又檢查了一下燈芯，把燈芯拉高，讓石燈更亮些。繼續上路之前，齊蘭朵妮說：「妳能製造有共鳴的聲音，能發出回音，就比較能夠掌握方向。有些人是用長笛，所以愛拉，我覺得妳用鳥叫聲應該也管用，不如就試試看吧！」

愛拉有點不好意思，也不知道該模仿哪一種鳥叫聲。最後她選擇雲雀的叫聲，腦海也開始浮現雲雀的模樣——深色翅膀，外緣妝點著一圈白色長尾巴，胸前有醒目的條紋，頭上還有小小的鳥冠。雲雀是用走的而不是用跳的，牠們把棲身的鳥巢築在地上隱密之處。雲雀受到驚擾時，會囀鳴唱出一長串的啁啾聲，不過牠們在大清早飛上雲端時唱得更久。愛拉模仿的就是這種聲音。

在這伸手不見五指的洞穴深處，愛拉完美模仿的雲雀之歌有一種詭異的不協調感，一種令人難以忘懷的怪誕不安，讓喬達拉不由得打了個寒噤。齊蘭朵妮想要掩飾自己的感受，卻還是感到一陣突如其來的哆嗦。沃夫也感覺到了，牠可就完全不掩飾地放聲大嗥了起來，聲音在廣大的密閉空間裡迴盪。喬愛拉一聽也被感染，當下哭了起來，不過愛拉很快就發現女兒不是因為害怕、難過才哭，比較像是用嘹亮的哭聲跟沃夫合唱。

「我就知道牠屬於齊蘭朵妮亞。」齊蘭朵妮說，接著她也用歌劇般渾厚的嗓音加入合唱。

喬達拉呆呆站在那裡，驚訝不已。歌聲結束了，他張口笑了一下，不敢笑太大聲。齊蘭朵妮也笑了，喬達拉聽了才敢開懷大笑。愛拉好喜歡他這樣大笑，也跟著笑了。

「這個洞穴應該好久沒聽到這麼多聲音了。」齊蘭朵妮說：「大媽一定很開心。」

他們繼續往前走，愛拉再度展現她精湛的鳥鳴口技。過了一會兒，她發覺回聲好像不太一樣。她停下腳步，看著石壁，先看右邊，再看左邊。她發現了三隻犀牛壁畫，雖然只以黑色線條勾勒，看來還是很壯碩龐大，輪廓也很精準，簡直栩栩如生。雕刻在石壁上的動物同樣逼真。她還看到其他動物，尤其是猛獁象，有些只勾勒出頭部和獨特的背部形狀，有些則加上了象徵象牙的兩道弧線，還有一些完整畫出了眼睛及毛茸茸的獸皮。不過即使沒有畫出象牙或其他身體特徵，那些黑色線條素描也足以完整表達了。

看著這些壁畫，愛拉開始思索她的口哨，以及齊蘭朵妮的吟唱在洞穴某些地方產生變化的狀況。她心想，是不是先人也聽到、感受到同樣的感覺，所以在石壁上畫上猛獁象、犀牛等作為紀錄。洞穴自己會告訴客人要到哪裡畫畫，這還真有意思。難道是大媽透過洞穴告訴她的子女該看哪裡，該在哪裡畫畫？他們的聲音真的能帶領他們前往接近大媽幽靈世界的地方嗎？似乎是這樣沒錯，但愛拉心裡某個角落依然有所保留，她還是有些疑問。

他們又繼續走，愛拉繼續用口哨發出鳥叫聲。走了一段路，雖然她不能確定，不過她還是覺得非停下來不可。剛開始她什麼也沒看見，走了幾步之後，她看著寬闊洞穴的左邊，發現石壁上刻著一隻不尋常的猛獁象，全身毛茸茸，顯然是冬季新長的毛皮。前額、眼睛四周、臉上和象鼻上都有毛。

「看起來像個智慧的長者。」愛拉說。

「牠叫作『老人家』。」齊蘭朵妮說：「有時也稱作『睿智的老人家』。」

「我覺得他好像是一個有很多火堆子女，還有孫子女，也許還有曾孫子女的老人。」喬達拉說。

齊蘭朵妮又開始吟唱，眼前的石壁出現更多黑色猛獁象圖案。她對愛拉跟喬達拉說：「你們能不能用數數的語言算一下，告訴我你們看到幾隻猛獁象？」

愛拉和喬達拉靠近石壁，把石燈舉高以便看得清楚些，看到一隻數一隻。「有些是面向左邊，有些是面向右邊。」喬達拉說：「中間又有兩隻是面對面。」

「好像是我們之前看到的兩個頭目又見面了，各自帶了一群猛獁象。」愛拉說：「我算出來是十一隻。」

「我算也是十一隻。」喬達拉附和。

「大部分人都算十一隻。」齊蘭朵妮說：「繼續往這條路走，還會看到幾隻動物，不過要走很遠才會看到。我們這次不需要看那些，還是掉頭回去，再走另外一條通道。你們走那條路一定會大吃一驚。」

他們回到兩條通道的分岔點。齊蘭朵妮帶著他們前往另一條，一路上輕輕哼著歌。他們看到一些動物，大部分是猛獁象，還有一隻野牛，愛拉想，也許還有一隻獅子吧！她看到更多手指作畫的痕跡，有些一眼就能看出畫的是什麼，有些比較像隨機創作。

齊蘭朵妮突然提高了嗓音，放慢腳步，開始唱起「大地母親之歌」。

「在黑暗之中，一片渾沌之時，
莊嚴的大地母親誕生於一陣旋風之間。
甦醒過來的她，了解生命的寶貴。
一片空無的黑暗，哀悼大地母親。」
「大地母親獨自一人，寂寞難忍。」

「自她誕生的塵土中，她創造了另一個人。
一位蒼白、耀眼的朋友，一位同伴、一位兄弟。
他們一起長大，學習愛與關懷。
待她準備好時，他倆決定成雙成對。」
「她那白皙耀眼的愛侶，圍在她身邊打轉。」

她渾厚圓潤的嗓音似乎填滿了整個洞穴。愛拉感動不已，不只感到顫慄，還覺得喉頭哽咽，熱淚盈眶。

「一片空無黑暗與浩瀚貧瘠的大地，滿懷期待等候著誕生。
這生命飲她的血，從她的骨頭中呼吸。
它將她的皮膚分為兩半，切開她的核心。」
「大地母親生產了，開啟另一個生命。」

「她的分娩之水奔流而出，注滿河流與海洋。
大量湧入土地，使樹木開始生長。
每一滴珍貴的水都使大地長出更多草與葉。
繁茂青翠的植物使大地煥然一新。」
「分娩之水滔滔湧出，新的植物冒出頭。」

「分娩的劇痛中噴發出火焰，
她在痛苦中奮力掙扎，只為生下新生命。
她乾涸的血塊變成紅赭石土壤，
但這紅光滿面的孩子讓一切辛苦都值得。」
「這聰明耀眼的男孩，是大地母親至上的喜悅。」

「山峰從地表升起，火焰從山頂噴出，
她以高聳的雙乳哺餵她的兒子。
他用力吸吮，火花躍入高空，
大地母親滾燙的奶水在天空中鋪出一條路。」
「他的生命已經展開。她哺餵她的兒子。」

「他歡笑玩樂，他長得聰明健壯。
他照亮黑夜，他是母親最大的快樂。

她揮霍她的愛，他長得壯碩慧黠。

但他很快就要成年，不再是個孩子。」

「她的孩子即將長大。他的意志屬於他自己。」

這個深穴似乎也用歌聲回敬齊蘭朵妮，石頭圓圓的形狀與尖尖的稜角稍微延緩了回音，也改變了回音的音調，聽起來像是一種奇異又悅耳的和聲賦格曲。

齊蘭朵妮渾厚的嗓音填滿了整個洞穴，愛拉聽來卻覺得溫暖。她並不是每個字、每個聲音都聽進去，有些段落會讓她低頭細想字裡行間的意義。愛拉覺得就算漏聽也沒關係，因為這聲音無所不在。她看著喬愛拉，小寶寶似乎也聚精會神聆聽著。喬達拉和沃夫都跟她一樣聽得興高采烈。

「她白皙耀眼的朋友使出全力拚命抵抗，

衝突十分激烈，戰情緊迫。

他閉上明亮的雙眼，意識逐漸模糊。

然後黑暗緩緩接近，從天空中竊取他的亮光。」

「她白皙的朋友倦了，亮光逐漸消逝。」

「當黑暗完全降臨，她大叫一聲驚醒。

晦暗的空虛掩蓋住天空的亮光。

她加入戰爭，迅速抵擋，

將黑暗的陰影從她朋友身邊趕走。」

「然而夜的蒼白面孔，讓她看不見兒子的蹤影。」

「然而陰冷刺骨的黑暗渴望他光芒耀眼的熱力。
大地母親不願退縮，奮力抵擋。
旋風使勁拉扯，不願放手。
她與漩渦般的黑暗敵人勢均力敵。」

「她阻擋了黑暗，但她的兒子已經遠離。」

「當她打敗旋風，趕跑渾沌時，
她的兒子散發出活力四射的光芒。
然而當大地母親漸漸疲憊，陰冷的空虛又再度支配，
黑暗在一天結束後降臨。」

「她感受到兒子的溫暖，但沒有任何一方獲勝。」

「大地母親心懷傷痛度日，
她與她的兒子永遠分離。
她不願承認失去孩子的痛苦，
因此她體內的生命力又開始孕育。」

「她不甘心失去她的孩子。」

愛拉每次聽到這一段都會哭。她知道失去兒子的痛苦，覺得她的心和大地母親緊緊貼在一起。她和朵妮一樣，也有個兒子，但是她再也見不到兒子了。她緊緊抱住喬愛拉。有了喬愛拉，她非常感恩，但是她永遠都會想念她的第一個孩子。

「一聲巨響，她的核心裂成碎片。
從地底深處裂開的大洞穴裡，
她的穴狀空間中再次誕生生命，
從她子宮裡生出大地之子。」
「這孤注一擲的母親生下了更多孩子。」

「每個孩子都不同，有的巨大，有的渺小，
有些能走，有些能飛，有些會游，有些會爬。
但每個形體都很完美，每個靈都是完整的，
每個都是能複製的原型。」
「大地母親滿心歡喜，綠色大地充滿生氣。」

「生下來的鳥、魚和所有動物，
這一次再也不會離開大地母親，使她哀痛。
每種動物都住在誕生地附近，
分享大地母親廣袤無垠的大地。」

「牠們和她在一起，不會離去。」

愛拉和喬達拉環視著眼前巨大的洞穴，兩人四目相接。這裡果真是聖地。他們從沒到過這麼大的洞穴，突然之間，兩人都更了解神聖的起源故事意義何在了。這裡一定是朵妮生產地的其中之一，可能還有其他地方。他們覺得自己在大地的子宮裡。

「牠們都是她的孩子，她為牠們感到驕傲。
然而牠們卻耗盡了她內在蘊含的生命力。
她的力氣只夠創造最後一個生命，
是個記得誰創造了自己的孩子。」
「這孩子懂得尊重，學會保護自己。」

「世上的頭一個女人誕生了，她生下來便已完全長成，充滿活力，
大地母親賜與她賴以維生的贈禮。
生命是第一項贈禮，就如同大地母親，
她睜開眼睛，便了解生命的無價。」
「第一個與她同類的女人已經成形。」

「其次是洞察力、學習力、
求知欲與辨別能力的贈禮。

大地母親賜與第一個女人知識，
幫助她生存，並將知識傳遞給她的同類。」
「第一個女人擁有知識，知道如何學習，如何成長。」

「她的生命力即將耗盡，大地母親筋疲力竭。
她一心想使生命的靈繼續繁衍。
她讓她所有的孩子再一次創造新生命，
那女人也受到祝福，得以產下新生命。」
「但女人獨自一人，寂寞難忍。」

「大地母親想起她自己的寂寞，
以及她朋友的愛與無微不至的呵護。
用最後的力氣，她開始分娩，
她創造了第一個男人，與女人共享生命。」
「她再次生產，世上又多了一個生命。」

齊蘭朵妮和愛拉都看著喬達拉微笑，她們兩人的想法一樣，都覺得喬達拉就是最好的例子，喬達拉可能就是第一個男人。她倆都很感激朵妮創造了男人，跟女人一起生活。喬達拉看到她們的表情，心中猜到了八九分，因為知道她們在想什麼，覺得有點不好意思，雖然他自己也不明白為什麼不好意思。

「她將大地賜給她生下的這對男女，當作他們的家園，
她賜給他們水、土地，以及所有她的創造物。
小心地使用這些資源是他們的責任。」
「大地是供他們使用的家園，他們卻不能濫用。」

「大地母親將生存的贈禮賜給大地之子，
接著她又決定，
賜給他們交歡恩典與彼此分享。
以配對的喜悅榮耀大地母親。」
「大地母親的贈禮是應得的。她的榮耀獲得回報。」

「大地母親很滿意她創造出的男女，
他們配對時，她教他們關愛與互相照顧。
她使他們渴望與對方結合，
交歡恩典來自大地母親。」
「在她完成之前，她的孩子已學會愛彼此。」
「大地之子受到祝福。大地母親終於得到安息。」

愛拉每次聽到「大地母親之歌」，都會覺得很奇怪，為什麼結尾有兩行歌詞呢？感覺好像少了一部分，不過也許齊蘭朵妮說得對，只是做個終結而已。齊蘭朵妮快唱完時，沃夫覺得應該要用狼群慣常溝

通的方式回應。齊蘭朵妮繼續唱著，沃夫也唱著狼歌，先是尖叫幾聲，再扯開嗓門大聲發出恐怖的嗥叫，接著又叫一聲，再叫一聲。洞穴的回音聽起來好像是遙遠的另一頭有一群狼在回應沃夫，也許這一批狼來自另一個世界。喬愛拉也開始哭泣，愛拉明白了，喬愛拉是用哭聲回應狼的歌聲。

齊蘭朵妮暗自想著，不管愛拉願不願意，她的女兒似乎命中注定要成為齊蘭朵妮亞的一份子。

第十五章

首席繼續往洞穴裡面走，把燈舉得高高的。這回他們頭一次看到洞頂。他們接近通道盡頭，走進一個地方，那裡的洞頂實在太低了，喬達拉差點撞到頭。洞頂的表面近乎平整，不過也不算完全平整；洞頂顏色很淡，卻不是空白一片，而是布滿了以黑色線條勾勒的動物圖畫。其中當然少不了猛獁象，有些畫得很完整，包括猛獁象身上蓬亂的毛和象牙；有些比較簡單，只是畫出猛獁象醒目的背部線條。另外還有幾匹馬，其中一匹很大，占了不少空間，還有很多牛、山羊、石山羊，以及兩隻犀牛。這些動物並沒有按照大小排列，位置也十分凌亂，各自朝向四面八方。其中好幾隻還畫在其他動物上面，好像從洞頂掉下來似的，顯得亂七八糟。

愛拉和喬達拉四處遊走，想看遍所有圖畫，思考其中的含意。愛拉把手抬高，指尖滑過充滿圖畫的洞頂。她的手指接觸到粗糙的石頭，覺得有點刺痛。她抬頭望著洞頂，想讓整個洞頂盡收眼底，就像部落女人瞄一眼就能看遍整個景象那樣。接著她閉上眼睛，用手觸摸粗糙洞頂，感覺石頭好像消失不見了，她什麼都沒感覺到，只覺空無一物。她的腦海裡浮現一幅景象，一群真實動物從遠處走到洞頂表面，從洞頂後方的幽靈世界走來，降臨大地。較大以及較完整的動物幾乎來到她所存在的世界。比較小的動物和那些只有簡單線條勾勒的動物，都還在路上。

愛拉過了好一會兒才睜開眼睛，因為先前往上看而覺得頭暈。她把燈放低，低頭看著洞穴潮濕的地面。

「真是壯觀啊！」喬達拉說。

「是啊。」齊蘭朵妮附和。

「我不知道是在這裡。」喬達拉說：「都沒有人說起。」

「我想大概只有齊蘭朵妮亞會來這裡。大家有點擔心年輕人會為了找這個，跑來這裡而迷了路。」齊蘭朵妮說：「你也知道，小孩子都喜歡到洞穴探險。恐怕你也注意到了，要在這個洞穴迷路很容易，不過還是有些孩子來過這裡。我們剛才經過一些洞口附近右邊的通道，那裡有一些小孩子留下的手指印，還有人把一個孩子舉起來，讓他在洞頂留下指印，也許不只一個孩子。」

「我們還要往裡面走嗎？」喬達拉問。

「不了，就到這裡吧！我們要往回走了。」齊蘭朵妮說：「不過我們可以先在這裡休息一下，順便添些燈油，畢竟還要走好大一段路。」

愛拉餵喬愛拉喝了一些奶，喬達拉和齊蘭朵妮添了一些燈油。他們看了最後一眼，便掉頭沿著來時路往回走。愛拉沿路都在找他們之前看過石壁上的動物雕刻與繪畫。齊蘭朵妮並沒有一直唱歌，愛拉也沒模仿鳥叫，她很想聽點歌聲。他們走到交叉口，也就是此刻所在的大通道和主通道連接處，繼續往南走，感覺又走了好長一段，才走到他們先前停下腳步吃東西的地方。接著，一行人又來到兩頭猛獁象面對面的地方

「你們要在這裡休息一下，吃點東西，還是先走過急轉彎再說？」齊蘭朵妮問。

「先過轉彎再說吧。」喬達拉說：「不過如果妳很累，我們也可以在這裡停一下。愛拉，妳覺得呢？」

「我都可以。齊蘭朵妮，由妳來決定吧。」愛拉說。

「我有點累了，不過我想走到轉彎處的凹洞再休息。」齊蘭朵妮說：「我休息之後，要再走會比較困難，得等到我的腿習慣走路了才容易些，所以我想先把難走的地方走過去。」

愛拉發覺沃夫在回程時跟他們靠得比較近，而且也有點喘。顯然連沃夫也愈來愈累了，喬愛拉也比之前更加坐立不安。她大概睡夠了，可是天色還是很暗，所以有點搞不清狀況。愛拉把她從背上挪到臀部，又背到前面餵一會兒奶，最後又挪到後面。她感覺肩上的背包愈來愈沉重，想換到另一個肩膀上，可是這樣一來所有東西都要來個乾坤大挪移，畢竟邊走邊挪東西是很麻煩的。

他們小心翼翼走過轉彎處，愛拉在濕濕的黏土上滑了一跤，接著齊蘭朵妮也滑倒，大家因此更加小心。他們走過難走的轉彎後，再走一小段便抵達岔路，之前來的時候岔路在他們右邊，現在是左邊。齊蘭朵妮停下腳步。

「你們還記不記得？」她說：「我之前說過，往那條通道走會看到一個很有意思的聖地。你們想看的話可以去。我在這裡等，順便休息休息。愛拉一定可以用鳥叫聲找到那個地方。」

「我不太想去。」愛拉說：「今天已經看了不少了，再看下去我恐怕吸收不了。妳說妳可能不會再來這裡，可是既然妳以前來過幾次，我想我以後應該會再來，更何況這裡距離第九洞穴那麼近。我想在精神好的時候去看，而不是現在這麼累的時候。」

「這是個聰明的決定，愛拉。」首席說：「我告訴妳吧，那也是個洞頂，不過那個洞頂上的幾隻猛獁象是塗成紅色。妳等精神好時再去看比較好。我倒是覺得我們應該吃點東西，我也需要小解。」

喬達拉鬆了一口氣，把背筐拿下來，找了一個陰暗角落坐下。他一整天都拿著他的小水袋喝水，現在他也想小解。他一邊站著方便，聽見自己尿在石頭上的聲音，一邊想著如果愛拉跟齊蘭朵妮也想走進那條通道，他也會跟著走，可是他看了洞穴裡這麼多壯觀景象，實在累了，不想再多走路，只想趕快走出洞穴。他根本不在意是不是要現在吃東西。

他看到一小杯冷湯和帶點肉的骨頭。沃夫也在吃著一小堆切好的肉。「我想我們可以邊走邊吃肉。」愛拉說：「只要記得把骨頭留給沃夫。牠一定會喜歡窩在火坑旁啃骨頭。」

「要是現在有火坑就好了。」齊蘭朵妮說：「我想等燈油燒完就把燈收起來，剩下的路就用火把。」她拿了兩支新火把遞給愛拉和喬達拉。

他們經過另外一條在左邊的通道入口，就在他們看到的第一隻猛獁象圖案對面。喬達拉率先點燃了火把。

「從這邊進去就可以看到小孩子的手指印，而且石壁跟洞頂還有其他很有意思的圖案，就在那條通道，以及其中幾條岔路的深處。」齊蘭朵妮說：「儘管很多人猜測那些圖案的含意，但沒人真的知道，其中很多是塗成紅色。不過從這裡要走上一段路才會看到。」

沒多久，愛拉和齊蘭朵妮也點燃了火把。前方通道分成兩條岔路，他們走了右邊這條。愛拉覺得自己似乎看到前面有微弱的光線。當這光線變成向右斜射時，她更肯定自己沒看錯，不過這光線並不是很亮。最後他們出了洞穴，太陽已經快下山了。三人在大洞穴裡待了一整天。

喬達拉把木柴堆在坑裡，用火把生了火。愛拉將背包放在火坑旁的地上，吹口哨呼叫馬兒。她聽到遠處傳來嘶嘶聲，於是往那方向走去。

「我來照顧寶寶。」齊蘭朵妮說：「妳背著她一整天了。你們兩個都該休息一下。」

愛拉把背毯放在草地，再把喬愛拉放在毯子上。喬愛拉能夠無拘無束地踢踢腿，感覺很開心。愛拉又吹起口哨，循著馬兒的回應聲跑去。每次離開馬兒一段時間，她總會有點擔心。

隔天他們起得比較晚，不覺得需要馬上繼續旅行，然而到了近午時分，他們都開始坐立不安，迫不及待想趕快出發。喬達拉和齊蘭朵妮討論起到第五洞穴要走哪條路最好。

「應該要往東走，也許走個兩天，慢的話三天。我覺得只要一直往東走就會到了。」喬達拉說。

「話是沒錯。不過我們現在的位置有點偏北，如果一直往東走，就得渡過北河和主河。」齊蘭朵妮說。她拿起一根棍子，在空無一物的地上畫起線條。「如果我們往東偏南走，天黑以前可以到達第二十九洞穴的夏季營地，今晚就住在那裡。北河在第二十九洞穴的南面附近匯入主河。我們可以在夏季營地和南面之間的淺水處渡過主河，這樣只要過一條河就好。那一帶的主河比較寬，但比較淺。接著我們可以朝著鏡像石走，沿著去年的路線走到第五洞穴。」

喬達拉研究了一下齊蘭朵妮在地上畫的線條，這時齊蘭朵妮又補充說明：「從這裡到夏季營地，沿途樹上都有很清楚的記號，地上也有前人走出來的路徑可循。」

喬達拉明白自己在考慮他跟愛拉之前旅行時走的那條路。當時他們騎著馬，拖橇後面還連接著碗形船，只要把行李放在船上就能渡溪，除非真的遇到大河。但現在首席要坐在嘶嘶的拖橇上，那就不可能浮得起來，快快拖橇上那個裝了所有行李的碗形船也沒辦法浮起。更何況，走那條有前人做記號的路也比較容易掌握方向。

「齊蘭朵妮，妳說得對。」喬達拉說：「雖然這路線比較迂迴，卻比較好走，而且到達時間應該也差不多，搞不好還比較快。」

前人開闢的道路並不如首席印象中標示那麼清楚。最近這陣子似乎很少有人走這條路，他們邊走邊做了一些新記號，好讓以後的人走這條路更容易些。抵達夏季營地的住處時，已接近傍晚時分。這地方又叫做第二十九洞穴的西方領地。第二十九洞穴有時又稱做三巨岩諸洞穴，象徵三個不同的地方。

第二十九洞穴的社會結構特別有意思，也特別複雜。以前他們是三個分離的洞穴，生活在三個不同庇護所。這三個庇護所面向同一片綠油油的草地。鏡像石朝北，要不是因為有其他更多優點，這還真是一個大缺點。鏡像石是一座巨大的懸崖，長八百公尺，高八十公尺，有五層庇護所，可以清楚看到周圍風景和遷徙路過的動物。風景確實壯觀，多數人看了都讚嘆不已。

另一個稱為「南面」，這是朝向南方的兩層庇護所。它坐落在夏季和冬季都能得到最多日照的地方，而且位置夠高，可以清楚看到開放的平原。最後一個洞穴就是夏季營地，位在平原西端，盛產榛果，很多來自其他洞穴的人在夏末都會來這裡採集。這個洞穴距離一個小型聖洞最近，住在附近的人都把小型聖洞簡稱為森林洞穴。

這三個洞穴共用同一塊打獵和採集區域，難免有些摩擦，久而久之就打起來了。但這不表示此地容不下三組人馬。這地區不但富饒，還是動物重要的遷徙路線。之所以引發衝突，實在是因為來自各洞穴的兩三組人馬老是在同一時間採集跟獵殺同一樣動物。兩組人馬都想獵殺同一小批遷徙路過的動物，要是沒協調好，最後都會落空。之前就發生過動物被嚇跑，卻連半隻都沒獵到的慘狀。要是三組人馬各自出征打獵，那就更糟了。這一帶所有齊蘭朵妮氏洞穴都會捲入糾紛。經過所有鄰居勸說，又歷經幾次艱辛的談判，三個洞穴最後終於同意合併，成為分處三個地點的同一洞穴，合作採收這豐饒平原上的各種作物。雖然偶爾還是會有一些衝突，不過如此特別的安排，大致說來還是奏效。

愛拉一行人抵達時，夏季大會還沒結束，所以第二十九洞穴的西方領地沒多少人。留守的多半都是無法遠行的老人與病患，以及留下來照顧他們的人。還有少數幾個人是因為做的事情不能中斷，不然就是事情只能在夏天做，因此不得不留下來。留在西方領地的人熱烈歡迎愛拉一行人。他們很少在夏季一開始就有人來訪。何況愛拉他們從夏季大會來到這裡，想必有新聞傳達，更別說愛拉他們走到哪裡都是新聞。遠行歸來的喬達拉、他的異族女人、異族女人生的小寶寶、狼和馬兒，還有首席大媽侍者，真是新聞的最佳材料。此外，他們之中還剛好有醫治者，至少其中一位是族人公認的第一把交椅，所以也格外引起這些老人或病患注意。

第九洞穴和生活在夏季營地的三巨岩諸洞穴族人關係一向非常好。喬達拉記得他小時候到過這裡，幫忙採收附近滿坑滿谷的堅果。每個應邀前來幫忙的人都能分到一些堅果，他們可不是什麼人都邀請，只邀請三巨岩的另外兩個洞穴，還有第九洞穴的人。

一位淡金色頭髮、皮膚白皙的年輕女人從岩洞下方的住所走了出來，一臉驚訝看著他們：「你們怎麼會在這裡？」接著她發覺自己失了禮貌，連忙說：「對不起，我不是有意冒犯你們，只是看到你們在這裡，嚇了一大跳。我不知道會有人來。」

愛拉覺得她看起來既悲傷又憔悴，兩眼都有黑眼圈。齊蘭朵妮知道她是第二十九洞穴西方領地齊蘭朵妮的助手。「不需要道歉。」齊蘭朵妮說：「我知道我們嚇到妳了。愛拉是第一次踏上朵妮侍者之行，我帶著她走這一趟。我來介紹一下。」齊蘭朵妮正式介紹，但省略了一些稱謂。隨後她詢問：「助手怎麼會留在這裡呢？是不是有人生病了？」

「雖然還沒嚴重到即將往下一個世界去，但生病的人是我母親，我不能丟下她。」助手回答。齊蘭朵妮點點頭，表示了解。

「如果方便的話，我們去看看她好嗎？」齊蘭朵妮說。

「非常感謝您。我的齊蘭朵妮在這裡時會照顧我母親，她也告訴我該怎麼做，可是她的病情好像惡化了。她現在更不舒服了，而我卻幫不上忙。」年輕的助手說。

愛拉記得去年在夏季營地曾經見過那位齊蘭朵妮。三巨岩諸洞穴的每個洞穴都有一位駐守的齊蘭朵妮，大家覺得，如果這三位齊蘭朵妮在齊蘭朵妮亞大會都有決策權，那麼第二十九洞穴的權力就太大了，因此又選出第四位朵妮侍者代表整個團體。這位朵妮侍者的角色比較像調停人，不僅要在其他三位齊蘭朵妮之間協調，也要在三位頭目之間調停，這不但耗費時間，也要擅長處理人際關係才行。另外三位齊蘭朵妮稱為「同僚」。愛拉記得夏季營地的齊蘭朵妮是一位中年女性，身材幾乎和首席齊蘭朵妮一樣胖，而且非常矮，不像首席齊蘭朵妮那麼高大，而且給人的感覺溫暖又充滿母性。她的頭銜是第二十九洞穴西方領地齊蘭朵妮輔佐，不過她的地位等同齊蘭朵妮，也跟齊蘭朵妮一樣受人尊敬。

年輕的助手看到有人可以看看她母親，似乎鬆了一口氣，尤其是對方地位崇高，知識淵博。她看到喬達拉才開始打開拖橇上的東西，愛拉背上的寶寶又好像有些不耐煩，便按捺住自己的心急，貼心地說：「你們先進來放東西吧！」

愛拉一行人向每個人問好，然後卸下鋪蓋捲，把馬兒留在一塊長有新鮮綠草的空地上，也把沃夫介紹給大家，應該說，讓大家熟悉沃夫。接著，齊蘭朵妮和愛拉走向年輕助手。

「妳母親哪裡不舒服？」齊蘭朵妮問。

「我也不確定。她說她肚子痛，有時會絞痛，而且最近都沒有食欲。」年輕助手說：「我看得出來她愈來愈瘦了，現在她都不想起床。我真的很擔心。」

「這我可以理解。」齊蘭朵妮說：「愛拉，我們一起去看看她母親好嗎？」

「好，先等我一下。我去提醒喬達拉照顧好喬愛拉。我剛剛才餵過她，離開一下應該沒問題。」

她把寶寶交給喬達拉，喬達拉正在跟一個年長男人說話。男人看起來沒生病，身體並不虛弱。愛拉覺得他應該跟年輕助手一樣，是因為別人才留在這裡。喬達拉很樂意照顧喬愛拉，微笑著接手。喬愛拉也報以微笑，她喜歡跟喬達拉在一起。

愛拉跟齊蘭朵妮和年輕助手會合，跟著她們進入一處住所。這裡看起來跟第九洞穴的住處很像，只是比愛拉看過的大部分住處都來得小。這裡似乎是專給某位女性居住，整個空間裡除了床，就只能容得下一個小小的儲藏與烹飪區。光是齊蘭朵妮一個人就幾乎把整個地方塞滿了，其他兩位年輕女人只能勉強擠進去。

「媽，媽！」助手說：「有人來看妳了。」

她母親呻吟了一聲，睜開眼睛，一看到魁梧的齊蘭朵妮，眼睛睜得斗大。

「夏芙拉？」她的聲音沙啞又尖銳。

「媽，我在這裡。」助手說。

「首席怎麼來了？是妳請來的嗎？」

「不是啦，媽。她剛好路過，想來看看妳。愛拉也來了。」夏芙拉說。

「愛拉？是喬達拉的異族女人？帶著動物的那個？」

「是啊，媽。她也把動物帶來了，妳待會兒有精神的話，可以出去看看動物。」

「第二十九洞穴西方領地齊蘭朵妮的助手，妳的母親尊姓大名？」齊蘭朵妮問。

「她是第二十九洞穴西方領地夏季營地的薇蕭娜，出生在鏡像石，當時三巨岩還沒結合在一起。」年輕助手說。她覺得有點不好意思，因為其實不需要解釋這麼多，這又不是正式介紹。

「薇蕭娜，如果妳不介意，讓愛拉瞧瞧妳的狀況好嗎？」齊蘭朵妮說：「她是很厲害的醫治者。我不知道我們能不能幫上忙，我們想試試看。」

薇蕭娜稍微遲疑了一下，輕聲說道：「好啊，沒關係。」

愛拉沒想到齊蘭朵妮竟然要她看薇蕭娜，感覺有些驚訝。隨後她想到，這裡這麼窄，身材壯碩的齊蘭朵妮恐怕很難在床邊彎下身子。於是愛拉跪在床邊，看著薇蕭娜，問道：「妳現在會痛嗎？」

薇蕭娜跟女兒都發覺愛拉說話帶著獨特腔調，那顯然是異族的腔調。

「會。」

「哪邊痛呢？」

「我也不知道，就是肚子痛。」

「是上腹部，還是下腹部？」

「整個都會痛。」

「我可以摸摸看嗎？」

薇蕭娜看著女兒，她女兒看著齊蘭朵妮。「愛拉一定要檢查一下。」齊蘭朵妮說。

薇蕭娜點點頭。愛拉拉下被子，解開薇蕭娜的衣服，露出她的肚子，隨即注意到薇蕭娜的肚子腫脹。愛拉按壓薇蕭娜圓鼓鼓的肚子，先從最上面開始壓，再漸漸往下移。薇蕭娜表情有點痛苦，不過沒喊痛。愛拉摸摸她的額頭，以及耳朵後面某處，又彎腰靠近一些，聞聞她呼出的氣息。然後，愛拉跪坐著陷入沉思。

「妳的胸口會不會像火燒似的痛？特別是吃完飯以後？」愛拉問。

「會。」薇蕭娜的表情充滿疑問。

「氣從嘴巴跑出來的時候，喉嚨會不會發出很大的聲音？就好像拍拍小嬰兒的背，小嬰兒打嗝的聲音？」

「會，可是很多人都會打嗝啊！」薇蕭娜說。

「是啊，妳是不是還會吐血？」愛拉問。

薇蕭娜皺起眉頭說道：「有時候會。」

「妳的糞便裡有沒有血或者是深色黏黏的一坨？」

「有。」薇蕭娜回答的聲音小到幾乎像蚊子叫，她補充說：「最近比較常看到。妳怎麼知道？」

齊蘭朵妮插話：「因為她檢查過妳的身體。」

「痛的時候，妳都怎麼辦呢？」愛拉問。

「就跟別人肚子痛的時候一樣啊！喝柳樹皮茶。」薇蕭娜說。

「妳是不是也喝很多薄荷茶？」愛拉問。

薇蕭娜和女兒夏芙拉都一臉驚訝看著這個陌生女人。

「她最喜歡喝薄荷茶。」夏芙拉說。

「喝甘草根或茴芹茶比較好。」愛拉說：「也暫時不要喝柳樹皮茶。有些人覺得反正別人肚子痛都喝這個，一定不會有問題，但是喝太多還是會不舒服。這是藥草茶沒錯，但不是什麼病都能治，而且也不能太常喝。」

「妳能不能醫治她呢？」助手問。

「應該可以，我大概知道問題出在哪裡。她的病很嚴重，幸虧還有藥醫，不過我得先跟妳說明，」愛拉說：「她的病可能比我想的還嚴重，真是這樣就很難醫了，不過至少我們可以減輕她的疼痛。」

愛拉看著齊蘭朵妮的眼睛，齊蘭朵妮輕輕點點頭，臉上帶著會意的表情。

「愛拉，妳覺得該用什麼藥呢？」她問。

愛拉想了一會兒：「用甘草根或茴芹治胃病，我的藥袋裡有一些風乾的甘草根和茴芹。我應該還有些風乾的菖蒲，不過味道實在太甜，幾乎到了苦的地步，菖蒲可以治胃絞痛。這附近有不少蒲公英，可以淨化血液，調理她的腸胃。我剛剛摘了一些茜草，可以清除體內廢物。我採集到的車葉草煎成藥吃，對胃也很好，她吃了之後全身都會比較舒服，而且吃起來味道不錯。我那天晚上用來調味的水楊梅細根，治胃病特別有效，我應該可以再找一些來。不過我最需要的還是白屈菜，白屈菜最有效了。她可能有兩種病，不管哪一種都能用白屈菜治好，尤其比較嚴重的那種，用白屈菜一定見效。」

年輕女人一臉敬畏看著愛拉。齊蘭朵妮知道她並不是夏季營地齊蘭朵妮的首席助手。她在齊蘭朵妮亞還是新人，有很多要學。顯然愛拉的淵博知識讓她目瞪口呆。齊蘭朵妮面向年輕助手。

「妳跟愛拉一起調製妳母親的藥好嗎？妳可以學學怎麼調藥，我們走了以後妳可以自己調給母親服用。」齊蘭朵妮說。

「好啊，我也想幫忙。」年輕助手說。她看著母親，眼神充滿溫柔：「媽，妳吃了這個藥，一定會好很多。」

愛拉看著烈火迸出火花飛竄向夜空，彷彿想和天上閃耀的星星兄弟團聚似的。天色很暗，月亮只有細細一道，而且已消失在地平線。整個夜空沒有一朵烏雲，只有漫天的星斗光芒耀眼，好像一串發光的燈泡。

喬愛拉在愛拉的懷裡沉睡。愛拉餵完奶已經有一會兒了，還是抱著女兒坐在火邊，覺得放鬆又自在。喬達拉坐在愛拉旁邊，稍稍靠後一些。愛拉靠在他的胸膛上，枕著他的臂彎。今天忙了一天，愛拉真的累了。這個洞穴只有九個人沒有前往夏季大會，其中六人不是生病就是身體太弱，沒法長途跋涉。這六個人愛拉和齊蘭朵妮都見過了。另外還有三人留下來幫忙照顧。有些人雖然沒有體力長途跋涉，還是可以幫忙做點雜事，像是烹煮、採集食物等等。之前和喬達拉說話的那位年長男子要在這裡住上幾天，幫忙照顧別人。他去打獵，帶了一頭鹿回來。大家煮了一頓鹿肉大餐款待嘉賓。

隔天早上，齊蘭朵妮把愛拉叫到一邊，說她已經請那位年輕的助手帶路，要去參觀他們部落的聖洞。「那個洞穴不是很大，但是很難走，有些地方得用爬的，所以要穿適合攀爬洞穴的衣服，要能遮住膝蓋。我年輕時曾經去過一次，我看我現在是沒辦法了。妳們兩個一起去應該沒問題，不過可能會走得很慢。妳們都年輕力壯，應該也不會走太久。洞穴裡很難走，我看妳就把寶寶留在這裡，不要帶去了吧！」齊蘭朵妮停頓了一下，接著又說：「如果妳願意的話，我可以幫妳照顧她。」

愛拉覺得齊蘭朵妮的語氣透著不情願的意思。照顧寶寶可是很累人的，齊蘭朵妮也許打算做別的事情。「我問問喬達拉能不能幫忙，他喜歡跟喬愛拉相處。」

年輕助手負責帶路，兩個年輕的女人一起出發採藥去。走了一小段路，愛拉問道：「我該怎麼稱呼妳呢？是該用妳的完整稱謂，還是用比較簡短的稱謂，或者直接叫妳的名字呢？每個助手喜歡的稱呼方式好像都不一樣。」

「別人怎麼稱呼妳呢？」

「我叫愛拉，我知道我是首席的助手，但我還是很難把自己跟這個稱謂聯想在一起。大家都叫我愛拉，我也喜歡別人叫我愛拉。這名字是生母和原來族人唯一留給我的東西。我連自己的族人是誰都不知道。我現在並不知道當上齊蘭朵妮後要做些什麼。我知道我們應該放棄自己的名字，我也希望到時候自己能做好準備，放棄這名字，但是現在我還沒準備好。」

「有些助手很樂意改名，有些不願意，其實好像也沒差。妳叫我夏芙拉好了，聽起來比助手親切一些。」

「那妳也叫我愛拉吧！」

她們繼續沿著一條小徑走，穿過兩座壯麗懸崖之間的狹窄峽谷，峽谷滿是樹木與灌木，族人的石造庇護所就位在其中一座懸崖上。突然間，沃夫跳了出來，夏芙拉不習慣看到狼突然出現，嚇了一跳。愛拉用雙手抓住沃夫的頭，弄亂沃夫的毛，哈哈大笑。

愛拉很高興看到沃夫：「你不喜歡被拋下，對不對？」她面向助手：「以前除非我叫牠不要跟來，否則我走到哪裡，牠就跟到哪裡，一直到後來喬愛拉出生，牠才不會跟前跟後。現在我在這裡，喬愛拉在別的地方，牠可就為難了。牠想保護我，也想保護喬愛拉，有時會舉棋不定。我想，這次就讓牠自己選擇吧。牠一定認為喬達拉保護喬愛拉絕對沒問題，所以才跑來找我。」

「妳控制動物真有一套。要牠去哪裡，牠就去哪裡；要牠做什麼，牠都乖乖照做，真的很神奇啊！看妳跟動物相處一陣子也看習慣了，但還是覺得不可思議。」夏芙拉說：「這些動物是從一開始就跟著妳嗎？」

「不，嘶嘶是第一個。其實我小時候還有一隻兔子，如果把牠算進去，兔子就是第一個。」愛拉說：「這隻兔子一定是逃脫掠食動物追殺，可惜受傷了，沒辦法繼續逃。那時候我們的醫治者是伊札。我把牠帶回洞穴給伊札看，結果伊札不只是吃驚而已，她說醫治者是要醫治人，不是要醫治動物。不過她還是醫治了兔子，也許她想試試她的醫術吧。實際上，打從我看到嘶嘶，我就覺得人也可以醫治動物，直到現在我都這麼認為。剛開始，我並不知道掉在我的捕獸坑是一隻正在哺育的母馬，我也不曉得為什麼我會殺掉追著牠跑的那群鬣狗。當時我只知道自己很討厭鬣狗。後來我知道嘶嘶的狀況，覺得自己有責任照顧牠，把牠養大。我很高興我把嘶嘶養在身邊，牠已經成了我的朋友。」

愛拉隨口說出這段故事，好像這是很稀鬆平常的事。但夏芙拉可聽得入迷了，她說：「不管怎樣，妳把這些動物駕馭得很好。」

「我不知道該不該說是駕馭，我跟嘶嘶相處時，就像牠媽媽一樣照顧牠，餵牠吃東西，我們因此愈來愈熟。如果在動物年紀很小的時候收養牠，而且像養小孩一樣把牠養大，我們就能像媽媽教小孩一樣教牠規矩。」愛拉說：「快快和灰灰是嘶嘶的兒女，牠們出生時我都在旁邊。」

「那沃夫又是怎麼回事？」

「我設置了一些陷阱打算抓白鼬。我跟朋友狄琪一起去看陷阱時，發覺陷阱裡的獵物全被偷走了。後來我看到一隻狼正在吃我的獵物，我好生氣，立刻用拋石索把那隻狼給殺了。接著，我發現牠是一隻哺育的母狼。真是沒想到，照理說那時候的小狼應該已經不用吃奶了才對。於是我沿著牠的足跡找到狼窩，才知道牠是獨來獨往，身邊並沒有狼群幫忙。牠的伴侶一定也出事了，所以牠才從我設的陷阱偷東西吃。當時窩裡只有一隻小狼還活著，我想都沒想就把牠帶回家。那時我們跟馬木特伊氏住在一起，沃夫就跟獅營小孩一起長大。牠從來不知道跟狼群生活是什麼感覺，牠覺得人類就是牠的親人。」愛拉說。

「所有人都是牠的親人嗎？」夏芙拉問。

「也不是所有人。沃夫雖然習慣跟一大堆人相處，但喬達拉跟我，現在當然還包括喬愛拉，我們是牠主要的親人。牠也把瑪桑那、威洛馬和弗拉那當成家人，還有約哈倫、波樂娃和他們的孩子，狼都很喜歡小傢伙。凡是我介紹給牠的人，只要讓牠嗅一嗅，牠就會當成朋友，算是暫時的親人。除此之外，其他人牠一概不理，只要對方不傷害牠的親人，牠並不會發動攻擊。」愛拉對興致勃勃的年輕助手說明。

「要是有人傷害牠的親人呢？」

「我跟喬達拉長途跋涉到這裡的路上，遇到一個很壞的女人，喜歡傷害別人。她想殺我，結果沃夫先把她給殺了。」

夏芙拉感到一陣恐懼，那是種很享受、很刺激的感覺，就像聽高竿的說書人說恐怖故事一樣。她沒懷疑愛拉所言是真是假，她想，首席的助手總不會胡亂編造這種故事吧。不過她活到現在畢竟沒見過這種事，難免感覺不太真實。不管怎麼說，她眼前就是有一隻狼，她也知道狼的威力。

她們繼續沿著懸崖間的步道走，來到一處往右的岔路，這條路通往岩石表面的開口，那是進入懸崖的入口。這一段爬坡十分陡峭，她們爬上去後，看到入口，發現一塊大石頭擋住了部分通道，還好左右兩邊有空隙。左邊空隙很窄，不過人還是可以通過，右邊的空隙就大多了。這裡顯然有人住過，愛拉看到地上有個舊墊子，皮革的一側裂開，露出裡面填充的草。墊子四周滿是熟悉的碎片，是有人敲燧石製作工具、器具留下來的。地上還散落了不少骨頭，想必是有人把骨頭嚼一嚼，隨手扔往附近的石壁。她們在洞裡走了一段路，沃夫跟在她們後頭。夏芙拉帶他們走到岩石堆，把背筐放在其中一塊岩石上。

「天快黑了，很快就看不見。」夏芙拉說：「我們先停下來點火把，行囊可以留在這裡，待會兒上路前先喝點水吧！」

她在行囊裡摸索點火材料，而愛拉已經把點火工具組拿出來了，還有一個尚未編織，像籮筐一樣的小容器，是用乾燥樹皮黏在一起製成。她把燃燒速度很快的一團柳葉菜塞在裡面，愛拉喜歡拿柳葉菜當火種。她拿出一塊充當打火石的黃鐵礦，因為使用多次，上面已經有一條溝，她拿出一塊喬達拉磨的燧石片，大小正好可以填滿那條溝。愛拉用燧石敲擊打火石，敲出的火花落在易燃的柳葉菜團上，一縷淡淡輕煙頓時升起。愛拉拿起樹皮籮筐，開始對著小小的火苗吹氣，火苗突然燒旺成為小火舌。愛拉又吹了一口氣，把燃燒的小籮筐放在岩石上。這時夏芙拉也拿出兩個火把，用小火點燃。火把一開始燃燒，愛拉便將樹皮團用力捏緊，並往下緊壓，把火弄熄，剩下的樹皮留待以後再用。

「我們有兩個打火石，不過我還沒學會怎麼使用。」年輕的助手說：「妳那麼快就生好火了，能不能教教我？」

「當然可以！只要練習幾次就會了。」愛拉說：「不過妳還是先帶我看看這個洞穴吧！」年輕助手慢慢走進洞穴深處，愛拉心想，這聖地究竟是什麼模樣？

通往外面的開口有些許光線透進來，不過她們還是需要火把才能照亮眼前的路。洞穴地面凹凸不平，洞頂有幾塊掉落地面，石壁某些地方也倒塌了。她們小心翼翼走著，有時要攀爬岩石，有時得從石頭上走過。夏芙拉往左邊石壁走，接著便緊靠著石壁。她走到洞穴變窄之處，在這裡路似乎分成兩條。她在這裡停下腳步。右邊那條路比較寬敞，走進去容易些。左邊那一條則非常狹窄，而且愈往裡面愈窄，往裡一看，感覺像一條死路。

「這個洞穴很容易誤導人。」夏芙拉說：「右邊那條比較寬，妳可能覺得應該走那邊才對，可是走那條路卻哪裡也到不了，走一小段就會碰到岔路，而且兩條岔路都是愈走愈窄，就這麼到了盡頭。左邊這條路不一樣，雖然又窄又小，但只要走過這一段，之後就變寬敞了。」夏芙拉把火把舉高，指向左邊石壁上的淡淡幾幅圖畫：「不熟悉洞穴的人如果看得懂這些畫，就知道應該往這條路走。」

「我想應該是齊蘭朵妮亞才看得懂吧！」愛拉說。

「通常是這樣沒錯。」夏芙拉說：「不過年輕人有時也喜歡到洞穴探險，他們能猜出圖畫的意義。」她們走了一小段，夏芙拉停下腳步：「這裡很適合妳用神聖聲音吟唱。妳已經有了神聖的聲音嗎？」

「我還沒決定。」愛拉說：「我曾經唱出鳥叫般的口哨聲，也曾像獅子一樣吼叫。齊蘭朵妮也會吟唱，她的歌聲很好聽，聽她在猛獁象洞穴唱歌，簡直不可思議的好聽。妳的聲音是什麼？」

「我也會吟唱，只是不像首席那麼好聽。我來唱給妳聽。」夏芙拉唱了非常高的音，接著又唱了低音，之後便一直提高她的音高，最後唱的音跟一開始一樣高。洞穴發出了小小回音。

「真好聽。」愛拉說完，也以口哨吹出鳥鳴般的混合曲。

「妳唱得才好聽呢！」夏芙拉說：「簡直跟真的小鳥一模一樣。妳是怎麼學的？」

「我離開部落，還沒認識喬達拉之前，住在遙遠的東邊河谷。我以前會餵小鳥吃東西，吸引牠們再回來，後來我開始模仿牠們的叫聲。有時牠們聽到我的口哨就會來，所以我就花更多時間練習。」

「妳剛剛說妳也能像獅子一樣吼叫啊？」

愛拉微笑：「是啊，我還會模仿馬的嘶嘶聲、狼的嗥叫聲，還會模仿鬣狗的笑聲呢！我會想學很多動物的聲音，因為很好玩，而且也算是一種挑戰。」愛拉心想，一個人孤孤單單，只有鳥獸為伴，這樣也能排遣寂寞吧！她只是心裡想想，並沒有說出口，有時她是刻意不提某些事，免得還要跟別人解釋半天。

「我知道有些狩獵者很會模仿動物的聲音，尤其要吸引動物靠近的時候，像是雄赤鹿的叫聲、幼原牛的吼聲，可是我從來沒聽過別人學獅子吼。」夏芙拉說完，一臉期待望著愛拉。

愛拉微微笑，深呼吸一下，面對洞口先學獅子咕噥了幾聲，接著發出一聲大吼，那隻穴獅「寶寶」成年之後也曾發出這樣的吼聲。雖然不像真正的獅吼那麼大聲，但細微之處、抑揚頓挫和聲音都跟真正的獅吼沒有兩樣。聽到的人多半覺得這就是獅子在吼，所以感覺起來也比實際音量更大些。夏芙拉一聽，一時之間臉色有點蒼白，後來聽見洞穴的回音，她又笑了。

「要是我在外面聽到，一定不敢踏進洞穴，以為裡面住著一頭穴獅啊！」

這時沃夫也用自己的聲音回應愛拉的獅吼，叫出了牠的狼歌。洞穴同樣傳出回音。

「沃夫也是齊蘭朵妮嗎？」年輕的夏芙拉有點驚訝：「牠好像也是用神聖的聲音嗥叫耶！」

「我不知道牠是不是，對我來說，牠只是一隻狼，但是首席每次聽到牠嗥叫，也說牠是齊蘭朵妮。」愛拉說。

他們開始走進變窄的通道，夏芙拉帶頭先進去，其次是愛拉，沃夫殿後。沒多久愛拉心想，還好齊蘭朵妮提醒我穿適合在洞穴攀爬的衣服。這洞穴不僅石壁狹窄，地面也愈來愈高，而且洞頂愈來愈低，能通行的空間實在又小又窄，連站直都有困難，有些地方甚至得跪著走。愛拉走著走著，火把不小心掉在地上，她趕緊趁熄滅之前撿起來。

他們繼續走，通道又變寬了，比較好走，能站直走路真是舒服啊！沃夫看到路變寬敞，似乎也很開心，不過牠走窄路比她們兩個輕鬆多了。只不過有些地方需要稍微擠一下才能過去。他們走到一處，只見右邊石壁坍塌成碎石土坡，滿地小石子，幾乎沒有平坦的地面可走。碎石土坡非常陡峭，他們小心翼翼找地方走，一側還有更多石頭與碎石滾落下來。他們只得靠往另一側石壁。

又走了一段窄路之後，夏芙拉停下腳步，把火把舉高，面向右方。潮濕晶亮的黏土蓋住了一小部分石壁，似乎是有人想表達什麼。上面刻了一個記號，是五條垂直線和兩條水平線，其中一條水平線穿過了五條垂直線，另外一條水平線只穿越了一半；記號旁的石面上則雕刻著一頭馴鹿。

愛拉已經看過不少圖畫與雕刻，懂得判斷哪些是好作品，哪些只是普通之作。她覺得這幅馴鹿跟她以前看過的相比，實在不怎麼樣，但她絕對不會在夏芙拉和其他人面前批評，不管是誰她都不會透露，畢竟喜不喜歡只是她個人私底下的想法。不久前，她絕對想像不到有人能在洞穴石壁上畫出像動物的圖案。她從來沒見過這種東西，就算只看到像是動物圖案的一部分，都會讓她驚訝不已。她看得出來這幅圖案是馴鹿，尤其鹿角的形狀令她更加確定。

「妳知道是誰畫的嗎？」愛拉問。

「耆老的傳說和歷史都沒記載，只大概提了一下，而且內容很含糊，指的可能是任何一幅洞穴圖案。不過我們洞穴流傳的一些故事倒是有些蛛絲馬跡，說這幅畫可能是西方領地一位祖先畫的，可能是始祖之一。」夏芙拉說：「我覺得應該是祖先畫的。」

他們繼續往洞穴深處前進，路況只比之前稍微好走一點，地面依舊凹凸不平，而且洞壁凹凸不平，他們得小心閃避。往窄通道大約走了十五公尺，夏芙拉又停下腳步。通道左邊有個很窄的穴室；右邊洞壁有突出的凸塊靠近洞頂，上面有幾個雕刻圖案，往水平傾斜大約四十五度角。它們是這個洞穴最主要的圖案，範圍很小，大約只有七十公分長，一百一十公分寬，總共刻了九隻動物，壁上的黏土也是畫作的一部分。

左邊第一個圖案有一部分是刻在黏土裡，其他部分則刻在石頭上，可能是用燧石雕刻刀刻成。愛拉發現圖案上面覆蓋了一層細緻透明的方解石，顯然這個圖案年代久遠。突起的地方有一部分是以黑色二氧化錳自然著色，表面非常容易破碎。一小部分的碳酸鹽礦已經剝落，另外一塊看樣子也快掉下來了。

雕刻的主題是一頭雄偉的馴鹿，頭抬得高高的，鹿角向後伸，占去了大部分畫面，還有一些畫得相當精緻的細節，像是一隻眼睛、嘴巴的線條，還有鼻孔。九個杯狀的洞代表馴鹿的脅腹，與背部的線條平行。馴鹿後面是另外一隻面向反方向的動物，只畫了一部分，應該是一頭鹿，也可能是一匹馬，另有一排雕刻出來的洞橫越整個身體；最右邊是一隻獅子。左右之間是一連串的動物，有幾匹馬和一隻北美野山羊。同一條線勾勒出馴鹿的頸部，也勾勒出馬的頭部，就畫在圖畫中央的馴鹿下巴下方。在圖畫下半部，畫中主角的下方，還有另一匹馬。愛拉數了一下，總共有九隻動物，有些畫得很完整，有些只有一部分。

「我們走到這裡就好。」夏芙拉說：「往前直走就沒有路了，左邊有一條很狹窄的通道，往那邊走也就只有另一間小穴室，再走也沒有路。我們應該掉頭回去了。」

愛拉轉身，輕輕撫摸耐心等待的沃夫，問道：「妳以前有沒有在這裡舉行過儀式？」

「畫這些畫就是儀式。」年輕的助手說：「來這裡一次或更多次的人，就是來舉行儀式的。我自己並不清楚，畢竟來這裡的人應該是齊蘭朵妮，或者是未來會當上齊蘭朵妮的助手。不過我覺得畫這些圖畫的人，應該是想接觸靈魂世界，接觸大地母親。有些聖洞是要給大家參觀，舉辦儀式，不過我覺得畫圖的人應該是在個人旅途當中畫了這些圖案。我每次來這兒，都在心裡用我自己的方式向畫畫的人致意。」

「我覺得妳一定會成為很好的齊蘭朵妮。」愛拉說：「妳年紀輕輕就這麼聰明。我也應該向這個地方致意，向畫這些圖畫的人致意。我也可以照妳的建議，在心裡想著這些圖畫，想著畫畫的人，也在心裡想著朵妮。只不過我想做的不只這些，我也想接觸靈魂世界。妳有沒有摸過石壁？」

「沒有，妳想摸就試試看吧。」

「妳幫我拿一下火把好嗎？」愛拉說。

夏芙拉接過火把，把兩支火把高舉，照亮了小小擁擠的洞穴。愛拉伸出雙手，將手心貼在石壁上，沒碰到圖畫與雕刻，只是距離很近。她一隻手感覺到潮濕的黏土，另一隻手則觸碰著石灰岩的粗糙表面。她閉上眼睛，一開始是黏土表面讓她覺得刺痛，接著石壁似乎流出一種強烈的感覺。愛拉不知道這種感覺是真的，還是出於她自己的想像。

剎那間，她想起和部落一起生活的日子，還有她前往各部落大會的旅程。當時她負責做特別的飲料給莫格烏爾飲用，伊札告訴她該怎麼做。她得咀嚼堅硬的風乾植物根，把嚼碎的渣吐在特殊木碗裡的水，再用手指攪拌。她知道她不應該吞進去的，只是實在忍不住。她吞下去之後也感受到藥效。克雷伯嘗了之後，一定是覺得太烈了，所以給每個莫格烏爾的分量比較少。

愛拉喝了那些女人的特殊飲料，跟她們一起跳舞，回去之後發現木碗底部還有一些像牛奶一樣的白色液體。伊札告訴過她，絕對不能浪費，愛拉不知道該怎麼處理，乾脆全喝下肚。接下來，她跟著燈與火把的亮光走去，進入一個彎彎曲曲的洞穴，遇到正在開特別大會的莫格烏爾。其他人並不知道她也在場，但是她的克雷伯知道。愛拉從來都不了解那天晚上她腦袋裡的想法與畫面，但後來有時會想起它們。她現在就是這種感覺，雖然沒那麼強烈，仍然是相同的感覺。她的雙手脫離石壁，感到一陣不寒而慄的恐懼。

愛拉和夏芙拉掉頭往回走，兩人一路上都很沉默，稍微停下腳步看看先前見到的第一頭馴鹿與旁邊的記號。愛拉看到幾條曲線，第一次看並沒有注意到這些曲線。他們再度走過不穩定的碎石坡，愛拉忍不住顫抖起來。他們又走過狹窄的地方，到達非常難走的通道，這次是沃夫打前鋒。他們走到需要用爬的才能通過之處，而且只能用一隻手爬，因為另一隻手得拿火把。這時，愛拉發現她的火把快燒完了，她希望能撐到他們走完。

走過這一段，愛拉看見了洞口透進來的光線，覺得胸部腫脹。她不知道原來他們走了那麼久，她知道該餵喬愛拉了，而且要立刻餵。他們趕到放背筐的地方，愛拉和夏芙拉都拿出水袋，兩人都很渴。愛拉從行囊底部翻出給沃夫用的小木碗，倒點水給沃夫，自己也喝了一些。喝完水，愛拉把沃夫的木碗收好，背起行囊，啟程走出洞穴，回到稱為「齊蘭朵妮氏第二十九洞穴西方領地三巨岩夏季營地」的地方。

第十六章

「那邊有一個鏡像石。」喬達拉說：「齊蘭朵妮，妳要在第二十九洞穴的南方領地停下來嗎？」

他們幾個人、馬匹和沃夫形成的小小隊伍在主河邊停下腳步。大家抬頭看著壯觀的五層石灰岩懸崖，有些地方還有六層。這一帶大部分崖壁都有自然形成的黑色垂直條紋，那是錳的傑作，為懸崖增添了特殊外觀。他們發覺有一群人走來走去看著他們，顯然那些人不希望被他們看見。愛拉想起這個洞穴包括頭目在內的幾個人看到馬兒和沃夫都很緊張。她覺得他們不應該在這裡停留。

「我知道一定有少數幾個人從夏季大會回來以後，就留在這裡。」齊蘭朵妮說：「可是我們去年來的時候，沒機會拜訪第五洞穴，所以我覺得我們應該繼續走。」

他們繼續往上游前進，循著去年走過的路線，前往河流分岔變淺的地方，從那裡渡河比較容易。如果他們當初打算沿著主河走，而且出發前有所安排，那就可以坐船渡河，只是這樣一來就得用篙把笨重的小船一路撐到上游。他們也可以沿著主河旁邊的路走，也就是朝著正北方，在河道形成一個大彎曲的地方往東走，接著再往南走，然後改往東前進，形成另一個大彎曲，最後又會朝北走。這一趟路程長達十六公里。在經過大大的S曲線之後，沿著主河步道就能通往上游，也還會經過一些比較小、朝向東北方的彎曲路徑。

第一個彎曲的北端附近有一些小型群落，不過齊蘭朵妮想去的是第二個彎曲最南端的大型群落，也就是齊蘭朵妮氏的第五洞穴，又稱老河谷。到老河谷，穿越田野比較容易，沿著河流繞個幾條大S形曲線是比較困難的。從主河左岸的鏡像石出發，只要往東走個五公里，再往北走一小段，就會到達龐大的第五洞穴。不過，就算挑最好走的路橫越丘陵地帶，也會是一條彎彎曲曲的路。

他們到達主河淺淺的渡河點，又停下腳步。喬達拉從快快的背部下馬，仔細看看渡河點：「齊蘭朵妮，妳來決定吧！妳要下來涉水過去，還是留在拖橇上？」

「不知道，我想你們兩個比較知道該怎麼辦。」齊蘭朵妮說。

「愛拉，妳覺得呢？」喬達拉問。

愛拉騎在馬上，走在隊伍前面，用背毯把喬愛拉背在胸前。她轉過身來，看著其他人：「水看起來並不很深，但往下走可能愈來愈深，甚至水深及腰。」

「我如果用走的，一定會弄濕。我看還是冒個險吧，坐在拖橇上也許比較不會弄濕。」齊蘭朵妮說。

愛拉看著天空：「還好我們是在水位很低的時候到達這裡。我覺得待會兒可能會下雨……但我不確定。」她嘟囔著說：「我覺得有事情要發生。」

喬達拉再度上馬，齊蘭朵妮依舊坐在拖橇上。他們渡河時，水位已到達馬兒肚子高度。兩個騎馬者的小腿和沒穿鞋子的腳都弄濕了。沃夫得游泳一小段，全身濕透，還好牠到了對岸立刻把身上的水甩掉了。木頭的拖橇只能約略浮在水面上，幸虧水位很低。齊蘭朵妮只是稍稍濺到一些水，並沒有弄濕。

渡過主河，他們沿著一條顯眼的路離開主河，從山脊的一邊爬上去，爬過圓圓的山頂，另外一條步道也可通往山頂，再從另外一邊下山，抄他們習慣的近路。要去齊蘭朵妮氏的第五洞穴，從這裡走路大約還有六公里遠。他們一邊走著，首席一邊告訴他們第五洞穴的歷史和一些事情。首席說的內容，喬達拉多半都知道，不過他還是很專心聽。有些內容愛拉已經知道了，聽了之後也學到一些新知識。

「第五洞穴顧名思義，就是齊蘭朵妮氏第三古老的團體。」齊蘭朵妮開始說，她說話的口吻就像老師一樣，雖然聲音不會很大，卻可以傳得很遠：「只有第二洞穴和第三洞穴比第五洞穴古老。歷史和耆老的傳說都提到第一洞穴，但是沒人知道第四洞穴後來怎麼了。大部分人都認為，第四洞穴的人一定是因為瘟疫，人數才所剩無幾，不然就是意見不合，有些人離開了，而留下的人後來又加入另一個洞穴。這種情況其實很常見，所以計算各洞穴時，常常會缺了這個洞穴、少了那個洞穴。大部分洞穴的歷史都吸收其他成員，或者加入其他洞穴的記載，但第四洞穴卻沒有任何紀錄。有些人認為第四洞穴一定是遇到大災難，導致所有人都死了。」

他們一邊走著，齊蘭朵妮繼續說，她覺得愛拉應該要了解她的新族人，而且知道得愈多愈好。愛拉有一天也要把這些事說給第九洞穴的孩子聽，所以更應該知道。愛拉聽著聽著都入迷了，不太留神看路，只是一邊聽著她身後的齊蘭朵妮說話，一邊下意識用膝蓋壓一下嘶嘶，或者改變一下坐姿，告訴嘶嘶該往哪裡走。雖然齊蘭朵妮在她後方講話，但四周還是充斥著她的聲音。

第五洞穴的家園是舒適的小河谷，位在兩個石灰岩懸崖之間，上面是個高高的岬角，中間有一條清澈的小溪流過。小溪的源頭是活躍的泉水，綿延幾百公尺之後直接流入主河，抵達終點。小溪兩側後面的高聳懸崖，提供了九個大小不同的石造庇護所。有些位置非常高，但不是每一個洞穴都有人住。打從大家有印象開始，河谷就有人居住，所以才叫老河谷。根據齊蘭朵妮氏的歷史和耆老傳說，這裡很多洞穴都跟第五洞穴有關係。

齊蘭朵妮氏人的領土，每一個洞穴都是獨立的，可以自行照料基本生活，包括打獵、捕魚、採集食物，以及用原料製作他們需要的東西，不只為了生存，也為了生活。他們是這一帶最成熟的群體，可能也是當時全世界最成熟的群體。各洞穴都會互助合作，唯有互助合作才能謀求最大利益。有時候他們會團體合作打獵，尤其狩獵猛獁象、巨角鹿之類的大型動物，還有穴獅之類的危險猛獸。他們分攤風險，也共享獵物，有時候會一大群人一起採集蔬果，在短暫的成熟季節，趁著新鮮時採集一大堆。

他們會和比較大的洞穴談判，尋找伴侶，因為自己洞穴的人數有限，選擇不多，所以需要向人數較多的洞穴求偶。他們也會交換東西，倒不是因為非要如此才有東西可用，而是因為他們喜歡別人做的。其實大家的用品都很相似，很容易弄懂，如此可為生活增添一些樂趣與變化。而且萬一有什麼問題，身邊有親戚朋友可幫忙也不錯。在冰緣地區生活，冬季極度寒冷，總會有狀況需要解決。

每個洞穴擅長做的事不一樣，一部分是因為各洞穴生活的地點不同，一部分則是因為有些人發展出高超的技術，傳給最親近的親戚朋友和家人。舉例來說，大家都說第三洞穴的人最會打獵，多半是因為他們住在懸崖高處，兩條河流滙流之地，下方的氾濫平原有著大片綠草如茵的草地，吸引了許許多多遷徙路過的獵物，而第三洞穴的人通常最先發現這些獵物。他們頂著打獵第一好手的盛名，因此不停鍛鍊打獵與觀察技巧。如果遇到一大群獵物，還會通知鄰近各洞穴一起加入打獵。如果獵物只有少少幾隻，他們就自行出動，不過通常還是會把獵物分給鄰近各洞穴，特別是大會和慶典時。

第十四洞穴是以擅長捕魚聞名。每個洞穴都會捕魚，不過他們才是一流的捕魚專家。第十四洞穴有一條不錯的溪流流經他們的小河谷。溪流的源頭位在上游幾公里處，好幾種魚都生活在這裡，鮭魚到了產卵季節也會來這條溪產卵。第十四洞穴的人便在主河捕魚，他們有各種各樣的方法，除了設下障礙把魚困住，也擅長用矛或魚網捕魚，甚至還會用「魚勾」——兩端尖尖的筆直勾子。

第十一洞穴的庇護所距離主河也很近，附近還有許多樹木，因此而學會了造船的手藝，經過代代相傳，技藝堪稱爐火純青。此外，他們也會撐著船在主河上下游往返，不但運送自己的東西，也替其他洞穴運送，以勞力換取鄰居的物品與其他服務，而且還可用它們再去交換不同的東西和服務。

第九洞穴就位在下游地旁邊，由於下游地是當地工匠的聚會場所，很多人因此遷居到第九洞穴。第九洞穴會有那麼多居民，這也是原因之一。如果有人需要打造特殊工具或刀子、蓋屋用的生皮革、各色粗細繩子、堅韌線圈、做衣服或帳篷的材料，或者需要木頭材質、編織的木碗與杯子，來第九洞穴就對了。就連需要馬、牛或其他動物的繪畫、雕刻，以及其他創作，這裡也應有盡有。

第五洞穴的傲人之處則在於他們許多方面都能自給自足，自認為是一等一的獵人、漁人，並且熟悉各種工藝。他們還會自己造木筏，聲稱木筏是他們發明的，只不過第十一洞穴也說木筏是他們的發明。第九洞穴的朵妮侍者一向都受人敬重。小河谷有些石造庇護所裡，裝飾著動物繪畫和浮雕，其中有些還是高凸浮雕。

齊蘭朵妮氏人大都認為，第五洞穴是製作珠寶和珠子的專家。每當有人需要新項鍊，或縫在衣服上的各種珠子，通常都會找第五洞穴。他們特別擅長製作象牙珠，每顆珠子都花費大量心血和時間製作。他們也會在各種動物的牙根上挖洞，做成項鍊的垂飾與特殊珠子。他們最喜歡用狐狸牙和赤鹿的犬齒，也會從西方大水與浩瀚的南海蒐集各種貝殼。

第九洞穴的旅客一抵達第五洞穴的小河谷，馬上被人群包圍。一群人從小河兩側懸崖上的幾個石造庇護所湧出來。有些人站在朝西南方一間庇護所門前，其他人從這間庇護所北邊的另一間庇護所走出。河谷另一頭，有愈來愈多人從各庇護所走出。愛拉他們沒想到會看到這麼多人，一時之間顯得有些驚訝。想必這個洞穴有許多人沒去夏季大會，不然就是提早回來了。

他們看到愛拉一行人，好奇地走上前去，不過沒人敢靠太近，因為心裡又怕又敬畏。所有齊蘭朵妮氏人都認識喬達拉，有些年輕人並不認識，因為喬達拉出遠門那幾年，剛好是他們成年的時候。大家都知道喬達拉遠行歸來，也見過他帶回來的女人和動物。但是看到喬達拉帶著那位身上背著小寶寶的異族女人、一隻狼、三匹馬，又看到齊蘭朵妮坐在一匹馬拉著的椅子上，這麼奇怪的陣仗實在讓人目瞪口呆。在許多人眼裡，這些動物溫馴得令人毛骨悚然，照正常情況，牠們應該逃跑才對啊！

最先看到訪客的人，其中一個跑去告訴正在等候訪客光臨的第五洞穴齊蘭朵妮。這位齊蘭朵妮是男性，站在河谷右邊的庇護所前，帶著友善的微笑走近愛拉他們。他是中年人，嚴格說來應該是壯年，年紀不算很大，棕色長髮往後梳成複雜的髮型，纏繞在頭上。他的臉上有著象徵重要地位的刺青，圖案比一般要複雜，但他不是唯一在刺青上大做文章的齊蘭朵妮。他的身材圓潤，豐腴多肉的臉，使得眼睛看起來很小，整個人一副精明幹練的模樣，倒也符合他的個性。

一開始齊蘭朵妮對他有所保留，不知道這人能不能信任，甚至不知道自己喜不喜歡這人，因為他就算跟齊蘭朵妮意見相左，還是會堅持己見。不過他的可靠與忠誠是有目共睹的，齊蘭朵妮在會議與決議團中經常需要倚重他精闢的意見。愛拉本來還無法完全信任他，後來發現齊蘭朵妮對他印象不錯，因而比較信任。

另一個男人跟他一起走出石造庇護所，愛拉跟這人第一次見面就不信任他。這人就是馬卓曼，是在第九洞穴出生，後來移居第五洞穴，顯然後來又當上第五洞穴齊蘭朵妮的助手。第五洞穴齊蘭朵妮有幾位助手，馬卓曼雖然是年紀最大的助手，卻不是第一助手。喬達拉也吃了一驚，他沒想到竟有齊蘭朵妮亞願意接納馬卓曼。

喬達拉少年時期曾迷戀首席齊蘭朵妮，那時首席還是助手，叫做索蘭那，但另一個年輕男子拉卓曼也想要索蘭那當他的朵妮女。拉卓曼嫉妒喬達拉，整天暗中監視他們，他聽見喬達拉向索蘭那求愛，希望索蘭那跟他配對。朵妮女應該阻止這種感情糾葛的，大家都覺得朵妮女負責教導的年輕男人太過脆弱，不像年紀較大的女人見多識廣。喬達拉年紀雖輕，個子卻很高大，個性也成熟，一雙湛藍的眼睛英氣逼人，魅力四射，實在令人難以抗拒，因此索蘭那沒有當下拒絕他。

拉卓曼昭告整個齊蘭朵妮亞和其他人，他們犯了禁忌。喬達拉知道他告密，獲悉他監視他們之後怒不可遏，和拉卓曼大打出手。這是一樁天大的醜聞，不只因為喬達拉和索蘭那談戀愛，也因為喬達拉打斷了拉卓曼兩顆門牙。那兩顆門牙再也長不回來，導致拉卓曼講話口齒不清，也很難咬東西。喬達拉的母親當時是第九洞穴的頭目，為了替兒子善後，不得不付出鉅額賠償。

鬧了這麼一場，喬達拉的母親決定讓喬達拉搬去跟達拉納住。喬達拉是達拉納的火堆地盤兒子，喬達拉出生時，喬達拉的母親和達拉納配對。起初喬達拉很生氣，後來還是感激母親的安排。他母親覺得，這段時間可以讓事情降溫平息，大家會逐漸淡忘，而喬達拉卻覺得母親在懲罰他，不過喬達拉倒也因此有機會認識達拉納。喬達拉像極了達拉納，不只外形而已，兩人多才多藝，尤其又都是一流的燧石匠。達拉納把這項技藝教給喬達拉，也教喬達拉的表親約普拉雅。約普拉雅是達拉納新伴侶潔莉卡的美麗女兒，而潔莉卡是喬達拉見過最有異族風情的女人。潔莉卡的母親安蕾在和伴侶長途旅行途中生下潔莉卡，後來在達拉納發現的燧石礦附近過世，安蕾的伴侶荷查曼則活了下來，最後完成長途旅行的夢想。

他是偉大的旅行家，從東方的無盡海一路走到西方大水，不過最後一段是達拉納背著他走的。一兩年後，他們送喬達拉回到第九洞穴，達拉納的洞穴則又繼續了一趟特別的旅程，再往西走一小段，讓矮小的荷查曼老人再看一眼大水，這次還是達拉納背著他走。他自己走了最後幾公尺抵達海邊，跪在地上任由海浪打在他身上，品嘗海鹽的味道。喬達拉愛上了蘭薩朵妮氏的一切，也很感激有離家機會，因為這讓他發現自己原來還有第二個家。

喬達拉知道齊蘭朵妮也不怎麼喜歡拉卓曼，畢竟拉卓曼也給齊蘭朵妮找了不少麻煩。不過這也有好處，經過這些事，齊蘭朵妮對齊蘭朵妮亞以及她身為助手的責任更加認真看待。她成為一個令人敬畏的齊蘭朵妮，就在喬達拉和兄弟出門遠行之前，她才當上首席。說實話，喬達拉之所以出門，這也是原因之一。他對她還有濃烈的感情，知道她永遠不會和自己配對。五年過去了，他帶著愛拉和愛拉的動物歸來，發現拉卓曼把名字改成馬卓曼（他永遠都搞不清楚為什麼），而且還得到齊蘭朵妮亞接納，真叫人吃驚。這樣一來，不管誰提名他，首席都必須接納他。

「妳好！」第五洞穴的齊蘭朵妮寒暄，待首席走下特殊拖橇後，向首席伸出雙手，說道：「我今年夏天還沒跟妳碰過面呢！」

首席握住他的雙手，身體往前傾，用自己的臉頰碰觸他的臉頰：「我在夏季大會到處找你。人家告訴我，你跟你們鄰近幾個洞穴參加另一場夏季大會去了。」

「是啊，說來話長，如果妳有興趣，我待會兒講給妳聽。」首席點點頭，表示有興趣。「我們還是先找個地方，給妳還有妳的……嗯……旅行同伴住。」他別有意味地看了馬兒與沃夫一眼。他帶著他們穿越小溪，沿著小河谷中間的溪流旁一條步道走著，繼續解釋剛才的話：「主要就是加強跟鄰近幾個洞穴的友誼。那是比較小型的夏季大會，我們很快就辦完那些必要的慶典。我們洞穴的頭目和幾個人一起打獵去了，其他人則去拜訪朋友、參加聚會，只有我們回來這裡。我有個助手，她觀察日落一年了，記錄月亮即將結束，我想趕在結束前，也就是太陽保持不動之前回到這裡。那麼，妳來這裡是做什麼呢？」

「我也在訓練一位助手。你見過愛拉吧？」身材壯碩的齊蘭朵妮指了指身邊的年輕女人，說道：「你應該聽說過，愛拉是我的新助手，我們這一趟是她的朵妮侍者之行。我要帶她看看你們的聖地。」這兩位齊蘭朵妮互相點頭，表示明白彼此的責任。「喬諾可搬到第十九洞穴之後，我需要一位新助手。我想他是愛上了愛拉發現的新聖洞。他一向以藝術工作為重，不過他現在也為齊蘭朵妮亞盡心盡力。第十九洞穴的齊蘭朵妮健康狀況並不算好，希望她能活久一點，好好訓練完喬諾可。」

「他之前不是妳的助手嗎？他搬家之前，應該已經訓練得不錯了。」第五洞穴的齊蘭朵妮說。

「他是經過一些訓練沒錯，但是他當我助手時，對這份工作並不感興趣。」首席說：「他真的很會畫圖。我不得不把他帶到齊蘭朵妮亞，但他最愛的還是畫圖。他很聰明，學得好快，不過他覺得做個助手已經很滿足，並不想當齊蘭朵妮。後來，愛拉帶他去白色洞穴，他就像變了一個人似的，當然，也因為他想去那裡做壁畫，不過還有別的原因。他希望能做出適合那處神聖地方的壁畫，所以現在他願意接納齊蘭朵妮亞。我想愛拉一定也感覺到了，她剛發現洞穴時，希望我去看看，不過她覺得帶喬諾可去看比較重要。」

第五洞穴的齊蘭朵妮面向愛拉：「妳是怎麼發現白色洞穴的？妳有沒有在裡面使用妳的聲音？」

「不是我發現，是沃夫發現的。」愛拉說：「那是在一座小山坡上，隱藏在灌木叢與黑莓叢之間。那天，沃夫突然消失在灌木叢下方的地面，我砍斷一些灌木，追在沃夫後頭。後來我發現那是一個洞穴，於是我先走出來，做了一個火把再進去。那時候我才看清楚洞穴。後來我把洞穴的事告訴齊蘭朵妮和喬諾可。」

第五洞穴的齊蘭朵妮上次聽見愛拉說話，離現在已經有一陣子了。他還是聽得出愛拉特殊的口音，馬卓曼他們也聽出來了。馬卓曼想起喬達拉帶著這個美麗的異族女人和她的動物回來時，真是萬眾矚目。他也想起自己有多討厭喬達拉。馬卓曼心想，喬達拉總是引人注意，女人尤其會注意他。要是喬達拉少了兩顆門牙，不知道大家做何感想？是啊，他媽媽幫他付了賠償，可是卻換不回我的門牙。

他出遠門就出遠門，幹麼回來呢？還帶著那個女人！大家看到她和那些動物，掀起好大一陣騷動。我做了這麼多年助手，首席注意的卻是她。她要是比我先當上齊蘭朵妮怎麼辦？她見到他的時候，沒怎麼注意他，雖然她的態度比表面的客套稍微好一些，但是沒太搭理他。大家都說那個新洞穴是她發現的，問題是，她自己都承認不是她發現，而是那隻蠢狼發現的。

他在心裡發著牢騷，臉上依然掛著微笑。愛拉沒有直接盯著他看，而是用部落女人的方式密切觀察他，偷偷瞄他幾眼，洞悉他下意識的肢體語言。他的微笑充滿了狡詐與邪惡。愛拉實在不懂，第五洞穴的齊蘭朵妮為什麼要收他做助手呢？第五洞穴的齊蘭朵妮是這麼精明的人，應該不會被他騙吧？愛拉又瞄了一眼馬卓曼，看到馬卓曼惡狠狠瞪著她，頓時不寒而慄。

「有時候我覺得沃夫屬於齊蘭朵妮亞。」首席說：「你應該聽聽牠在猛獁象洞穴的叫聲。牠的嗥叫聽起來就像神聖的聲音。」

「妳有了新助手真好，不過我一直覺得很驚訝，妳怎麼只有一位助手呢？」第五洞穴的齊蘭朵妮說：「我一直都有幾位，現在還想再收一位。不是每一個助手都能成為齊蘭朵妮，要是其中一個放棄，我還有別的人選。妳也應該考慮多收幾個……當然這也不用我來說啦！」

「你說的也有道理，我應該考慮考慮。平常我是會留意適合當助手的人選，不過還是會等到我需要助手時才主動去找。」首席說：「當上首席大媽侍者也有難處，我不只負責一個洞穴而已，沒那麼多時間培養助手，只能專心培養一個。離開夏季大會之前，我還挺掙扎的，因為得在我對齊蘭朵妮氏的責任，以及培養第九洞穴下一位齊蘭朵妮的責任之間做出抉擇。最近一次配對典禮還沒舉行，不過這次只有幾對，我知道第十四洞穴的齊蘭朵妮可以辦好這事。我心想，還是開始愛拉的朵妮侍者之行比較重要。」

「第十四洞穴齊蘭朵妮一定很樂意接手。」第五洞穴的齊蘭朵妮嘴裡這麼說，心裡卻明白不是這麼回事。他知道首席和第十四洞穴的齊蘭朵妮關係並不好。第十四洞穴的齊蘭朵妮很想要首席的位子，她覺得自己才應該當首席。「隨便一位齊蘭朵妮都會樂意幫忙的。我們都知道首席的威望，可是不見得明白身為首席的難處……我也有這個毛病。」

他們頭頂四周都是岩洞，那是風、水和天氣經年累月侵蝕石灰岩懸崖，因而形成的石造庇護所。不論什麼時候，只有一部分庇護所會有人居住，其他庇護所則另有用途。有些拿來當作儲藏室，有些很安靜，可以充當練習工藝的場地。一對愛侶如果想要享受兩人世界，也可以來閒置的庇護所幽會。三五成群的年輕人、老人也能在庇護所規畫活動。此外，有一間庇護所是專門給訪客留宿用的。

「希望你們在這裡住得舒適。」第五洞穴的齊蘭朵妮帶他們到懸崖底部附近的一座天然石造庇護所。庇護所的空間很大，地面平坦，高高的天花板前面是開著的，不過雨淋不到。一面牆壁的附近散落了幾個破爛的軟墊，還有一兩處深色圓圈，那是灰燼，周圍有一些石頭，顯然之前住在這裡的人在此地生火。

「我去拿木頭跟水過來，還需要什麼儘管吩咐。」第五洞穴的齊蘭朵妮說。

「這地方不錯。」首席說完，詢問同伴：「你們還需要什麼嗎？」

喬達拉搖搖頭，咕噥著說不用了，同時也把嘶嘶背上的拖橇解下來，減輕嘶嘶的負擔，然後打開行囊。他想把帳篷設置在庇護所裡，可以接觸新鮮空氣，又不至於淋雨。愛拉說過，她覺得可能會下雨。愛拉對天氣變化一向很敏感，喬達拉不敢大意。

「請問，」愛拉說：「我們可不可以把馬兒帶進庇護所裡？我發現天上烏雲變多了，好像要下雨，可能有事……要發生了。馬兒也怕淋濕。」

喬達拉把年輕的種馬牽走，沒想到這時馬兒卻大便了，撲通幾聲，在身後地面留下幾坨棕色、夾雜許多草的糞便，發出一股濃濃的馬騷味。

第五洞穴的齊蘭朵妮說：「你們的馬匹要躲雨是吧？當然沒問題。」他咧著嘴笑：「只要你們不介意，我想也沒有人會介意。」

另外幾個人跟著他一起微笑，應該說竊笑才對。看到這些動物，又見到能控制動物的人當然很佩服，但看到動物當眾拉屎，那又是另外一回事，總是不太體面，也顯得沒那麼神奇。愛拉一到此處，察覺這些人對他們有所防備，覺得快快挑這時候來上這麼一段，讓他們知道牠不過就是一匹馬而已，算來也是好事一樁。

齊蘭朵妮把地上的軟墊拿起來，仔細瞧瞧。有些是皮革材質，有些是草、蘆葦、香蒲葉之類的植物纖維編織而成。有幾個已經裂開、角落破損，露出裡面填充的材料，大概就是因為這樣才會被丟在這少有人用的庇護所。她把幾個墊子對著石壁敲了敲，敲掉表面上的塵土，然後堆在火坑附近。喬達拉在附近把摺疊好的帳篷拿出來。愛拉將喬愛拉背在身後，騰出手來幫喬達拉架設帳篷。

身材壯碩的齊蘭朵妮伸手抱喬愛拉：「我來照顧她。」喬達拉和愛拉就在石造庇護所裡架設帳篷，他們在其中一圈石頭圍繞的灰燼前，拿出生火與燒火材料，萬一需要生火立刻就能搞定。接著，兩人在裡面把鋪蓋捲和其他設備打開。沃夫一直跟他們一起待在帳篷裡。最後，他們把兩個拖橇朝向岩洞後方放妥，將馬兒安頓在庇護所裡，就在他們前方，還順手清理了快快剛才製造的屎。

第五洞穴的幾個孩子站在他們旁邊看，沒敢站得太近，其中一個小女孩實在太好奇了，忍不住走上前去。她走向齊蘭朵妮和喬愛拉。齊蘭朵妮想，這小女孩大概九歲、十歲吧！

「我想抱寶寶。」她詢問：「可以嗎？」

「要看她願不願意讓妳抱。她有自己的想法。」

小女孩向喬愛拉伸出雙手，喬愛拉遲疑了一下，對著她靦覥微笑，小女孩靠近一些，坐了下來。終於，喬愛拉放開齊蘭朵妮，爬向陌生人。小女孩抱起喬愛拉，放在大腿上。

「她叫什麼名字？」

「喬愛拉。」齊蘭朵妮說：「那妳叫什麼名字呢？」

「荷莉妲。」小女孩回答。

「妳好像很喜歡小寶寶啊！」齊蘭朵妮說。

「我姊姊也生了一個小妹妹，可是她去拜訪她伴侶的家人了。她伴侶的家人住在另一個洞穴。我整個夏天都沒看到小妹妹。」荷莉妲說。

「那妳很想她囉？」

「是啊，我還以為我不會想她，結果還是很想。」

荷莉妲走過來時，愛拉就已看到她了，也注意到她和齊蘭朵妮、喬愛拉說話。愛拉暗自微笑，她想起當初自己有多想要一個小孩，也想起了杜爾克，杜爾克現在應該也跟這個小女孩差不多大吧！但部落的人會覺得杜爾克快要成年了，不像這個小女孩還是小孩子。愛拉心想，杜爾克漸漸長大了，也明白她再也看不到兒子，但偶爾忍不住會想念他。

喬達拉看見愛拉盯著小女孩跟喬愛拉玩耍，又看到愛拉臉上傷感的表情，愛拉在想什麼呢？愛拉搖搖頭，微微笑，叫沃夫過來，往小女孩那裡走去。愛拉想，既然小女孩要跟喬愛拉玩，那我最好向她介紹一下沃夫，免得她害怕沃夫。

三個大人把東西放妥，安頓好，走回第一個石造庇護所。荷莉妲跟他們一起，走在首席身邊。其他小孩剛剛在圍觀，現在則跑在前面。這群訪客接近第五洞穴齊蘭朵妮的庇護所，幾個人站在石壁上的大開口前方等待他們。他們人還沒到，那群孩子已經先通報了。顯然這裡的人打算辦一場慶典，幾座火堆正在煮食。愛拉想，也許她應該把旅行的衣服換掉，穿上比較合適的，但喬達拉和首席都沒有換衣服。有些人從北邊庇護所走出來，愛拉他們經過時，也有一群人從河谷另一邊的幾處石造庇護所湧出。愛拉暗自微笑，知道那群小孩已經告訴別人他們要來了。

看到第五洞穴，愛拉猛然想起位在雙河石的第三洞穴，還有第二十九洞穴的鏡像石。他們生活在居高臨下的懸崖峭壁上，高高低低層層疊疊，上面還有一層保護層，雨和雪都影響不到裡面的空間。這裡的情形就不一樣了，小溪兩側的幾處石造庇護所比較接近地面。這裡的人居住在幾個地方而且彼此靠近，所以才算是一個洞穴。愛拉想起整個第二十九洞穴也想做同樣的事情，不過他們的生活區域較為分散，是因為共用打獵與採食區，才形成一個洞穴。

第五洞穴的齊蘭朵妮看到愛拉一行人走來，上前招呼：「你們好！住的地方還舒適吧？我們要辦一場盛宴幫你們接風。」

首席說：「真的不要這麼麻煩了。」

第五洞穴的齊蘭朵妮看著首席：「妳也知道，大家喜歡找藉口慶祝。你們來這裡，剛好給大家一個很棒的理由，第九洞穴的齊蘭朵妮兼首席，可不會天天光臨啊！大家都進來吧！妳不是說要帶妳的助手參觀我們的聖地嗎？」他領著他們進去，又轉向愛拉：「我們都住在聖地裡。」

愛拉一進到石造庇護所，驚訝不已，不由得停下腳步，裡頭真是五顏六色。幾面石壁都有動物的圖畫裝飾，這其實也很常見，但許多圖畫的背景是用紅色赭土塗成了鮮豔的紅。畫中動物也不是只有線條而已，很多都有著色，以色調凸顯了動物的輪廓和身型。其中一面牆特別吸引愛拉的目光，那面牆上有兩隻野牛畫得很好，其中一隻明顯懷孕了。

「我知道大部分人都會在岩洞牆壁上雕刻、畫畫，認為這種圖畫是神聖的，不過我們認為這整個地方都是神聖的。」第五洞穴的齊蘭朵妮說。

喬達拉到過第五洞穴幾次，也很喜歡石造庇護所裡的壁畫，不過他覺得這裡的壁畫跟第九洞穴庇護所裡的壁畫、雕刻沒什麼兩樣，甚至跟任何一個洞穴或岩洞裡的壁畫與雕刻都一樣。他實在不明白這個庇護所怎麼會比別的庇護所神聖，不過是比大部分的庇護所更加五顏六色、裝飾得更多罷了。他覺得大概第五洞穴的人喜歡這種風格吧，他們的齊蘭朵妮身上華麗的刺青和髮型也符合這種調調。

第五洞穴的齊蘭朵妮看著愛拉，瞧瞧站在愛拉身邊保持警戒的沃夫，又看著喬達拉和窩在他臂彎、心滿意足，好奇地四處張望的喬愛拉。最後，他看著首席說：「宴席還要一些時間準備，我先帶你們走吧！」

「這樣也好。」首席說。

他們走出庇護所，轉進北邊另一個庇護所，這間其實就是第一間的延伸，裡面也有裝飾，只是與第一間大異其趣，所以感覺像是兩間。這間的石壁上也有圖畫，其中一幅是黑色與紅色猛獁象，幾面石壁刻鑿了很深的雕刻，還有幾面是既有繪畫又有雕刻。愛拉對另外幾幅雕刻很感興趣，她不太清楚這些雕刻的含意。

她走近一面石壁，仔細探看，上面有些像杯子一樣的洞，另外還有一些橢圓形圖案，包在另一個橢圓裡，還有一個像洞的圖案，向中間的一條線延伸。愛拉在附近地面上看到一個角，雕刻的形狀很像男性生殖器。愛拉搖搖頭，再看一次，看得她都快笑出來了，那是男人的生殖器沒錯。愛拉看著橢圓形圖案，判斷這應該就是女性的生殖器官。

愛拉轉過身，看著喬達拉和首席，再看看第五洞穴的齊蘭朵妮，說道：「這些看起來像男人和女人的器官。」愛拉問：「是這樣沒錯嗎？」

第五洞穴的齊蘭朵妮微笑點頭：「我們幾位朵妮女都住在這裡，大家也常在這兒舉辦大媽慶典和初夜交歡禮。我訓練助手，也是在這裡跟他們開會，他們甚至都睡在這兒。這是非常神聖的地方。我剛才說我們住在神聖的地方，就是這個意思。」

「你也睡在這裡嗎？」愛拉問。

「不是，我睡在第一間庇護所，這間的對面，在野牛附近。」他說：「我覺得一個齊蘭朵妮還是不要整天跟助手混在一起比較好，應該給助手一些時間放鬆，不要整天盯著他們。何況我還有別的事要忙，需要花時間見見別人。」

他們走回庇護所的第一個部分，愛拉問：「你知道這些是誰畫的嗎？」

第五洞穴的齊蘭朵妮有點意外，齊蘭朵妮氏人通常不會問這種問題。他們對身邊的藝術早已習慣，藝術作品從以前到現在一直都在。他們也知道哪些人目前在做藝術作品，根本不需要研究這個問題。

他想了一下：「我不知道雕刻是誰做的，那些都是古代人的作品。不過我們的幾幅畫是第一個教導喬諾可的女人在年輕時畫的。她是現任第二洞穴齊蘭朵妮的前任。當時，她可是公認最頂尖的藝術家呢。在喬諾可還是小男孩時，她就看出喬諾可的潛力。她也覺得我們另一位年輕藝術家很有潛力，可惜她已經到另一個世界去了。」

喬達拉也看到那件像陽具的雕刻作品：「那個雕刻的角又是怎麼回事？是誰做的？」

「那是人家送的禮物，給我的上一任，也許是上上一任的齊蘭朵妮。」第五洞穴的齊蘭朵妮說：「有些人在大媽慶典時喜歡用這個。我也不曉得，大概是拿來解釋男人器官的一些變化吧！也許是用在初夜禮，特別是年輕女人不喜歡男人，或是怕男人，就給她們用這個。」

愛拉心想，用這個硬梆梆的雕刻陽具取代溫柔男人熱呼呼的陰莖，應該很不舒服吧，搞不好還會弄痛女人。不過話又說回來，她是習慣了喬達拉的溫柔體貼才會這麼想。她瞄了喬達拉一眼。她只在心裡想想，臉上沒有顯露出來，畢竟她不適合把這些話說出口。

喬達拉和愛拉四目相對，看見愛拉想要掩飾的表情，給了愛拉一個寬慰的微笑。他想第五洞穴的齊蘭朵妮是不是根本就不知道雕刻的意思，所以才編出這麼一大套故事？喬達拉認為，既然是挺立的男性器官，那一定是以前某種象徵，也許跟某一場大媽慶典有關，只是大家忘記了雕刻代表的意義。

「我們可以到溪的另一頭，參觀其他神聖的地方。我們有些人也住在裡面。你們應該也會覺得那些地方很有意思。」第五洞穴的齊蘭朵妮說。

他們走向將河谷一分為二的小溪，往上游前進，來到他們先前渡溪的地方。水道中間有兩個堅硬的踏腳石，大夥兒踩著踏腳石抵達溪的另一頭，然後往下游走到他們住的庇護所。溪的這一頭有幾處岩洞，坐落在河谷斜坡上，斜坡往上連接一個高高的岬角，居高臨下俯瞰整個區域，是個不錯的瞭望台。他們走進一個岩洞，岩洞比源自泉水的小溪流入主河處大約高出一百八十公尺。

他們走到庇護所突出的石頭的下方，隨即注意到一幅畫了五隻動物的圖，包括兩匹馬和三頭野牛，全都面向右邊。第三隻是一頭約九十公分長的野牛，深深刻在石壁上。野牛肥大的身軀是很深的浮雕，幾乎成為一件雕像，又以黑色加深了輪廓。幾面牆上還有其他雕刻作品，內容有殼斗、線條，還有動物，大部分都沒有之前那幅刻得那麼深。

幾個人站在附近看著他們，臉上表情有些傲慢。愛拉一行人跟他們打了招呼。這些人顯然對自己華麗的家非常得意，很想炫耀一番，愛拉不怪他們。他們的家確實很有看頭。愛拉把牆上的雕刻仔仔細細看了一遍，接著開始欣賞庇護所的其他地方。她發現，現在儘管沒幾個人，這裡顯然住了不少人。這裡的人就像其他齊蘭朵妮氏人一樣，到了夏季都會出門拜訪別人、打獵、聚會，還會採集各種製作生活所需的原料。

愛拉發現一個地方，從散落在地上的材料看來，應該有人在那裡用象牙做東西。仔細再瞧，她看見一些成品與半成品。象牙先是被一磨再磨，把棒狀的地方磨掉，有幾根小棒子堆在一處。兩根棒子為一對，放在一起，做成兩個連接在一起的圓球。另外又在兩個圓球的邊緣，中間平坦的地方刺穿，再切割做成兩個珠子，最後將兩個珠子磨成圓潤的籮筐形。

愛拉蹲下來看個清楚，這時兩位中年男女走過來，站在她身邊。愛拉碰都不敢碰那些珠子，她問：「這些珠子真漂亮，是你們做的嗎？」

他們倆面帶微笑，異口同聲說：「是啊，做珠子是我的專長。」他們發現彼此的默契居然這麼好，忍不住哈哈大笑。

愛拉問他們做這些珠子要花多少時間，他們說一個人從天剛破曉一直忙到日正當中，停下來吃中飯，能完成五、六顆就不錯了。要做出足夠串成一條項鍊的珠子，至少要花上幾天，甚至一兩個月，要看項鍊有多長。愛拉知道這種珠子極其珍貴。

「看起來並不好做。光是看到製作過程需要這麼多步驟，我就更珍惜我的婚禮服了。我那件禮服上縫了很多象牙珠子。」愛拉說。

「我們也看到妳的婚禮服了！」中年女人說：「真的很漂亮！後來瑪桑那拿出來展示，我們還跑去看。上面的象牙珠子絕對是名家製作的，我想跟我們做的程序應該不太一樣。珠子上的洞好像是貫穿整個珠子，也許是在珠子的兩邊都鑽洞，非常不好做。不好意思，我想請問一下，妳那些珠子是從哪裡來的？」

「我以前曾經是馬木特伊氏人，他們住在往東很遠的地方。禮服是他們頭目的伴侶送給我的，她是獅營的妮姬。當然，她以為我要和她兄弟伴侶的兒子配對才會送給我。後來我改變心意，決定跟喬達拉走，她叫我留著跟喬達拉配對時穿。她也很喜歡喬達拉。」愛拉說。

「她一定很喜歡喬達拉，也一定很喜歡妳。」中年男人說。他沒說出口的話是，那件婚禮服不只是漂亮，而且價值連城呢！會把這件婚禮服送給別人帶走，想必她一定非常喜歡這個年輕女人。光聽這個異族女人的口音，他就知道她一定不是土生土長的齊蘭朵妮氏人，不過現在他明白這個女人的地位了。

「那真是我看過最華麗的衣服！」

第五洞穴的齊蘭朵妮說：「他們也用南海和西方大水的貝殼做珠子、項鍊。他們還會雕刻象牙垂飾，或者刺穿動物的牙齒。大家特別喜歡把狐狸牙還有會閃閃發亮的鹿的上顎犬齒穿戴在身上。連其他洞穴的人都想要他們的作品。」

「我是在遙遠的東方海邊長大。」愛拉說：「我可不可以看看你們的貝殼？」

愛拉看不出來這對男女到底是伴侶，還是兄弟姊妹。他們把收藏的袋子和容器拿出來，倒出裡頭的東西，迫不及待要炫耀他們的財富。他們有幾百個貝殼，大部分都是像海螺那種小小的球體軟體動物，要不就是長形齒骨，可以縫在衣服上，也可以串成項鍊。另外還有一些扇貝。這些貝殼多半都來自不能吃的海洋生物，換句話說，他們採集這些貝殼純粹是拿來當裝飾，而不是要拿來食用，而且要到很遠很遠的地方採集。他們若不是去南海和西方大水的海岸採集貝殼，就是跟別人交換來的。他們願意花上大把時間，目的只為了蒐集裝飾品，這也表示齊蘭朵妮氏人已經衣食無虞，不必再為生活傷腦筋。從他們的習俗與作風看來，他們非常富有。

喬達拉和首席都過來瞧瞧中年男女給愛拉看的東西。他們都知道第五洞穴因為有珠寶匠，想必非常富有，不過一下子看到這麼多，還是目瞪口呆，忍不住在心裡跟第九洞穴比較一番。但仔細想想，他們的洞穴其實也一樣富有，只不過是另一種不同的富有。事實上，齊蘭朵妮氏大部分的洞穴都很富有。

第五洞穴的齊蘭朵妮帶他們走進附近另一個庇護所，同樣也是裝飾精美，主要是以雕刻壁畫裝飾，畫中有馬、牛、鹿，還有一隻猛獁象的一部分，許多都塗上紅赭土和黑色的錳作為凸顯。比方說，有一頭鹿的鹿角就是用黑色凸顯，另外還有一頭牛全身上下幾乎都塗成了紅色。第五洞穴的齊蘭朵妮向中年男女介紹愛拉等人。愛拉發現之前圍繞在他們庇護所附近的孩子，他們的庇護所也在小溪這一頭。這些孩子現在又圍過來了，她認得其中幾位。

愛拉突然感到一陣暈眩噁心，非要走出庇護所不可。她不明白自己怎麼會有這種感覺，反正就是必須要出去。

「我有點渴，出去喝點水。」她說完，快步走出庇護所，往小溪前進。

一個女人跟在她後頭：「妳不需要出去喝水，我們裡面有泉水。」

第五洞穴的齊蘭朵妮說：「我們也該出發了。宴席應該準備妥當，我肚子也餓了，你們一定也餓了。」

一群人回到主庇護所，至少愛拉覺得這是主庇護所。宴席已經準備好了，就等他們上座。雖然有專為客人準備的盤子，愛拉和喬達拉還是從袋子拿出自己用餐的杯子、木碗和刀子，首席也帶著自備的盤子。愛拉拿出沃夫喝水用的木碗，這木碗也能裝東西吃。愛拉想，她也應該替喬愛拉做吃飯的盤子了。愛拉打算在喬愛拉至少三歲以前都餵她吃奶，不過也許在她三歲前就讓她嘗嘗其他食物。

由於有人獵殺了一頭原牛，因此今天的主菜是烤原牛腰腿肉，作法將肉固定在烤肉叉上，用煤烤。最近他們只在夏天才看到原牛。愛拉最喜歡吃原牛肉，吃起來味道很像野牛，只是比較油膩些。但話又說回來，原牛跟野牛本來就差不多，都有堅硬、圓滑、彎曲的角，長到一個程度就不會再長，而且會一直留在頭上，不像鹿角每年脫落。

餐點還包括夏季蔬菜，包括苦菜梗、煮熟的莧草、款冬，以及用酸模調味的蕁麻葉。另外，蒲公英幼葉與三葉草做成的沙拉裡，還加了玫瑰花瓣和櫻草。搭配烤原牛腰腿肉的醬汁也不馬虎，是以沙果和大黃做成，裡面香氣四溢的繡線菊花像蜂蜜一樣甘甜。各色夏季漿果則完全不需要加糖，包括木莓、早熟的黑莓、櫻桃、黑醋栗、接骨木漿果、去核的黑刺李果。要把小小的黑刺李果一個一個去核，想必耗費不少時間。而玫瑰葉茶更為這頓豐盛的宴席畫下完美的句點。

愛拉拿出沃夫的木碗，挑一塊帶著一些肉的骨頭放在裡面。其中一個女人用厭惡的表情看著沃夫，愛拉聽見她跟另外一個女人說，不該用人吃的食物餵一隻狼，對方聽了也點頭贊同。愛拉發現這兩個女人今天稍早都是一臉驚恐看著沃夫。她本來想把沃夫介紹給她們，希望能降低她們的恐懼，可惜她們一直避開愛拉，也閃避會吃肉的沃夫。

用餐結束後，天色漸漸昏暗，他們往火裡添加木柴，增添亮光。愛拉一邊餵喬愛拉吃奶，一邊啜飲熱茶。沃夫在她腳邊，旁邊有喬達拉、首席、第五洞穴的齊蘭朵妮。一群人走向他們，馬卓曼也在其中，只是走在後頭。愛拉認得其他人，判斷他們應該是第五洞穴齊蘭朵妮的助手，大概想來見見首席。其中一位開口說：「我已經完成『記錄太陽和月亮』。」年輕女人張開她的手，露出小小一塊象牙板，上頭全是奇怪的線條。

第五洞穴齊蘭朵妮拿走她手上的板子，仔細瞧了瞧，又翻過來看看背面，連邊緣都看了，他微微一笑：「這大概是半年。」他把板子拿給首席：「她是我的第三助手。她從去年的這時候開始記錄，上半年的紀錄已經收起來了。」

壯碩的首席跟第五洞穴的齊蘭朵妮一樣仔細瞧著這塊板子，不過她並沒有看那麼久：「這種記錄方式很有意思。妳標示出太陽和月亮的位置變化，用彎曲的記號代表新月，已經記錄了兩個月亮周期了，其他的都記錄在邊緣和背面。嗯，做得很好。」

年輕女人聽見首席稱讚，笑容滿面。

「妳來跟我的助手解釋一下記錄方法吧！她還沒記錄過太陽和月亮。」首席說。

「我還以為她做過了。我聽說她的醫藥知識非常淵博，而且已經配對了。我認識的助手沒有幾個配對、生子，就是在齊蘭朵妮亞也沒幾個像她這樣。」第五洞穴齊蘭朵妮的第三助手說。

「愛拉的訓練跟一般人不太一樣。妳也知道，她出生時並不是齊蘭朵妮氏人，所以她學習知識的順序跟我們不同。她是非常棒的醫治者，很年輕時就開始學了，不過最近才開始她的朵妮侍者之行，還沒學會記錄太陽和月亮。」首席仔細說明。

第五洞穴齊蘭朵妮的第三助手說：「沒問題，我會告訴她怎麼記錄。」她在愛拉身旁坐下。

愛拉很有興趣，她從沒聽過「記錄太陽和月亮」這種事，也不知道她還得學這個才算完成訓練。她心想，自己是不是還有什麼事情該做，卻不知道呢？

「妳看，每天晚上我都做一次記號。」年輕女人說。她把用尖銳燧石刻在象牙板上的記號指給愛拉看。「我把前半年的記號刻在另一塊板子上，所以愈來愈知道要怎麼記錄，而不是只有算日子。我從接近新月時開始記錄，我想標示出月亮在天空的位置，所以就從這裡開始。」板子上的圖案看來像是隨便亂打的洞，她指著中間一個記號說：「接下來的幾個晚上都下雪，那是一場很大的暴風雪，完全看不見星星和月亮。不過就算沒有暴風雪，我還是看不到月亮，因為那時候魯米的大眼睛是閉著的。後來我看到魯米時，他又醒來了，是一彎細細的新月，因此就在這裡畫一個彎曲的記號。」

愛拉看著年輕女人指的地方，乍看之下，她還以為那是用尖銳東西刺出來的洞，後來發現是一條小小的曲線，非常驚訝。她仔細瞧了瞧板子上的眾多記號，突然發覺這些記號並不是隨意亂畫，而是真有一種特定的模式，她很想聽聽年輕女人解說接下來的步驟。

「魯米睡覺的時候，就是一個月亮的開始，所以我在右邊這裡把板子翻過來，在背面記錄接下來的夜空。」第三助手接著說：「這裡是第一個半閉的眼睛，有些人稱做『第一個半張臉』，接下來就愈來愈大，愈來愈大，直到滿月。很難看出到底什麼時候才算完全滿月，月亮會有一兩天看起來都像滿月，所以我在左邊這裡又把板子翻過來。我畫了四條曲線，兩條在下，兩條在上。我一直記錄到第二個半張臉，到了這時魯米又開始閉上眼睛。妳看，第二個半張臉剛好就在第一個半張臉的上面。」

「我繼續做記號，直到他眼睛又閉上。妳看看右邊這裡，有沒有看到這條向下彎的曲線？這條線一直到右邊，之後第一次翻面。妳看這條線，能不能一路看下去？我在滿月時都會把板子翻過來，從右邊繼續記錄，他睡覺時我也會翻面，從左邊繼續記錄。妳算一算就會發現，我已經記錄了兩個月亮，另外還有半個。我記錄到第二個月亮之後的第一個半張臉就停了下來，我在等巴利趕上。這時候太陽在最南端，會停留個幾天之後再往北走。這就是第一個冬季的結束，第二個冬季的開始，天氣比較冷，不過巴利一定會回來。」

「謝謝妳，」愛拉說：「真的好有意思啊！這些都是妳想出來的嗎？」

「不是，其他齊蘭朵妮亞給我看他們的記錄方式。我有一次在第十四洞穴看到一塊年代久遠的板子，上面記錄的方式不太一樣，後來我開始記錄月亮時，就想用那上面的方式。」

「這方法不錯。」首席說。

愛拉一行人打算回庇護所就寢時，天色已經很暗了。喬愛拉包在背毯裡，睡得很香，愛拉把她抱在懷裡。喬達拉和首席各自借了一個火把，照亮前方的路。

他們接近客人的庇護所，沿路經過先前看到的幾個庇護所。愛拉走過之前覺得非常不舒服的庇護所，不覺又發抖起來，趕緊加快腳步匆匆走過。

「怎麼了？」喬達拉問。

「不曉得。」愛拉說：「我今天一整天都覺得怪怪的，不過我想應該沒事吧。」

他們走到暫住的庇護所，看到馬兒在外頭晃來晃去，沒待在愛拉替牠們安排的庇護所裡的大空間。

「牠們怎麼跑出來了？馬兒一整天都在搗蛋，搞不好我就是因為這樣才不舒服。」愛拉說。他們正要走進庇護所，走向他們的帳篷時，沃夫遲疑了一下，接著一屁股坐在地上，不願意進去。「咦？沃夫怎麼了？」

第十七章

「我們今天早上騎馬出去好不好？」愛拉對躺在身邊的男人輕聲說：「馬兒昨天好像有點焦躁不安，我自己也是。先前馬拉著拖橇，根本沒辦法自在奔馳。拉拖橇很辛苦，而且馬兒並不喜歡用拉拖橇運動。」

喬達拉微笑：「好主意。我也都沒做我想做的運動，那喬愛拉呢？」

「荷莉妲應該願意幫忙照顧，如果齊蘭朵妮可以看著她們，那就更沒問題了。」愛拉說。

喬達拉坐起身來：「齊蘭朵妮在哪？她不在這裡。」

「我聽到她起床的聲音，應該是去跟第五洞穴的齊蘭朵妮說話。」愛拉說：「我們如果把喬愛拉留下來，沃夫也應該一起留下吧？不過我不曉得第五洞穴的人怎麼看待牠。昨天晚上吃飯時，他們在沃夫旁邊好像有點緊張。這裡畢竟不是第九洞穴……我們帶喬愛拉一起去吧！我可以用背毯背著她，何況她也喜歡騎馬。」

喬達拉掀起鋪蓋捲的毯子，爬了起來。愛拉也起床了，留下睡在身旁的小寶寶，自己出去小解。

愛拉回來之後說：「昨天下過雨。」

「妳會不會覺得，幸虧昨天妳待在帳篷，窩在毯子裡？」喬達拉說。

愛拉沒有回答。她昨晚沒睡好，覺得睡得不舒服，不過至少他們沒淋濕，帳篷也通風。

喬愛拉翻過身來俯臥著，兩條小腿一直踢，頭也抬了起來。她身上的包毯掉下來，裡面會吸水的柔軟填料已經髒了。愛拉把髒東西拿起來，丟在夜壺裡，把包毯捲起來，皮革也都潮濕變軟了。她抱起喬愛拉，走到小溪邊，把寶寶、毯子還有自己洗乾淨。小寶寶已經很習慣沖水，完全不緊張，倒是溪水很冷。愛拉將包毯掛在小溪附近的灌木上晾乾，穿上衣服，在石造庇護所外面找了個舒服的地方坐下，餵小寶寶吃奶。

趁著愛拉忙碌時，喬達拉在河谷附近找到馬兒，把馬兒帶回岩洞，在嘶嘶和快快的背上繫上馬墊。他按照愛拉的建議，把行囊馬鞍籮筐綁在嘶嘶臀部，均衡一下重量。只是灰灰開始用鼻子磨蹭嘶嘶，想要喝奶，弄得喬達拉有點麻煩。這地方有不少庇護所，愛拉覺得其中一間應該是主庇護所。待他們準備好，要前往愛拉所謂的主庇護所時，沃夫回來了。愛拉以為沃夫去打獵，這時沃夫突然出現，嚇了嘶嘶一大跳，愛拉也因此被嚇到。嘶嘶通常很冷靜，沃夫很少會嚇到牠。快快比較容易被嚇到，不過現在所有馬兒都很容易受驚嚇，就連小母馬也不例外。沃夫緊靠著愛拉，好像很需要愛拉關心，愛拉也覺得沃夫有點反常，彷彿四周草木皆兵似的，她覺得不太對勁，不知哪裡怪怪的，總之就是不太對。愛拉看著天空，瞧瞧有沒有暴風雨跡象。一層高而薄的雲朵將天空染成了白色，雲朵之間又露出一片藍。大概他們都需要出去跑一跑吧！

喬達拉幫快快和灰灰繫上韁繩，也給嘶嘶做了一條韁繩，可是愛拉只在特殊情況才使用。愛拉還不知道自己訓練嘶嘶時，已經教會嘶嘶要跟著她走。她還是不覺得這叫訓練。她教嘶嘶做事情，重複教好幾次，直到嘶嘶懂了為止。嘶嘶之所以照著做，是因為牠自己想做。伊札訓練愛拉記住許多植物與藥草的療效，也是用類似方法，就是伊札重複講解，愛拉死記硬背。

他們打包完畢，走到第五洞穴齊蘭朵妮的庇護所。這一隊男人、女人、嬰兒、狼、馬兒的組合又像上次一樣，吸引別人放下手邊的事觀看。那些人還得拚命克制自己不要死盯著他們，免得失禮。第五洞穴的齊蘭朵妮和首席一起走出庇護所。

「來，我們一起去吃早餐。」第五洞穴齊蘭朵妮說。

「馬兒有些不安，我們想帶牠們出去跑一跑，之後比較平靜，不會煩躁。」喬達拉說。
「我們昨天才到這裡，一路上牠們還沒跑夠嗎？」首席問。
「一路上，牠們都在拉行李，沒有跑也沒有奔馳。」愛拉說：「牠們有時候也需要舒展筋骨。」
「唔，至少來喝點茶吧！我們可以包一些東西給你們帶到路上吃。」第五洞穴齊蘭朵妮說。
愛拉和喬達拉看著彼此。他們雖然很想直接出發，可是不喝茶就走，可能會得罪第五洞穴，那就不好了。他們互相點點頭，有了默契。
「謝謝，那我們就叨擾一杯茶吧！」喬達拉說，從繫在腰間細皮帶的袋子拿出自己的杯子。愛拉也拿出她的杯子，拿給火坑附近舀熱茶給大家喝的女人。女人把許多杯子裝滿茶，再把杯子遞給大家。馬兒在等待時沒有安靜吃草，而是表現得非常恐懼，處處流露出焦慮不安。嘶嘶又跳又扭，還大聲吸氣，連眼睛周圍都出現皺紋。灰灰也感染了牠的緊張症狀。快快則是走過一邊，脖子拱得老高。愛拉想辦法安慰母馬，用手撫摸母馬頸部一側。喬達拉必須抓緊韁繩，才勉強拉住想要跑走的公馬。
愛拉看了一眼分隔河谷的溪流，瞧見幾個孩子在溪流旁邊奔跑尖叫，好像在玩遊戲。她知道興高采烈的小孩難免會玩得瘋，但這些孩子未免太瘋了點。愛拉看著他們在庇護所跑進跑出，突然覺得好危險啊！至於有什麼危險，她也說不上來。她想跟喬達拉說他們該走了，就在這時，一群人拿給他們用生皮革包著的食物。喬達拉將生皮革放進嘶嘶身上的籮筐，並謝謝大家招待。隨後，他們踩踏附近的岩石，爬上馬兒的背，開始騎著馬走出河谷。
他們走到一片草地後，便不再控制馬兒，讓馬兒自由奔馳。這非常愉快，愛拉因此沒那麼緊張，不過她的不安並沒有完全消失。最後馬兒跑累了，速度逐漸慢下來。喬達拉發覺遠方有一叢樹，拉著快快往那裡去。愛拉也看到那叢樹，於是跟在喬達拉後面。灰灰已經可以跑得跟媽媽一樣快了，當然也跟在愛拉後頭。幼馬很快就學會快跑，畢竟要活下來就得跑得快。沃夫也跟他們一起奔馳，牠也喜歡快跑。

他們接近樹叢，看到一小池水，顯然是泉水，順著小河流出河岸，流經整片草地。一走近泉水，嘶嘶突然停下腳步，差點害愛拉摔落地上。她立刻抱住坐在前面的喬愛拉，飛快從嘶嘶背上滑下來。愛拉發覺喬達拉也有些控制不住快快。快快前半身揚起，用後腿站著，大聲嘶叫，高大的喬達拉往後滑，接著也很快下馬。他並不是跌下來，但下馬時重心不穩。

愛拉察覺一陣低沉的隆隆聲，不但耳朵聽見了，身體也感覺到。她發覺這聲音已經持續一段時間了。愛拉看見泉裡的水往上噴發，好像有人擠壓泉水，往上噴出一道水柱。這時，她發覺連大地也在震動。

愛拉知道這是怎麼回事，她以前曾經感覺地面晃動，一陣驚恐直衝她的喉嚨。大地不該這樣晃動啊！愛拉快要站不穩了，整個人陷入恐慌，緊緊抓住女兒，一步都不敢踏。

她驚訝地看著眼前的草地，那些高度及膝的草表演一種怪異的顫抖舞，呻吟的大地也隨著地表深處聽不見的音樂，詭異地震動著。前方泉水附近一小叢樹，讓搖動看起來更為明顯。泉水上下跳動，濺出岸邊，把泉底的泥土翻騰起來，濺出一坨一坨的泥團。愛拉聞到大地的臭味，接著聽到劈啪一聲，一棵冷杉樹突然裂開，隨即慢慢傾倒，根部一大半都露了出來。

大地似乎搖個沒完。愛拉想起以往的片段，憶起搖晃的大地帶給她巨大的痛苦。她緊閉雙眼，全身顫抖，恐懼而悲傷地啜泣。喬愛拉也開始哭了。愛拉感覺有人把手放在她肩膀，雙臂環抱著她和寶寶，這才有了些許慰藉。愛拉倚著她心愛男人溫暖的胸膛，寶寶也安靜下來。愛拉慢慢感覺地震停息，顫抖的大地也變得平靜，她內心的不安因而減輕不少。

「唉呀，喬達拉。」愛拉大叫：「是地震！我最討厭地震了！」愛拉在喬達拉懷裡顫抖，心想，地震是邪惡的。不過她沒說出來，她害怕說出來會助長地震的氣焰。大地一搖晃，總是有壞事發生。

「我也不喜歡地震。」喬達拉說著，緊緊抱著他脆弱的小家庭。愛拉看看四周，發現泉水附近有一棵傾斜的冷杉樹。她猛然想起很久以前的畫面，全身戰慄不已。

「怎麼了？」喬達拉問。

「那棵樹。」愛拉說。

他順著她的視線看過去，看到泉水旁那棵樹斜向一邊，樹根都露出來了。

「我記得小時候看過很多翻倒傾斜的樹，就和那棵一樣，有些倒在地上，有些橫倒在河面上。當時我年紀一定很小……」愛拉遲疑了一下，又說：「那時我還沒跟部落住在一起。我想，我應該就是那時候失去母親、失去家人、失去一切。伊札說過，當時我走路走得很穩，也會說話。我想，她遇到我的時候，我應該已經五歲了。」

喬達拉聽著愛拉這番回憶，始終緊抱著愛拉，直到愛拉心情稍微輕鬆了才放開。雖然只是簡短回憶，不過喬達拉現在比較了解，當年那場地震震垮了愛拉的世界，她熟悉的生活瞬間結束，她心裡有多害怕。

愛拉說：「你覺得它會回來嗎？我是說地震。有時候大地這樣震動，並不會馬上平靜下來，還會再震動的。」

「我不知道。」他說：「不過我們應該回到老河谷，看看大家是不是平安。」

「對喔！我剛才嚇壞了，完全沒想到別人。希望大家都沒事。還有馬兒！馬兒到哪裡去了？」愛拉大叫，四處張望：「牠們都沒事吧？」

「我想牠們應該沒事，只是跟我們一樣害怕。快快的後腿一抬高，我就滑了下去，還好沒摔在地上。後來牠又繞著大圈圈跑。我只知道嘶嘶完全沒動，灰灰就待在嘶嘶身邊。我猜想，牠一定是在地震過後跑走了。」

愛拉瞧見馬兒出現在平地遠處，大大鬆了一口氣。她大聲吹著特殊口哨，呼叫馬兒。嘶嘶抬起頭來，往愛拉方向走去，快快與灰灰跟在嘶嘶後面，沃夫則在牠們後面。

「牠們過來了，沃夫也是。我想沃夫一定是跟牠們一起跑掉的。」喬達拉說。

等到馬兒和沃夫回到他們身邊，愛拉總算比較鎮靜。附近沒有可用的石頭與樹樁，能讓愛拉爬上嘶嘶的背。愛拉先讓喬達拉抱著喬愛拉，自己抓住嘶嘶身上直立的鬃毛，跳上去之後把腿跨過去，坐上馬墊。她從喬達拉手中接過喬愛拉，看著喬達拉用類似方法爬上快快的背。喬達拉身材高大，幾乎可以直接跨上矮壯結實的快快背上。

愛拉往泉水方向看去，那棵樹仍然以危險的角度傾斜著。愛拉知道這棵樹很快就會倒塌。她之前想去那裡，不過現在她一點也不想靠近。他們出發前往老河谷時，聽見了響亮的爆裂聲，回頭一看，又聽見模糊的轟轟聲，看到高高的冷杉樹倒地。返回第五洞穴路上，愛拉不斷在想，馬兒到底怎麼了？牠們最近的行為究竟意味著什麼？

「喬達拉，你覺得馬兒是不是知道大地會那樣搖晃？是不是因為這樣，牠們最近才怪怪的？」愛拉問。

「牠們真的很緊張。」喬達拉說：「還好牠們很緊張，我們才會出來，在地震發生時待在外面的空地。我覺得外面比較安全，不必擔心被掉下來的東西砸到。」

「可是你站的地面也可能裂開啊。」愛拉說：「我的家人很可能就是遇到這種狀況。我記得我聞到大地深層的氣味，聞到潮濕、腐朽的味道。我覺得並不是每一次地震都一樣，有時候比較劇烈。大部分地震隔著很遠的距離都感覺得到，只是沒有近距離感受那麼強烈。」

「妳小時候看到所有樹都倒塌了，地面也裂開，那妳一定是距離地震開始的地方很近。我們這一次距離應該沒有那麼近，因為只倒了一棵樹。」

愛拉對著喬達拉微笑：「喬達拉，這裡並沒有那麼多樹可以倒啊。」

喬達拉有點尷尬地微笑：「是啊，所以地面搖動的時候，待在這裡就更好啦！」

「那你怎麼知道地面什麼時候會搖動？」

「就多注意馬兒的動靜嘛！」喬達拉說。

「要是這招永遠有效就好了。」愛拉說。

他們接近老河谷，發現有些不尋常的動靜。幾乎所有人都在庇護所外面，很多人聚集在其中一間庇護所前方。他們雙雙下馬，牽著馬兒走向他們住的庇護所，就在很多人聚集的那間庇護所後面。

「你們終於回來了！」首席齊蘭朵妮喊著他們，說道：「地面開始搖動的時候，我有點擔心你們呢！」

「我們沒事，妳呢？」愛拉問。

「沒事，沒事，不過第五洞穴有幾個人受傷，其中一個還受了重傷。」首席說：「妳應該來看看。」

愛拉聽出首席擔憂的語氣：「喬達拉，你來牽馬兒，幫忙照料一下好嗎？我要留在這裡幫齊蘭朵妮。」

愛拉跟著身材壯碩的齊蘭朵妮，在一間庇護所前停下腳步。一個男孩躺在地上的獸皮鋪蓋捲，獸皮那面朝下，當作鋪墊。他的頭和肩膀下放了墊子和毯子，稍微抬高一些，頭部下有些柔軟可彎曲的獸皮，上頭都是血，還一直滲血出來。愛拉把喬愛拉抱出背毯，將背毯鋪在地上，再把喬愛拉放上去，沃夫坐在她身邊。不久，荷莉姐出現了。

「我來照顧寶寶。」她說。

「真是謝謝妳。」愛拉說。她看見附近有一群人，好像在安慰一個女人。她猜想，那大概就是男孩的母親吧！愛拉知道如果是自己的兒子，她會有什麼感覺。她和首席互看一眼，彼此凝視了一會兒。她知道男孩的傷勢不只是嚴重而已，簡直到了危急的地步。

愛拉跪下來察看傷勢，他就躺在陽光下，高高的雲朵稍微遮住了陽光。愛拉發現他昏迷不醒，還好有呼吸，只不過非常緩慢，而且不規律。他流了很多血，這是頭部受傷常有的現象。但他的鼻子、耳朵都流出帶有粉紅色的液體，這可就嚴重多了，表示他的顱骨碎裂，腦部受傷，情況非常不妙。愛拉知道首席的擔憂。她把男孩的眼皮往上拉，察看一雙眼睛，一個瞳孔遇光收縮，另一個瞳孔較大，遇到光線完全沒反應，這又是個壞現象。愛拉把他的頭稍微移一些，讓他嘴裡流出的血淋淋黏液流到一邊，以免堵住他的氣管。

愛拉看了很想搖頭，但她得克制自己不搖頭，如此男孩的母親才不致看出愛拉有多悲觀。她站起來，專注看著首席，告訴首席她覺得不樂觀。她們走到第五洞穴齊蘭朵妮察看的地方。男孩受傷時，洞穴有人跑去請齊蘭朵妮過來，齊蘭朵妮已經看過他的傷勢了。他請首席也看看小男孩，看看他的診斷對不對。

第五洞穴齊蘭朵妮看著首席，又看著愛拉，低聲問：「妳覺得怎樣？」

愛拉把聲音壓得很低：「我覺得沒希望了。」

「我也覺得。」首席說：「那麼嚴重的傷勢，能做的恐怕不多。他不只流血而已，頭部裡面其他液體也流出來了。傷口很快就會腫起來，那就糟了。」

「我也是這麼想，我得跟他媽媽說。」第五洞穴的齊蘭朵妮說出了結論。

三位齊蘭朵妮亞走向一小群人，他們顯然是在安慰坐在小男孩身旁的女人。女人一看到三位齊蘭朵妮亞臉上的表情，忍不住放聲痛哭。第五洞穴的齊蘭朵妮蹲在她身邊。

「潔妮拉，我很遺憾。大地之母在呼喚約洛坦回到她身邊。他精力充沛，有他在身邊真的很快樂，所以朵妮不想離開他。她太愛他了。」第五洞穴齊蘭朵妮說。

「我也愛他啊！朵妮不會比我更愛他的。他年紀那麼小，為什麼朵妮一定要現在帶他走？」潔妮拉哭著說。

「等妳回到大地之母的懷抱，到了下一個世界，妳就會跟他相聚了。」第五洞穴齊蘭朵妮安慰她。

男孩的母親看著首席，苦苦哀求：「可是我不想現在就失去他，我要看著他長大。妳難道都不能幫忙嗎？妳是現在最厲害的齊蘭朵妮啊。」

「妳要相信我，要是我有辦法，絕不會袖手旁觀。我真的不想這麼說，但他的傷勢太嚴重了，我無能為力。」首席說。

「大媽已經有這麼多人在身邊了，為什麼還要他去？」潔妮拉泣不成聲。

「這個問題我們也不知道答案，對不起，潔妮拉。他現在還有呼吸，妳應該到他身邊安慰他，一定要讓他的精氣找到前往下一個世界的路。我想，他現在一定很害怕。有妳陪在身旁，他會很感激，雖然他不見得表露出來。」身材壯碩、力量強大的首席說。

「他還有呼吸，那妳覺得他會不會醒來？」潔妮拉問。

「有可能。」首席說。

幾個人把潔妮拉扶起來，帶她走到臨終的兒子身旁。愛拉抱起喬愛拉，緊緊擁在懷裡，並謝謝荷莉妲幫忙。她走到他們住的庇護所，首席和第五洞穴齊蘭朵妮跟她一道走。

「真希望能幫忙，我覺得好無奈。」第五洞穴齊蘭朵妮說。

「遇到這種情形，誰都會覺得無奈。」首席說。

「妳覺得他能活多久？」第五洞穴齊蘭朵妮問。

「這也說不準，說不定還能撐個幾天。」首席說：「如果你希望我們留下，我們就留下來，只是我不曉得這場地震範圍有多大，不知道第九洞穴那邊有沒有影響。我們也有幾個人沒參加夏季大會……」

「妳應該回去看看。」第五洞穴齊蘭朵妮說：「妳說得對，很難說那孩子能撐多久。妳還得照料第九洞穴，確保他們的福祉。這裡該做的事，就由我來負責，我以前做過。雖然把別人的精氣送往下一個世界，並不是我喜歡做的事，不過這件事情還得有人做，而且重要的是必須用正確的方法。」

那晚大家都睡在石造庇護所外面，大部分睡在帳篷裡。他們不敢進庇護所，怕石頭會砸下來，只是匆匆跑進去拿需要的東西。餘震發生了一兩次，又有少數石頭從庇護所的石壁和頂部掉落，還好都不像砸中男孩頭部那顆石頭那麼重。看來，大家得過一陣子才肯進入石造庇護所。不過，等到冰緣地區的冬季降臨，寒冷與冰雪籠罩此地，只怕所有人都會忘記落石危險，很高興有個抵擋寒冷的窩。

幾個人、幾匹馬、一隻狼組成的隊伍在早晨出發。愛拉和首席齊蘭朵妮在出發前再去探望小男孩，其實她們更想知道男孩的母親情況如何。對於離開，她們心情很複雜。她們很想留下，安慰痛失愛子的母親，但她們也擔心留在第九洞穴石造庇護所的族人。

他們往南走，沿著主河蜿蜒的下游前進。這段路並不很遠，但他們得繞回主河，爬上高地再往下走，因為彎曲的溪流將水沖向一面石壁。騎馬就好多了，速度也更快。傍晚時分，他們已經看到陡峭的石灰岩懸崖，崖頂附近的圓柱好像快要掉下來似的。第九洞穴的大岩洞就位在這個懸崖。他們瞇著眼睛，看看家園有沒有異狀，是否受地震損害，族人有無受傷。

他們走到木河河谷，渡過流入主河的小河。一走上小路，便見到族人站在面向西南方的岩石前廊北端等待他們。有人看到他們回來，告訴其他人。他們經過烽火堆所在的突出角落，愛拉發現烽火還在悶燒，顯然最近用過烽火，但為何要點起烽火呢？

第九洞穴的居民實在太多了，也因此，由於各種理由沒參加夏季大會的人數，幾乎跟較小洞穴的總人數加起來一樣多，儘管從比例來看，第九洞穴缺席夏季大會的人數並不算特別多。第九洞穴的人數是齊蘭朵妮氏所有洞穴最多的，就連擁有幾個石造庇護所的第二十九洞穴和第五洞穴都比不上。他們的岩洞大得出奇，可以容納很多人，而且大家住在裡面相當寬敞舒適，還有空間留給別人住呢。除此之外，第九洞穴有許多人身懷絕技，多才多藝，因此第九洞穴在齊蘭朵妮氏的地位很高。很多人都想加入第九洞穴，但他們吸收不了這麼多人，通常只挑選能強化第九洞穴地位的人。不過一個人一旦生在第九洞穴，或是成為第九洞穴的成員，就很難被驅逐出境。

凡是身體還能活動的族人都出來探看愛拉一行人歸來。很多人看得張口結舌，驚訝不已，因為他們從沒見過他們的朵妮侍者坐在椅子上，讓愛拉的馬拉著跑。愛拉停下來，好讓齊蘭朵妮走下拖橇，只見齊蘭朵妮不慌不忙，莊重地走下來。齊蘭朵妮看到絲帖洛娜，她知道這位中年女子一向冷靜沉著，認真負責。絲帖洛娜留在第九洞穴，主要是照顧生病的母親。

「我們拜訪第五洞穴時發生大地震。絲帖洛娜，你們在這裡有感覺嗎？」首席問。

「我們也感覺到了，大家都很害怕，還好不很嚴重。有些石頭落下來，而且大部分落在聚會的場所，不是在這裡。」絲帖洛娜說完，等著齊蘭朵妮的下一個問題。

「這樣我就放心了。第五洞穴沒有我們這麼幸運。有個小男孩頭部被大石頭砸中，受了重傷，凶多吉少。我想，他現在或許已經在下一個世界了。」齊蘭朵妮說。

「絲帖洛娜，這一帶其他洞穴有沒有消息傳來？第三洞穴、第十一洞穴和第十四洞穴呢？」齊蘭朵妮一一詢問。

「我們只看到他們的烽煙，表示他們人都在那裡，不需要我們趕過去幫忙。」絲帖洛娜說。

「那就好，不過我還是會過去看看他們有沒有怎麼樣。」齊蘭朵妮說完，轉身看著愛拉和喬達拉：「你們要不要一起去？如果願意，也把馬兒帶去吧，萬一有人需要幫忙就能派上用場。」

「今天嗎？」喬達拉問。

「不，明天早上，我要去看看附近幾個洞穴。」

「我願意跟妳去。」愛拉說。

「我當然也去。」喬達拉附和。

愛拉和喬達拉把快快拖橇上的東西拿下來，他們自己的東西則留在拖橇上。兩人分別把東西放在生活區域前方的岩架上。這會兒，馬兒拉著幾乎空無一物的拖橇，跟著他們走過庇護所多數人居住之處。他們住在另外一頭，那裡有突出的石頭，不僅保護了他們專為馬兒騰出的地方，也保護了另外一個大得多的區域，儘管那區域偶爾才有人使用。他們走過大岩洞的前面，立刻注意到最近才掉下來的石頭，還好這些石頭不大。有時石頭會自行斷裂掉落，沒人知道原因。眼前他們看到的這些石頭，並不會比斷裂掉落的石頭大多少。

他們走到前廊邊緣一塊扁平的大石頭。有時約哈倫想對大家講話，會站在前廊上。愛拉心想，那塊石頭是什麼時候掉下來的？又為什麼會掉下來？是因為地震嗎？還是自己斷落的？她原本覺得石造庇護所很安全，現在突然不這麼認為。

他們開始牽著馬兒，走在突出的岩架下，前往他們的住處。愛拉想，馬兒會不會像前一晚那樣突然拒絕往前走呢？還好馬兒對這地方很熟悉，也不覺得有危險。直到馬兒直接走進去，愛拉才鬆了一口氣。如果大地要晃動，不論待在屋裡或屋外，都保護不了自己。不過馬兒要是再發出警告，愛拉覺得還是待在屋外比較好。

他們解開兩部拖橇，放在平常的位置，然後把馬兒帶到專屬的圍欄裡。馬兒並不會被關起來，因為他們在突出岩架下建造圍欄，目的是希望馬兒住得舒適，可以隨時自由進出。愛拉從泉水流入的溪流取水，溪流分隔了第九洞穴和下游地。雖然溪水也流入馬兒的飲水槽，但馬兒自己走到溪邊喝水也很容易。愛拉希望馬兒即使半夜都有水喝，尤其小馬，一定不能乾渴缺水。

實際上，馬兒只有在春季發情期才會受約束，不但柵欄門會拴上，身上也會套著轡繩，拴在木樁，免得馬兒亂跑。愛拉和喬達拉通常都會睡在附近，趕跑受母馬吸引前來的公馬。愛拉不希望嘶嘶被別的公馬帶往其他馬群，喬達拉也不希望快快跑到外面，因為想跟發情母馬交配而與其他公馬打架受傷。他們甚至得把快快跟牠媽媽分開，因為快快距離嘶嘶太近，很難抗拒嘶嘶身上散發的求偶氣味。總之，這段時間大家都很難捱。

嘶嘶身上的求偶氣味之強烈，公馬隔著一兩公里都能聞到。有些獵人會利用這種氣味獵殺一兩匹馬，不過他們都不會讓愛拉看見，也絕不向愛拉提起。愛拉知道他們這麼做，卻不能怪他們。她以前吃馬肉，現在不喜歡，也不再嘗試，不過她知道大部分人都喜歡馬肉的滋味。她並不反對其他人獵殺馬，只要不殺她的馬兒。畢竟馬是很有價值的食物來源。

他們走回住所，把東西放妥。儘管才出去幾天，而且以往參加夏季大會從沒這麼快回來，但愛拉回到家還是很開心。他們沿路拜訪其他洞穴與聖地，耗費時間比平常多，一路走下來，愛拉著實累了。那場地震尤其讓她筋疲力竭，一想到地震，她依然忍不住全身發抖。

喬愛拉在哭鬧。愛拉先將她帶到住所外換掉髒衣服，接著才進來，坐著餵奶，她很喜歡在這裡。這地方四面用生皮革圍住，沒有天花板，至少沒有人工建築的天花板。愛拉抬頭就能看到天然石造庇護所突出的石頭底部。她聞到烹煮食物的氣味，知道他們會跟平常相處的家人一起吃飯。餐後，她可以爬進舒適的鋪蓋捲，窩在喬達拉和喬愛拉中間，沃夫則睡在一旁。她真高興自己回家了。

隔天早上享用早餐時，齊蘭朵妮說：「愛拉，這附近有個聖洞妳還沒仔細瞧瞧。我們稱那裡是『女人的地方』，就在青草河另一頭。」

「我去過女人的地方啊！」愛拉說。

「是啊，妳是去過，可是妳才往裡面走了多遠？妳沒到過的地方還多著呢。再往下走會到馬首石與長者火堆，我想我們回來的路上應該稍微停一下。」

愛拉覺得參觀聖洞很有意思，不過也很累人。她最近看了好多聖洞，實在懶得再看那些精心裝飾的洞穴了。參觀這麼多地方，要在一次統統吸收是很困難的。她需要時間思考她看到的，但她也不能拒絕齊蘭朵妮的建議。齊蘭朵妮也想看看這一帶的其他洞穴是否受地震影響，希望愛拉同行，愛拉同樣也不能拒絕。雖然她真不想出門，希望能休息一兩天，不過話說回來，她也想知道其他洞穴的狀況。

他們最近的鄰居第三洞穴、第十一洞穴、第十四洞穴都感受到地震，長者火堆、第二洞穴、馬首石第七洞穴也受到波及。如果烽火傳遞的訊號就是絲帖洛娜所想的意思，那麼損害應該不嚴重，但首席還是想看看遠一點的洞穴，確定大家都沒事。附近幾個洞穴有幾個人被石頭砸到，有些瘀傷。一盞用沙岩刻成的漂亮石燈也砸碎了。朵妮侍者想要確定傷者是不是真的沒有大礙。愛拉認為地震在老河谷那兒比較嚴重，這一帶顯得較輕微，只是不知道再往北走會不會更嚴重。

他們前往馬首石的路上，拜訪了小青草河附近較小洞穴其中一兩個居住區域。這幾個居住區域都是年輕人，主要是他們覺得原來的地方太擁擠。這一帶幾個洞穴和岩洞都有人居住，至少每年都有一段時間有人。愈來愈多人將這裡稱為新居。這些洞穴和岩洞現在空無一人，即使人數最多的熊丘也空蕩蕩。齊蘭朵妮說，住在這裡的年輕人還是覺得自己屬於他們家人的洞穴，因此都跟著家人參加夏季大會去了。那些沒去或去不了的，也都回到原本的洞穴，和留守的親人相聚。也因為無人可探望，喬達拉和齊蘭朵妮反倒有機會告訴愛拉，如何往回走到馬首石與長者火堆，以及馬首石與長者火堆之間富饒潮濕的低地「甜河谷」。

他們看過熊丘之後，跨越了小青草河。每年這個時候溪水水位很低，渡河不是問題，尤其水道較寬的地方更容易。他們渡溪後走向高地，前往甜河谷與齊蘭朵妮氏第七洞穴馬首石。第二洞穴沒參加夏季大會的人，大都到第七洞穴去了，留下來的少數人看到愛拉一行人非常歡迎。不僅生病、身體虛弱的人看到朵妮侍者到來很開心，其他人因為每天看膩了那幾張舊面孔，一見到新臉孔自是份外歡喜。齊蘭朵妮氏人都善於交際，習慣周遭有一大群人可以互相串門子。大部分留守者儘管不能參加夏季大會，仍然懷念著熱鬧的氣氛。然而，許多人還在夏季大會，也有些人忙著其他夏季活動，像是狩獵、捕魚、採集、探險或拜訪別人。在這些洞穴人煙稀少的時候前來拜訪，氣氛顯得冷清了點。

他們都感覺到地震，幸虧沒人受傷，但有些人還是很緊張，向首席尋求安慰。愛拉發覺首席並沒說什麼具體內容，對天災也束手無策，而她的話依然能撫慰人心。愛拉覺得是首席說話的方式，穩健的態度和神情姿態，讓聽者能夠放心。聽齊蘭朵妮說話，連愛拉的心情都轉好了。他們要在此地住一晚，打從他們一到，大家便忙著打理他們睡覺的地方，還得準備一場小型宴席。他們要是提早走，不僅沒禮貌，簡直是無情了。

隔天回程，齊蘭朵妮想看看先前來時繞過的地方。他們騎馬再次回到高地，走向小青草河更上游，抵達高地邊緣稱為「瞭望台」的群落，名字顯然取得很貼切。居住地的四周都是露出地面的岩石，多少可以避開天候影響。這裡的居民現在都不在家。從附近的一個高處，可以往許多角度眺望，視野遼闊，尤其往西邊看得特別遠。

他們一接近這裡，愛拉不知為什麼心神不寧，背脊僵硬，有一種說不上來的感覺。她覺得他們應該趕快掉頭離開此地。她一下馬，沃夫立刻貼過來，磨蹭她的腿，嗚嗚哀鳴。沃夫也不喜歡這個地方，不過馬兒倒是很鎮定。那天是一如往常的夏日，太陽很溫暖，小山坡上有綠草，整個地方看上去是風景如畫的鄉間。愛拉看到的一切都很正常，沒有一件事足以讓她心神不寧，因此她決定先不說出來。

「齊蘭朵妮，妳要不要停下來休息一下，在這裡吃個午飯？」喬達拉問。

「我們完全不需要待在這裡。」齊蘭朵妮走回拖橇：「何況我們還要到女人的地方呢！那裡離第九洞穴很近，我們只要不待太久，還能趕在天黑前回到家。」

聽見齊蘭朵妮想繼續走，愛拉完全同意。首席想儘快帶她去看「女人的地方」這個深穴，她十分開心。他們沿著高地西側往下走，走到小青草河，在小青草河與青草河的匯流處附近渡河。再走一小段就是U形的小河谷，周圍都是高高的石灰岩懸崖，面向青草河，對面便是綠意盎然的青草河谷，青草河就是以青草河谷命名。

這片小草地茂盛的綠草經常吸引各種食草動物，在距離約九十公尺處，四面高牆逐漸平緩，形成容易攀爬的斜坡，對有蹄的動物來說尤其容易。除非建造一大片籬笆與圍欄，否則不適合製作捕獸陷阱。曾有人在這裡建造捕獸陷阱，不過沒有完成，只留下部分破損的籬笆。

這一帶稱為「女人的地方」，並非要男賓止步，而是這裡主要是女人使用，因此非齊蘭朵妮亞的男性很少涉足此地。愛拉以前來過，不過都是帶口信給別人，要不就是路過而已，從來沒機會久留。通常她是從第九洞穴過來，踏進了小草地，這時青草河在她背後，她知道右邊岩壁外是一個小洞穴、一個臨時庇護所，庇護所有時也充當儲藏室。另一個小洞穴在封閉的河谷處轉彎，穿透了同一道石灰岩壁。

更加重要的是另外兩個洞穴，有兩道狹窄蜿蜒的裂縫，出口是在小小的石造庇護所，庇護所位在草地後方，地勢比氾濫平原稍高。這地方之所以不適合作為狩獵場，正是因為河谷後面有這些洞穴。不過就算這裡適合狩獵，終究也不會成為狩獵場。右邊第一條通道蜿蜒在石灰岩壁之間，往回連接了愛拉一行人的來時路，最後通往狹小的出口，就在右邊石壁第一個小洞穴附近。儘管洞穴石壁上有許多雕刻，這個洞穴和洞穴的前身石造庇護所並非舉行儀式的聖地，而是供訪客居住。

愛拉、喬達拉、齊蘭朵妮抵達時，這裡空無一人，多數人外出忙著各種夏季活動，至於留在起居區域的少數人也沒必要過來。喬達拉解下拖橇，讓馬兒稍作休息。使用這地方的女人通常都會保持乾淨整潔，即使這裡經常有人來，也有不少人使用，而且有女人就一定有小孩。愛拉從前造訪時，看見了日常生活的痕跡，有木碗、箱子、編織籮筐、玩具、衣服，還有晾乾、製作東西用的架子和杆子。木頭、骨頭、鹿角、燧石之類的工具有時會被小孩子弄丟、弄壞或拿走，最後扔在洞穴沒人注意的黑暗角落。洞穴裡有煮熟的食物和成堆垃圾，天氣不好時，這些東西特別多，不過愛拉發現它們只出現在右邊洞穴。

此刻這裡仍然有一些日常用品。愛拉發現一根木頭，上面挖了一個凹槽，顯然是用來裝液體。她想，還是用自己的用具煮茶煮湯吧。她採集了一些木柴，利用洞穴一處裝滿木炭的黑色凹坑生火，加進幾顆烹煮石把水加熱。齊蘭朵妮將拖橇的軟墊拿起來擺在地上，讓自己坐得較舒服。愛拉幫喬愛拉餵完奶後，把喬愛拉放在鋪在草地的毯子上，自己在一邊吃飯，一邊看顧喬愛拉，直到她睡著。

吃完飯，齊蘭朵妮問：「喬達拉，你要不要一起去？你上次來這裡還是個孩子，後來一直沒來過，也沒在裡面留下記號。」

「好啊，我也去。」他說。

幾乎每個人都會在某個特定時間到這個洞穴來，並且在石壁上留下記號，有時還不只一次，而男性大都是在男孩與少年時期留下記號。喬達拉記得第一次獨自踏入洞穴的情景。洞穴並不複雜，沒有星羅棋布、害人迷路的通道，年輕人通常可以在裡面自由探索，而且通常是獨自一人，最多只有兩人同行，在洞穴中留下自己的記號，一路上還得吹口哨、哼歌或是喊口號，直到石壁出現回音。石壁上的記號與雕刻並不代表姓名，只是他們向大地母親自我介紹的一種方式，藉以表明自己的身分。他們通常只用手指留下痕跡，這已經足夠了。

餐後收拾完畢，愛拉把寶寶牢牢綁在背上，三人各自點燃一盞石燈，走進洞裡。齊蘭朵妮在前，沃夫殿後。喬達拉記得左洞穴的深度超過二百四十公尺，穿透了石灰岩。裂縫的前端很容易進去，入口附近的石壁上有一兩個記號，顯示先前有人來過。

「愛拉，妳要不要用鳥叫聲跟大媽說話？」首席說。

愛拉之前聽見齊蘭朵妮哼歌，並不大聲，但很有旋律，她沒想到齊蘭朵妮要她用鳥叫聲跟大媽說話。「如果妳覺得合適，我就試試。」愛拉開始發出一連串鳥叫聲，是鳥兒在夜晚的輕柔鳴叫。

差不多走了一半，通道開始變窄，回音也有所不同。這裡的石壁開始出現各式各樣的壁畫，蜿蜒的地下通道兩面洞壁則是滿滿的雕刻，數不清、猜不透、重疊混合交錯。有些是獨立的，許多作品雕刻得不錯，而且含意一目了然。成年女人最常到這個洞穴來，所以最好、最精緻的雕刻通常出自她們的手筆。

這些雕刻主題以馬兒居多，有休息的、跑動的，也有奔馳的。牛的雕刻也不少，當然也包括其他動物，如馴鹿、猛獁象、原羊、野驢、熊、貓、毛犀牛、狼、狐狸和賽加羚羊，林林總總加起來有好幾百幅雕刻。有些非常奇特，比如一隻猛獁象的鼻子往後捲，還有一頭獅子眼睛是一顆自然嵌入的石頭，非常獨特突出。另外還有一幅馴鹿低頭喝水，美麗又寫實，另一幅兩頭馴鹿面對面也一樣逼真好看。洞壁容易破碎，並不適合繪畫，若是做記號或雕刻就容易了，即便用手指也行。

人像雕刻的數量也很可觀，但大都只有部分，如面具、手和不同側影，圖案則歪歪扭扭，不像動物那麼清楚好看。比如一幅雕刻坐著的人側面，四肢竟大到不成比例。未完成的作品也不少，只有亂七八糟的線條、各種幾何記號、可能具有神奇力量的符號，還有意義不明的記號與亂畫的圖案，各有不同解讀，有時火把照亮的角度不同，圖案看起來就不一樣。這個洞穴群一開始是由幾條地下河流形成的，通道盡頭有一個岩溶區，形成洞穴的活動仍然在那裡持續著。

沃夫跑在最前面，跑進了洞穴幾個難以進入的地方。牠回來時嘴裡叼著東西，放在愛拉腳邊。愛拉彎下身，把東西拿起來：「這是什麼？」三人拿手上的石燈照亮。愛拉說：「齊蘭朵妮，這看起來好像頭顱啊！這裡還有一塊，是下巴的一部分，很小。我想應該是女人的吧！不曉得沃夫在哪裡發現的？」

齊蘭朵妮把東西拿了過來，就著燈光下仔細瞧。「很久很久以前，可能有人埋葬在這裡。打從大家有印象開始，就一直有人住在附近。」她看到喬達拉不由自主顫抖了一下。齊蘭朵妮知道喬達拉不想涉及幽靈世界的事，他總認為，這種事就讓齊蘭朵妮亞去傷腦筋吧。

喬達拉以前幫忙埋葬過死者，但那是別人要他幫忙，他自己很討厭這等差事。通常男人挖掘埋葬死者的坑，或者做完其他非常接近幽靈世界的事之後，都會到「男人的地方」洞穴全身擦洗一番，以淨化身體。「男人的地方」在一處高地，隔著青草河和第三洞穴對望。正如「女人的地方」允許讓男人進入，男人的地方也不要求女賓止步。不過「男人的地方」就像偏屋，以男人的活動居多，只有極少數非齊蘭朵妮亞女人會來這裡。

「這些東西的幽靈已經走了很久。」齊蘭朵妮說：「精氣很久以前就到幽靈世界去了，只剩幾塊骨頭。找一找可能還有更多。」

「齊蘭朵妮，妳知不知道為什麼有人埋在這裡？」喬達拉問。

「我們通常不會把人埋在這裡，不過我想，這個人會埋在這個神聖地方，一定有原因。我不知道大媽為什麼叫沃夫拿這些給我們看，我待會兒還是放回去吧，還給大媽比較好。」

首席率先走入洞穴深處幽暗蜿蜒的地方。他們看見她的石燈在前頭穿梭，接著就不見了，沒多久又出現。齊蘭朵妮很快回到他們跟前，她說：「我們該回去了。」

總算要離開洞穴了，愛拉很高興。洞穴裡漆黑無比，而且一走到裡面又濕又冷。這個洞穴感覺很狹窄密閉，不過也許是她自己最近看太多洞穴才有這種感覺。此刻愛拉只想回家。

他們抵達第九洞穴，發覺又有一些人從夏季大會回來了，其中有些人很快又要離開。他們帶回來一個年輕男子，不時對著他附近的女人靦覥微笑。他的頭髮呈淡棕色，眼睛是灰色。愛拉認出他是第五洞穴的瑪塔根，去年一條腿被毛犀牛刺傷。

愛拉和喬達拉當年配對典禮結束後，兩人曾離開齊蘭朵妮氏人獨自生活一段時光，回程的路上看到幾個年輕人（正確說法是，沒經驗的男孩）在襲擊一頭巨大成熟的犀牛。這些年輕人同住一間單身漢住的偏屋，有些是第一次住。當時他們目空一切，以為自己永生不死，看到一群毛犀牛，以為自己動手就好，不必麻煩年長而有經驗的狩獵者。他們只想著在夏季大會上展現打獵成果，覺得自己必定會集榮耀讚美於一身。

其實他們只是孩子罷了，有些才剛成為狩獵者，雖然聽過襲擊犀牛的方法，但只有一個人親眼看過。他們不知道犀牛大歸大，動作可是出奇敏捷，也不懂獵犀牛必須專心一意，不容稍有分心。他們正是一時分心大意才釀下大禍。那隻犀牛露出疲態，男孩沒專心盯著犀牛。犀牛突然衝向瑪塔根，瑪塔根跑得不夠快，右腿膝蓋以下被犀牛嚴重刺傷了。他傷勢很嚴重，右腿下半部整個往後彎，傷口大量出血，尖凸的斷骨從傷口露出來。要不是愛拉剛好在附近，瑪塔根恐怕一命嗚呼了。愛拉在部落受過訓練，知道怎麼接合斷腿，如何止血。

瑪塔根的命是保住了，但不確定右腿會不會殘廢。經過療養，他總算可以走路，只是右腿留下永久性傷害，有些麻痺。走路倒沒什麼問題，只是不太能夠蹲下，也不能偷偷接近動物，因此他不可能成為一流的狩獵者。也就從這時起，大家都建議他拜喬達拉為師，學習製作燧石。既然要學習技藝，瑪塔根最好和喬達拉、愛拉住在一起，為此，瑪塔根的母親、他母親的伴侶、第五洞穴的頭目凱莫丹、約哈倫、喬達拉和愛拉等人，在離開夏季大會之前便敲定了所有細節。愛拉喜歡瑪塔根，覺得這樣安排很好，瑪塔根是該學會能贏得尊重與地位的技藝。愛拉也記得他們在旅行途中，喬達拉很喜歡傳授燧石技術給想學的人，尤其年輕人。

愛拉原本希望能在家裡安安靜靜休息一兩天，不要有外人打擾。她做了深呼吸調整情緒後，走過去向瑪塔根打招呼。瑪塔根看到愛拉走來，臉上浮現微笑，趕緊掙扎著站起來。

「瑪塔根，你好。」愛拉伸手握住瑪塔根的雙手，說道：「以大地母親之名，我歡迎你。」愛拉暗自打量他，發覺瑪塔根雖然年紀小，還沒發育完全，身材卻出奇高大。她希望瑪塔根受傷的腿也能發育得跟健康腿一樣長。很難預測他會長到多高，不過萬一他兩條腿不一樣長，走路就會更跛了。

「以朵妮之名，我歡迎妳，愛拉。」瑪塔根說。他已經學會禮貌式的打招呼。

愛拉背上的喬愛拉動了一下，她想看看媽媽在跟誰說話。愛拉說：「喬愛拉好像也想跟你打招呼呢！」她把背毯鬆開，將喬愛拉移到胸前。喬愛拉坐在媽媽懷裡，瞪大了眼睛看著年輕的瑪塔根，臉上突然出現微笑，向瑪塔根張開雙臂。愛拉看了很驚訝。

瑪塔根也對著喬愛拉微笑：「我可以抱她嗎？我知道怎麼抱小寶寶。我有一個妹妹，只比她大一點。」

愛拉把喬愛拉交給瑪塔根，她心想，瑪塔根應該很想家，很想小妹妹吧！瑪塔根顯然很會抱小孩。

「你有很多兄弟姊妹嗎？」愛拉問。

「應該算吧！我妹妹年紀最小，我年紀最大，中間還有四個，其中兩個是雙胞胎。」他說。

「你一定是媽媽的好幫手，你媽媽會很想念你的。你今年幾歲了？」愛拉問。

「十三歲。」他說。他又察覺到愛拉獨特的口音。去年他第一次聽見這個異族女人說話，覺得非常怪異。不過在復原期間，尤其意外之後甦醒，疼痛難忍時，他好想聽到這個口音，因為愛拉每次出現，他都會比較舒服。雖然其他齊蘭朵妮亞也會探望他，卻不像愛拉會在固定時間來，不但留下來跟他說話，拉直他的鋪蓋，設法讓他舒服點，還會拿藥給他吃。

愛拉背後的聲音說：「你去年夏天舉行過成年禮了。」那是喬達拉，他走過來時聽到他們說話。喬達拉看瑪塔根的衣著風格、衣服上縫的裝飾品樣式，還有他身上穿戴的珠子和珠寶，顯然這個年輕人屬於齊蘭朵妮氏第五洞穴。

「是啊，去年在夏季大會辦過了。」瑪塔根說：「是在我受傷之前辦的。」

「現在你是成年的男子了，該學點技藝。你有沒有做過燧石？」

「做過一點。我會做標槍的刺頭，也會做刀子。壞掉的，我也會重新磨。我做的並不算最好，不過還可以用啦！」瑪塔根說。

「我應該問你喜不喜歡做燧石。」喬達拉說。

「做得出來就喜歡，有時候做不出來。」

喬達拉微笑：「我算有經驗了，有時候也做不出來。你吃過飯了沒？」

「剛剛吃過。」瑪塔根說。

「唔，我們還沒吃呢。」喬達拉說：「我們短程旅行剛回來，主要是探望鄰居，了解地震後的狀況，看看有沒有人受傷。你應該知道愛拉是首席的助手吧？」

「這沒有人不知道吧！」瑪塔根說，他讓喬愛拉靠在他胸前。

「你有感覺到地震嗎？」愛拉問：「跟你一起旅行的人有沒有受傷？」

「我們感覺到了。有些人跌在地上，還好沒人受傷。」他說：「不過我覺得大家都嚇到了，我就是。」

「地震的時候大家都會怕。我們先去吃點東西，待會兒帶你去看住的地方。我們沒有特別安排什麼，以後再慢慢安排吧。」喬達拉說完，走向庇護所另外一頭，大家聚集的地方。

愛拉伸手抱喬愛拉。

「妳吃飯的時候，我可以幫忙抱她。」瑪塔根說：「如果她願意讓我抱的話。」

「我看看她願不願意。」愛拉走向擺放食物的火坑。這時沃夫突然出現了。他們回到第九洞穴時，沃夫停下來喝水去了，牠發現有人在牠的木碗裡放了食物。看到沃夫，瑪塔根的眼睛睜得更大，他以前見過沃夫，不算很怕牠。去年愛拉照顧瑪塔根時，已經跟他介紹過沃夫了。沃夫聞聞抱著喬愛拉的年輕人，認出他的氣味。瑪塔根坐下來，沃夫也坐在他身旁。喬愛拉似乎很開心。

吃完飯，天色已經漸漸暗了。大家經常聚集的主火堆附近，總有一些準備好的照明火把，喬達拉拿了其中一支點燃。他們的旅行設備都帶在身邊，包括背筐、鋪蓋捲和旅行帳篷。愛拉抱著小孩，喬達拉幫她搬一些行李。瑪塔根倒是可以自己來，一邊拿著堅固的枴杖一邊做事。他拄著枴杖走路，不過並非一整天都需要枴杖。愛拉心想，瑪塔根從夏季大會的舉辦地日景走到第九洞穴，路途遙遠，應該會用枴杖，如果短程也許不需要。

他們走到住所，喬達拉先進去照亮前方的路，將入口皮簾掀開。瑪塔根第二個進去，最後是愛拉。

「你先把鋪蓋捲放在火旁邊的主臥室吧！明天再幫你安排更好的睡覺地方。」喬達拉說。他突然很想知道，瑪塔根會跟他們一起住多久呢？

第十八章

愛拉看到瑪塔根一瘸一瘸，從她住所旁邊加蓋的地方走出來：「瑪塔根，你有沒有看到喬愛拉跟喬達拉？」那裡現在住了三個年輕人，是來自大水附近西邊的喬菲拉和葛泰達，他母親是洞穴頭目，知道喬達拉是赫赫有名的燧石匠，因此帶著兒子從遠方來到東南方拜師學藝。

四年過去了，瑪塔根現在是喬達拉身邊最資深的學徒。他的技藝大有精進，可以幫喬達拉訓練年輕學徒。他現在是燧石師傅，其實可以回到第五洞穴，或到另一個洞穴自立門戶，不過他覺得第九洞穴是他的家，想留下來和恩師一起工作。

「我剛才看到他們往馬兒圍欄方向走。昨天，我好像聽到喬達拉跟喬愛拉說，如果今天沒下雨，就帶她去騎馬。喬愛拉那麼小，雖然不能自己上下馬，騎起灰灰來倒是有模有樣。」

愛拉想起以前喬達拉騎著快快，喬愛拉坐在喬達拉前面，那時喬愛拉還不會走路呢！她和喬達拉一起訓練灰灰，喬愛拉坐在他們兩人前面，小小手臂抱著灰灰粗粗的脖子。愛拉想起這些，在心裡微微一笑。小女孩和小母馬一起長大，愛拉覺得灰灰和喬愛拉之間就像她自己和嘶嘶一樣親密。喬愛拉跟這幾匹馬兒相處融洽，跟那隻種馬關係也很好，從某些方面來說，比愛拉跟牠的關係還要好，因為喬愛拉會像喬達拉，用韁繩和牽馬繩指揮馬兒。愛拉到現在還是用肢體語言指揮嘶嘶，不太習慣用喬達拉的方式騎馬。

愛拉說：「等他們回來，麻煩你跟喬達拉說我今晚會晚點回來，也可能明天早上才回家。你知道今天早上在渡河點附近墜落懸崖的那個人嗎？」

瑪塔根說：「知道，他是訪客嗎？」

「是從新居來的鄰居。他以前住第七洞穴，現在住熊丘。這個時節經常下雨，地面很濕，我真不懂怎麼會有人去爬高岩？有些較陡的坡都有泥巴流下來，高岩上大概也是泥濘一片。」愛拉說。她心想，這個春天非常潮濕。自從他們一兩年前度過了瑪桑那預言的嚴寒冬季，後來幾個春天雨水都很豐沛。

「他怎麼樣了？」瑪塔根問，他自己也嘗過判斷錯誤的苦果。

「他傷得很重，骨頭都斷了，也許還有其他問題。齊蘭朵妮可能會徹夜照顧他，我也要留下來幫忙。」愛拉說。

「有妳跟首席在，他就能得到最好的照顧。」瑪塔根說完微微一笑：「我可是見證人呢！」

愛拉也報以微笑：「希望能幫上忙。已經有人去通報他的家人，他們應該很快就會到。波樂娃現在在主火堆做飯，應該夠你們幾個男生、喬達拉和喬愛拉吃。」愛拉說完轉身趕回去。

愛拉邊走邊想著喬愛拉跟那些動物。愛拉出門時，沃夫有時待在喬愛拉身邊，有時跟著她。如果她和齊蘭朵妮到其他洞穴治療別人，沃夫通常會一起去。要是愛拉接受訓練時必須「犧牲」，經歷一些「考驗」，包括有段時間不能睡覺、不能交換、不能吃東西，那麼沃夫就不會跟去。

愛拉在外面通常住宿在稱為小噴泉岩凹穴的小庇護所，那裡還挺舒適。小噴泉岩凹穴就位在噴泉石深穴旁邊，又稱朵妮的深穴，是一個長長的洞穴，也是愛拉搬來和齊蘭朵妮氏一起生活時，看到的第一個神聖地方。第九洞穴走上一公里，再沿著平緩的長坡爬上懸崖，抵達噴泉岩。這裡的壁畫長洞穴有各種別名，齊蘭朵妮亞尤其喜歡用別名稱呼，像是大媽子宮入口、大媽產道等等，堪稱這一帶最神聖的地方。

喬達拉不太喜歡愛拉待在外頭，不過他並不介意照顧喬愛拉。愛拉也覺得他們感情好，對他們倆都是好事。喬達拉甚至還讓喬愛拉和他的徒弟一起學做燧石。

回去的路上，愛拉看到兩個女人朝她走來，思緒因而被打斷。那是瑪羅那和她的表妹薇羅帕。薇羅帕每次看到愛拉都會點頭微笑，儘管愛拉覺得薇羅帕的微笑不誠懇，仍然報以微笑致意。至於瑪羅那，她對愛拉只稍稍點頭，動作小到幾乎看不出來，愛拉也以同樣方式回敬。如果旁邊沒人，瑪羅那甚至連點頭都省了。這次瑪羅那倒是對她微笑，愛拉於是又看了瑪羅那一眼，與其說那是微笑，不如說是幸災樂禍的奸笑。

愛拉自從回來以後，一直想不通瑪羅那為何搬回第九洞穴？第五洞穴還挺喜歡瑪羅那，再說瑪羅那搬到第五洞穴時，也說自己比較喜歡第五洞穴。愛拉心想，我也比較喜歡她在第五洞穴。

愛拉不喜歡瑪羅那，不只因為瑪羅那和喬達拉以前曾是一對，也因為沒人像她那樣對愛拉懷恨在心、充滿惡意。一開始她就騙愛拉穿上男孩冬季內衣，讓愛拉淪為笑柄，直到現在，她始終對愛拉不懷好意。幸虧愛拉沒有被別人的訕笑打倒，相反地，她還贏得了第九洞穴的尊重。現在愛拉出門經常穿著類似男孩冬衣的衣服，尤其騎嘶嘶時。許多女人也跟進，有樣學樣，看得瑪羅那簡直氣炸了。愛拉很清楚，天氣溫和時，穿著輕便的裹腿和軟皮革材質的無袖束腰上衣是很舒服的。

瑪塔根的親戚前來探望，愛拉聽見他們閒聊。原來，瑪羅那讓一名男子撇下婚約，跟她私奔。男子先前已和第五洞穴一位權勢頗高的女人訂了婚約。瑪羅那就這麼得罪了第五洞穴幾位有權有勢的女人，包括第五洞穴頭目凱莫丹的家屬和伴侶。瑪羅那的髮色淡得近乎白，眼睛呈深灰色，模樣非常美麗。不過愛拉覺得瑪羅那經常眉頭深鎖，臉上皺紋愈來愈深。這段戀情，最終就和瑪羅那的大部分戀情一樣短暫。這名男子後來深表後悔，也做了適當補償，第五洞穴因而原諒了他。但第五洞穴對瑪羅那可沒這麼仁慈……愛拉接近齊蘭朵妮的住所時，已經把這些事拋諸腦後，一心一意只想著傷患的病情。

那天晚上，愛拉走出齊蘭朵妮的住所（是齊蘭朵妮的家，也是醫治病患之處），看到喬達拉坐在約哈倫、波樂娃、瑪桑那身邊。他們已經吃過晚飯，正一邊喝著茶，一邊看顧喬愛拉和波樂娃的女兒莎什娜。大家都說喬愛拉是個健康快樂又漂亮的小女孩。她的髮色很淺，一頭短短的鬈髮又柔又細，再搭配遺傳自喬達拉那雙動人的藍眼睛，愛拉覺得喬愛拉是她這輩子看過最美麗的小傢伙。不過愛拉在部落長大，知道要避免在別人面前誇耀自己的小孩，如此才不致招來厄運。愛拉從客觀角度想，自己的孩子當然怎麼看都順眼，但她打從心底還是不敢相信自己居然能生出這麼漂亮的孩子。

莎什娜是喬愛拉的近親，只比喬愛拉早一兩天出生，一直都是喬愛拉的玩伴。她的眼睛呈灰色，頭髮深金色。愛拉覺得莎什娜和瑪桑那十分神似，從莎什娜身上可以找到瑪桑那這位前任頭目的高貴與優雅，以及她炯炯直視的目光。愛拉又看著喬達拉和約哈倫的母親。瑪桑那身上已有歲月的痕跡，頭髮白了些，臉上皺紋也多了，而且不只是外表變老，身體似乎也不太舒服，愛拉看了有些擔心。她跟齊蘭朵妮談過瑪桑那的情況，能用的治療方法她們都想到了，兩人心裡都有數，瑪桑那有一天終究會前往下一個世界，她們能做的，只是儘量延後那天到來。

愛拉從小失去親生母親，但她覺得自己很幸運，有部落的女巫醫伊札像母親般將她扶養長大，還有克雷伯當她的火堆地盤男人。後來馬木特伊氏人妮姬成了愛拉的母親，想收養愛拉成為獅營的一員。最後，愛拉被猛獁象火堆地盤的馬木特收養。喬達拉的母親打從一開始就對愛拉視如己出，愛拉也把瑪桑那當成她的齊蘭朵妮氏母親。她們兩人很親密，不過齊蘭朵妮比較像愛拉的良師益友。

沃夫把頭枕在前爪，看著兩個小女孩。見愛拉走過來卻沒立刻加入大家，沃夫抬頭看著她。牠這麼一看，其他人也跟著瞧。愛拉這才發現自己沉浸在思緒中，不知不覺停下了腳步。她繼續走向他們。

約哈倫看到愛拉走近，關切地問：「他怎麼樣了？」

「現在還很難說。我們用夾板把他的腿和手臂的斷骨固定，可是不曉得裡面還有沒有骨頭斷掉。他有呼吸，但一直沒醒過來。他的伴侶和母親陪著他。齊蘭朵妮想跟他們一起守著，不過我覺得應該要有人帶點食物給她，這樣他的家人也會願意出來吃點東西。」

「我拿食物過去，順便看看能不能說服他家人過來這裡用餐。」波樂娃說完，起身走向他們為訪客準備的餐點。她拿起一個象牙盤子，是以猛瑪象象牙用沙岩磨平做成。她在盤子上放了幾片烤熟的小山羊肉。他們很少做這道佳餚，小山羊是第九洞穴和鄰近洞穴狩獵者的戰利品。她往羊肉加了一些綠色蔬菜，以及稍微煮過的新鮮薊草與某種塊根。波樂娃拿著食物走到齊蘭朵妮住所，刮了刮入口厚皮簾外的生皮革，以示通報，隨後便走了進去。沒多久，她帶著傷者的伴侶和母親走出來，帶他們走到主火堆，熱絡地遞給他們訪客專用的盤子。

愛拉看著喬達拉：「我該回齊蘭朵妮那裡，瑪塔根有沒有跟你說，我今晚可能晚點回去？」

「他說了。妳放心吧，我會哄喬愛拉睡覺。」喬達拉起身抱起喬愛拉，又擁抱愛拉，兩人互碰臉頰。愛拉則緊緊抱著他們。

「我今天有騎灰灰喔！」喬愛拉說：「喬達帶我出去，他騎快快。嘶嘶也跟我們一起，可是沒有人騎嘶嘶。媽媽，妳怎麼沒有一起來啊？」「喬達」是喬愛拉對他的暱稱。

「寶寶，我也想去啊。」愛拉再一次擁抱他們。她對喬愛拉的暱稱，就像她對以前發現那頭受傷的小獅子一樣。她一路照顧小獅子「寶寶」直到復原，後來還照顧「寶寶」長大。「寶寶」是部落稱呼小嬰兒、小寶寶的另一種別稱。「可是今天有一個人跌倒，受傷了。齊蘭朵妮在照顧他，讓他好起來，我也在幫忙。」

「那個人好起來以後，妳會跟我們一起去騎馬嗎？」喬愛拉說。

「會啊，等他好一點，我就跟你們一起去騎馬。」愛拉在心中暗想，但願他真的能好起來。她面向喬達拉：「你也把沃夫帶走吧！」她注意到受傷男子的伴侶小心翼翼盯著沃夫。大家都知道沃夫，大部分人也看過沃夫，至少是隔著一段距離，但不是每個人都願意坐在牠身旁，跟牠一起吃東西。女人斜眼看著愛拉，尤其聽到愛拉叫自己的小孩「寶寶」，她的眼神就更難看了。雖然「寶寶」的意思不太一樣了，不過聽起來還是奇怪又陌生。

喬達拉帶著喬愛拉和沃夫離開後，愛拉又回到齊蘭朵妮住處。「賈恰羅的情況好轉了嗎？」愛拉問。

「我沒看到好轉的跡象。」齊蘭朵妮說。她很慶幸兩位女性家屬已離開，她才能實話實說。「有時這種情況會維持很久。如果有人餵他吃東西、喝水，他還可以撐一陣子。要是沒水喝、沒東西吃，是撐不了幾天的。這種情況就像靈魂搞不清楚狀況，身體雖然受傷，無法修復，但精氣不曉得該不該在身體還有呼吸時離開這個世界。在這種情況，有些人會醒來，但全身動彈不得，或者有些地方不能動，復原情況不理想。這種墜落懸崖的傷患，長時間休養有時可以復原，不過大部分都恢復不了。」

「他的鼻子跟耳朵有沒有流出液體？」愛拉問。

「他到這裡之後就沒再流了。他頭上有個傷口，不算很深，只是幾道表面的割傷。我想他真正嚴重的是內傷，骨頭斷了很多根。我今晚會一直看著他。」

「我跟妳一起留下來。喬達拉帶喬愛拉跟沃夫回去了。這個人的伴侶看到沃夫有點不安。」愛拉說：「我還以為大部分人已經習慣沃夫了呢！」

「我想她還沒時間習慣沃夫吧！她叫阿美拉娜，並不是這裡的人。賈恰羅的母親把他們的事告訴我。賈恰羅出遠門到南方，在那裡跟阿美拉娜配對，把阿美拉娜帶到這裡。我連阿美拉娜是出生在齊蘭朵妮氏領土，或者出生在附近都不確定。不是每個領土的界線都清楚分明。她說話挺流利的，只是抑揚頓挫很像南方人，有點像齊莫倫的伴侶貝拉朵拉。」

「唉，真可惜，千里迢迢跑到這裡，結果她男人可能活不了。要是我剛到這裡，喬達拉就出事，我真不知道該怎麼辦。就算他現在出事，我也一樣驚慌。」愛拉想到這裡不由得全身顫抖。

「妳會留下來成為齊蘭朵妮，就跟現在一樣。妳自己也說沒有家鄉可回。妳不可能一個人從這裡遠行，一路走到馬木特伊氏領土。他們是收養妳了，但妳在這裡不只是被收養而已，妳屬於這裡，妳是齊蘭朵妮氏人。」首席說。

聽到首席措辭激烈，愛拉有些意外，意外之餘也充滿了感激。她明白首席喜歡她。

愛拉隔天早上沒回家，又過了一天才回去。那時太陽正要升起，愛拉停下腳步欣賞旭日初升的光芒。陽光先是照亮一處，接著灑滿主河上方一整片天空。雨停了，低垂在地平線上的雲朵交織成幾縷明亮的紅線與金線。灼目的陽光從懸崖升起，愛拉用手遮住眼睛上方，觀察附近雲朵交織的情況，以比較強烈光芒在今天和昨天升起的位置。

她很快就得開始記錄太陽和月亮一整年的升起與落下。其他齊蘭朵妮亞跟她說，做這件事最大困難是熬夜，觀察月亮尤其辛苦。月亮有時在中午出現，有時在中午消失，有時半夜出現，有時半夜消失。當然太陽總是在早晨升起，夜間落下。有些日子白晝比較長，太陽會按照固定路線在地平線上移動。每年有半年時間，白晝愈來愈長，這段時間太陽每天往北移動一些，到夏季中期便在固定位置停留幾天，這幾天白晝最長，稱為夏季長晝。這段時間過後，太陽會往反方向移動，每天往南移動一些，白晝也漸漸變短。在晝夜等長時，太陽幾乎都是直接在西方落下，等到冬季中期，太陽又會在固定位置停留幾天，這段期間稱為冬季短晝。

愛拉跟賈恰羅的母親和阿美拉娜談過了，她現在跟阿美拉娜比較熟絡，她們至少有一個共同點：都是和齊蘭朵妮氏男人配對的異族女人。愛拉發現阿美拉娜很年輕，個性有些陰晴不定，稍微任性了點。阿美拉娜懷著身孕，還有害喜現象，愛拉真希望能為賈恰羅多盡點心，不光是為了賈恰羅，也為了阿美拉娜。

愛拉和齊蘭朵妮仔細觀察賈恰羅的狀況，為了賈恰羅，也為了她們自己。她們想觀察他的進展，藉此更了解墜崖傷者該怎樣醫治。到目前為止，賈恰羅喝了一些水，能吞下去，但有時會嗆到，這是反射動作。他並沒有因為她們的細心照顧而甦醒。愛拉跟齊蘭朵妮一起照顧病患時，齊蘭朵妮趁著空檔教導愛拉有關齊蘭朵妮亞的習慣。她們討論各種的藥和醫治方法，又舉行了幾個儀式，祈求大地母親幫忙。愛拉只熟悉其中一些儀式，畢竟她們沒有邀集所有人參加醫治儀式，以免儀式變得太正式、複雜而且冗長。

她們也討論了遠行一事。齊蘭朵妮要帶著助手愛拉出一趟遠門，得花上整個夏季。齊蘭朵妮想儘快出發，她認為南邊和東邊都有幾處必須參觀的聖地。同行者不只她們兩人，還包括喬達拉、交易大師威洛馬，以及威洛馬的兩位年輕助手。愛拉和齊蘭朵妮正商量還有誰也該一起去，因而說到了喬諾可。長途跋涉到新地方確實很有意思，不過愛拉知道這趟旅程會很辛苦，也暗自慶幸有馬兒。她和首席騎馬旅行比較容易，再說齊蘭朵妮也喜歡坐在嘶嘶拉著的拖橇上，一派「大駕光臨」的氣勢。如此的陣仗總會引起騷動，她喜歡做一些事吸引別人注意齊蘭朵妮亞，注意她的首席身分。

愛拉回到自己的住所，很想弄一杯早茶給喬達拉，但她實在是太累了。她沒什麼睡，因為她得熬夜，好讓齊蘭朵妮休息。清早，齊蘭朵妮堅持要她回家睡覺。那時大家都還在睡，只有沃夫醒著，在外頭等著迎接愛拉。愛拉一看到沃夫，臉上漾出了微笑。沃夫總是知道愛拉什麼時候回來，或者要去哪裡，愛拉覺得非常神奇。

愛拉走了進去，看到喬愛拉睡在喬達拉身邊。喬愛拉有自己的鋪蓋捲，就放在他們的鋪蓋捲旁邊，不過喬愛拉老是喜歡爬過來跟他們一起睡。愛拉不在的時候，喬愛拉爬過來跟喬達拉一起睡。如今，愛拉不在的次數愈來愈多了。愛拉本想把喬愛拉抱起來，移到她自己的鋪蓋捲，後來想想算了，還是別打擾他們的清夢，畢竟他們很快就得起來。愛拉走到喬愛拉的小小鋪蓋捲，為了增加面積，她從儲藏區多拿了一些墊料，稍稍整理一下，立刻躺下睡著了。喬達拉醒來時，見愛拉睡在喬愛拉的鋪蓋捲上，他微微一笑，接著皺起眉頭。他想她一定累壞了，不過他還是喜歡愛拉睡在他身邊。

賈恰羅始終沒有醒來，一兩天後便過世了。愛拉用拖橇將他運回第七洞穴。賈恰羅的母親希望在第七洞穴舉行葬禮，好讓他尋找下一個世界的路時，精氣能在熟悉的地方。愛拉、喬達拉、齊蘭朵妮，其他幾位第九洞穴與鄰近諸洞穴的族人，還有熊丘的所有人都參加了葬禮。葬禮結束後，阿美拉娜走向齊蘭朵妮和愛拉，想跟她們說幾句話。

「我聽說妳們很快就要遠行到南方了，是真的嗎？」阿美拉娜問。

「是的。」齊蘭朵妮回答時覺得奇怪，阿美拉娜問這個幹麼呢？不過她很快就知道為什麼，也想好了該如何回答。

「妳們帶我一起去好不好？我想回家。」阿美拉娜眼眶含淚。

「這裡不是妳的家嗎？」齊蘭朵妮說。

「我不想留在這裡。」阿美拉娜開始哭泣，她說：「我不知道賈恰羅要搬到新居，住在熊丘。我不喜歡那裡，那裡什麼都沒有，一切都要從頭開始，連住所都要自己蓋，到現在都還沒蓋好。他們連一個齊蘭朵妮都沒有，我懷著身孕，本來打算走到另一個洞穴生孩子。現在我連賈恰羅都沒了……我叫他別爬上高岩，他偏不聽……」

「妳跟賈恰羅的母親談過了嗎？我想，妳一定可以住在第七洞穴。」

「我不想住第七洞穴，那邊的人我也不認識，而且有些人看我是南方來的，對我不是很友善。」

「妳可以搬到第二洞穴，貝拉朵拉也是南方來的。」齊蘭朵妮說。

「她是南方人沒錯，但她的家鄉比較偏東，而且她是頭目的伴侶，何況我跟她不熟。我只想回家，想把孩子生在家鄉。我想我媽媽……」阿美拉娜說完，放聲啜泣。

「妳懷孕多久了？」齊蘭朵妮問。

阿美拉娜擦擦涕泣說：「我月經三個多月沒來了。」

「唔，如果妳確定要離開這裡，我們就帶妳走。」齊蘭朵妮說。

阿美拉娜破涕為笑：「謝謝妳，真的謝謝妳！」

「妳知道妳的洞穴在哪裡嗎？」

「在中部的高地上，有點偏東，離南海不遠。」

「我們可能不會直接到那裡，沿途必須在一些地方停留。」

「沒關係。」阿美拉娜說。接著她稍微試探地說了一句：「我希望能在小孩出生前到家。」

「這應該沒問題。」首席回答。

阿美拉娜走了以後，齊蘭朵妮輕聲嘟噥：「英俊的陌生人來到妳的洞穴，妳跟他走，到一個新地方成家，感覺好像很浪漫。我想，她當初一定跟她媽媽苦苦哀求，拜託她媽媽讓她跟賈恰羅配對，前往賈恰羅的家展開新生活。到了那裡，她又發現跟自己的家沒什麼差別，唯一的不同是：一個人也不認識。她那酷愛刺激的新伴侶又打算加入一群人，成立新洞穴。他們認為她應該跟他們一樣，對於建立自己的地方興奮莫名，沒想到他們只是從原來的洞穴搬到熊丘，而且他們身邊都是熟悉的人。

「阿美拉娜是個不折不扣的陌生人，說話口音不一樣，大概也有些嬌生慣養。搬到新地方，要適應不一樣的習俗，人家對她的要求也不同。她不需要建造新家的興奮刺激，她才剛剛搬到新家。她需要的是安定下來，認識新族人。光是看賈恰羅出門遠行，就知道他是個愛冒險的人。賈恰羅想再度冒險，跟親朋好友建造新洞穴，問題是那些人都是賈恰羅的親朋好友，而不是阿美拉娜的。

「兩人大概開始後悔了，覺得當初不該急著配對，於是意見不同就爭吵，不管是真的意見不同，還是自以為不同，都可以拿來吵。她發現自己懷孕了，身邊沒人理睬她。她的媽媽、所有姊妹、表親、朋友全在她的家鄉——她已經遠離的家鄉。最後，她愛冒險的伴侶冒險過頭，把命送掉了。也許她回到家鄉對大家都好，這是她這一趟冒險比較睿智的抉擇。她在這裡真的沒有半個熟人。」

「我來這裡的時候也沒有半個熟人。」愛拉說。

「妳有啊，妳有喬達拉。」齊蘭朵妮說。

「妳剛才說，光是看賈恰羅出門遠行，就知道他是個愛冒險的人。我認識喬達拉的時候，他也在遠行啊！這麼說，他也喜歡冒險囉？」

「喜歡冒險的人不是他，是他的兄弟。他是跟索諾倫一起去，目的要保護索諾倫。他知道索諾倫很容易一頭衝進危險境地。再說，喬達拉那時又沒有牽絆。瑪羅那除了偶爾跟他交歡，對他沒什麼幫助。喬達拉愛他的兄弟勝過愛瑪羅那。瑪羅那認為喬達拉一定會跟她訂婚約，但喬達拉卻不這麼想，也許喬達拉是不想訂婚約，卻不敢直接跟瑪羅那講吧。他一直在尋找與眾不同的女人。有一段時間他以為他找到了，那女人就是我。我承認我有些動心，但我知道這是行不通的。愛拉，我很高興他遇見了妳，遇見了他要的女人。」齊蘭朵妮說：「妳的情況表面上跟阿美拉娜很像，其實並不一樣。」

愛拉想了想，覺得齊蘭朵妮真的很有智慧。隨後她突然想到，到底有幾個人要跟我們一起去齊蘭朵妮提議的南方之旅呢？有齊蘭朵妮、喬達拉、愛拉自己，當然喬愛拉也要一起去。愛拉低聲數著，一邊說著同行者的名字，一邊用手指碰自己的腿計算。現在有四個人，加上威洛馬跟他的兩個助手，那就是七個人。威洛馬說要把經驗傾囊相授，又說這是他最後一次出遠門做交易，他已經厭倦旅行。愛拉覺得，威洛馬會厭倦旅行也很正常，不過她認為還有一個原因，他知道瑪桑那身體不好，想多陪陪瑪桑那。

現在連阿美拉娜也要去，就是八個人了。如果喬諾可也來，那就是九個人——八個大人和一個小孩。愛拉直覺應該還會有別人加入。這時，齊莫倫和貝拉朵拉帶著他們五歲大的雙胞胎來找齊蘭朵妮，好像看穿愛拉心思似的。他們也想去南方，打算帶小孩拜訪貝拉朵拉的族人。貝拉朵拉幾乎百分之百確定首席不會介意拜訪她的洞穴，因為她的洞穴位在齊蘭朵妮氏領土最古老、最美麗的聖地附近。問題是，他們並不想依照齊蘭朵妮的路線從頭走到尾，而是想在路上和他們會合。

「要在哪裡會合呢？」齊蘭朵妮問。

「也許在喬德坎姊姊的洞穴吧！」貝拉朵拉說：「她其實不是喬德坎的親姊姊，只是喬德坎一直當她是姊姊。」

愛拉對著貝拉朵拉微笑。貝拉朵拉有著深色鬈髮，體態成熟圓潤，非常美麗，說起話來也有一種口音，但不像愛拉那麼奇怪。愛拉覺得自己和貝拉朵拉有一種特殊連結：兩人都是跟齊蘭朵妮氏男人配對，回到男人故鄉的異族女人。愛拉知道，喬德坎跟年紀大他很多的姊姊之間關係匪淺。喬德坎母親去世後，這位姊姊盡心照顧喬德坎和她自己的孩子。姊姊的伴侶年紀輕輕就去世了，她的孩子跟弟弟長大成人後，她成為了齊蘭朵妮。

「如果妳要直接去，這裡和貝拉朵拉族人所在地的中間有個高地。」齊莫倫說：「那裡可以獵到北山羊和岩羚羊。不過就算沿著河流走，有些地方還是很難攀爬。我們應該往南走，然後再往東，抵達那裡。這樣賈納南和吉妮德拉會比較輕鬆，我們需要背他們的時候也比較好走。」齊莫倫微笑著說：「他們的腿還是很短，不像我的腿，也不像你的腿，喬達拉。」喬達拉跟高大金髮的齊莫倫感情不錯。

「你們要自己去嗎？」齊蘭朵妮說：「如果還帶著孩子，恐怕不太妥當。」

「我們想過了，如果喬德坎、樂薇拉和她兒子願意跟我們一起去，大家可以彼此照應。不過我們覺得還是得先問問妳，齊蘭朵妮。」貝拉朵拉說。

「有他們同行應該不錯。」齊蘭朵妮說：「好，我們就在路上跟你們會合吧！」

愛拉又以手指敲腿，心想，加上喬諾可，總共十六個人，不過阿美拉娜去的時候跟我們同行，並不跟我們回來，而且我們在路上才跟齊莫倫會合。

「我們會去夏季大會嗎？」喬達拉問。

「只去一兩天吧！」齊蘭朵妮說：「我會請第十四洞穴和第五洞穴代理我的職務。有他們兩人在，所有事情都能處理好。我也很想知道他們兩個怎麼合作。去夏季大會之前，我會先派一個快跑人去找喬諾可，看看他想不想、能不能跟我們一起去。也許他還有別的事，畢竟他現在是第十九洞穴的齊蘭朵妮，我不能再對他發號施令了……不過話又說回來，他當我助手時，我也沒對他發號施令。」

第九洞穴出發前往夏季大會的早晨，破曉時分的天空明亮晴朗，一掃過去幾天的陰霾，這天可是萬里無雲，天空閃爍著晶瑩光芒，照亮了遠方高地。他們今年要往西南方走，夏季大會的地點比往年稍遠，他們得多花一些時間才能抵達。

抵達夏季大會地點時，愛拉發現有些人來自更西方的洞穴，這些人她甚至不認識。他們看到愛拉帶著三匹馬、一隻狼已是目瞪口呆，更別說馬兒拉著拖橇，而其中一個拖橇上還坐著首席齊蘭朵妮！大家死盯著眼前這一幕，久久不能自已。隨後他們得知首席、首席助手和這群奇奇怪怪的動物並不打算久留，顯得有些失望。其實愛拉想多待幾天，認識先前沒見過的齊蘭朵妮氏人，不過她也期待首席規畫的夏季遠行。

喬諾可願意跟他們一道去。他從沒經歷過豐富的朵妮侍者之行，部分原因是他一開始並不打算成為齊蘭朵妮，只想畫畫、做雕刻，而首席也沒強迫他。他看到新聖洞美麗的白色石壁，開始認真看待齊蘭朵妮亞，因此搬到第十九洞穴，那是距離新聖地最近的洞穴。第十九洞穴的齊蘭朵妮年紀太大，身體孱弱，沒法長途跋涉，不過她一直到過世頭腦都很靈光。喬諾可因為聽過南方彩繪洞穴的奇事異聞，他可不想錯過這次親眼目睹的機會。這種機會對他來說，也許一生只有一次。

愛拉很開心。喬諾可打從一開始就對她很好，有喬諾可在，這趟旅行會很有意思。他們在夏季大會只待了四天，離開時幾乎所有人都來送行。他們的人數相當於一個小洞穴的規模，出發時蔚為奇觀，主要是因為隨行的動物與配備。來自西方諸洞穴的幾個人也加入他們出發的行列，這些人愛拉都不認識，他們打算往另一個方向走。鄰近幾個洞穴有些人也加入他們，其中第十一洞穴占了大部分，連頭目卡拉雅都來了。

首席決定沿著主河往南走，一直走到主河的河口，也就是主河與大河的匯流處。到了那裡，他們就得渡過大河。稱為「大河」，是因為它比主河寬且深，水流速度也快。他們都在渡河點渡過熟悉的主河，渡河點位在河流較寬、較淺的一段，得踩著踏腳石或涉水，有時水位深及腰部，得看季節而定。過了主河還算容易，要渡過大河就不簡單了。首席和威洛馬找上卡拉雅，也找來擅長製作精良木筏的第十一洞穴。首席和威洛馬請他們幫忙，將眾人和行李沿著主河下游帶到河口，再渡過廣闊的大河。

他們踏上回到第九洞穴的歸途。現在行進速度比整個洞穴出動要快得多。隊伍當中大部分都是年富力強，首席身材壯碩，給人感覺很威嚴，她其實也很強壯，多數路段都用走的，唯有累得跟不上時，才坐上拖橇。坐拖橇並不減損她的威嚴與地位，何況只有她坐在愛拉後方的拖橇上。

那天晚上他們露宿紮營，首席、威洛馬、第十一洞穴頭目卡拉雅，還有幾個熟悉操作木筏的人開始商量。操作木筏的人估算要把這群人送往下一段旅程所需的木筏數量與人力。要使用木筏，就得用貨物與服務交換，接下來他們談判交換細節。雙方並非私下談判，不熟悉第九洞穴與第十一洞穴的齊蘭朵妮氏人都對這場談判很感興趣。少數一兩個人懷疑，能不能乘坐木筏沿著大河往西走，一路走到西方大水？其實是可以的，至少在適當季節可行，真正困難的是回程。

根據談判結果，第十一洞穴的卡拉雅要求第九洞穴的喬達拉日後提供服務，做為木筏載運的交換條件。喬達拉始終在齊蘭朵妮身邊旁聽談判內容，他覺得約哈倫不在場實在糟透了，因為承諾將來提供服務，卻沒說明白是什麼服務，恐怕會有問題，說不定喬達拉將來得提供一些他不想提供的服務。

「我想，我沒有資格代表第九洞穴做出承諾。」喬達拉說：「我並不是頭目，還是威洛馬跟齊蘭朵妮比較有資格。」

卡拉雅一直在等待談判過程出現適當時機，要喬達拉為她洞穴的某人提供特殊服務。「喬達拉，你可以代表自己做出承諾。」卡拉雅說：「我認識一位年輕女人，她很有燧石匠的天分。如果你願意收她為徒，我們就成交了。」

齊蘭朵妮看著喬達拉，不知喬達拉會做何反應。她知道很多人請喬達拉訓練年輕人，但喬達拉可是很挑剔的。他已經有三位徒弟了，不可能來者不拒。不過這次畢竟是他伴侶的朵妮侍者之行，要是他不肯稍做犧牲，好讓旅途順利，這恐怕不太適當。

一位來自西方洞穴的男人說：「一個年輕女人？我覺得女人不太可能成為專業的燧石匠。」這男人是跟著齊蘭朵妮一行人從夏季大會來到此地，他說：「我受過短暫的燧石匠訓練，要做出好燧石不但得有力氣，動作還要精確。誰不知道喬達拉是燧石大師，他幹麼浪費時間訓練一個女人？」

愛拉對這段對話非常感興趣。她並不完全認同男人的說法。根據她的經驗，女人做燧石也可以跟男人做得一樣好。不過，假如喬達拉要收女徒弟，那麼該安排她住哪裡呢？喬達拉不能讓她跟年輕男徒弟同住，她月事來時尤其不方便。按照部落規矩，女人連看男人都不行。雖然齊蘭朵妮氏並沒有嚴格規定，但女人總需要隱私。這樣一來，她就得住在他們住所，跟他們生活在一起，不然就得另外安排。

喬達拉顯然也在煩惱這問題：「卡拉雅，我不曉得我們能不能收留年輕女人。」

「你意思是說，女人不可以學做燧石？」卡拉雅說：「從古到今都有女人做工具。女人可不只會刮獸皮而已，萬一屠宰獵物的工具壞了，不見得每次都能碰到燧石匠，所以得自己重新磨，或者做一個新的。」

卡拉雅表面上顯得冷靜，但首席知道她正極力控制自己的情緒。她想直截了當告訴那個男人他有多荒謬，只不過她覺得喬達拉可能認同那男人的話。齊蘭朵妮也興致勃勃關注這段對話。

「唔，我知道女人可以自己做需要的工具，包括刮刀、小刀。可是，女人會做狩獵的工具嗎？標槍的刺頭跟飛鏢可是要飛得直、飛得準才行，不然根本打不中獵物。」那個男人說：「我覺得燧石匠不願意收女徒弟，這很正常。」

這番話惹得卡拉雅火冒三丈，她說：「喬達拉！他的話有道理嗎？你也認為女人學做燧石不可能像男人一樣好？」

「這和男女無關。」喬達拉說：「女人當然也會做燧石。達拉納教我做燧石期間，我跟他住在一起，他同時也教我一位表親約普拉雅做燧石。我跟約普拉雅之間競爭激烈，當時我年紀小，一直沒有跟她說，現在我會毫不猶豫告訴她，她某些方面真的比我強！我之所以沒答應妳，是不知道要安排年輕女人住哪裡。我總不能讓她跟我三個徒弟住在一起吧？他們都是男人，而女人需要隱私。我們可以讓她跟我們同住，可是她需要空間擺放工具跟樣品。燧石碎片是很尖銳的，我回家時衣服如果沾著燧石碎片，愛拉都會不高興，她怕喬愛拉被刺到。她不高興，我一點也不怪她。如果我收妳的年輕女人為徒，我得再隔一間學徒房，甚至另外蓋一間。」

卡拉雅立刻平靜下來。喬達拉說，第十一洞穴那位年輕女人需要隱私，這話說得有理。喬達拉身邊有愛拉這樣的女人當伴侶，愛拉是可靠的狩獵者，又是齊蘭朵妮的助手，卡拉雅應該明白喬達拉不會有那個西方男人的荒謬想法。畢竟喬達拉的母親當過頭目。身材高瘦的卡拉雅心想，喬達拉倒是提出一個不錯的主意。

「我覺得另外蓋一間比較好。」卡拉雅說：「第十一洞穴也可以幫忙。不然這樣，你告訴我們要蓋哪裡，我們可以在你旅行這段時間蓋好它。」

「等一下！等一下！」喬達拉說。他眼睛睜得大大的，一臉驚訝，他沒想到卡拉雅這麼快就接話。齊蘭朵妮在心裡微笑，瞄了愛拉一眼，愛拉正在努力壓抑臉上的微笑。喬達拉說：「我沒說我願意收她為徒。我收學徒之前，都要先看看他們的能力。我連她是誰都不知道呢！」

「你認識她，就是諾拉娃。我去年夏天看到你跟她一起工作。」卡拉雅說。

喬達拉聽完鬆了一口氣，臉上浮現笑容：「對，我認識她。我覺得她可以成為一流的燧石匠。我們去年獵原牛，她有一兩個標槍刺頭壞掉了。我路過時，她正好重新磨刺頭。我看著她磨了一會兒，她也請我幫忙。當時我還教她一兩招，她一學就會。她學得很快，手也很巧。卡拉雅，如果妳能替諾拉娃安排好住處，我可以收她為徒。」

第十九章

愛拉一夥人抵達時，鄰近幾個洞穴沒參加夏季大會的人都待在第九洞穴。快跑人先行通知他們抵達的消息，大家都在等待。飯菜已經準備好，就等他們到來。狩獵者獵到一頭巨角鹿，巨大如掌狀的鹿角像絲絨般柔軟。鹿角必須不斷注入血液，才能每年長大，可以長得非常壯觀。

成熟的雄巨角鹿的一對鹿角寬度超過四公尺，每根鹿角寬度可達一公尺以上。往外伸的鹿角分叉常被人切斷，另作他用，留下一大段手掌大小、嚴重凹陷，一種像骨頭、非常強韌的角蛋白材質，可以充當上菜的盤子。此外，如果將一端磨利還能當鏟子，清除火堆灰燼與河邊細沙等柔細的東西特別好用。要是技術夠好，打造合宜，它還能做成好用的槳和舵，用來推動、控制木筏。巨角鹿的肉餵飽了一群飢腸轆轆的旅者和第九洞穴的族人與鄰居後，剩下的還夠大家下一餐繼續享用。

隔天早上，與首席同行的一群人收拾行囊，帶了一些巨角鹿肉以便路上充飢。他們走了一小段路到達渡河點，涉水渡過主河，抵達一處稱為「河岸地」的庇護所前方木碼頭，河岸地正是齊蘭朵妮氏的第十一洞穴。只見碼頭上綁著幾艘木筏，是以整棵小樹磨成彎曲木材捆綁做成。碼頭是簡單的木製結構，延伸到河面上。有些木筏正在修理，大多數都可以使用，還有人正在製造新木筏。木材在沙灘上排成一排，看得出建造進度。所有木材都要對齊，小樹較粗的一端朝向後面，樹幹上半部較細的部分全結合一起，做成船頭，朝向前方。

馬兒拉著拖橇，將大部分設備與旅者載到第十一洞穴，現在得把所有東西放上木筏綁好。還好齊蘭朵妮氏人懂得攜帶簡便行囊出遊，祕訣是只帶自己拿得動的行李。唯一額外的重量是幾部拖橇的桿子與連接的零件。眾人當中也只有愛拉和喬達拉習慣用馬兒與拖橇載運東西。

第十一洞穴的人指揮大家把行囊放上木筏。他們要負責將木筏駛向下游，因此重量必須平衡好，否則木筏將難以控制。喬達拉和愛拉幫忙把長拖橇放在最先出發那艘木筏上，首席齊蘭朵妮、威洛馬與喬諾可將會坐上這艘木筏。附有座位的拖橇比較重，必須拆解後才能放上第二艘木筏，阿美拉娜與威洛馬的兩位年輕學徒提佛南、派利達爾被安排坐上這艘。

愛拉和喬達拉（當然還有喬愛拉）將騎著馬在河岸上走，當然那得有河岸才行，如果沒有河岸，他們只好涉水或游泳渡河，有時水勢凶險，只得騎馬往內陸走。特別是有一帶水流湍急，四面都是高聳岩石，不時還有激流。卡拉雅強烈建議他們騎馬往內陸走，她說：「如果有人不敢走難走的路，還是走內陸比較好。」一兩年前，他們在這裡損失了一艘木筏，幾個人受傷，幸虧沒人喪生。

大夥兒等待時，有個女人從較高、背對河岸的石造庇護所走了下來，前去和首席齊蘭朵妮說話。她女兒牙痛非常嚴重，想請首席這位醫治者去看看。愛拉請喬達拉照顧喬愛拉後，便和首席一起跟著女人到庇護所。庇護所比第九洞穴的庇護所小，不過話說回來，沒幾個庇護所大過第九洞穴的庇護所。居民把這裡布置得相當舒適。女人帶她們到一塊突出岩石下方的小住所，裡面有個年輕女人，大概十六歲吧。她在鋪蓋捲上翻來覆去，汗流浹背，一邊臉頰紅腫得很厲害，顯然她的牙痛十分嚴重。

「我以前處理過牙痛。」愛拉跟年輕女人說，想起她曾經協助伊札替克雷伯拔牙：「讓我看看好不好？」

年輕女人坐了起來，搖搖頭說：「不用了。」她聲音模糊不清，說完便站起身來，走向首席，碰了碰自己紅腫的臉頰，說：「幫我止痛就好。」

「我們的齊蘭朵妮離開之前，留下一些藥給我們，可是她現在牙痛好像惡化很多，吃藥都沒用。」她母親說。

愛拉看著齊蘭朵妮。身材壯碩的齊蘭朵妮搖搖頭，臉上出現怒容，對年輕女人的母親說：「我來給她一些藥效比較強的藥，讓她好好睡覺。我也會留一些藥在這裡，之後再給她吃。」

「謝謝，真的謝謝妳！」年輕女人的母親說。

愛拉和齊蘭朵妮往下走回河岸，愛拉把臉朝向恩師，一臉疑問：「妳知道她的牙齒怎麼了嗎？」

「她的問題是從長牙就開始了，她牙齒太多了，兩排擠在一排。」首席看到愛拉臉上詫異的表情，又說：「她有兩排牙齒長在同一個地方，而且都長錯了，全部擠在一起。她還是小孩子時牙痛就很嚴重，換牙時牙痛又犯了。後來幾年牙痛沒再犯，直到最後面的牙齒長出來，她就又鬧牙疼。」

「不能把一些牙齒拔掉嗎？」愛拉說。

「第十一洞穴的齊蘭朵妮幫她拔過，可是她的牙齒實在太密集了，半顆都拔不出來。年輕女人幾天前想自己拔牙，結果弄斷了幾顆，後來她牙痛就更嚴重了。我想，她的嘴巴現在一定發炎化膿，但她還是不肯給人看。我判斷，她大概永遠好不了，牙齒的毛病甚至會把她害死。也許給她過量的止痛藥，讓她安安靜靜前往下一個世界，反而比較仁慈。」首席說：「不過這要由她自己跟她媽媽決定。」

「可是她還那麼年輕，身體挺健康強壯的。」愛拉說。

「是啊，她牙痛成那樣實在很可憐，恐怕要一路痛到大媽把她帶走為止。」齊蘭朵妮說：「她不肯讓別人醫治，也只能繼續痛下去了。」

她們回到主河，此時行李都已上了木筏。兩艘木筏除了運送六名旅者到下游，還得載運拖橇上的裝備。愛拉和喬達拉騎馬，他們自己背著背筐，攜帶個人物品；至於沃夫，當然可以自己走。卡拉雅說，他們本想開三艘木筏，可是駕船人手不夠。如果要開三艘，那還得另外找人，而且必須等人來，最後大家決定開兩艘。遇到這麼長途又有風險的旅程，他們至少都會開出兩艘木筏。

木筏是用一根以上的長桿用力戳刺河底才能往上游走，往下游走則只需依靠水流。這回他們要往下游走，只要鬆開繫在碼頭上的繩子，划船工作就交給河流了。桿子多半只是用來控制木筏行進方向，以避開突出的岩石。他們另有控制方向的工具，就是巨角鹿的鹿角，只需把分岔拿掉，中間部位做成船舵，再裝上把手後，架設在船尾中間，就能左右轉動，變換航行方向。另外，巨角鹿與駝鹿的掌狀鹿角也做成長槳，連接在桿子上，可以推進、控制木筏。要讓笨拙不靈巧的木筏依照路線航行，需要技巧與經驗，通常得三個人密切合作才能辦到。

愛拉將馬墊放在嘶嘶、快快和灰灰背上，接著又繫了一條牽馬索在年輕母馬身上。她還是先把喬愛拉安置在她前面，和她一起騎在嘶嘶背上。等到他們不必騎馬渡河，喬愛拉就能自己騎馬。第一艘木筏駛離碼頭，愛拉四處張望尋找沃夫，接著又吹口哨呼叫。沃夫跑了過來，全身興奮得顫抖。牠知道好玩的事來了。喬達拉和愛拉騎著馬走入河裡，來到河中央最深處時，馬兒開始游泳，跟著木筏游了一會兒，抵達對面的河岸。

木筏快速往南航行，跟在後頭的馬兒不論在河裡游泳或河邊有陸地，都會儘量趕上，避免落後太遠。眼看懸崖的崖壁愈來愈近，他們掉頭入河，讓馬兒在快速流動的深水游泳。第二艘木筏刻意用槳操控，讓速度慢下來，好讓馬兒跟上。他們趕上後，第一艘木筏掌舵的女人施諾拉對著他們大聲說：「在下一個轉彎後面有個低低的河岸，你們應該在那裡上岸，走過下一群懸崖。我們過了那個分岔會進入急流，水流很湍急，你們跟馬兒待在河裡很危險。」

「那妳跟木筏上的人怎麼辦？你們這樣安全嗎？」喬達拉大聲回應。

「我們以前有經驗。」施諾拉說：「只要有人撐船，有人划船，還有我掌舵就行了，我們應該沒問題。」

喬達拉一手拉著灰灰的牽馬索，一手拉著連接快快韁繩的繩索，指揮快快往左走，如此一來，到了該上岸時會比較容易。愛拉兩隻手臂緊緊抓住喬愛拉，跟在後頭，沃夫則在他們後面游泳。

阿美拉娜和威洛馬的兩個學徒提佛南與派利達爾在最後一艘木筏上，是距離愛拉最近的一艘。阿美拉娜似乎很擔心，不過她完全不想下船步行。兩個年輕男人在她身邊晃來晃去，這也難怪，漂亮的年輕女人總能吸引年輕男人，懷孕的年輕女人就更有吸引力了。在前面的齊蘭朵妮、喬諾可與威洛馬現在距離喬達拉太遠，聽不見他的聲音，喬達拉最擔心的也是他們。不過喬達拉覺得，如果首席不想在這裡下船，必定是經過深思熟慮，覺得安全無虞。

馬兒走出河面，人和馬的身上都在滴水，木筏上的人看著他們離開。齊蘭朵妮一見到載著人的馬兒奮力而快速地走出水面，安全上了岸，開始覺得自己似乎不該待在一堆用細皮帶、肌腱與纖維繩索捆在一起的木頭上。她突然好希望雙腳能接觸陸地。雖然她曾經乘坐別人撐的船往上游走，也曾順著較平靜的水流搭船到下游，但她從沒乘著急流前往大河。喬諾可與威洛馬倒是很沉穩，威洛馬尤其鎮定，在這種狀況下，齊蘭朵妮實在不能承認自己害怕。

她還沒來得及反應，木筏已經在河道上轉了一個彎，旁邊又有懸崖，她完全看不見能夠逃離急流的最後一處安全地。齊蘭朵妮轉頭看著前方，拚命在綁住木頭的繩索中尋找可供抓握的把手，她記得登上木筏時，曾有人告訴她把手的位置。她坐在厚厚的皮革軟墊上，皮革以油脂擦亮，所以多少具有防水效果，不過乘坐木筏難免全身濕透。

前方的河水怒濤急流，冒著白色泡沫。河水從木筏的木頭縫隙竄出，又從兩側與前方打上來。強大的水流挾帶著河水衝向河道兩側高聳的懸崖間，齊蘭朵妮發現湍急河水的怒吼聲更大了。

接著，他們進入大漩渦的中心。激流拍打著岩石與巨石，這裡的巨石是由極冷的強風與激流侵蝕懸崖與岩石露頭而形成。木筏的前端駛進洶湧翻攪的急流，冷冷的河水噴到首席臉上，她硬是克制自己不要倒抽一口氣。

倘若沒有暴風雨與支流添加水量，主河的水量通常會維持穩定，但河床與河道改變，水流的情況也隨之變化。在渡河地，河道變得寬而淺，河水在河道中的岩石周圍激起了漣漪與泡沫。到了河道較窄處，河床坡度轉為陡峭，等量的水遇到狹窄的空間時，會以更強的力道衝過去。就是這股力量推著木筏前進。

齊蘭朵妮很害怕，卻也興奮莫名。她看到第十一洞穴的船夫在木筏急速衝向主河下游時，將木筏控制得那麼好，心中滿是敬佩。此刻，拿著桿子的人正用桿子把木筏推離河道中間的大石頭，並撐船避開聳立河道邊緣的崖壁。划船的人有時也配合照做，有時則和掌舵的女人合作，駛過無障礙物的水道，駕馭笨重的小船。他們講求團隊合作，卻也要獨立思考。

木筏繞過河道轉彎處，周遭的河水依舊湍急地向下流動。突然，木筏速度慢了下來，原來是木筏底部摩擦到河裡堅硬岩石的平滑表面。待回程時，這一段河流將會是最難航行的，因為他們得撐船沿著又淺又陡的河床往上走。有時他們會上岸，扛著木筏繞過這裡。這會兒，他們已從岩石下來，滑下旁邊的小瀑布，來到左邊石壁上的缺口。往反方向流動的渦流把他們的船固定在那裡，他們還在漂浮，卻也被困住，沒法繼續往下游走。

「有時確實會這樣，不過已經一段時間沒發生了。」施諾拉說。她努力讓木筏浮在水面上，打從他們由河道轉彎處出發，她就一直忙著把木筏維持在水面上。「我們應該把木筏推離石壁，不過這並不容易。要游泳離開這裡也很困難，若現在下船，水流那麼強，一定會被沖走的。我們得離開這個反方向的渦流。第二艘木筏很快就要到了，他們可以幫我們，但也可能撞到我們，一起困在這裡。」

撐船的男人光著腳踩在木頭間的縫隙，增加一些牽引力，免得木頭鬆脫，接著拿桿子用力推崖壁，想移動木筏。拿槳的人也以槳用力推崖壁，可惜船槳把手較短，也沒那麼結實，因為鹿角材質的槳與木頭材質的把手連接處會彎曲，甚至折斷。

「我想你需要多一兩根桿子。」威洛馬說。他拿出一根細長的木頭遞給撐船人，那取自愛拉的拖橇。喬諾可也拿著一根木頭坐在威洛馬後面。

三個男人用力推，但要把木筏推出反方向的渦流還是很不容易，幸好最後成功了，木筏又開始順著河流移動。撐船人把木筏帶往凸出的岩石旁，他用杆子，其他人用槳或舵，設法將木筏維持在原地。

「我們應該在這裡等，看看第二艘木筏怎麼樣。」他說：「這比以往都危險。」

「這樣好。」威洛馬說：「我有兩個年輕學徒在第二艘船上，我可不想失去他們。」

不久，第二艘木筏出現在河道轉彎處，同樣被河裡的岩石河床拖慢了速度。由於水流把木筏推得距離崖壁遠了些，因此第二艘木筏並沒有被反方向渦流給困住。他們看見第二艘木筏安然無恙，於是再度出發。前方還有惡水難關，跟在後頭的第二艘船因此撞到一個凸出岩石，開始團團轉，幸虧後來恢復正常。

齊蘭朵妮感覺木筏被洶湧波浪推高，又往下衝進奔騰的河水，她本能地抓緊繩子。木筏上上下下了好幾次，才抵達河道的另一個轉彎。過了轉彎處，主河突然風平浪靜，左岸上有一片漂亮平坦的沙灘，還有個很像小碼頭的地方。木筏往小碼頭前進，待距離夠近時，一位槳夫扔出連接木筏的一圈繩索，套在河邊地面的柱子上。第二位槳夫又扔出一條繩索，兩人合力把木筏拉近岸上的小碼頭。

「我們應該在這裡下船，等其他人來。再說，我也需要休息了。」撐船的男人說。

「你確實該休息，我們全都該休息一下。」首席說。

他們下船時，第二艘木筏也來了。第一艘木筏的人幫忙把第二艘木筏拴在小碼頭，第二艘木筏的乘客歡歡喜喜下船休息。過了一會兒，愛拉與喬達拉率領動物也越過懸崖，來到懸崖後方。兩艘木筏被反方向的渦流困住，耽擱了一些時間，正好讓馬兒趕上木筏的速度。

大家見了面彼此熱情問候，慶幸所有人安然無恙。不久，第十一洞穴的一名男子在有人用過的火坑生起火來。他們把之前蒐集、在主河翻來滾去變得又圓又平滑的石頭，一一堆在溪邊晾乾。乾燥的石頭放在火裡加熱速度較快，也較不危險，因為石頭要是有濕氣，一旦接觸火的熱氣，很可能會爆炸。他們從主河取來河水，裝在兩個烹煮用的木碗與一個有切口的箱子。熱呼呼的小石頭一放進水裡，立刻冒出滾滾沸騰的泡沫和一片蒸汽水霧。再放幾顆石頭，水溫就到了能烹煮的程度。

走水路旅行比走陸路快得多，只不過他們在主河上沒辦法沿途覓食，必須烹煮自己攜帶的食物。泡茶用的各種葉片放進有切口的箱子，風乾的肉成為風味湯底，一併與乾燥蔬菜和昨晚剩下的烤鹿肉一起進了大木碗。另一個木碗裝著風乾水果，他們倒入熱水讓水果變軟。這是一頓簡便迅速的午餐，他們趕在天黑前吃飽，儘快回到木筏上繼續未完的水路之旅。

接近主河河口處有許多小支流，不僅增加了主河的面積，也增強了河水的湍流，還好他們沒再遇到先前的驚濤駭浪。他們沿著左岸往南走，看到主河才停下來。主河的三角洲在河口變寬，第十一洞穴的幾位駕船人把木筏控制在河道中央，直到進入大河。兩條河的反向水流堆積出一些泥沙，形成一道障礙，他們經過這裡又是有驚無險。接著，他們來到遼闊的水域，強大的水流將他們推向大水。桿子現在用不著了，原本負責拿桿子的人，這時拿起綁在木筏邊緣的另一根槳。兩個男人拿著巨鹿角做成的槳，和掌舵的女人施諾拉合作無間，一起帶領大家渡過快速流動的河流。她把舵拉到底，航向對面河岸，划船的人則努力控制笨重木筏的方向。第二艘木筏跟在他們後面。

馬兒和沃夫直接游到對岸，上岸後沿著岸邊繼續走；航向陸地的木筏始終維持在牠們視線範圍內。喬達拉和愛拉騎著馬往下游前進，他想起住在大媽河旁的夏拉木多伊氏人使用的船隻，那真是一段美好的回憶。他們生活在浩瀚長河的極下游，那裡河道很寬，水流快速，他們的船隻卻能平穩地在河面航行。更厲害的是，他們的小船只需要一個人駕駛，用雙頭船槳即可操控。喬達拉駕駛過這種小船，雖然出過一兩個岔子，大致上還算順利。他們的大船可以載運貨物與人，控制起來容易多了。

喬達拉也想起夏拉木多伊氏人的造船方法。首先將一大塊木頭的中心挖掉，再用熱煤與石刀將木頭兩端削尖，然後以蒸汽噴過，讓木頭中間變寬。接著，在船側加裝木板，稱為船側板，以加大船身，最後加裝木樁與皮革繩。喬達拉、索諾倫與夏拉木多伊氏人住在一起時，曾經幫他們建造過這樣的船。

「愛拉，妳記不記得夏拉木多伊氏人的船？」喬達拉說：「我們也可以做一艘，至少我想試試，做一艘小的給第十一洞穴觀摩。我跟他們說過造船方法，可是很難說清楚。我實際做一艘小船，他們就會明白了。」

「需要我幫忙嗎？我很樂意幫忙。」愛拉說：「我們也可以做一艘馬木特伊氏人以前做的那種，圓圓的碗形船。我們旅行到那裡時曾經做過一艘，連接在嘶嘶的拖橇，可以載好多東西！我們要渡河時尤其方便。」愛拉說著說著，皺起眉頭：「不過齊蘭朵妮有時會有事需要我幫忙。」

「我知道。」喬達拉說：「有妳幫忙，我當然很開心，要是不能也沒關係。我可以請我的學徒幫忙。碗形船是很好用沒錯，不過我還是想先做夏拉木多伊氏人的小船。雖然做起來比較耗時，不過小船好控制，我們也可以順便製作打造這種船需要的刀子。我想第十一洞穴應該會喜歡的，如果他們真的喜歡，我就能用船做交易，將來還能使用他們的木筏。如果他們要打造更多船，也許會需要我們特製的石刀，用來挖木頭的內側。這麼一來，我就可以用石刀交換很多次的渡河服務。」

愛拉想了想喬達拉的思考方式，喬達拉總是放眼未來，尤其是對將來有好處的事。愛拉知道喬達拉盡心盡力照顧她和喬愛拉，也明白喬達拉受齊蘭朵妮氏人的地位觀念影響，覺得做事情要符合地位。這對喬達拉來說很重要，喬達拉非常清楚什麼情況該做什麼事，才能符合自己的地位。他的母親瑪桑那也是如此，顯然喬達拉是跟她學來的。愛拉了解地位觀念，地位也許對部落來說更重要，但愛拉自己倒不覺得。她在不同部落得到地位，但一向都是別人給她地位，並不是她主動爭取。老實說，她不太知道該怎麼爭取地位。

河流載著木筏往下游又走了很遠，他們總算到了對岸。夕陽西下，兩艘木筏安全抵達遙遠的對岸，大家全鬆了一口氣。其他人就地紮營，威洛馬的兩個學徒、喬達拉和沃夫到附近看看有沒有可供獵食的動物。他們還有一些巨角鹿的鹿肉，但那放不了幾天，得另找新鮮的肉。

出發沒多久，他們看到一頭落單的公野牛，但公野牛先看到他們，趕緊拔腿逃命，他們因此沒能追上。沃夫把待在窩裡的兩隻雷鳥趕了出來。到了夏季，雷鳥全身上下的羽毛全都發出燦爛的光彩。喬達拉用標槍投擲器打中一隻。提佛南也用了標槍投擲器，可惜沒打中；派利達爾則是動作太慢，來不及把標槍投擲器裝好，鳥兒就已經飛走了。只獵到一隻雷鳥不夠所有人吃，不過喬達拉還是帶走雷鳥。天色很快就要暗了，他們沒時間找其他獵物，只得走回營地。

喬達拉聽見叫聲，轉頭看見沃夫想制伏一頭年輕公野牛。牠比剛才那隻小，應該是脫離母親的牛群不久，跟著單身公野牛四處遊蕩。每年這時候，單身公野牛也會成群聚在一起，只是數量少，組織沒那麼緊密。喬達拉的標槍立刻又裝進標槍投擲器，派利達爾這次有備而來。他們走近獵物，提佛南的標槍也準備就緒。

沒經驗的年輕野牛忙著擺脫沃夫，野牛天生怕狼，沒留意身邊另有兩足掠食動物。說起來，野牛並不怕人類，對人類也不熟悉。現在一下被三個人包圍，牠逃脫的機會渺茫。三人當中最厲害的標槍手喬達拉一裝好標槍投擲器，馬上把標槍擲了出去。另外兩人花了一些時間瞄準。派利達爾接著用投擲器扔出比一般標槍輕的標槍，提佛南隨即跟進。三隻標槍都正中目標，野牛應聲倒地。三個年輕男人興奮大叫，派利達爾與提佛南分別抓住野牛的兩個前蹄，把野牛拖向營地。這頭野牛足夠十四個大人和一隻狼享用好幾餐。這次行動沃夫也有功勞，分些肉給牠自是理所當然。

「那隻狼有時真能幫大忙。」派利達爾說著，對沃夫微笑，沃夫的耳朵以怪異的角度豎立。這對耳朵就像沃夫的專屬標記，一眼就能分辨，不會和附近的野狗混淆。派利達爾知道沃夫耳朵背後的故事，那可一點也不好笑。當初正是派利達爾親眼見到群狼打架，鮮血四濺，一隻母狼死在地上，全身被咬爛，還有一隻動物死在沃夫手下。派利達爾把這隻動物的皮剝掉，想用獸皮裝飾背袋或標槍套。他拜訪好友提佛南，拿獸皮給他瞧瞧。沒想到沃夫居然循著狼的氣味一路跟來，攻擊派利達爾。就連愛拉都束手無策，無法將沃夫從派利達爾身上拉開。幸好沃夫當時受傷，有些虛弱。

第九洞穴的人從沒見過沃夫攻擊人，因此大吃一驚。愛拉看到派利達爾的標槍套上縫著一塊狼皮，又聽派利達爾說明這塊狼皮的來源，立刻明白怎麼回事。愛拉跟派利達爾要來那塊狼皮，拿給沃夫，沃夫對著狼皮又咬又撕又揉，硬是把它弄成碎片才肯罷休。沃夫的模樣實在逗趣，但派利達爾卻笑不出來，背脊發涼地慶幸自己碰到沃夫時，愛拉也在場。他帶愛拉到發現狼皮所在，比愛拉想像的遠得多。愛拉沒料到沃夫竟拖著受傷身體走了這麼遠來找她，驚訝之餘，也慶幸沃夫前來。

愛拉把她的想法告訴派利達爾。她知道沃夫交了一個女朋友，牠們可能想建立地盤，但顯然當地狼群太大，根基太深，年輕的沃夫跟女朋友根本不是牠們的對手。沃夫還有個弱點，牠從沒和其他小狼打鬧過，不知道如何跟狼打架，只能憑本能應付。

說起沃夫的身世，牠母親在錯誤時間發情，被首領母狼趕出狼群，後來巧遇一隻跟不上同伴而落單的年長公狼。年長的公狼跟年輕母狼交往，變得活躍而且朝氣蓬勃，可惜冬季還沒結束，公狼就死了。留下沃夫的母親獨力扶養一窩小狼，牠不像大部分母狼，有一整個狼群幫忙扶養。

愛拉救了沃夫時，沃夫出生還不到四周，是窩仔當中僅存的一隻。當時這隻小狼已經可以由母親帶著，走出出生的窩，假以時日，必定能在狼群中取得一席之地。然而，沃夫沒有了狼群，倒是在馬木特伊氏的人群裡，取得了一席之地，而愛拉正是牠的首領母親。沃夫不認識自己的兄弟姊妹，也沒有和其他小狼一起成長。牠是愛拉扶養大的，跟獅營的孩子一起長大。狼群跟人類的家族有諸多共同點，所以沃夫也習慣了跟人類一起生活。

沃夫打了一架後，拖著受傷的身體走到第九洞穴營地附近，讓愛拉得以找到牠。參加夏季大會的人大都全力照顧沃夫，希望牠早日康復。首席齊蘭朵妮甚至幫愛拉治療沃夫身上的傷。當時沃夫的耳朵幾乎整個被撕咬下來，經過愛拉縫合，復原後以一種怪異的角度豎著，看上去有些放浪不羈，散發出一股自由豪放的魅力。那時看到沃夫的人都不免微微一笑。

經過這件事，愛拉明白沃夫不但需要治療身體的傷，還得擺脫心裡的創傷與壓力。正是因為創傷，牠看到派利達爾拿著被牠殺死的狼身上的皮才會發動攻擊——牠想起了那場惡戰。年輕的沃夫從沒跟狼打過架，那場惡戰令牠打從心底對同類氣味特別敏感。

首席想去的聖地是個有壁畫的洞穴，得往東再往南走個幾天。第十一洞穴的人又要想辦法帶著他們再次渡過剛剛穿越的主要河道，征服湍急的水流。如果他們要到接近主河河口的對岸，從那裡回去，就得駕著木筏駛進大河上游。愛拉聽說第九洞穴和第十一洞穴有兩組人馬要去某個洞穴，距離小溪流入大河的地方很近。小溪的源頭位在南方一處高地，鄰近首席要愛拉看的下一個聖地。隔天早晨，他們往東走，沿著大河往上游前進。

第十一洞穴並非齊蘭朵妮氏唯一用木筏渡過領土所有河流的洞穴。好幾代之前，定居在第十一洞穴渡河人的後代決定成立新洞穴，就在大河另一頭，靠近他們平常折返的地方。他們曾在那一帶多次紮營，天候不佳時則尋找洞穴與充當庇護所的岩洞。他們狩獵、採集食物時也會探索這一帶，因而對環境非常熟悉。

後來，他們遇到了大家都會遇到的問題：住的地方太窄、某人跟她兄弟的伴侶或叔伯意見不合，一個小團體就這麼分裂出來，成立新洞穴。那時人口稀少，多得是無人居住的土地。對原本的洞穴來說，能有新洞穴可去，不但有朋友、食物，還有地方睡覺，當然再好不過。這兩個關係密切的洞穴互相交易貨物與服務，新洞穴也發展得相當好。這兩個洞穴合稱為「大河以南的齊蘭朵妮氏第一洞穴」，後來簡稱「齊蘭朵妮氏南方第一洞穴」。

首席想和他們商量回程的渡河事宜，還得知會他們：她隨後要見的一群人將會渡過大河來到此地。首席也想跟他們的齊蘭朵妮說說話，畢竟兩人早在首席尚未當上助手前就已認識。接下來兩隊人馬分道揚鑣，第十一洞穴的人從大河渡河回去，而首席一行人則在同一處沿著小河往上游走到彩繪洞穴。

渡河時如果遇到障礙、極度湍急的惡水、瀑布，或是水位太淺容易擱淺的地方，有時必須扛著木筏從陸地繞過去。也因此，木筏都以細木頭做成，當中有個穿越木頭的支柱，將木頭固定住，好讓駕馭木筏的人能把木筏扛起來。這一次首席他們也幫忙扛，畢竟分工合作比較輕鬆。船槳、船舵與杆子，都跟著旅行用的帳篷及額外行李一起放在馬兒的拖橇上。他們舉步維艱往上游走，把裝著個人物品的背筐背在身上，輪流扛著木筏。

他們繼續往東走，沿著左岸，也就是往西流動的大河南面往上游走，看到大河兩個曲折環道的第一個，就知道離主河的河口不遠了。他們走到第一個環道底端，並沒有走在河旁邊。如果要繼續沿著環道走，那會多走很多路。實際上，他們只要走一小段穿越陸地，再次走到大河第二個環道的底端就行了。他們走的那條路原本是動物走的步道，後來有人走踏，變得寬闊不少。前方有個岔路，一條沿著河往北走，另外一條則往東穿越鄉間，往東這條路比較多人走。

他們走到第二個環道下端，接著只在河水往北流時才沿著河邊走。環道盡頭有個岔路，一條往東，一條往北，兩條路的使用頻率看來差不多。在主河河口對面的第二條環道北端，也就是主河流入大河之處，北邊道路使用的情形也和另一條不相上下。他們橫越陸地往東走，又遇到河流，沿著河流旁的步道往東南方走。大河在這裡的聲音比主河流入大河的地方小多了。他們決定在此地紮營過夜。

吃完晚餐，大部分人都坐在火堆旁聊天放鬆，待會兒才打算進帳篷睡覺。愛拉又拿了一些食物給喬愛拉，她聽見第十一洞穴幾個年輕人準備建立新洞穴，位置在更下游，離他們第一次渡過大河的上岸處不遠。他們想打造幾個睡覺地方，也提供食物給旅客，包括跨越大河，要繼續往南走，或者沿著下游往西走的旅客或獵人。根據他們先前談妥的交易條件，疲憊的駕船人和乘客不需紮營就有地方休息。愛拉漸漸明白群落是如何擴散成長，也了解為什麼要成立新洞穴。突然間，她好像完全明白了背後的原因。

他們又走了一天，終於在傍晚時分抵達齊蘭朵妮氏南方第一洞穴。愛拉覺得不必紮營就有地方打開鋪蓋捲睡覺，還有煮熟食物可以吃，確實方便多了。第一洞穴的人跟所有洞穴一樣，會在溫暖季節旅行、狩獵，所以現在居住的人較少，不過比起大部分洞穴，還是算多的。留下來的人，有些是身體因素不能遠行，有些則為了服務其他人不得不留下來。

齊蘭朵妮氏南方第一洞穴的人希望愛拉這群訪客能多住幾天。他們聽說愛拉有一隻狼和幾匹馬兒，齊蘭朵妮氏遠行歸來的男人和異族女人只要一個命令，這些動物會乖乖照做。他們原本以為那是誇大之說，現在發現確有其事，驚訝不已。他們也覺得很榮幸接待首席。所有齊蘭朵妮氏人都承認齊蘭朵妮的首席地位，就連很少見到她的人也不例外。不過南方洞穴倒是有人提到，南方有一個女人同樣受到大家尊崇。首席聽見後微笑表示，這個女人她也認識，希望能見上一面。

南方洞穴最熟悉的人就是第十一洞穴的駕船人，以及第九洞穴的交易大師——威洛馬多次出遠門都經過此地。這會兒，兩個齊蘭朵妮氏洞穴都懂建造、駕駛與控制木筏，彼此見面，有好多故事要說，好多技藝要分享，也有好多技術要展示，不但相互分享，也要跟所有感興趣的人共享。他們說明了一些造船方法，喬達拉聽得聚精會神。

隨後喬達拉解釋了夏拉木多伊氏人的船隻，不過沒詳述太多細節，因為他想實際建一艘船，不想光說不練。由於他是遠近馳名的燧石大師，大家請他露幾手，他欣然做了示範。喬達拉也談到他如何發明標槍投擲器，以及很多洞穴都已開始使用。他還跟愛拉一起示範控制標槍投擲器的細微技巧。最後愛拉示範了她用拋石索的拿手絕活。

威洛馬說了幾個冒險故事，是他擔任交易大師遠行時發生的事。他真是厲害的說書人，聽得聽眾沉醉其中。齊蘭朵妮也利用這個機會給大家上課，以她動人的嗓音背誦、吟唱齊蘭朵妮氏的歷史與耆老傳說。有天晚上，她請愛拉表演模仿動物聲音的高超技藝，也吹口哨模仿鳥叫聲。愛拉說了一個部落故事，接著示範用部落的手語溝通，希望將來他們碰到部落獵人或旅客時，雙方能夠溝通。沒多久，大家開始用手語對話，沒人發出半點聲音，就跟打暗號一樣好玩。

大部分人都喜歡逗逗可愛的小女孩喬愛拉，她是這群旅客當中唯一的小孩，格外引人矚目。沃夫也是眾人目光的焦點，因為牠願意讓別人摸摸牠，不過更大原因是，牠會回應熟人的命令。大家都明白，牠對愛拉、喬達拉和喬愛拉的命令反應最快。他們看到愛拉一家三口把馬兒訓練得服服貼貼，覺得很有意思。年紀較大的母馬嘶嘶看來比較溫和聽話，顯然跟愛拉最親。喬達拉控制那匹蹦蹦跳跳的公馬快快，可謂駕輕就熟。最令人驚訝的還是小小年紀的喬愛拉，她竟然能駕馭小母馬灰灰，只需要有人先將她抱上灰灰的背。

愛拉一家人也讓幾個人騎乘嘶嘶和灰灰，因為外人很難駕馭快快，尤其心情緊張時更困難。第十一洞穴的人現在更明白用馬兒運送貨物有多方便。駕船人比大多數人都明白運送貨物的流程，但他們也知道，如果靠馬兒，就算牠們沒運送貨物，也得花費很大功夫照料馬兒。相較下，木筏省事多了，不必餵草、給水、張羅馬圈和刷毛，只要偶爾維修，偶爾扛著搬運一下，別的一概不用麻煩。

齊蘭朵妮一行人和第十一洞穴的駕船人相處了幾天，到了分道揚鑣時刻，雙方都很傷感。他們在惡水上共患難，在陸地上旅行相互扶持，大家各司其職紮營、獵食、採集食物，分工合作完成日常生活的大小雜事，又分享了故事與技藝，彼此心中都明白這是一份難能可貴的特殊友誼，也希望日後可以延續。愛拉和族人往南走時若有所失，她感覺第十一洞穴的人猶如她的家人。

第二十章

愛拉一行人繼續旅程，現在人數只剩一半。這也有好處，比較輕鬆方便，沒那麼多東西，也不需扛木筏、張羅那麼多食物、蒐集眾多木頭與燃料烹煮食物，更不必裝滿那麼多水袋。此外，紮營不需要太大地方，因此可供選擇的地點更多了。雖然他們很想念結交的新朋友，不過能加快行程也不錯，接下來的幾天作息也更有效率。小河提供源源不絕的水源，他們正走在一條好走的路上，雖然大都是上坡，路況還挺好。

首席想帶愛拉看的下一個聖地附近住著一群人，他們是南方第一洞穴的分支。首席指著他們路過的岩洞。

「這就是我要妳看的彩繪洞穴。」首席說。

「這是個聖地，我們怎麼不直接進去呢？」愛拉問。

「這是南方齊蘭朵妮氏第四洞穴的領土，而且他們認為洞穴的使用權歸他們所有，外人要參觀必須事先經過同意。」首席說：「要在洞裡增添新壁畫，通常也只由他們自己人動手。如果喬諾可想在洞壁作畫，他們應該不會反對，不過得先跟他們打個招呼。也許他們有人想在同一個地方畫畫。通常這種情況不太可能，不過真要發生了，就表示幽靈世界有事要跟齊蘭朵妮亞接觸。」

她接著解釋，如果一個洞穴覺得這是他們的地盤，那還是尊重一下。他們並沒有私人財產的觀念，不會把土地據為私有。大地是大媽的化身，每一個大媽的子女都能使用，不過一個地方的居民會把他們的地盤當成自己的家園。其他人只要考慮周到，符合一般禮儀，是可以自由出入，貫穿任何區域，甚至到遙遠的地方。

只要有需要，誰都可以在任何地方打獵、捕魚、採集食物，但是到了一處，最好跟當地洞穴打個招呼，才不致失了禮節。比鄰而居的洞穴特別講究，路過時也要打招呼，以免影響到當地人。舉例來說，假設當地的探子正緊盯一群獵物，所有獵人磨刀霍霍，準備大舉狩獵，儲存食物，為即將到來的寒冷季節做準備。萬一這時有一群旅客為了追逐一隻動物，驚散了整群獵物，那麼當地人恐怕要翻臉了。倘若旅客事先知會，當地人可能邀請旅客一起狩獵，旅客還可分到戰利品。

大部分洞穴都有探子，負責注意遷徙的動物，也留意附近的異常活動，一群人帶著一隻狼、三匹馬旅行，絕對稱得上異常。何況其中兩匹馬還拖著一個交通工具，上頭坐著身材壯碩的女人，這就更奇怪了。愛拉一行人進入齊蘭朵妮氏南方第四洞穴的視線範圍，立刻有一小群人等著他們。齊蘭朵妮走下拖橇，一名男子上前迎接。他臉上有刺青，顯然是個齊蘭朵妮，他也認出首席臉上的刺青。

他走向齊蘭朵妮，伸出張開的雙手，以真誠友善的姿態說道：「首席大地之母侍者，妳好。以照顧萬民的偉大慈愛始祖大媽朵妮之名，我歡迎妳。」

「以最仁慈的始祖大媽朵妮之名，齊蘭朵妮氏南方第四洞穴的齊蘭朵妮，你好。」首席說。

「什麼風把妳吹到遙遠的南方來呢？」

「我的助手要展開朵妮侍者之行。」首席說。

他看到一名高挑的美麗年輕女子，帶著非常漂亮的小女孩走過來。第四洞穴的齊蘭朵妮微微一笑，伸出雙手走向年輕女子，接著他看到那隻狼，緊張地四處張望。

「這位是齊蘭朵妮氏第九洞穴的愛拉……」首席正式介紹愛拉，說出愛拉的重要頭銜與關係。

第四洞穴的齊蘭朵妮說：「齊蘭朵妮氏第九洞穴的愛拉，歡迎妳。」招呼是打了，但他覺得愛拉那些動物名字與關係實在太怪異。

愛拉伸出雙手，走上前去：「以萬物之母朵妮之名，齊蘭朵妮氏南方第四洞穴的齊蘭朵妮，你好。」

第四洞穴的齊蘭朵妮聽到愛拉的口音嚇了一跳，他極力掩飾驚訝的表情。顯然這名年輕女人來自遙遠的地方。齊蘭朵妮亞很少接納異族人，沒想到這異族女人竟然有辦法當上首席的助手！

愛拉一向能察覺別人表情和姿態的細微變化，她看出對方有多驚訝，知道他是極力掩飾。首席當然也注意到對方的驚訝，強忍著臉上的微笑。她想，這趟旅行會很有意思。他們帶著馬兒、狼還有一個異族助手，足夠當地人議論一段時間了。首席覺得她應該多告訴第四洞穴齊蘭朵妮一些事，好讓他知道愛拉的地位，同時她也得向第九洞穴的人介紹第四洞穴齊蘭朵妮。她跟喬達拉打手勢，喬達拉看到第四洞穴齊蘭朵妮和首席的反應。

「喬達拉，你也來向齊蘭朵妮氏南方第四洞穴的齊蘭朵妮問好。」首席面向第四洞穴的齊蘭朵妮，開始介紹：「這位是齊蘭朵妮氏第九洞穴的喬達拉，齊蘭朵妮氏第九洞穴燧石師、第九洞穴頭目約哈倫的兄弟、第九洞穴前頭目瑪桑那之子、生於蘭薩朵妮氏頭目與創始人達拉納的火堆地盤，與齊蘭朵妮氏第九洞穴的愛拉配對。愛拉是首席的助手，受朵妮庇佑的喬愛拉之母。」

兩個男人緊握雙手，正式問候彼此。出來迎接的人聽見這麼顯赫的名字與關係，多少有些目瞪口呆。第九洞穴在諸洞穴當中地位很高，通常見面時不會如此正式，但首席覺得這位齊蘭朵妮必然會將這次見面細節告訴第四洞穴的人。首席帶愛拉走這一趟朵妮侍者之行，不僅要帶愛拉看齊蘭朵妮氏領土的幾個聖地，還要介紹她認識許多洞穴。除了首席自己之外，沒有人知道首席對愛拉有什麼計畫，就連愛拉自己也不清楚。首席接著向喬諾可打手勢。

「我想，既然我們出來一趟，應該也要帶上我的前任助手。喬諾可從前只是我的藝術助手，我從沒帶他出過遠門。現在他不但是天賦異秉的畫家，在非常特別的新聖地作畫，他還是一位睿智而且重要的齊蘭朵妮。」首席說。

光看喬諾可左臉的刺青，就知道他已經不是助手了。齊蘭朵妮亞的刺青一向都在左臉，通常是額頭或臉頰，有時圖案挺複雜的。頭目的刺青在右邊，交易大師之類的其他重要人士則在額頭中間刺青，圖案通常比較小。

喬諾可走上前來自我介紹：「我是齊蘭朵妮氏第十九洞穴的齊蘭朵妮，生活在大河以南的齊蘭朵妮氏第四洞穴的齊蘭朵妮，你好。」他伸出雙手。

對方回答：「第十九洞穴的齊蘭朵妮，你好，歡迎你。」

接著威洛馬也上前自我介紹：「我是齊蘭朵妮氏的威洛馬，與第九洞穴前頭目、喬達拉之母瑪桑那配對。我是第九洞穴的交易大師，帶了兩位學徒——提佛南與派利達爾。」

第四洞穴的齊蘭朵妮向交易大師表達歡迎之意。他一看到威洛馬額頭中間的刺青，便知威洛馬位居要津，仔細再看才知道威洛馬是交易大師。他接著也向兩位年輕人表達歡迎之意，兩位年輕人立即正式向他問好。

「我以前曾經在這裡停留，見識過你們令人嘆為觀止的聖地。這是我最後一次出遠門交易了，以後跟你打交道的就是這兩位年輕人。我認識你前任的齊蘭朵妮，他現在還是齊蘭朵妮嗎？」威洛馬拐彎詢問前任齊蘭朵妮是否健在。前任齊蘭朵妮和威洛馬同一輩，年紀也許比威洛馬稍大，這位新任齊蘭朵妮則非常年輕。

「在啊，他到夏季大會去了。不過他這趟很辛苦，主要是身體不太好。他跟你一樣要退休了。他說，這大概是他最後一次參加夏季大會了。明年他打算留在這裡照顧無法前去的人。倒是你，看起來身體很好啊！為什麼現在就要交棒給年輕人呢？」年輕的齊蘭朵妮說。

「長期待在一個地方是一回事，但身為交易大師可是要常常旅行的。而且老實說，我已經厭倦出遠門了。我想多花點時間陪伴我的伴侶和她的家人。」威洛馬指著喬達拉說：「這個年輕人雖然不是我的火堆地盤兒子，但我當他是自己的兒子。他從小就住在我的火堆地盤，有一陣子我還以為他會一直長大，一直長大，永遠不會停止成長。」威洛馬對著高大的金髮男人微笑：「我也覺得他的伴侶愛拉是我的女兒。喬達拉的母親瑪桑那現在是祖母了，有幾個很漂亮的孫子女，包括這個漂亮的小傢伙。」威洛馬指著喬愛拉說：「瑪桑那也有一個女兒，是我的火堆地盤女兒，已經到了配對年齡。到時候瑪桑那又要做祖母。總而言之，我四處旅行的日子應該告一段落了。」

愛拉仔細聽著威洛馬這番話，覺得很有意思。她知道威洛馬想多花點時間陪伴瑪桑那，不過她不知道威洛馬原來這麼疼愛瑪桑那的子女、孫子女，還有他的火堆地盤女兒弗拉那。她知道，他也一定很想念他的火堆地盤兒子索諾倫，他跟喬達拉一起遠行，不幸在途中喪命了。

首席繼續介紹最後幾個人：「跟我們同行的，還有一位年輕女人，她要回自己的洞穴。她伴侶的家就在我們家附近。她的伴侶出門遠行時遇見她，兩人情投意合，於是將她帶回家。前不久，她的伴侶攀爬高聳懸崖不幸墜落，現在已經在下一個世界了。這位是齊蘭朵妮氏南方的阿美拉娜。」首席說。

他看著這名年輕女子，微微一笑。他覺得她長得很美，應該是懷孕了，雖然並不明顯，對於這種事，第四洞穴的齊蘭朵妮一向猜得很準。她這麼年輕就失去伴侶，真是可惜。他伸出手來，握住年輕女人伸出的雙手，說道：「以朵妮之名，齊蘭朵妮氏南方的阿美拉娜，歡迎妳。」

阿美拉娜注意到對方溫暖歡迎的微笑，也報以甜美微笑。他想找個地方給她坐，又覺得應該先把人介紹完再說，更何況他還得介紹第四洞穴沒有前往夏季大會的人。

「我們的頭目不在，她跟其他人到夏季大會去了。」第四洞穴的齊蘭朵妮說。

「我想也是。」首席說：「你們今年的夏季大會在哪裡舉行？」

一個留下來照顧族人的獵人說：「往南走三、四天，在三條河匯流的地方。我可以帶你們去那邊找頭目，她一定想跟你們見面。」

「真是不好意思，但我們不能停留太久。我為我的助手和第十九洞穴的齊蘭朵妮計畫了一趟大型的朵妮侍者之行，要一路走到中部高地盡頭，接著還要往東走很遠。」首席說：「我們想參觀你們的聖洞，那是個非常重要的聖洞。不過我們還有許多人要拜訪，這一趟出來要去很多地方，也許回來的路上……等等，你剛才說在三條河匯流的地方是吧？那附近不是有個很重要的聖地嗎？一個有很多壁畫的大洞穴？」

「是啊，當然了。」獵人說。

「那我應該會見到你們頭目，我接下來就打算去那裡。」首席說著，心裡慶幸南方幾個洞穴今年正好在那裡舉辦夏季大會，這樣一來，她就有機會向更多人介紹愛拉了。他們一行人帶著狼、馬兒，以及大河北邊這麼多重要人物到訪，想必會很轟動！

「你們會留下來吃頓飯，住一晚吧？」第四洞穴的齊蘭朵妮詢問。

「會的，會的，也謝謝你邀請。我們走了一整天，能停下來休息真是太好了。你覺得我們在哪裡紮營比較好呢？」首席說。

「我們有專門給訪客住的地方，不過我還是先去看看。現在全洞穴只有幾個人留守，沒用到那裡，不曉得能不能住呢。」

在冬季，同一個洞穴會一起生活在石造庇護所的住所，也就是他們所謂的家裡，他們通常會分裂成比較小的家戶，或多或少顯得分散。但是夏季留在這裡的人喜歡住得近一些，空出其他住所和空間，包括將來打算蓋成生活場所的地方。這時，老鼠、田鼠、蠑螈、蟾蜍、蛇，還有各種昆蟲蜘蛛之類的小動物就會趁虛而入。

「你直接帶我們去吧，我們可以清理一下，將就著住。」威洛馬說：「這一路上，我們每天都要架設帳篷，能有個庇護所住已經很好了。」

「我至少也該看看有沒有足夠的燃料可以生火。」第四洞穴的齊蘭朵妮說完，往住所方向走去。

愛拉一行人跟在後頭，安頓好之後，便走訪沒參加夏季大會的人住處。有客人來訪通常是件開心的事，能為單調生活增添一些變化。不過那些病痛纏身，不能下床的人就體會不到這種樂趣了。首席每次拜訪一個洞穴，都會探視病患，雖然她總是幫不上忙，但大部分病人都喜歡首席探望，首席有時也確實能舒緩他們的病痛。這些病人多半是即將到下一個世界的老人，還有些是生病、受傷，或者懷孕期非常不順利或者快生產的孕婦。這些人留在家裡，有專人照顧。他們的家人與親朋好友會把一切安排妥當，洞穴的頭目也會指派一群獵人輪班打獵，提供病人食物；病人如果需要傳遞消息，獵人也可充當快跑人。

第四洞穴安排了一場宴席。愛拉一行人也沒閒著，拿出自己的食物，幫忙準備餐點。一年當中白晝最長的日子眼看就要到了，大家吃完飯後，首席跟愛拉，還有第十九洞穴的齊蘭朵妮（愛拉多數時候還是習慣叫他喬諾可）提議，想趁著天色還沒暗下來，去探望生病或身體不適而無法前來參加宴席的人。愛拉把喬愛拉留給喬達拉照顧，跟他們一道去，沃夫也跟來了。

這些病人的病痛都已處理過。有個年輕人斷了一條腿，愛拉覺得固定得不夠好，但現在調整也來不及了，他斷腿快要痊癒，可以走路，只是跛得很厲害。還有一個女人，雙臂與雙手嚴重燙傷，臉上還有幾塊燙傷的痕跡。她已經痊癒得差不多，只因為身上有些嚴重疤痕，不願意去夏季大會。她連出來見見客人都不肯。愛拉心想，這種情況需要另一種照顧。其他大多是老人，有些膝蓋、臀部、腳踝疼痛，有些呼吸急促、頭暈目眩，還有些人因為視力、聽力太差，不想出門遠行。不論什麼原因，他們見到客人都很開心。

愛拉花了些時間探訪一位幾乎全聾的男人，也與照顧他的人說說話，教他們一些部落的簡單手語。

這個男人學會之後，需要什麼都能表達清楚，也能了解別人的回答。他費了一番工夫了解愛拉在做什麼，一旦了解之後學得很快。第四洞穴的齊蘭朵妮後來告訴愛拉，這男人打從耳朵失聰後，長久以來首度展露微笑。

他們走出庇護所下方的建築物，沃夫離開愛拉身邊，在一棟建築物的角落嗅來嗅去。愛拉聽見一個女人驚聲尖叫，趕緊過去察看。她看見一個女人用軟鹿皮毯蓋住頭部和肩膀，蜷縮在角落。這正是那位嚴重燙傷，不願見客的女人。沃夫趴在地上，慢慢接近女人，一邊發出微弱的嗚叫。愛拉蹲在沃夫身邊待了一會兒，才上前和受驚嚇的女人說話。

「這是沃夫。」愛拉說。馬木特伊語的「狼」就是「沃夫」，愛拉把這個字當成狼的名字，但女人聽不懂什麼叫「沃夫」，更賣力往角落擠，還用毯子把頭部整個包裹起來。「牠不會傷害妳的。」愛拉用雙臂抱著沃夫：「我發現牠的時候，牠還是隻小狼，後來牠跟馬木特伊氏獅營的小孩一起長大。」

女人注意到了愛拉的口音，尤其聽到「沃夫」的發音更是明顯，她也注意到愛拉提到「馬木特伊氏」這個奇怪的名稱。她很緊張，卻也很好奇。愛拉聽得出來女人的呼吸沒那麼急促了。

「有個小男孩跟他們生活在一起，頭目的伴侶收養了他。」愛拉說：「有些人說他是異類，是部落混血兒，有些人叫他們『扁頭』。妮姬是很有愛心的女人，她本來在哺育自己的小孩，這個男孩的部落母親過世後，她開始哺育他。她不忍心看著小男孩也前往下一個世界，但是萊岱格身體虛弱，而且不懂我們說話的方式。」

「部落的人大都用手語說話。他們也有語言，只是不像我們有這麼多字彙，我們會說的字彙他們很多都不會。一場地震奪走了我的家人，我很幸運能有部落收留我，還有部落女人把我扶養長大。我學會他們說話的方式，他們的語言跟我們的不一樣，我一路成長都是使用他們的語言，所以我說話有特殊口音，遣詞用字也不同。就算我盡了全力，有些發音還是有問題。」

角落光線微弱，愛拉仍然注意到女人專心聆聽，導致毯子從她頭上滑落。沃夫還在小聲嗚叫，緩緩接近女人。

「我把沃夫帶到獅營的住所，牠跟那個虛弱小男孩特別親密。我不知道為什麼，可能沃夫也喜歡嬰兒和小孩吧。小孩可以用手指戳牠、拉牠耳朵，牠都不會不耐煩。牠好像知道小孩沒有惡意，而且牠還很保護他們。妳可能會覺得一隻狼這樣很奇怪，其實狼對待小狼也是這樣。整個狼群都會保護小狼，沃夫特別保護那個身體不好的男孩。」

沃夫慢慢爬向女人，愛拉也跟著靠近她：「我想，牠應該是想保護妳，牠知道妳受傷了。妳看，牠想接近妳，而且非常謹慎。妳有沒有摸過活生生的狼？狼皮有些地方很柔軟，有些地方很粗。把妳的手伸過來好嗎？我帶妳摸摸看。」

愛拉沒有多說，直接握住女人的手。女人還來不及把手抽掉，愛拉已經將她的手放在沃夫頭上，沃夫的頭則倚在女人腿上。愛拉說：「牠很溫暖，是不是？牠喜歡人家摸牠耳朵後面。」

愛拉感覺到她開始撫摸沃夫的頭，於是把自己的手拿開。她感覺到傷疤，也感覺到皮膚癒合時變緊變硬，不過她還是可以儘情運用她的手。「妳是怎麼燙傷的？」愛拉問。

「我把又熱又燙的石頭放進煮食籮筐裡，又多放了幾個石頭，等到沸騰了，我直接把籮筐搬起來，結果籮筐整個裂開，熱水灑了我一身。」她說：「早知道那個籮筐快裂開，就不該用它，可是當時我要泡茶，籮筐剛好在附近。」

愛拉點點頭：「有時我們並不會想到這些。妳有伴侶、有孩子嗎？」

「有，我有一個伴侶，還有兩個小孩，一男一女。我堅持要伴侶帶小孩參加夏季大會，是我自己太笨，沒理由拖累他們不去夏季大會。我再也不能去了，要怪也只能怪自己。」

「妳為什麼再也不能去？妳不是還能走路嗎？妳的腿跟腳都沒燙到啊。」

「我不需要別人看見我臉上和手上的疤，然後用同情的眼光看著我。」她相當憤怒，眼眶含著淚水。她把手從沃夫頭上移開，又拿毯子遮住自己的頭。

「沒錯，有些人會用同情的眼光看妳，可是誰沒出過意外呢？有些人一出生，情況就比妳嚴重。我覺得妳不該讓這件意外妨礙了正常生活。妳的臉並沒有那麼難看，時間久了疤痕會消褪，不會那麼明顯。妳手上的疤痕比較嚴重，手臂上的疤痕恐怕也是，不過妳的手還是可以用啊！」

「勉勉強強，不像以前那麼俐落。」

「那也會復原的。」

「妳怎麼知道那麼多？妳是誰？」女人問。

「我是齊蘭朵妮氏第九洞穴的愛拉。」愛拉伸出雙手，正式打招呼，背誦起她的頭銜與關係：「大地之母首席侍者的助手……」她一一說出所有慣用的頭銜與關係，最後結尾是：「嘶嘶、快快、灰灰三匹馬兒，以及四足獵食者——沃夫的朋友。沃夫的名字就是馬木特伊氏語『狼』的意思。以萬物之母朵妮之名，我問候妳。」

「妳是首席的助手？是她的第一助手嗎？」女人暫時忘了禮節。

「我是她唯一的助手，她前任助手也來了，現在是第十九洞穴的齊蘭朵妮。」愛拉說：「我們來參觀你們的聖地。」

女人突然想起她應該伸出雙手握住愛拉的手，正式向首席助手介紹自己。顯然愛拉遊歷豐富，而且看來很有地位。她之所以不願參加夏季大會，這也是個原因，到了那裡，她見人就得把臉露出來，還要把燙傷的雙手露給別人看。此刻，她低下頭，想把手藏在毯子下，然後跟愛拉說，她沒辦法好好問候她。問題是，首席助手已經碰過她的手，必定知道她在說謊。最後，她深深吸一口氣，把毯子推開，伸出她嚴重燙傷的雙手。

「我是齊蘭朵妮氏南方第四洞穴的杜拉娜。」她開始背誦自己的頭銜與關係。

愛拉握著她的雙手，仔細瞧著。她的手很僵硬，皮膚被燙傷，凹凸不平，而且扭曲不規則。愛拉想，她的手大概還是有點痛吧！

「……以朵妮之名，齊蘭朵妮氏第九洞穴的愛拉，我歡迎妳。」

「杜拉娜，妳的手還會痛嗎？」愛拉關切：「如果會痛，喝點柳樹皮泡的茶應該有用。我帶了一些柳樹皮，妳需不需要？」

「我可以跟我們的齊蘭朵妮要，可是我不知道該不該一直喝。」杜拉娜說。

「如果還是會痛，就繼續喝吧，喝了可以降溫消紅腫。我剛剛在想，妳自己或者妳認識的人可以做一些細緻的軟獸皮，像兔皮就不錯，縫製連指手套，把手指蓋住。這樣別人大概不會注意到妳手部的粗糙。妳有沒有乾淨的白色動物油脂？有的話，我可以做一些護手霜給妳，加點蜂蠟和玫瑰花瓣會更香。我隨身攜帶了一些蜂蠟跟玫瑰花瓣。妳在白天時可以擦一些，然後再戴上手套，也可以擦在臉上，燙傷的疤痕會變軟，慢慢消褪。」愛拉一邊想著該怎麼幫杜拉娜，一邊說著。

杜拉娜突然哭了起來。

「杜拉娜，妳怎麼啦？」愛拉說：「我說錯了什麼嗎？」

「沒有，只是第一次有人說的話帶給我希望。」杜拉娜哭著說：「之前，我覺得我大概全完了，什麼都變了，再也不會一樣。但妳跟我說這些燙傷與疤痕都是小事一樁，沒有人會注意到，還告訴我該怎麼保養。我們的齊蘭朵妮也有幫忙，只是他太年輕，醫治並不是他的強項。」杜拉娜停下來，直視愛拉，說道：「現在我知道，儘管妳不是齊蘭朵妮氏人，而首席卻選擇妳做助手的原因了。她是首席，妳是首席助手。我就稱呼妳首席助手好不好？」

愛拉給她一個自嘲的微笑：「我知道總有一天我得放棄自己的名字，讓人家稱呼我『第九洞穴的齊蘭朵妮』，但是我希望那一天不要太快到來。我喜歡人家叫我愛拉。愛拉是我的名字，是我生母給我的名字！這個名字是她留給我唯一的東西。」

「那我就叫妳愛拉。愛拉，妳剛才說這隻狼叫什麼名字？」杜拉娜問。沃夫又把頭放在杜拉娜的腿上，她覺得很舒服。

「沃夫。」愛拉說。

杜拉娜叫了一聲「沃夫」，沃夫抬起頭來看著杜拉娜，表示聽見了。

「妳出來跟大家見見面吧！」愛拉說：「交易大師也跟我們一起來了，他會說他的遊歷故事，很有意思喔！首席可能會吟唱一些耆老傳說，她的聲音很動聽，錯過就太可惜了！」

杜拉娜小聲說道：「好，我出去看看。」其他人都在接待客人，只有她獨自一人待在住所，說來也挺寂寞。她起身走了出去，沃夫緊跟她身旁。第四洞穴的人看到她出來嚇了一跳，見那隻四足獵食者緊跟她身旁，好像在保護她似的，大家就更驚訝了。第四洞穴的齊蘭朵妮尤其吃驚，沃夫不待在愛拉旁邊，甚至不坐在喬愛拉身旁，而是坐在杜拉娜旁邊。首席看愛拉一眼，輕輕點點頭，以示讚美。

隔天早上，愛拉一夥人連同第四洞穴一些人，準備參觀附近的彩繪洞穴。這一帶有幾個石造庇護所，多半是各洞穴的家，通常依照洞穴名稱命名，有時兩、三個鄰近石造庇護所會結合成為一個洞穴。許多人一到夏季便出門遠行，石造庇護所這時顯得空空蕩蕩。少數沒前往夏季大會的人移居到有齊蘭朵妮居住處。

愛拉一行人共有八位成年人，齊蘭朵妮氏南方第四洞穴則有五位成年人，其中包括兩位住在附近石造庇護所的獵人，兩隊人馬一起出發參觀聖地。杜拉娜自願留下來照顧喬愛拉，愛拉心想，她一定也很想念自己的小孩。喬愛拉願意跟杜拉娜在一起，沃夫也肯留下陪伴她們兩個，愛拉因此同意了。喬愛拉雖然會走路，畢竟才四歲，愛拉經常背著她。先前習慣背著女兒的愛拉，這會兒出發時覺得好像忘了什麼似的。

他們走到首席指給愛拉看的小型石造庇護所。庇護所的入口面向東方，從內部情況看來，顯然有人曾經住在這裡。地上有殘餘火堆，深色木炭和幾塊石頭圍成圈，還有大石塊充當椅子，那是從石壁和頂部掉落的石灰岩，顯然被人拖到火堆附近。木頭凌亂堆成幾大落，旁邊有一道石壁，殘破的皮毯隨意棄置在附近。如果火堆夠大夠溫暖，在這裡度過一晚應該不成問題。

洞穴的入口位在岩洞北端，正好在懸崖突出的短岩石下方。突出的岩石經過風吹日曬雨淋，已十分脆弱，碎裂的石塊不斷掉落下來，堆積在通往石壁的入口前方，愈堆愈高。

第四洞穴的齊蘭朵妮在背簍裡放了一些木頭、火種、取火木鑽與鑽木台，外加幾盞石燈。他把背簍放在火坑附近，開始整理東西。愛拉看到他忙碌起來，趕緊把手伸進腰間的皮袋，拿出兩顆石頭。一顆是堅固的刀鋒形燧石，另一顆是核桃形石頭，帶有銀和黃銅的金屬光澤。這顆石頭用來敲擊刀鋒狀的燧石，使用久了，上頭已出現了凹痕。

「我來生火好嗎？」愛拉說。

「我很會生火，一會兒就好了。」第四洞穴的齊蘭朵妮說著，用雙手搓搓木鑽，木鑽尖端在鑽木台上鑽出圓形凹痕。

「愛拉來弄比較快。」威洛馬笑著說。

「你確定嗎？」第四洞穴的齊蘭朵妮覺得自己受到挑戰。他一向自豪自己的取火本領，很少有人取火速度比他快。

「你就讓她試試看吧！」喬諾可也加入勸說。

「好啊。」第四洞穴的齊蘭朵妮站了起來，往後退：「妳請。」

愛拉蹲在又冷又暗的火坑旁，她抬起頭來問道：「我可不可以直接用你的火種和引火柴？」

「可以啊！」第四洞穴的齊蘭朵妮爽快回答。

愛拉把乾燥輕盈的火種堆在一起，蹲在旁邊用燧石敲擊黃鐵礦。有那麼一剎那，第四洞穴的齊蘭朵妮好像看到了一道閃光。愛拉又敲一次，這次敲出了一道大火花。火花降落在乾燥易燃的材料上，幾縷輕煙升起，愛拉對著起煙處吹氣後，一個小火舌出現了。她趕緊添加更多火種，接著是稍大的火種，再來是引火柴，最後是小木頭。眼見火已生起，愛拉鬆了一口氣，順勢跪坐地上。第四洞穴的齊蘭朵妮看得張口結舌。

「蒼蠅要飛進你嘴巴裡了。」交易大師笑說。

「妳怎麼那麼厲害？」第四洞穴的齊蘭朵妮語帶驚訝。

「用打火石就很容易。」愛拉說：「如果你有興趣，我們走以前，我可以再弄給你看。」

過了幾秒鐘，大家從「愛拉神奇引火秀」的震撼中回神。首席齊蘭朵妮說：「我們把石燈點亮吧！我剛才看到你帶了幾盞石燈。這裡是不是也放著幾盞呢？」

「應該有，要看最近一次是誰住在這裡。」第四洞穴的齊蘭朵妮說。他從背筐拿出三個石灰岩做的淺木碗，說道：「不過我並不抱太大希望。」他又拿出一個裝著燈芯材料的生皮革小袋子，接著再拿出中空的小原牛角，牛角裡裝著軟化的油脂，外面開口的一端用幾層近乎防水的腸子覆蓋住，並以肌腱綁牢，比成年原牛的巨大牛角好用多了。他還有一些火把，是以能彎曲綠葉和草牢牢綁在木棒上，待風乾後浸泡在溫暖的松樹油脂裡做成的。

「這個洞穴很大嗎？」阿美拉娜問。她在深穴裡總會緊張，如果洞穴路況難走就更緊張了。

「不會。」第四洞穴齊蘭朵妮說：「只有一間主房間，有一條走道通往那兒。左邊有小側間，右邊還有一條通道。最神聖的區域是在主房間裡。」

他在三盞石燈各倒了一些油脂，再放進燈芯，以一根樹枝引火，點燃沾了油脂的燈芯。他也點燃一根火把，把所有東西收進背筐。隨後，他背起背筐，高舉火把，帶頭走進洞穴，一位獵人殿後，以避免發生意外或有人跟不上。他們有一大群人，要不是洞穴出入還算容易，首席不會允許這麼多人一起進去。

愛拉也走在前面，首席和喬達拉走在她身後。愛拉往下看，地上有一塊燧石碎片，後面不遠處還有一塊燧石的鋒利部位，挺完整的，不過她沒撿起來。他們走過了狹窄的入口通道，來到岔路，這裡的空間較為寬廣。

「左邊那條只是很窄小的通道。」第四洞穴的齊蘭朵妮說：「右邊這一條通往附屬通道。我們走右邊這條，多多少少算是直走。」

第四洞穴的齊蘭朵妮高舉火把。愛拉往回看，見一堆人魚貫走入寬廣地帶，三盞燈混雜在人群中。洞穴裡漆黑一片，伸手不見五指，火把與小火光顯得格外明亮，愛拉的眼睛已慢慢適應黑暗，反倒覺得火光太亮了。他們繼續走著，前面的路先是稍往左偏，然後又往右偏回來，不過大致上還算直線。他們走過一段較寬的路，通道又變窄了，第四洞穴的齊蘭朵妮停下腳步。他舉高火把，照向左側洞壁，愛拉看見壁上的爪痕。

「有時候熊會在這裡冬眠，不過我從來沒看過。」第四洞穴齊蘭朵妮說。

他們身後有些大石頭從洞壁、洞頂掉落，大家只好站成一排。在石堆另一邊，第四洞穴的齊蘭朵妮再次拿著火把照向左方。左邊洞壁出現了人留下的痕跡，那是手指在洞壁上畫出的圓圈與漩渦。他們走了一小段，通道又變得寬敞。

「左邊是比較小的穴室，裡面沒什麼可看的，只是有些地方畫了紅色與黑色小圓點。」第四洞穴的齊蘭朵妮說：「看起來不起眼，其實很有意義，但一定要齊蘭朵妮亞才能了解。我們再往前直走。」

他繼續往前，稍微往右走了一小段後停了下來。眼前的石壁出現了一幅圖案平台，有人用紅赭土留下手指痕跡，還有六個黑色指紋。下一幅圖案比較複雜。第四洞穴齊蘭朵妮高舉火把，其他人圍攏觀看。圖案看來是人像，但外觀模糊得像鬼一樣；另外還有一頭鹿，上面散布著圓點。整個圖案顯得神祕有靈性，也相當神聖，愛拉看了不寒而慄，其他人也有同感。這時，圖案彷彿突然變得靜止不動。愛拉這才發現，原來她周圍的人之前都在低聲說話，只是她沒察覺，此刻大家屏息凝神，不再交談，她因此感覺時空突然靜止。

左邊洞壁有一小塊突出，後方則凹了進去，兩者延伸成為平台。愛拉一眼就看到兩頭雄偉的巨角鹿，以黑色勾勒，一頭疊在另一頭上。前方那隻是頭雄鹿，頭上的掌狀鹿角非常壯觀。頂著這麼重的鹿角，頸部肌肉當然要很發達，因此畫中的頸部又粗又壯。相較下，雄鹿的頭部感覺很小。愛拉曾經屠宰過巨角鹿，知道巨角鹿肩胛骨之間的隆起處是一堆緊密的肌腱，看來像黑色駝峰，足以承載鹿角的重量。後面那隻頸部也很粗，肩胛骨之間同樣有隆起，可是卻沒有鹿角。愛拉乍看判斷是雌鹿，後來想想，覺得應該是雄鹿，鹿角是在秋季發情後脫落了。交配季結束後，雄鹿不再以象徵力量的雄偉鹿角來吸引雌鹿，自己也需要保留體力，迎接即將到來的冰川冬季。

愛拉盯著兩頭巨角鹿看了好一會兒，突然看到了猛獁象。猛獁象畫在第一頭巨角鹿的身體裡，而且畫得不完整，只有背部與頭部線條，不過從外形可得知是一頭猛獁象。愛拉不曉得當初作畫者是先畫好哪一個，猛獁象還是兩頭巨角鹿？她看完這幅圖案，也把洞壁上其他圖案仔細瞧了瞧。在第一頭巨角鹿的背部上方，第二頭巨角鹿的頭部前方，還有以黑色勾勒的兩隻動物，這兩隻也畫得不完整，只畫了一隻山羊的頭部與頸部側面，還有兩隻向後彎曲的角側面。另有一隻很像山羊的角的正面。愛拉推測可能是岩羚羊，也可能是北山羊。

他們又往前走一小段路，看到一些用黑色勾勒的動物，包括一隻頂著超大鹿角的巨角鹿、一頭較小的鹿其中一部分、一隻山羊，還有一幅看來像馬的圖案，有直立的馬鬃，依稀勾勒出馬背。另一個人像則相當驚人，驚人到有些恐怖。人像只畫了一部分，下半身和雙腿看起來像人，另外還有三條線，像是從他臀部進入，又好像是從臀部出來。這三條線會不會是標槍呢？作畫者是不是想表達有人被標槍擊中？又為何要在洞壁上畫這樣的畫呢？愛拉在腦海中搜尋，回憶是否看過身上插著標槍的圖畫。也許這幅畫另有含意？說不定是要表達從身體出來的東西？倘若要獵殺，一般來說並不會瞄準下背部，因為標槍打中臀部不會致命，就算打中下背部也不一定有生命危險。也許這幅畫是要表達痛的感覺——極嚴重的背痛，就跟被標槍打中一樣痛苦難忍？

愛拉搖搖頭。她大可以天馬行空隨意想像，但光憑瞎猜，是不會知道真正原因的。「這個圖案的線條代表什麼意思？」愛拉指著圖畫，詢問第四洞穴齊蘭朵妮。

「每個人看到這個都會問。」他說：「沒有人知道。那是古人畫的。」他轉身面向首席齊蘭朵妮：「妳知道這幅畫的來歷嗎？」

「歷史和耆老傳說都沒有提到。不過我覺得，」首席說：「聖地裡的圖畫通常沒有明確含意。你也知道，一旦到了幽靈世界，萬物的表象與本質往往不一樣。凶猛的看起來可能很溫和，而最溫和的可能最凶猛。我們並不需要知道每幅圖畫的含意，只要明白，這幅畫對作畫者一定很重要，否則就不會出現在這裡了。」

「可是一直都有人問啊！大家都想知道答案。」第四洞穴齊蘭朵妮說：「很多人會猜測，也想知道自己猜對了沒有。」

「大家應該知道，人不可能總是隨心所欲。」首席說。

「可是我很想給他們答案。」第四洞穴齊蘭朵妮還不打算放棄。

「我剛才跟你說的，已經足夠回答了。」首席說。

愛拉雖然也很想知道答案，不過她慶幸自己沒開口問。首席總是說，任何人都可以向她提問，但愛拉注意到，首席的態度有時會讓人覺得自己的問題不甚高明。儘管誰有問題都能請教首席，她卻不見得有問必答。不過她畢竟是首席，總不能跟對方說她不知道，何況人家請教她，並不是要聽這種答案。但即使她不一定每次都回答，她也從來不說謊。她說的都是真話。

愛拉也不說謊。部落的小孩從小就知道，以他們的溝通方式幾乎不可能說謊。愛拉遇到自己的同類後才發覺，說謊的人要記住自己之前說過的謊，這實在不容易。她覺得說謊太麻煩了，犯不著也划不來。也許首席就是不想說謊，因此遇到不想回答的問題，只好讓發問的人覺得自己問得不聰明。愛拉轉過身偷偷微笑，覺得自己猜中了權重位高的首席心思。

她真的猜中了。首席見她轉過身去，也看到她想掩飾的微笑，她知道愛拉在笑什麼。幸好愛拉轉過身去，首席並不介意助手猜透她的心思，不過最好別大聲嚷嚷。也許將來有一天，愛拉也要用類似方法打發別人的問題。

愛拉回過頭來繼續觀看洞壁。第四洞穴齊蘭朵妮不再討論那幅畫了，拿著火把照亮另一批圖畫，包括兩頭山羊、幾個圓點，後面另有兩頭山羊、一些圓點和曲線。有些動物、線條與圓點是紅色，有些是黑色。他們走進一間小穴室，這裡有五個黑色與紅色圓點，後面還有一些紅色圓點與線條。這群人從凹進處的開口走出來，經過一個轉角。在另一側洞壁上又出現類似人形的圖案，有線條進出其間，總共有七條線指向各種方向。這個圖案只約略描繪，幾乎看不出是人形，只不過，除了人形也不可能是其他圖案了。因為圖案有兩條腿，以及兩條非常短的胳臂，還有以黑色勾勒的畸形頭部。愛拉很想問首席圖案的含意，不過首席可能也不知道，但話又說回來，首席應該有概念。也許之後再談它吧！這一段壁畫還有四頭紅色猛獁象，構圖非常簡單，有些畫得挺抽象，勉強看出是猛獁象。另外還有山羊角與一些圓點。

「我們走到這個穴室中央，可以看到整個洞壁，把石燈靠近洞壁會看得更清楚。」第四洞穴齊蘭朵妮說。

大家移動位置，站在能遍覽整幅壁畫的所在，欣賞整幅彩繪圖案。起初有人動來動去，咳了幾聲，或者壓低聲音竊竊私語，沒多久，所有人都專心一志盯著石壁瞧，頓時鴉雀無聲。他們觀看整面石壁，開始感受到赤裸岩石的神祕力量。在石燈閃爍的火光和微細的輕煙下，有那麼一剎那，畫中的人與動物似乎動了起來。愛拉覺得石壁好像是透明的，她的視線似乎能穿透實心的石壁，依稀看見另外一個世界。她感到一陣寒冷，眨了幾下眼睛，石壁瞬間又變回實心。

第四洞穴齊蘭朵妮帶領他們走出去，指出幾個石壁上有圓點與痕跡之處。大夥兒離開有圖畫的地方，慢慢走回洞穴入口。照射進來的陽光讓洞穴更顯清晰，他們看見了石壁的形狀，也看見掉在地上的岩石。一群人走出洞穴，視線一下從黑暗轉向光明，感覺陽光特別耀眼。他們先是瞇著眼睛，後來乾脆閉上眼睛，給眼睛一些時間適應。過了一會兒愛拉才注意到沃夫，又一會兒才發覺沃夫焦慮不安。沃夫對著愛拉尖叫，開始往庇護所方向走，又回過頭來走向愛拉，再次尖叫幾聲後，急著往庇護所前進。

愛拉看著喬達拉，憂心忡忡地說：「一定出了什麼事。」

第二十一章

喬達拉和愛拉跟著沃夫跑回洞穴。接近洞穴時，他們看到庇護所前站了一群人，就在平常馬兒吃草的地方。不久，他們目睹了一幅可怕的景象，但其實也令人啼笑皆非。喬愛拉站在灰灰前面，伸出雙臂好像要保護牠，和六、七個拿著標槍的男人對峙。嘶嘶和快快站在他們中間，看著那群男人。

「你們想幹麼？」愛拉大喊。她身上沒帶標槍投擲器，正打算拿出拋石索。

「妳覺得呢？我們在獵馬。」其中一人回答。他聽見愛拉奇怪的口音，又加了一句：「還有人不知道嗎？」

「我是齊蘭朵妮氏第九洞穴的愛拉。」愛拉說：「你不能獵殺這些馬。難道你看不出來牠們很特別嗎？」

「哪裡特別？牠們就是普通的馬啊！」

「睜開你的眼睛好好看一看。」喬達拉說：「你看過馬兒為了一個孩子站著不動嗎？馬兒看到你為什麼不跑走？」

「牠們可能太笨了，不知道我要做什麼。」

「是你太笨，看不懂眼前的事情。」喬達拉說。這個沒禮貌的年輕人像是代表那群人說話，喬達拉愈聽愈火大。

喬達拉用口哨吹出一連串尖銳的聲音。那群獵人看著快快轉向高大的金髮男子，朝著他跑過去。喬達拉拿著標槍投擲器站在快快前面，作勢要瞄準，不過他並沒有真的瞄準那群男人。

愛拉走到喬愛拉和那群男人之間，打手勢要沃夫跟著她，接著又打了一個手勢，要沃夫保護馬兒。沃夫齜著牙，向那群男人怒吼，他們倒退了幾步。愛拉抱起喬愛拉，放在灰灰背上，接著抓住嘶嘶豎起的馬鬃，往上一躍，騎坐嘶嘶背上，每個動作都讓那群獵人驚訝不已。

「妳那是怎麼弄的？」獵人發言人說。

「我跟你說了，牠們是很特別的馬，不能獵殺。」愛拉說。

「妳是齊蘭朵妮嗎？」

「她是助手，正在受訓的齊蘭朵妮。」喬達拉說：「她是首席大媽侍者的助手。首席很快就來了。」

「首席也在這裡？」

「是的，她在這裡。」喬達拉說著，仔細打量這群人。他們都很年輕，大概剛成年，在夏季大會期間一起住在偏屋，應該就是喬達拉他們打算拜訪的下一個聖地。喬達拉問：「你們離夏季大會的偏屋應該很遠了吧？」

「你怎麼知道？」年輕人說：「你又不認識我們。」

「這不難猜啊！現在是夏季大會，依你們的年紀，都想離開母親的營地，住到偏屋去，好證明自己很獨立。你們出來打獵，也許想帶點肉回去。看來這趟狩獵行動運氣不太好，是不是？現在你們一定很餓了。」

「你怎麼知道？你也是齊蘭朵妮？」年輕男子問。

「我只是猜測而已。」喬達拉說。他看到首席快到了，其他人跟在後面。首席一旦有事要辦就會走得很快，她知道沃夫跑來找他們，一定是出了什麼事。

首席很快看了看眼前的情況：一群年輕男子帶著標槍，他們年紀還太小，用標槍的經驗想必有限。

沃夫站在馬兒前面，擺出護衛的架勢。愛拉和喬愛拉騎在沒裝設馬鞍的馬背上，愛拉手上還拿著拋石索。喬達拉握著架設好的標槍投擲器，站在快快前面。是不是喬愛拉要保護馬兒，抵擋這些初試身手的獵人攻擊，所以才派沃夫叫媽媽來？

「有什麼問題嗎？」首席齊蘭朵妮問。那群年輕人沒見過她，不過都知道她是誰。他們聽說過首席的模樣，也知道她臉上的刺青、身上項鍊與衣裝的意義。

「問題都解決了，這些男孩想獵殺我們的馬，還好有喬愛拉阻止。」喬達拉好不容易克制住微笑。首席知道情況就跟自己想的一樣，覺得喬愛拉實在很有膽識。她問那群年輕人：「你們是從齊蘭朵妮氏南方第七洞穴來的嗎？」他們接下來就是要到第七洞穴，那是這一帶最重要的洞穴。

她打量了這群男孩的衣著，對第七洞穴也有了概念。她熟悉第九洞穴附近各洞穴的服飾、珠寶樣式與設計，不過隨著他們愈走愈遠，她愈不容易以衣飾來辨識對方，當然她還是可以根據知識猜測。

「是的，首席。」獵人發言人回答，他現在的口氣恭敬多了。遇到齊蘭朵妮亞，小心謹慎總沒錯，遇到首席就更應該戒慎謙恭。

第四洞穴的齊蘭朵妮也抵達，大部分參觀聖地的人都來了。他們站在四周，打算看看位高權重的首席如何處置這群年輕人。

首席面向第四洞穴的獵人：「現在又多了七張嘴要吃東西，這裡的食物很快就消耗光了。我們應該在此地待久一點，組成一支狩獵隊。還好你們有幫手，我們這群有幾位經驗老到的獵人。而眼前這些年輕人，只要好好訓練也能有所斬獲。我想，他們只要能幫忙，一定願意盡心盡力。」她說完以後盯著獵人發言人。

「當然了。」他趕緊附和，又說：「狩獵是我們的本業。」

圍觀群眾有人說話了：「只是不怎麼在行。」他聲音很小，不過在場每個人都聽見了。幾個年輕獵人臉紅地轉過頭去。

「最近有人看到獸群嗎？」喬達拉問第四洞穴的兩位獵人：「光獵殺一隻動物一定不夠。」

「沒有。不過，現在是赤鹿遷徙路過這裡的季節，雌鹿與幼鹿特別多，可以派人到外頭找一找，可能得花上幾天時間。」其中一位獵人說。

「赤鹿從哪個方向來？」喬達拉說：「今天下午我可以騎快快出去找。騎馬總比走路快。如果看到了，愛拉跟我可以回來，也可以把赤鹿往這個方向趕。沃夫也能幫上忙。」

「原來你可以騎馬啊！」年輕人脫口而出。

「我們跟你說了，牠們是特別的馬兒。」喬達拉說。

繩索上的赤鹿肉在煙霧瀰漫的小火上烤了一個晚上。愛拉把赤鹿肉放進她裝肉的生皮革裡，她真希望能有更多時間烤乾赤鹿肉，但他們已經比首席預定多住了兩天。愛拉想，路上可以找機會繼續用火烤乾赤鹿肉，或者到了齊蘭朵妮氏南方第七洞穴之後再說，反正他們會在那兒住上幾天。

愛拉一行人現在又增加了七個年輕人。說起來，他們打獵的功勞還不小，只是過於心急了點。他們不會投擲標槍，也不懂得互助合作把動物趕向對方，或者趕到死角一網打盡。這群年輕人看到這群來自大河北邊的旅客使用標槍投擲器，真是大開眼界。當地獵人雖然聽過標槍投擲器，卻沒看過實際操作，現在看了非常佩服。有喬達拉教導，大部分人都學會自己做標槍投擲器，也練習操作。

愛拉說服杜拉娜跟他們一起來，至少趕上夏季大會最後一波活動。杜拉娜很想念她的伴侶與孩子，只是她對於臉上和手上的疤痕依然不安。杜拉娜跟阿美拉娜一起睡，兩人現在是好朋友了，尤其杜拉娜會以過來人經驗，向阿美拉娜分享懷孕經、媽媽經。阿美拉娜跟首席和首席助手聊天，總覺得不自在，儘管愛拉也有小孩。每次阿美拉娜聽見她們談論醫療、齊蘭朵妮亞的其他知識與學問，大多聽不懂，只能敬畏地看著她們。

阿美拉娜倒是很享受年輕男人的目光。年輕獵人和威洛馬的徒弟都會盯著她瞧，只不過當那些傲慢的年輕人圍繞在她身邊，威洛馬的兩個徒弟就會刻意避開。他們犯不著和其他人爭奪阿美拉娜的青睞，何況那群年輕人過幾天就會離開，而他們的旅途還長著呢，有的是時間跟阿美拉娜相處。喬諾可和威洛馬幫忙喬達拉將首席乘坐的特別拖橇拴在嘶嘶身上；愛拉和首席則在一旁觀賞阿美拉娜和年輕男人上演的曖昧戲碼。

「他們讓我想起狼的窩仔。」愛拉說。

「妳什麼時候看到小狼？」首席問。

「我以前跟部落生活在一起的時候。」愛拉說：「我開始獵捕食肉動物之前，經常觀察小狼，有時觀察整個早上，如果情況允許，我會觀察一整天。我不只觀察狼，也觀察所有四隻腳的獵食動物，我就是這樣學會靜悄悄跟蹤動物。觀察幼獸很有意思，不過我最喜歡觀察小狼，小狼喜歡玩耍，就像這群男孩一樣。我應該稱呼他們年輕男人，不過他們的舉動還是像小男孩。妳看他們拚老命要剷除對手，一心想得到阿美拉娜的青睞。」

「我發覺提佛南跟派利達爾沒打算跟他們攪和。」首席說：「他們心知肚明，等我們到了下一個聖地，那群年輕男人就會離開，到時有的是時間跟阿美拉娜相處。」

「妳覺得到了下一個洞穴，這群年輕男人會離開嗎？阿美拉娜很漂亮呢！」愛拉說。

「阿美拉娜現在是他們唯一的觀眾。等他們回自己營地，帶赤鹿肉分給大家，他們就會是親朋好友關注的焦點。大家都會急著想聽他們的故事。那時可就沒空理睬阿美拉娜了。」

「阿美拉娜不會生氣難過嗎？」愛拉說。

「她會有新的追求者，而且不只小男孩追求她。青春美麗的懷孕寡婦是不會乏人問津的，提佛南跟派利達爾也不會缺乏仰慕者。還好他們兩個都不太迷戀阿美拉娜。」首席說：「她並不適合當他們的伴侶。一個女人要跟四處旅行的人配對，一定要有自己喜歡做的事，不需要依賴男人替她安排事情做。」

愛拉覺得還好喬達拉不做交易，也不必長途旅行。並不是說她沒有喜歡做的事，得靠喬達拉安排，而是喬達拉如果出門太久，她會擔心。他偶爾會帶學徒出門尋找新的燧石礦，他跟獵人出去也會探查哪裡有燧石礦，但如果一個人出門，是很危險的。萬一受傷，或者遇上更糟的事，要怎麼知道呢？她得坐在家裡苦等，想著喬達拉會不會回來？假使一群人出去，或兩人同行，至少有一個人可以回來通報。

愛拉心想，威洛馬可能不會只挑一位徒弟當下一任交易大師，而是兩個都選，讓他們能夠結伴旅行，互相扶持。當然他們的伴侶也可以一道去，不過要是懷了孩子，他的伴侶恐怕不想離其他女人太遠。我們當初遠行時，要是在路上生孩子，那可就麻煩了。大部分女人都想要母親和親友陪伴……就像阿美拉娜一樣。是啊，難怪阿美拉娜想回家。

他們一出發，很快就上了軌道。出發前，打獵收穫不少，沿路不必再狩獵，行進速度也比以往快，倒是花了點時間採集新鮮食材。季節慢慢過去，水果和根、莖、綠葉等蔬菜更多了。

出發那天早上，氣溫愈來愈高，愛拉聞到一陣令人愉悅的香氣。那是草莓的味道！她想，這裡一定長了一大片草莓。其他人也聞到好吃的草莓香，大家都開心地停下腳步泡茶喝，採集幾籮筐的鮮紅草莓。喬愛拉沒有用籮筐，摘了草莓直接放進嘴裡。愛拉對著她微笑，看著身邊也在採草莓的喬達拉。

「她讓我想到拉蒂。妮姬從來不讓女兒出去採草莓當飯吃。她會把自己採到的草莓全部吃掉，從來不帶回家，不管她媽媽怎麼罵都一樣。她太喜歡吃草莓了。」愛拉說。

「這樣啊！」喬達拉說：「這我倒不曉得，可能妳跟拉蒂、妮姬說話時，我都忙著跟偉麥茲和塔魯特聊天。」

「我有時還會幫拉蒂找藉口呢！」愛拉說：「我跟妮姬說，草莓太少了，不夠大家吃。其實這也是真話，拉蒂吃一吃就沒了，她採草莓速度很快。」愛拉靜靜採了一會兒草莓，提到拉蒂又勾起其他回憶：「記不記得拉蒂有多喜歡馬兒？不曉得拉蒂有沒有找到一匹小馬帶回家養？有時候我真想念馬木特伊氏人，不知道還能不能見到他們。」

「我也想念他們。」喬達拉說：「達弩格會成為一流的燧石匠，尤其有偉麥茲訓練他。」

愛拉採了兩籮筐草莓，看到附近還有一些植物可以當晚餐，便詢問阿美拉娜和杜拉娜願不願意幫忙採一些。愛拉帶著喬愛拉，先到河邊採集香蒲。香蒲新長出來的根，還有球莖與低莖在今年這個時候水分特別充足。最上面的穗狀花序充滿了緊密的綠色花苞，蒸煮之後就能食用。另外還有幾種綠色葉菜，愛拉也看見外形獨特的酸模，一想到酸模辛辣強烈的氣味，忍不住微微一笑。她發現蕁麻時特別高興，因為蕁麻煮成一大盤，綠綠的，漂亮又好吃！

當晚大夥兒都吃得很開心。春季的食物通常稀少，只有一兩種綠色蔬菜、一些新生嫩芽，他們喜歡夏季，植物不僅量多，種類也多。大家有時候很想吃蔬菜水果，尤其是度過了漫長的冬季，吃的都是些風乾的肉類、脂肪與塊根。隔天早上，他們匆匆吃完前晚的剩菜和熱茶便上路了，因為這天要走很遠，才能趕在隔天一早抵達夏季大會營地。

第二天早上，他們出發沒多久就遇到麻煩。大家沿著河走，河流逐漸延伸，附近的河岸變得像沼澤一樣長滿了植物，很難走近。他們沿著斜坡往上爬了一段時間，終於到達圓丘頂峰，底下的河谷盡收眼底。高聳的群山環繞長長的低地，突出的陡坡相當顯眼，位在三條河的匯流處。這三條河其中一條是往東邊來，向西邊蜿蜒流過的大河流；一條是往東北而來的大支流；還有一條是小河流。他們沿著這條小河流走，正前方的兩條河中間是一片田地，有許多夏季庇護所、小屋與帳篷——夏季大會營地到了，位在第七洞穴的領土。

採子跑進齊蘭朵妮亞的小屋，脫口而出：「快來看看誰來了！」

「誰啊？」第七洞穴齊蘭朵妮問。

「有一群人，而且不只有人喔。」

「那一定是訪客。」第七洞穴齊蘭朵妮說。

他們全都起身，往入口方向走去。齊蘭朵妮氏南方第四洞穴較年長的齊蘭朵妮說：「今年有訪客要來嗎？」

「沒有，但是訪客就是這樣，說來就來。」第七洞穴的齊蘭朵妮說。

齊蘭朵妮亞一到外面，首先看到的不是一群人，而是三匹馬，全都拉著某種裝置，其中兩匹還有人騎在上面，分別是一個男人和一個小孩。有個女人走在拖著另外一種東西的馬前面。他們愈走愈近，齊蘭朵妮亞這才發現，女人身邊動來動去的原來是一隻狼！第七洞穴的齊蘭朵妮突然想起往北遠行的人路過此地時說的故事。他們曾經提到一個異族女人、幾匹馬，還有一隻狼。現在他終於明白了。

棕色頭髮、留著鬍鬚的高大男人說：「如果我沒弄錯的話，」他的聲音大到能讓其他齊蘭朵妮亞聽見：「來訪的人是首席大媽侍者，還有她的助手。」他對著站在附近一位助手說：「去把各洞穴的頭目都叫來，愈多愈好。」年輕助手立刻照辦。

一位身材有些圓潤的齊蘭朵妮說：「首席好像是個很胖的女人吧？當然是很威武沒錯，但是要走這麼遠，不會太累嗎？」

「待會兒就知道了。」第七洞穴的齊蘭朵妮說。這一帶最神聖的地方就在第七洞穴附近，因此第七洞穴的齊蘭朵妮通常是這一帶齊蘭朵妮亞公認的領袖，當然有時不見得如此。

愈來愈多人圍攏過來，各洞穴的頭目也紛紛報到，包括第七洞穴頭目。她站在第七洞穴齊蘭朵妮身旁，說道：「我聽說首席來訪？」

「沒錯。」齊蘭朵妮說：「妳記不記得我們一兩年前接待過的訪客？就是來自很遠的南方那群人？」

「記得。你這麼一說，我倒想起他們說過，北方洞穴有一個異族女人，很能控制動物，尤其是馬。」第七洞穴的頭目說。她額頭的一邊有刺青，跟齊蘭朵妮額頭上的刺青位置相反，不過圖案類似。

「我聽說她是首席的助手。他們很少看到她，至少在他們離開前都沒見到。她的伴侶是齊蘭朵妮氏男人，在五年前，也許不只五年，曾經出過遠門，後來帶著她一起回家。他也能控制馬，連她的小孩都懂得控制馬。他們還有一隻狼。我想，現在走來的就是他們吧！」齊蘭朵妮說：「首席應該也跟他們一起。」

首席一行人在一間大屋子前停下腳步，她判斷應該是齊蘭朵妮亞的住處，心想，他們的探子動作真快啊！他們好像組成了盛大的歡迎隊伍。愛拉打手勢要嘶嘶停下，首席等了一會兒，確定不會再搖晃，這才靈巧優雅地步下拖橇。身材圓潤的齊蘭朵妮心想，難怪她可以走這麼遠。

所有齊蘭朵妮亞、頭目與訪客正式打招呼，並自我介紹。年輕獵人所屬的各洞穴頭目看到他們，也很開心。年輕獵人的偏屋幾天來都空著，也沒人見到他們，家人都開始擔心了，想派搜索隊出去找。現在他們跟訪客一起出現，想必背後有故事吧。

有人大喊：「杜拉娜！」

「媽！妳也來啦！」兩個年輕快樂的聲音同時喊出。

南方第四洞穴的年老齊蘭朵妮抬頭一看，見到年輕的杜拉娜，嚇了一跳。杜拉娜燙傷之後，連走出庇護所都不願意，沒想到現在竟然來到夏季大會！一定要問個清楚，聽聽杜拉娜怎麼改變心意。

齊蘭朵妮亞宣布要舉行慶祝活動、宴席和大媽慶典，歡迎訪客與首席。訪客想參觀他們的聖地，第七洞穴的齊蘭朵妮立刻安排。夏季大會的慶典多半已結束，只剩下最後一場配對典禮還沒舉行。很多人打算離開，然而訪客駕到，大部分人都想再多待一會兒。

「我們可能得安排一場打獵，也許還要出門採集食物。」第七洞穴的頭目說。

「獵人在我們出發之前，攔截了一群遷徙的赤鹿，你們的年輕人也有幫忙。」首席說：「他們殺了幾隻，我們把大部分都帶來了。」

「我們只清除了內臟。」威洛馬說：「要趕緊剝皮、屠宰，拿去烹煮或者風乾才行。」

「你們帶來幾頭鹿？」第七洞穴頭目問。

「你們的年輕獵人每人一隻，總共七隻。」威洛馬說。

「七隻！這麼多，你們是怎麼帶來的？在哪裡呢？」一個男人說。

「愛拉，妳帶他們去看好不好？」威洛馬說。

「沒問題。」愛拉答道。

周圍的人聽出愛拉的口音，知道她一定是傳聞中的異族女人。許多人跟著她和喬達拉走了一段路，看到馬兒耐心等待。在快快和灰灰後方有幾個新做好的拖橇，上面香蒲葉堆得高高的。愛拉把香蒲葉搬開，他們立刻看到香蒲葉下有幾隻完整的赤鹿屍體，大小、年齡都不一樣，有雌鹿也有幼鹿。用香蒲葉覆蓋，多半是為了預防昆蟲叮咬。

「你們的年輕獵人非常熱中打獵。」喬達拉說。他本來還想說「他們實在不挑，什麼都殺」，最後克制沒說，而是補上一句：「這些都是他們的成果，可以做成豐富的宴席。」

圍觀群眾有人說：「香蒲葉我們也可以用。」

「你們儘管拿去用。」愛拉說：「我們在河邊看到不少香蒲，還有其他好吃的東西。」

「你們營地附近的植物應該都採集光了吧！」首席說完，大家點頭稱是。

「如果你們願意做拖橇，我們可以帶你們到河邊採植物，再把你們連人帶東西一起運回來。」愛拉說。

幾個年輕人互看了一眼，自告奮勇參與行動。他們拿來挖掘棒、小刀、寬網孔的背袋與籮筐。如果是普通拖橇，兩、三個人坐上去都能往後靠。要是換成為首席特製的拖橇，兩個一般身材的人可以並肩坐直，但如果擠三個人，那得三人都很瘦才行。

出發時，喬達拉、愛拉和喬愛拉分別騎在快快、嘶嘶和灰灰背上。三匹馬拉著拖橇，載著六個人，沃夫跟在他們後面。他們到了訪客先前經過的河邊，便拉緊韁繩示意馬兒停下，年輕人步下拖橇，得意自己能有如此奇特經驗。接著大家各自採集植物。愛拉把拖橇解下，讓馬兒休息。

待工作完畢回到營地，已是下午了。這段期間，營地的人七手八腳把赤鹿肉處理得乾淨俐落，許多赤鹿肉正在烹煮，部分毛皮也開始做成可供穿著的皮革或其他好用的東西。

宴會與慶祝活動一直延續到晚上，愛拉累壞了，耐著性子等到參觀聖地的計畫安排妥當，她終於可以告退，帶著喬愛拉和沃夫走到帳篷，準備就寢。喬達拉在席上認識了另一位燧石匠，天南地北聊起各地燧石的品質，得知這裡的燧石是附近一帶最好的。

喬達拉回到帳篷時，愛拉和喬愛拉已經睡熟，其他人也大多睡著了。那晚首席住在齊蘭朵妮亞的小屋，愛拉受邀一起在小屋過夜。她知道首席希望她多跟本地的朵妮侍者交流，愛拉還是想跟家人一起，首席也沒有強求。阿美拉娜是最晚回到帳篷的，愛拉跟她說過，她現在懷孕，最好不要喝會醉的飲料。但阿美拉娜回來時爛醉如泥，她倒頭就睡，希望愛拉不會發現。

隔天一大早愛拉把阿美拉娜叫醒，問她要不要參觀聖地。阿美拉娜不願意，說她前一天太累了，需要休息。愛拉和首席都明白她是宿醉太嚴重。愛拉實在很想不管她，讓她嘗嘗宿醉的滋味，可是為了她腹中胎兒，還是做了特殊草藥，讓她舒緩酒醉引起的頭痛與腸胃不適。她以前也替馬木特伊氏獅營的頭目塔魯特製作這種草藥。阿美拉娜喝完了草藥，仍舊哪兒都不想去，只想窩在鋪蓋捲裡。

喬愛拉也不想去。她先前遇到一群男人想獵殺她的馬兒，現在擔心會有別人打同樣主意，她想留下來保護馬兒。愛拉跟她解釋，營地每個人都知道牠們是特別的馬兒，但她擔心新來的人會對馬兒不利。愛拉也知道女兒曾經做出正確選擇，再說杜拉娜願意幫忙照顧喬愛拉。杜拉娜有個女兒跟喬愛拉年紀相仿，因此見到喬愛拉備覺親切。愛拉稍做了評估，便答應女兒留下來。

一群人出發參觀彩繪洞穴，包括首席、喬諾可、愛拉、喬達拉。威洛馬也在內，不過他的兩位徒弟沒來，他們對其他事情比較感興趣。另外，有幾位參加夏季大會的齊蘭朵妮亞也想再一次參觀聖地，畢竟這次是由第七洞穴齊蘭朵妮導覽。

這一帶還有十個附屬洞穴，每個洞穴都有自己的彩繪洞穴作為聖地，也就是第七洞穴主要聖地的附屬聖地，不過跟主要聖地比起來，這些彩繪洞穴的繪畫與雕刻較為簡陋。他們不久前才參觀過齊蘭朵妮氏南方第四洞穴，那算是比較好的。他們沿著一條步道走上陡峭山坡，先前訪客第一次見到河谷時，已經看過這座山了。

「這座山名叫烏鶇山。」第七洞穴的齊蘭朵妮說：「也稱為捕魚烏鶇山。很多人問起山名的意義，我也不知道，只是有時會看到烏鴉或渡鴉飛來這裡，不曉得跟名字有沒有關係。我前任的第七洞穴齊蘭朵妮也不清楚。」

首席說：「很少人會記得名稱的意義。」身材壯碩的首席爬上山坡時儘管氣喘吁吁，依然頑強前進。步道曲折蜿蜒，使得上坡路稍微好走些，但也比較費時。

他們來到石灰岩山坡的一處開口，比河谷谷底高出許多。這個開口並不特別，要不是步道剛好通往入口，根本不會有人注意。入口夠高，不需閃躲或彎腰低頭也能進去，寬度可供兩、三人並排走入。入口前方有一大叢灌木遮擋，除非對這裡很熟，否則要找到還挺不容易。一位助手清理了入口前的碎石頭，碎石是從上面的岩石斜坡掉落。愛拉則展現了她快速生火技藝，她之前答應教第七洞穴的齊蘭朵妮生火，現在也算實踐諾言。隨後，眾人點燃了石燈與火把。

南方第七洞穴的齊蘭朵妮帶著大家走進洞穴，訪客跟隨在後，本地的齊蘭朵妮亞和一兩位助手走在最後。入口通往通道一邊，他們得先決定右轉還是左轉。決定往右轉後，眾人走了一段路，通道變寬，分裂成兩條路。他們進入一間穴室，中間有一塊石頭擋住，石頭一側是狹窄通道，另一側比較寬敞。

「這兩條路最後都會走到後面的岩石堆，出來時則必須循著進去的路，不過兩條路都有一些挺有意思的東西可看。」第七洞穴的齊蘭朵妮說。

他們選擇石頭右側的窄路，隨即便在右側石壁上看到紅色小圓點，第七洞穴的齊蘭朵妮也指給大家看，左邊石壁的小圓點更多。他們又走了一小段，停下來觀賞右邊石壁上的馬和更多圓點，附近還有一頭獅子，一條美麗的尾巴高舉，卻又往後彎折。愛拉想，畫這頭獅子的人可能看過獅子尾巴傷癒後的彎曲角度。她知道斷掉的骨頭有時會復原得很怪異。

他們沿著狹窄通道走了幾步，右邊石壁出現了一幅圖案，第七洞穴齊蘭朵妮說明這是鹿。愛拉看了之後想起雌巨角鹿，也想起他們在南方第四洞穴附近聖洞見到的巨鹿圖畫。眼前這頭鹿的左邊有兩個大紅點，鹿後面的石壁上還有更多紅點，前方的拱形洞頂上則有幾排大圓點。

愛拉對這些圓點很好奇，原本不想問，最後還是忍不住開口：「你知不知道這些圓點是什麼意思？」

有著濃密棕色鬍鬚的高大男人對著美麗的愛拉微笑。愛拉漂亮的五官帶有一種異族風情，他很喜歡。他說：「每個人的解讀不同，我心情平靜時，覺得這是幾條通往下一個世界的道路，更重要的是，也能看出從下一個世界回來的道路。」愛拉聽了點頭微笑。他覺得愛拉微笑時更美了。

他們繼續沿著狹窄的通道，繞過半路上的障礙物，路才又變寬。一群人繼續往左走，直到回到剛才的出發點。他們走過一個大穴室，顯然有熊待過這裡，應該是冬眠的熊群，石灰岩壁上有熊爪的抓痕。他們走到洞穴入口，第七洞穴的齊蘭朵妮往前直走，他們當初進來時如果選擇左轉，就會往這個方向。

眾人走了一段，貼近右邊石壁，走過一條長長的通道，直到右邊的開口才見到更多圖案。在通道拱形的低洞頂上，有四個凹陷的紅色手印，但有點模糊，另有三個紅色圓點與一些黑色痕跡。整個開口是十一個連續的大黑圓點，還有兩個凹陷的手印，是有人把手放在石壁上，然後在手和手的周圍灑上紅色赭土。等到把手移開，紅色赭土之間就會留下一個凹陷的手印。第七洞穴的齊蘭朵妮接著右轉，走入拱形通道的開口。

模糊的凹陷手印後方，石壁上的石頭顯得軟多了，表面好像有一層黏土。洞穴高踞河谷的谷底，洞裡很乾燥，但畢竟是石灰岩材質，孔隙之多，使得充滿碳酸鈣的水一直滲透。別看只是一小滴接著一小滴，倘若滴上好幾千年就會形成石筍，看來像是從石灰岩洞穴的地面長出來。石筍上方是大小相同、形狀不一的鐘乳石冰柱，自洞頂懸吊而下。有時水分會累積在石灰岩裡，造成石壁表面變軟，光用手指就能留下痕跡。右邊小穴室有好幾大片變軟的石頭，像在鼓勵訪客留下痕跡似的。石壁有幾處布滿了手指塗鴉，大部分都很難看懂，唯有一處畫了一部分巨角鹿，有著巨大醒目的掌狀鹿角與小小的頭部。

較堅硬的岩石表面還有一些紅、黑色的標記與圓點，愛拉覺得除了巨角鹿之外，穴室裡其他圖案都亂七八糟，看不出頭緒章法。她也慢慢發現，沒有人對彩繪洞穴所有圖案瞭若指掌，只有畫的人才懂，搞不好連畫的人自己都不清楚。總之，看到洞穴石壁上的圖畫，覺得像什麼就是什麼。這還得視當時的心境，而心境是會改變的，也要看自己是否用心觀看。愛拉想起剛才第七洞穴齊蘭朵妮回答那幾排大圓點的意義，他正是以自己的觀點解讀。洞穴雖屬聖地沒錯，但愛拉愈來愈覺得神聖的感覺是個人內心的體會。或許，這就是她這趟旅程該有的領悟吧。

他們離開小穴室，第七洞穴齊蘭朵妮走到通往小穴室的主通道左邊。這裡的通道轉向左方，他們沿著左邊石壁走了一小段。不久，第七洞穴齊蘭朵妮舉起石燈，照亮石壁上一幅長長的圖畫，有許多黑色動物，而且疊在其他動物身上。愛拉一開始看到猛獁象，接著看到馬兒、野牛、原牛，其中一隻猛獁象身上滿是黑色痕跡。第七洞穴齊蘭朵妮看到這幅畫，靜靜待在那裡，刻意留時間給大家看畫。他發覺大部分人都看夠了，只剩喬諾可還沒過癮，喬諾可大概可以耗上一整天，就只為了研究這幅畫。第七洞穴齊蘭朵妮繼續往前走，帶大家看一個洞簷，上面畫有野牛和猛獁象。

他們在洞穴慢慢走著，第七洞穴的齊蘭朵妮陸續指出一些圖案與動物，但真正驚人的是他下一個停頓的地方。廣大的平面上有兩匹黑馬背對背，身體滿滿都是黑色大圓點。馬兒的身體外也有很多圓點與手印，最奇特的地方則是臉朝右的那匹馬頭部。頭畫得很小，而且畫在酷似馬頭的天然岩石範圍裡，也就是說，岩石馬頭裡有著馬頭圖。作畫者想必是看到岩石形狀，覺得應該在這裡畫一匹馬。眾人看了讚嘆不已。首席以前看過這幅馬圖，此刻正對著第七洞穴的齊蘭朵妮微笑，他們都知道大家看了會做何反應，結果不出所料，因而覺得開心有趣。

「你知道這是誰畫的嗎？」喬諾可問。

「祖先畫的，但不是古人。有些東西你可能不會一眼注意到，我來指給你看。」第七洞穴齊蘭朵妮說完，向石壁靠近，抬起左手，懸在臉朝左邊那匹馬的背上，然後把自己的拇指關節彎曲。當他把手放在紅色圖案旁，他們立即發現凹陷的地方原來不是手印，而是彎曲的拇指。大夥兒這才發現左手邊這匹馬的背上有好幾個彎曲拇指圖案。

一位年輕助手問：「為什麼畫這個？」

第七洞穴的齊蘭朵妮回答：「這要問作畫的齊蘭朵妮。」

「你剛才不是說，這是祖先畫的嗎？」

「是啊。」第七洞穴的齊蘭朵妮說。

「可是祖先不是已經在下一個世界了嗎？」

「對啊。」

「那我怎麼問他？」

第七洞穴的齊蘭朵妮不發一語，對著眉頭緊皺的煩躁年輕人微笑。旁觀的人有些忍不住咯咯笑出聲來，年輕助手突然臉都紅了。

「我沒辦法問，對不對？」

「等你學會穿梭在下一個世界，也許就能問了。」首席說：「有些齊蘭朵妮亞有這個本事，不過這麼做很危險，有些人就算會也不願嘗試。」

「我覺得那塊板子上的圖案不是同一個人畫的。」喬諾可說：「那些馬應該是同一個人畫的，包括那幾隻手和大部分圓點。不過我覺得有些圖案是後來加上去的，那些拇指也是。我看到那匹馬上面好像有一條紅色的魚，可是不很清楚。」

「有可能。」第七洞穴的齊蘭朵妮說：「你可真是觀察入微啊！」

「他是藝術家。」威洛馬說。

愛拉發覺威洛馬很少把想法說出來，也許他經常出遠門，學會了三緘其口吧！一個人如果有機會跟許多陌生人打交道，通常會懂得最好別太快向陌生人吐露心聲。

第七洞穴的齊蘭朵妮又帶他們看了許多圖案與壁畫，其中有個酷似人形圖案，線條像是從人體伸出來，又像是進入人體，類似先前他們在南方第四洞穴聖地看到的。觀看了奇特的馬兒之後，他們沒再見到其他特別圖案，只是有些圖案年份非常久遠。製造洞穴的那股自然力量，也在一間穴室裡製造了大片圓圓的方解石。這些方解石仍然維持原面貌，完全沒有添加裝飾，彷彿是大媽親手做的裝飾品。

他們參觀聖地回來後，首席很想儘快出發，又覺得自己應該停留一段時間，盡一點首席大媽侍者的責任，尤其對齊蘭朵妮亞。齊蘭朵妮亞很少有機會與首席相處。對某些居住在齊蘭朵妮氏領土的人來說，首席幾乎是神話般的人物，一位大家都承認，卻很少見到的名義上領袖。坦白說，他們不需要見到首席也能善盡自己的職責，不過能見上一面，自是開心又興奮。他們並非將首席當成大媽，但首席的確是大媽的代表。首席身材高大，令人景仰，何況首席還有個能控制動物的助手，這就更顯威風了。

晚餐時間，第七洞穴的齊蘭朵妮找到愛拉一行人。他拿著一盤食物，坐在首席旁，臉上掛著微笑，輕聲和首席說話。兩人聲音之小，令愛拉覺得要不是自己坐在首席身邊，肯定聽不到談話內容。

「我們想，今天晚上應該在聖洞辦一場特別的慶典，妳和妳的助手如果方便，也請大駕光臨。」第七洞穴的齊蘭朵妮說。

首席投以開心的微笑，她想，待久一點還真有點意思。

「愛拉，妳想不想去特別的慶典？」

「如果妳希望我去，我就跟妳一起去。」愛拉說。

「那喬愛拉怎麼辦？喬達拉可以照顧她嗎？」首席說。

「沒問題的。」愛拉說。知道喬達拉沒受邀請，愛拉也就沒什麼意願了，不過話又說回來，喬達拉並不是齊蘭朵妮亞啊。

「我待會兒再來找妳們。」第七洞穴的齊蘭朵妮說：「記得穿暖一點，晚上比較冷。」

大家逐漸散去，若非上床睡覺，就是忙著聊天、喝酒、跳舞、賭博等等餘興節目。南方第七洞穴的齊蘭朵妮先行回營地，喬達拉、愛拉和首席則坐在火堆旁等待。對於愛拉晚上要參加祕密慶典，喬達拉心裡不大高興，不過他什麼都沒說。畢竟愛拉受訓就是為了有朝一日成為齊蘭朵妮。當上齊蘭朵妮，就得和其他齊蘭朵妮亞一起參加神祕慶典。

第七洞穴的齊蘭朵妮帶來幾支火把，用火堆餘存的小火焰點燃。三人出發，第七洞穴的齊蘭朵妮帶頭，首席與愛拉各自拿著火把跟隨在後。喬達拉目送他們走向通往聖洞的道路，很想跟他們一道去，可是不行，他答應要照顧喬愛拉。

沃夫也是一副想跟去的模樣。他們走後沒多久，沃夫乖乖回營地，走進帳篷，嗅一嗅喬愛拉，又走出帳篷，往愛拉離開的方向看去。牠走到喬達拉身邊，緊貼著喬達拉坐下。沒多久牠把頭放在前爪上，眼睛仍舊盯著愛拉離去的方向。喬達拉撫摸著沃夫，從頭到肩膀來來回回好幾趟，又輕輕拍著這隻善解人意的四足動物。

「她把你趕回來了，對不對？」喬達拉說。沃夫輕輕嗚了一聲。

▶請沿虛線剪下對摺，填妥寄回即可，免貼郵票

你喜歡貓頭鷹出版的書嗎？

請填好下邊的讀者服務卡寄回，

你就可以成爲我們的貴賓讀者，

優先享受各種優惠禮遇。

貓頭鷹讀者服務卡

謝謝您購買：________________________________(請填書名)

為提供更多資訊與服務，請您詳填本卡、直接投郵（免貼郵票），我們將不定期傳達最新訊息給您，並將您的建議做為修正與進步的動力！

姓名：______________□先生 □小姐　民國______年生　□單身　□已婚

郵件地址：□□□ ______縣/市______鄉鎮/市區______________

聯絡電話：公(0　)__________　宅(0　)__________　手機__________

■**您的E-mail address**：______________________________

■**您對本書或本社的意見**：

您可以直接上貓頭鷹知識網（http://www.owls.tw）瀏覽貓頭鷹全書目，加入成為讀者並可查詢豐富的補充資料。
歡迎訂閱電子報，可以收到最新書訊與有趣實用的內容。大量團購請洽專線 (02) 2500-7696轉2729。
歡迎投稿！請註明貓頭鷹編輯部收。

廣	告	回	信
台灣北區郵政管理局登記證			
台北廣字第000791號			
免	貼	郵	票

104

台北市民生東路二段141號5樓

英屬蓋曼群島商家庭傳媒（股）城邦分公司

貓頭鷹出版社　　收